아픔은 당신 탓이 아닙니다

이 책은 한미약품(주)의 지원으로 제작되었습니다.

아픔은 당신탓이 아닙니다

김대현·류현철·장석창 외 지음

청년의사

차례

5

**희망이
답하는
순간**

한미수필문학상 심사평 & 소개

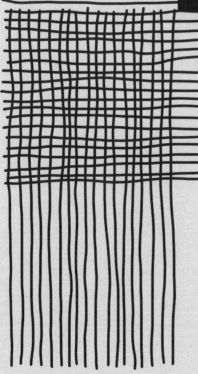

#1

**환자의
뒷모습이
하는 말**

아이가
다쳤다

　믿음이 바라는 것들의 실상이라면 후회란 바라지 않았던 것들의 실상이다. 이미 일이 벌어진 뒤에야 눈앞에 크게 떠오르는 실상이다. 벌써 지나간 과거지만 손에 잡힐 듯한 현재처럼, 마치 막을 수 있는 일처럼 느껴진다. 그렇게 소중한 것을 왜 지키지 못했을까? 후회는 마음속에다가 아쉬움, 미안함, 책임감, 온갖 감정들을 떨어트려놓았다. 후회되는 시간에 초점을 맞추다 보면, 그 찰나의 순간이 현재라는 확대경을 통해 거대한 크기로 미래에 비춰진다. 그 일이 가져올 미래의 대가는 우리 아이가 감당하기에 너무나 커 보인다. 머릿속 상상이 걱정을 덕지덕지 붙여 눈덩이처럼 키우면 우리는 그 미래의 눈덩이 앞에 주저앉을 수밖에 없었다. 결과를 확대시키고 있는 현재의 렌즈를 뒤집을 수는 없을까? '잘 될 거야'라는 낙관론의 주문을 되뇌어봐도 그 렌즈는

꿈쩍도 않는다. 하루하루가 태산 같은 걱정을 짊어지고 사는 삶이다.

아이가 다쳤다.

밤새 아이 엄마의 한숨이 잠을 깨웠다. 나는 잠을 잘 만큼 무심한 것일까. 아니면 아이한테 무정한 것인가. 하지만 내가 아이 엄마의 마음을 제대로 헤아릴 수 있을까? 엄마가 느끼는 아이는 아빠가 느끼는 아이와 다를지도. 딸아이와 엄마. 그 둘은 아마 이렇게 서로를 느끼고 있을 것이다. 탯줄이 한 번 연결된다는 것은 보이지 않는 탯줄을 평생 묶어놓고 사는 거라고 한다. 그러니 내가 아이 엄마에게 한숨을 멈추라 말할 수 있을까. 하지만 현실을 어떻게든 수습해야지만 한 발자국이라도 앞으로 나갈 수 있을 것 같았다. 의사 특유의 냉정함을 앞세워, 그래도 아이가 우리 앞에 있지 않느냐고, 그러니 이제 그만 눈 좀 붙이라고 말했다. 그 말을 하고 눈을 감았지만 말을 하며 떠올린 현실이 이제는 내 걱정으로 가슴을 누른다. 나는 걱정을 잠시 어디에다 밀쳐놓았던 것이다. 한꺼번에 밀려오는 고민에 나도 모르게 한숨을 내뱉었다. 그날 우리는 그렇게 말없이 한숨으로 이야기하며 선잠이 들었다.

어쨌든 부모가 된다는 것은 아파할 준비가 되어 있다는 것이다. 사고가 아이의 몸에 상처를 내면 먹지를 대고 그리듯 그 상처는 부모의 마음에 그대로 그려진다. 부모란 먹지를 대고 자식의 등 뒤에 바짝 붙어 있는 사람들이다. 아이가 느끼는 아픔을 그대로 느껴보고자 온 신경을 곤두세우고 있는 사람 말이다. 아이의 가슴에 귀를 대고 있으면 그 심장 뛰는 소리에 맞추어 내 심장이 빨라진다. 하나의 심장이 또 다른 심장과 보조를 맞추려는 노력. 그 노력으로 부모는 끊임없이 아이가 되어보려고 한다. 아이의 고통을 느껴보려고 한다.

1. 아이

우리 아이가 느낄 고통의 양을 상상하다 보니 한 가족이 느꼈을 고통의 양에 도달했다. 자식의 고통을 몇 번이고 마음에다 그려보았을 한 부모와 다른 부모들에게 각자의 자식을 생각나게 했던 한 아이. 그날의 일은 머릿속 한편에 자리하고 있다가 '아이'와 '사고'라는 말이 짝을 이루고 내 앞에 나타나기라도 하면 늘상 뛰쳐나오는 그런 기억이 되어버렸다. 그날 나는 퇴근하고 초등학생 딸아이와 함께하던 저녁 식탁 앞에서 병원의 호출 전화를 받았다. 한 아이의 사고 소식이었다.

열한 살 여자아이는 후진하는 덤프트럭에 몸의 반이 훼손된 채 응급실로 실려 왔다. 내가 응급실에 도착했을 때 처음 들었던 소리는 아이의 고통 소리가 아니었다. 처치실 밖에서 어찌할 바를 몰라 왔다 갔다 하며 딸이 있는 곳을 향해 부르짖던 엄마의 목소리였다.

"엄마 밖에 있다…. ○○야! 엄마 밖에 있다."

"○○야! 조금만 참아…. 엄마 여기 있다…."

그 소리를 잊을 수가 없다. "엄마… 밖에… 있다"는 한마디 한마디가 그렇게 아프게 들릴 줄은 몰랐다. 응급실 안 그 누구의 신음 소리도 그보다 아프게 들리지는 않았을 것이다. 아무것도 할 수 없는 부모가 다친 아이 주위를 맴돌며 자식에게 보내는 슬픈 신호처럼 들렸다. 목소리는 울먹이고 떨렸지만 엄마는 결코 울지 않았다. 아이를 살리겠다는 모성이 울고 싶은 모성을 억누르고 있었던 것이다. 엄마는 눈물이 아닌 땀을 흘리고 있었다. 마치 산고를 겪는 사람처럼 보였다. 자신이 가장 아팠던 통증을 끄집어내 아이의 통증을 느껴보려 했을까. 아니면 그 아이를 태어나게 했던 노력으로 아이를 다시 한번 살리고 싶었는지도 모른다. 땀이 눈물보다 더 가슴 아팠다.

처치실 안에서는 아빠가 아이 옆을 지키고 있었다. 아이의 손을 붙잡은 채 붉게 상기된 얼굴로 차마 아이 쪽을 보지 못하고 정면에 있는 벽을 쳐다보고 있었다. 그 벽에는 아무것도 없었다. 상처를 보게 되면 곧바로 아이의 상처는 현실이 되어버리니 그 실상을 보는 게 두려웠을까. 그보다는 신음 소리만으로도 큰 상처가 마음에 그대로 그려지는데 굳이 눈으로 확인할 이유가 없었을 것이다. 의료진들이 상처를 씻어내자 아이는 경련하듯 고통에 떨었다. 그때마다 아빠는 아이의 손을 꼭 쥐었다. 그것은 아빠가 줄 수 있는 유일한 도움이었지만 아빠가 옆에 있다는 신호이기도 했다. 그리고 잡은 손으로라도 아이의 고통을 느끼려는 아빠의 노력이기도 했다. 그렇게 아이와 아빠는 아픈 시간을 함께 견뎌내고 있었다.

우리는 첫 번째 시술을 하러 들어갔다. 희망이 있어서라기보다 희망을 찾으러 들어갔다. 시술로 출혈 부위를 막고 손상된 근육과 피부를 봉합했다. 아이는 의식이 가물가물한지 아무런 소리도 내지 않았고 진통제만 방울방울 떨어져 아이의 통증을 달래고 있었다. 우리는 아이의 살을 봉합하며 마음속으로 각자의 아이를 떠올렸을지도 모른다. 아픈 아이는 언제나 부모의 심정이라는 것을 불러내는 법이니까. 아이의 하반신은 뭐라 표현할 수 없을 정도로 손상되어 있었고 우리는 치료가 아닌 수습밖에 할 수 없었다. 한 의사는 그렇게 손상된 상태로 살아 있는 환자를 본 적이 없어서 어떻게 해야 할지 모르겠다고 말했다. 한숨과 탄식이 우리가 할 수 있는 말이었다. 다들 살아 있는 게 기적이라고 했다. 하지만 기적은 한 번뿐이었고 우리는 또 다른 기적을 만들어내지 못했다.

시술을 마치고 아이의 상태를 이야기했을 때 나는 결국 부모의 희망을 빼앗고 말았다. 모진 말이란 게 따로 없겠지만 자식의 죽음을 준비하라는 말처럼 모진 말이 있을까. 솔직함은 그렇게 부모의 마음을 후벼 팠다. 희망을 지어낼 수만 있었다면 그 부모가 느끼는 아픔의 수위를 조절할 수 있었을지도 모른다. 하지만 아이의 상태는 너무 나빴고 잡을 수 있는 희망은 병원 어디에도 없었다. 첨단기기도, 능숙한 전문가들도, 최고의 시설도 그 어떤 것도 부모에게는 지푸라기조차 될 수 없었다. 외과 의사의 손이 부끄러웠다.

밤새 중환자실에서 아이의 혈압은 떨어졌다 올랐다를 반복하며 불안정했고 아이는 인공호흡기와 숨을 교환하며 특별한 반응을 보이지 않았다. 다음 날 아침, 아무런 반응이 없을 거라 예상하며 무심코 아이의 이름을 불렀다. 출혈과 쇼크로 밤을 보냈으니 눈을 뜨지 못할 거라고 생각했었다. 그런데 갑자기 아이가 눈을 번쩍 떴다. 반가움에 코끝이 찡해왔다. 그때부터 그 아이와 같이 떠오르는 또 다른 아이 얼굴이 그날 내내 마음속에서 나를 따라다녔다. 아이는 인공호흡기 때문에 말을 할 수는 없었지만 묻는 말에 고개를 끄덕여 대답했고 의식은 또렷해 보였다. 희망은 아직 그곳을 떠나지 않았다.

그때. 붉게 물든 병상 시트가 눈에 들어왔다. 상처 사이로 스며 나온 피가 밤새 시트를 적셔놓은 것이다. 우리가 해놓은 봉합이 상처들은 지탱하고 있었지만 그 봉합이 아이의 생명까지 지탱해낼 것 같지는 않았다. 그곳은 희망이 보이지 않았다. 하나의 몸이 마치 두 사람의 몸처럼 나뉜 것 같았다. 한쪽에서는 아이의 또렷한 의식이 살려고 하는데, 다른 한쪽에서는 아이의 몸이 죽어가고 있었다. 그리고 다시 아이를 보는데 우리 딸아이 얼굴이 떠올랐다. 결국 눈물이 핑 돌았다. 아이가 도움을 바라는 눈빛을 보내는데 나는 그 시선을 받을 자신이 없었다. 메이는 목을 가다듬으며, 아프겠지만 치료에 잘 따라줄 수 있겠냐고 물었다. 아이는 그러겠다고 끄덕였다. 의사 선생님들이 치료해줄 테니 조금만 참으라고 말했다. 아이는 알겠다고 끄덕였다. 하지만 그 '조금'이 무엇을 의미할지는 나도 몰랐다. 갑자기 죽음의 무게를 짊어지게 된 열한 살 아이는 아프고 무서울 텐데도 잘 참아주었다. 아이는 마치 자신의 상태를 다 아는 것처럼 보였다. 그래서 아이가 더 불쌍했다. 엄마가 밖에서 기다리고 있다는 말에 아이 눈에 눈물이 고였다.

그렇게 아이가 눈을 뜨자 우리의 의지도 다시 눈을 떴다. 우리는 아이를 살리기 위한 두 번째 계획에 착수했다. 잠자고 있는 의료진들을 깨우고 출근하는 의사들을 수술실로 불러들였다. 일반외과, 정형외과, ○○과. 이름만큼 각각의 의사들이 자신이 할 수 있는 일들을 찾아 수술실을 오고 갔다. 의사들은 장을 꿰매고 출혈을 막고 근육을 봉합하며 하나씩 문제를 해결해나갔지만, 아이의 상태를 아이가 견뎌낼 수 있을 정도로 되돌려놓지는 못했다. 수술실 밖에서는 모두들 희망이라는 나무에 각자의 기대로 가지를 치고, 잎을 달며 열매를 기다렸다. 하지만 나무는 그 크기에 비해 수술이라는 나약한 줄기 위로 뻗어 있었다. 줄기가 꺾이자 나무는 우리 모두를 향해 쓰러졌다. 희망은 오래가지 않았다. 희망은 단 하루였다. 그 하루가 지나자 모든 희망이 사라졌다.

수술실을 한 번 더 다녀온 다음 날, 아이는 엄마 아빠 앞에서 눈을 감았다. 그들은 감겨지는 눈을 보며 딸이 그 눈을 다시 뜨기를 얼마나 바랐을까. 어쩌면 자신들의 눈에서 아이가 죽어가는 것보다 아이 눈에서 엄마 아빠의 모습이 사라져가는 것을 더 안타까워했을지도 모른다. 아이의 눈이 닫히고 삶의 문도 닫혔다. 아이는 떠났고 부모는 삶에 갇혔다. 살아가는 게 감옥이지 않겠는가. 부모는 그렇게 삶 속에 갇힌 채 평생을 살아야 한다. 아이가 먼저 하늘나라로 간다면 남겨진 부모에게는 지상에서 천국은 없다.

2. 부모

처음 의사가 되어서 병원으로 출근했던 날이 눈에 선하다. 자정부터 시작되는 중환자실 근무가 의사로서의 첫 일이었기에 옷가지를 챙긴 가방을 들고 밤늦게 인턴 숙소로 들어갔다. 그 가방 속에는 모든 질병을 치료하겠다는 허황된 꿈은 없었지만, 내 앞에 있는 모든 환자의 고통에 공감하리라는 연민은 가득 들어 있었다. 하지만 그날 이후 무슨 일이 있었을까. 나는 그 초심에서 한없이 멀어져 있다. 어떤 사람들에게 직업은 초심이라는 바닥에서 조금씩 올라가는 길일지도 모르겠지만, 내가 살아온 직업은 초심이라는 꼭대기에서 조금씩 내려오는 길이었다. 나는 늘 초심에서 내려오고 멀어지고 아래로 떨어졌다. 그것이 나를 밀어버리기라도 한 것처럼. 이제 우리 아이가 겪은 일로 시작했던 곳을 다시 올려다본다. 그리고 어디쯤에 한 아이와 그 가족이 있다.

그 아이가 죽기 전 부모는 딸과 작별 인사를 했다. 엄마와 아빠는 의외의 담담함으로 딸을 떠나보냈다. 아이의 고통을 바라보는 것이 너무 고통스러워 이제는 죽음을 허락한 것일까. 하지만 그 담담함은 아마 그때부터 시작될 또 다른 고통을 위해 잠시 숨을 고르는 것이었으리라. 아이를 보내고 아파하면서 살겠다고. 체념처럼 보이기도 했다. 행복을 체념한 것이다. 그렇지만 사람은 체념으로라도 살아야 한다. 그리고 짐을 지고라도 살아야 한다. 마음의 짐이 너무 괴롭더라도 부모란 자식에 대한 미안함까지 짊어지고 살아가야 하는 사람들이다.

그날 나는 집에 돌아와서 마치 내일 먼 곳으로 떠날 사람처럼 딸아이 얼굴을 한참 동안 바라봤던 것 같다. 사랑하는 사람의 체온이 식어가는 것을 느낀다는 것은 어떤 고통일까. 그것을 '슬픔'이라는 한 단어로 말해버릴 수 있을까. 아니면 '슬픔'이라는 단어를 평생 가슴에 못 박고 사는 그 못질의 시작일까. 그날 나는 그 부모를 이해했다고 생각했다. 나도 한 아이의 부모니까. 그런데… 알지 못했다면 이해하지 못한 것이다. 그때 그 부모가 아이를 떠나보내고 집으로 들어가는 심정을 과연 내가 알았을까. 그것은 아이의 침대는 있지만 거기에 누울 아이

는 없다는 것이다. 아이 냄새가 스며든 옷은 있지만 그걸 입었던 아이
는 없다는 것이다. 책상 위의 아이 연필조차, 딸의 연필이었던 것이 이
제는 그냥 연필이라는 것이다. 신발도, 가방도, 머리핀마저도… 물건
들이 갑자기 그 의미를 잃어버린다는 것이다. 내가 그때 그걸 알았을
까. 내일부터 엄마가 챙겨줄 아이의 식탁은 없다. 누구의 엄마 아빠는
주인을 잃은 듯 이름을 잃어버렸다. 늘 하던 일들이, 사람들이 그 의미
를 잃어버렸다는 것이다. 어제까지 있었던 의미들이 오늘부터 갑자기
사라졌다는 것이다. 사랑할 아이가 눈앞에 없다! 내가 그때 그걸 '이해'
했을까?

3. 추錘

타인의 고통을 가늠한다는 것은 마음속 한쪽에는 자기 고통의 추
를, 다른 한쪽에는 타인의 고통을 놓고 저울질하는 것이다. 그러면 마
음의 저울은 대부분 자기 고통이라는 추로 기울고 타인의 고통은 보다
가볍게 올라간다. 하지만 한편, 타인이라도 자식의 고통은 아주 무거
운 추로 내려앉는다. 자식의 고통을 느끼는 부모는 자식만큼, 아니 아
이가 아픈 것보다 더 아파한다. 공감이란 사랑이 만들어내는 상상의
양이다. 사랑의 추로 만들어낸 무게다. 연민이란 상상 없이는 불가능
하다. 어쨌든 경험이란 자기 살을 타고 흐르는 느낌이니, 남의 살을 찌
르는 고통을 느끼고자 한다면 상상력을 발휘해야 한다.
　'아이의 고통'이 있고 '아이를 잃은 고통'이 있다. 그 둘을 모두 겪었

던 사람들이 있다. 그날 응급실에서 '아이의 고통'을 느껴보려 했던 엄마의 목소리, 땀에 젖은 얼굴, 아빠의 시선, 맞잡은 손. 그것들이 모두한 장면처럼 기억에 남아 있다. '아이가 사라진 고통'은 어떤 걸까. 우리 아이의 얼굴을 보며 이 아이가 없다는 상상을 해보면 마치 금기시되는 무엇을 떠올린 것처럼 아찔해진다. 아이를 잃은 고통은 그 부모만이 측정할 수 있는 고통이다. 의사가 공감의 깊이를 아무리 파고들어 가도 그곳이 내가 겪은 우물이 아니면 거기서 슬픔 한 방울도 길러내지 못할 것 같다는 생각이 든다. 그냥 부모가 아니라 다친 아이의 부모가 되어서야 그 마음을 조금이나마 들여다볼 수 있으니. 공감이란이렇게 어려운 모양이다. 의사로서 내뱉었던 공감의 말들은, 말일 뿐이지 마음은 아니었나 보다. 큰 불행을 운 좋게 비껴간 사람이 단지 안도감에서 보내는 위로였던 셈이다.

한 가족이 겪었던 3일 속에 그 가족의 모든 것이 들어 있다. 고통의 총량이 생명의 총량이라면 환자 한 사람의 생명은 그 사람을 넘어선다. 그 아이의 고통은 가족의 고통이었고, 그러니 아이의 생명은 가족의 생명이다. 의사는 때로 한 사람이 아니라 가족의 생명을 살려내는것이다. 그리고 그 사람을 둘러싼 모든 의미들, 심지어 사물들의 의미까지 책임지는 셈이다. 다친 아이의 부모가 되어 의사 가운을 벗고 보니 알게 되었다. 그 가운을 입고 하는 일이 어떤 일이었는지….

환자와 의사 사이에는 메울 수 없는 틈이 있다. 건널 수 없는 강이 있는 것처럼. 나는 그 강을 건너지 못했다. 단지 강 너머를 바라만 본것일 뿐. 하지만 의사라고 그 강을 건너지 않을 수 있을까. 삶은 모두에게 공평하니 그러므로 고통도 공평하다. 의사도 사랑하는 사람의 죽음을 지켜봐야 하는 때가 있으며 자신 또한 사랑하는 사람들이 지켜보는 가운데 죽음을 맞아야 할 것이다. 의사가 조금 더 상상하려 노력한다면 그 공감이 환자의 마음에 가서 닿을지도 모른다.

이제 우리 아이한테 놓았던 추를 저쪽으로 옮겨 놓아본다.

제20회 대상 수상작이다. 글쓴이 김대현은 창원파티마병원 흉부외과 과장으로 수상 소감에서 "외과 의사로 불행한 사고를 당한 환자들을 자주 만나다 보니 환자들의 사고가 충격보다는 일상으로 변해버리고, 환자 가족들의 고통은 늘 듣는 일상의 소리가 되어버린다. 사고나 타인의 고통에 무덤덤해진 것이다. 그런데 우리 아이의 일은 마치 처음 앓는 병처럼 나를 힘들게 했다. 부모가 되면, 마음을 아무리 멀리 던져도 자식이라는 울타리를 벗어날 수 없는가 보다. 이제는 마음을 조금 더 먼 곳으로 보내면서 살 수 있을지도 모르겠다"고 말했다.

임신해서
미안해요

"임신해서 미안해요."

이 글을 쓰고 있는 나는 현재 임신 8개월의 산모다. 요즘 같은 저출산 시대에는 임부복을 입고 집 밖을 나서기만 해도 지나가는 사람들이 한마디씩 건넨다. "배가 많이 나와 힘들겠네." "몇 개월이나 됐어요?" 배가 남산만 한 여자가 하얀 가운을 입고 그것도 '산부인과 의사' 명찰까지 달고 병원을 활보하다 보면 굉장한 볼거리가 되는가 보다. 지나가는 환자도, 원무과 직원도, 심지어 편의점 아르바이트생까지 "배가 큰 것을 보니 고추인가 보네", "배가 아래로 축 처진 것이 곧 나올 때가 되었나 봐" 하고 모두 처음 보는 사람이지만, 늘 만났던 사람처럼, 내게 아무렇지 않게 한마디씩 말을 붙인다.

나는 산모이자 산모를 진료하는 산부인과 의사다. 그런 나는 산모들과 울고 웃으며, 잠깐은 그녀들을 이해했다, 또 잠깐은 그녀들을 전혀 이해하지 못했다, 어떤 날은 그녀들을 미워했다, 어떤 날은 그녀들에게 화를 냈다, 또 어떤 날은 그녀들에게 고마워했다, 나와 같은 모습을 한 그녀들과 수없이 많은 감정을 나누며 정신없이 하루를 보낸다.

오늘 오전, 나는 외래 진료실에서 만 45세의 난임 부부를 만났다. 학회로 공석이 된 교수님을 대신해서 시험관시술의 실패를 전달하는 원치 않는 악역을 맡아야 했다. 흉수와 복수가 차는 수십 번의 부작용 위기를 지나며 마지막 동아줄 잡는 심정으로 대학병원을 찾은 그녀에게 이번에도 신은 손을 내밀어주지 않았나 보다. 안타까운 마음을 추스르고 있는 찰나, 진료실 미닫이문이 드르륵하고 열렸다.

막 들어온 두 남녀의 시선이 약속이나 한 듯 불룩 나온 내 배로 동시에 향했다. 부러움과 희망으로 가득 찬 그녀의 두 눈을 마주하고 이번 난자채취에 단 하나의 난자도 성공적으로 자라지 못했다는 말을 전하려니 도저히 입이 떨어지지 않았다. 튀어나온 배를 책상 밑으로 어떻게든 구겨 넣으며 그녀를 어설프게 위로하는 말들로 그렇게 횡설수설 진료를 마쳤다. 문밖을 나서며 "선생님, 임신하셨나 봐요. 축하드려요" 하는 그녀의 마지막 인사가 내 가슴을 아프게 쓸어내렸다. 임신한 산부인과 의사로서 세상 그 무엇보다 임신을 원하지만 그러지 못하는 환자들을 만나는 건, 같은 여자로서 정말 피하고 싶은 순간이다. "임신해서 미안해요." 맴도는 한마디를 입 밖으로 차마 꺼내지 못하고 그렇게 오전 진료를 마쳤다.

수술에, 회진에, 콘퍼런스에, 늘 그렇듯 바쁜 하루가 지나갔다. 업무 순간순간 배 속에서 딸꾹질하는 아이의 움직임을 느낄 때, 언제 그랬냐는 듯 고된 하루가 아무렇지 않게 녹아내린다. 개구리 올챙이 적 생각 못 한다는 속담처럼, 이런 나도 잠깐이지만 임신 소식이 없어 애달팠던 시간이 있었다. 이 글을 빌어 고백하는데, 사실 그 시간 동안 나는 산모들을 마음속으로 많이 미워했다. 남들이 하는 건 다 해야 직성이 풀리는 이기적인 내 욕심 때문이었겠지만, 임신하지 못하는 여자로서 하루 종일 산모들을 상대하며 위로하는 일을 직업으로 삼는다는 것은 어찌 보면 너무 잔인하다고 면피하고 싶다.

'누구 못지않게 열심히 살아온 나에게 왜 신은 아기를 주시지 않는 것일까. 저 여자들은 얼마나 열심히 살았기에 신은 아기를 연이어 주시는 것일까.'

'임신'이라는 말만 들어도 우울한 감정이 휘몰아치던 내게, '산모'라는 이유만으로 여자로서 그리고 환자로서 대접받으며 인생 최대의 황금기를 누리는 것 같은 그녀들을 진료하는 일은 여간 힘든 감정노동이 아니었다.

그런 나도 막상 산모가 되어보니 비로소 산모들을 이해하게 되었다. 그래서 선배들이 '산부인과 의사는 임신을 해봐야 진짜 산부인과 의사가 되는 것이다'라고 그렇게 입이 닳도록 말씀하셨나 보다. 왜 항상 옆으로 누워 잘 수밖에 없는지, 왜 항상 뒤뚱뒤뚱 팔자걸음으로 걸을 수밖에 없는지…. 그날 저녁도 예외 없이 때를 놓쳐 컵라면에 물을 붓는 나에게, 장기입원 중인 산모가 다가와 막 지은 듯 따뜻한 밥을 건넸다. "선생님, 임신한 것만으로도 힘드실 텐데 고생이 많으세요. 산모는 무엇보다 잘 먹어야 하는데…. 힘내세요." 역시 산모를 이해하는 건 남편도, 의사도, 아닌 산모인가 보다.

이런 푸념도 잠시, 갑작스러운 응급실 콜 벨에 정신이 바짝 들었다. 수화기를 놓기 무섭게 퉁퉁 부은 눈의 산모가 분만실로 들어왔다. 불길한 느낌은 늘 틀리는 법이 없다. 그녀의 힘없는 손에 들린 진료의뢰서 속 '자궁 내 태아 사망'이라는 진단명이 단번에 내 눈에 들어왔다. 그렇게 그날 밤 나는 나와 같은 8개월의 산모를 마주해야 했다. 내 배 속의 태아는 여지없이 발차기를 하고 있었고, 그녀의 배 속에서 태아는 사산된 상태로, 서로 다른 처지의 우리 둘은 그렇게 의사와 환자로 만났다. 오늘 오전 진료실에서처럼, 그녀의 첫 시선도 어김없이 불룩 나온 내 배로 향했고, 나는 피하고 싶은 순간을 또 한 번 직면해야 했다.

잠깐의 시술로 끝나는 초기 유산과 달리, 중기 유산에는 여러 번의 시술과 긴 고통의 과정이 따른다. 의학적으로 위험성이 크며 정신적으로도 괴로워 의사에게도, 환자에게도 힘든 시간이다. 첫 임신인 그녀의 좁은 자궁경부를 넓히는 시술을 세 차례 반복한 뒤, 다음 날 새벽이 되어서야 사산된 태아가 분만 신호를 보였다.

분만장으로 서둘러 그녀를 옮기자, 아이러니하게도 수술복 밖으로 불룩 튀어나온 내 배가 그녀의 산도 앞을 제일 앞에서 마주하고 있었다. 바쁜 일과와 몽롱한 정신에 임신 중이었다는 사실조차 까맣게 잊고 있던 때, 문득 배 속 아기에게 몹쓸 짓을 하고 있다는 생각이 들었다. 예쁜 것만 보여줘야 하는데, 태교는 못 해줄망정 밤새 끼니를 거르면서 몸을 혹사시키는 것도 모자라 일반인은 볼 수조차 없는 흉측한 사산아의 모습을 함께 봐야 하다니. 그렇게 산모, 그녀의 아기, 나의 아기 셋 모두에게 죄인이 된 듯한 어두운 밤을 보내자 비로소 날이 밝았다.

불행 중 다행히도 그녀는 큰 합병증 없이 퇴원할 수 있었다. "선생님 순산하세요. 지난밤에 고마웠어요. 다음에 임신해서 다시 올게요"라며 그녀는 내게 마지막 인사를 건넸다. 나는 어제 오전에 만난 환자에게 미처 하지 못한 말을 이번에는 용기 내서 하기로 했다. 의사이기 이전에 엄마가 되는 날을 손꼽아 기다리는 같은 여자로서 "임신해서 미안해요". 나는 이 말밖에 할 수 없었다.

나는 산모이자 산모를 진료하는 산부인과 의사이다. 그런 나는 산모들과 울고 웃으며, 잠깐은 그녀들을 이해했다, 또 잠깐은 그녀들을 전혀 이해하지 못했다, 어떤 날은 그녀들을 미워했다, 어떤 날은 그녀들에게 화를 냈다, 또 어떤 날은 그녀들에게 고마워했다, 나와 같은 모습을 한 그녀들과 수없이 많은 감정을 나누며 정신없이 하루를 보낸다.

제19회 우수상 수상작이다. 글쓴이 홍유미는 전북대학교병원 산부인과 전임의로 수상 소감에서 "이성적인 사고, 감정을 억제하는 자세가 강요되는 의사의 삶 속에서 꽁꽁 숨겨왔던 속마음과 생각들을 온전히 공유하고 나니, 종교인은 아니지만 마치 회개받은 것과 같은, 발가벗겨진 것 같으면서도 후련한, 복잡 미묘한 기분이 든다"며 "지금 이 순간에도 어김없이 씩씩하게 발차기를 하고 있는 배 속의 나의 둘째 아이 은순이와, 나와 같은 모습으로 하루하루 자신의 아이를 위해 고군분투 중인 전국의 모든 산모들과 이 기쁨을 나누고 싶다"고 말했다.

골룸의 탈을 쓴
선생님

봄이 오는가 싶었는데 또 훅 진료실이 더워진다. 요즘엔 봄이 너무 짧다. 벌써 여름이 오려는가…. 문득 작년 여름에 만났던 G가 떠오른다. G─그를 한 번 본 사람은 그의 특이한 외모를 결코 잊지 못한다. 얼굴도 귀도 마치 《해리 포터》에 나오는 요정 도비랑, 《반지의 제왕》에 나오는 골룸을 합쳐놓은 듯하다. 사고가 있었던 날 그를 봤던 당직의도, 백병원에서 한 번 그를 봤던 펠로(전임의) 선생님도 G를 기억했다.

그는 시선을 잘 맞추지 않는다. 거의 항상 45도 왼쪽 아래를 보고 얘기한다. 나는 산전검진 동안 한 번도 그의 눈동자를 정면으로 본 적이 없다. 말도 툭툭 내뱉듯이 하고, 아내에게 말을 함부로 하기도 했다. 필리핀이 고향인 아내는 임신 후 쉬고 있긴 하지만 영어 강사였다.

키가 작고 통통하며 얼굴이 동그랗고 새카만 그녀는 결코 미인형도 호감형도 아니었다. 산모는 부산역 앞에서 파는 필리핀 음식이 너무나 먹고 싶다고 내게 몇 번이나 말했다.

산모는 유난히 영어에 투정을 많이 섞었다. 영어로 저토록 징징거릴 수 있다는 걸 나는 처음 알았다. 나는 그게 다 G가 아내에게 잘해주지 않아서라고 생각했다. 암튼 G는 돈이 없어서 사줄 수 없노라 하였다. 고향인 필리핀에 한번 가고 싶다고 산모가 애원해도 돈이 없어서 못 보내준다고 했다. 나는 산모가 너무 불쌍했다.

"보호자분~ 여자는 임신하게 되면 친정엄마가 해주시는 음식이 너무나 간절하게 먹고 싶어져요. 그건 산모만을 위해서가 아니고 태아를 위해서도 꼭 필요한 일입니다."

"돈이 없는데요, 뭐."

태교로 방향을 틀어봐도 불통이었다. 산모를 위해 해주는 일이 결국 태아를 위해 하는 일이고, 태아를 위해 하는 일이 좋은 태교가 되어 똑똑하고 착하고 건강한 아이를 보게 된다고 누차 강조하고 설득했다. 나는 가운에, 꼬깃꼬깃 접은 만 원짜리 몇 장을 그들 부부가 올 때마다 만지작거리기도 했으나 결국 주지는 못했다. 그러한 일회성 동정이 과연 도움이 될 수 있는지 확신이 서지 않는 사이에 입덧은 좋아지고, 산모는 더 이상 필리핀 음식에 대해 이야기하지 않게 되었다. 나는 그 몇만 원을 쥐여주는 대신 지인으로 등록해서 진료비를 할인해주었고, 가끔 초음파비를 받지 않기도 했다. 그러면서 그 돈으로 산모에게 꼭 부산역에 데려가 필리핀 음식을 사주라고 당부하곤 했다. 그래도 그는 가끔 병원에 전화해서 산모에게 사주는 철분제며 영양제가 너무 비싸다며 우리 간호사를 달달 볶았다. 나는 할 수 있는 한 최대로 G가 산모에게 잘해줄 수 있도록 여러 조언을 아끼지 않았다. 그러나 그것이 그의 귀에 들어가는지, 그리고 실천은 하는지 도저히 알 수가 없었다. 그러던 차에 아마도 내 말은 그에게 소귀에 경 읽기일 것이라는 생각이 들게 하는 일이 있었다.

산모가 20주쯤 되었을 때 조산기가 있어 입원하게 되었다. 자궁수축이 있어 절대 안정이 필요한 상황이었다. 어느 날, 아침 회진 중에 나는 어처구니없는 장면을 목격했다. G가 침대 한가운데 큰대자로 떡하니 누워 있고 산모는 침대 끝에 대롱대롱 매달려 떨어지기 일보 직전이었던 것이다. 내가 아래턱을 털썩 떨어뜨리고 바라보자, 침대보를 잡고 침대 귀퉁이에 누워 있던 산모가 애처로운 눈으로 나를 쳐다보았다.

"보호자분! 산모는 절대 안정이 필요해요! 여기 누워 계시면 안 돼요!"

그러자 G는 천천히 일어나며 역시나 눈은 맞추지 않고 변명했다.

"어제 밤새 당직을 섰더니 피곤해서…."

그가 가고 나자 산모도 훨씬 편해 보였고, 나는 그가 도대체 임신한 아내를 생각이나 해주는지 궁금했다.

우리나라에도 이제 다국적 가족들이 많다. 옛날에 비해서는 정말로 서로 사랑에 빠져서 결혼한 사람들도 보인다. 그러나 대부분은 베트남에서 온 나이 차가 많이 나는 딸 같은 아내를 둔 남편이 많다. 지난번 어떤 부부의 둘째 출산 과정에서 있었던 일이다. 아내가 죽을지도 모르는데 남편이 내게 수술을 부탁했다. 아내가 가진 심장의 문제로 심장내과 선생님이 상주해 있는 대학에서 수술해야 한다고 설명했으나 남편은 돈이 없다며, 아내가 죽어도 좋다는 각서를 작성하고 아기만 무사히 꺼내달라고 했다. 다행히 산모와 아기 모두 무사했지만 참 씁쓸했던 기억이다. 부부가 모두 한국 사람인 경우도 예외는 아니다. 그 정도까지는 아니나 진통 중이거나 출산의 과정에서 자신의 아내보다 아직 태어나지도 않은 아기를 더 우선시하는 남편들이 있다. 나는 G를 그런 부류의 최상단에 놓고 최고로 싫어했다.

그러던 중 그 사고가 터졌다. 작년 7월 마지막 날, 그녀는 임신 32주였다. 밤중에 질 출혈과 복통으로 우리 병원 응급실을 방문했고, 당직의는 임신자간증과 태반박리로 진단하고 바로 대학병원으로 전원했다. 그날 G는 아내가 잘못되면 다 죽인다고 대학병원에서 난동을 피웠다 했다. 혈압이 엄청나게 오르고 출혈도 많았으나 다행히 산모는 살았다. 그러나 그들은 아기를 잃었다.

사실 임신자간증은 전조 증상과 의심할 만한 소견들이 20주 이후에 조금씩 나타난다. 그러나 이들 부부의 경우 산전검진 동안 태아가 아주 잘 자라고 있었고, 양수량도 풍부했고, 산모의 혈압도 안정적이었다. 다만, 사고가 터지기 전 마지막 방문 때 딱 한 번 혈압이 138/92mmHg로 올랐다. 그러나 역시 태아는 또래 주수보다 훨씬 잘 자라고 있었고, 나는 산모에게 머리가 아프거나 배가 아프거나 소변량이 줄거나 아기가 잘 놀지 않으면 오라고 설명한 후 보냈다. 그런데 그 다음 방문 전에 그만 그런 사고가 터지고 만 것이다.

이런 경우 으레 보호자는 병원에 전화해서 끊임없이 불평한다. 심하게는 욕이나 협박을 하기도 한다. 이후엔 병원에 온다. 난동을 부린다. 병원 로비에서 시끄럽게 떠들거나 진료를 방해한다. 결국은 소송을 걸거나 돈을 요구한다. 우리의 G도 그 통과의례를 시작한 듯했다. 전화를 하기 시작한 것이다. 간호사에게 불평하던 전화가 내게 넘어왔다.

"마지막 방문 때 혈압이 높았는데 막을 수도 있었지 않습니까!"

"보호자분, 그게 그렇게 간단한 일이 아닙니다. 당시 한 번의 혈압 오름은 제 의학적 판단으론 문제가 없다고 여겨졌습니다. 다른 여러 가지도 같이 봐야 하고, 경과도 봐야 하고, 초음파나 다른 검사상에는 문제가 없었기 때문에 제가 설명하고 다음 방문 시… (뚜뚜뚜뚜) 보호자분? 보호자분!"

G는 딱 한 마디 하고는 내 말을 다 듣지도 않고 전화를 끊어버렸다. 그가 말을 많이 한 것도 아니고 욕을 한 것도 아니었으나 그게 더 무서웠다. 일전에 파견 간 병원에서, 화난 보호자가 산부인과 주치의의 목에 칼을 대고 끌고 가는 장면을 목격한 적 있다. 최근의 뉴스를 보니 자신의 아이가 감기약을 먹고 낫지 않는다고 아예 주치의를 조폭처럼 두들겨 패는 모습이 CCTV에 찍힌 일도 있었다. G와 그의 아내가 그 나이에 어떻게 얻은 아기인가…. 이유 불문하고 화가 많이 났을 것이다. 게다가 분명 대학병원의 수술비와 입원비를 낼 돈도 없을 것이다. 설명을 해야겠는데 전화도 막 끊어버린다. 나는 G가 두려웠다. 능히 그 어떤 짓도 할 것 같았다.

그리하여 전화가 온 그날부터 고뇌가 시작되었다. 입맛도 떨어지고 잠도 잘 오지 않고 살도 막 빠진다. 그러던 며칠째 밤, 갑자기 그런 생각이 들었다. G가 병원에 쳐들어오기를 기다리지 말고 내가 찾아가서 담판을 짓자! 그래, 가서 설명하자! 죽든 살든 기다리다가 피를 말리느니 그게 낫겠다.

그렇게 결심한 다음 날 아침—토요일이었다. 그날도 근무가 있으니 죽이 됐든 밥이 됐든 이 일을 해결하고 출근하자는 생각으로 새벽부터 집을 나섰다. 아침인데도 끈끈한 7월의 더운 공기가 온몸에 감겼다. 가다가 돌아서기를 몇 번. 드디어 대학병원에 도착했다. 직원에게 확인해보니 다행히 아직 퇴원하지 않고 입원해 있었다. 나는 빨리 뛰기 시작한 가슴을 진정시키기 위해 일단 밖으로 나왔다. 그리고 빵집이 문을 열었기에 들어가서 갓 구운 따끈한 팥빵, 슈크림빵, 소보루, 카스텔라 등이랑 바나나우유를 두 개 샀다. 아마도 문병 오는 사람도 없으리라 싶어서 뭐든 사가야 할 것 같았다.

암튼 이젠 돌아설 수 없다. 머리로 무슨 말을 할지 어떻게 해야 할지 생각할 게 아니라, 가슴이 시키는 대로 하자고 생각하며 입원실을 찾아 들어갔다. 아직 한참 이른 아침인데도 침대는 텅 비어 있었다. 옆에 있던 다른 보호자분이 복도에 운동 나갔다고 알려주었다. 복도로 나왔더니 이른 아침인데도 보호자, 환자들로 복도가 나름 부산했다. 그리고—멀리서 그들이 보였다. 한눈에 알아보았다. 폴대를 밀며 천천히 걸어오는 산모는 긴 머리를 하나로 가지런히 땋아 앞으로 넘기고 있었다. G는 그 옆에서 천천히 산모의 등을 어루만지며 걷고 있었다.

나는 그들이 나를 볼 때까지 서서 기다렸다. 마치 심판을 기다리는 사람처럼 서서 그들을 기다리고 있는데, 이상하게 가슴이 아파졌다. 그리고 눈물이 왈칵 솟았다. 바로 그때 나를 발견한 그가 눈을 크게 뜨고 나를 쳐다보았다. 그리고 나는 처음으로 정면에서 G를 보았다. G는 믿을 수 없다는 표정으로, 빵이 담긴 비닐봉지를 든 나를 똑바로 바라보고 있었다. 그렇게 크게 뜬 눈은 지금까지의 그의 인상을 완전히 딴판으로 바꾸어놓고 있었다.

얼마나 마주 보고 있었을까. 그는 곧 원래대로 시선을 떨구었다. 반면 산모는 나를 보더니 반가운 표정으로 다가왔다. 우리는 자연스럽게 서로 껴안았다. 내 몸에서 뜨거운 것이 확 솟아올랐다. 내가 빵 봉지를 내밀자 산모가 휴게실로 나를 이끌었다. 산모, 나, G—이렇게 셋이서 나란히 소파에 앉았다. 그녀는 영어로 그녀의 병명을 정확하게 얘기했다. 그렇게 갑작스럽게 오는 경우는 드문데, 자신의 체질과 가족력 때문이라고도 했다. 그리고 다시 아기를 가지면 자신의 생명까지도 위험해질 수 있다는 걸 안다고 덧붙였다. G는 고개 숙이고 가만히 듣기만 했다. 나는 얘기를 들으며 여러 가지 감정이 교차했다. 설명을 잘해주신 대학의 주치의 선생님에게도 고마웠고, 그래도 내가 더 신경 썼으면 태아를 살릴 수 있지 않았을까 자책도 되었다.

산모가 얘기를 끝마치자 세 사람 사이에 침묵이 오랫동안 감돌았다. 뭐라고 해야 할지 알 수가 없었다. 그래서 말했다. 다시 아기를 가지면 내가 책임지고 순산시켜주겠다고. 매주 보든, 입원을 시키든, 어떻게든 하면 현대 의학으로 못 할 게 뭐냐 싶어서 진심으로 한 말이었다. 그랬더니 G가 고개를 가로저으며 처음으로 입을 열었다.

"아내가 죽을 수도 있대요. 우린 이제 아이를 안 가지기로 얘기 끝났어요."

그때 나는 알았다. 내가 틀렸었다는 것을. 내 생각과 달리 G는 정말로 아내를 사랑하고 있었다. 그 어떤 다른 남편보다도.

그러고도 셋이 한참 말없이 앉아 있다가 나오는 길에 치료비를 내카드로 계산한 것은 순전히 충동적인 행동이었다. 평소의 나였으면 이것이 일회성인가, 이후에 계속 부탁하거나 하면 어쩌나, 이런 식으로 해결하는 것이 옳은가 하는 생각이 많았을 것이다. 또는 단 한마디라도 나를 원망했거나, 보통의 경우처럼 싸워야 했다면, 싸우면 싸웠지 절대로 치료비를 내어주지는 않았을 것이다. 그렇지 않았기에 나는 내가 해줄 수 있는 최소한의 것을 해주고 싶었다.

그러나 더 놀란 것은 그로부터 한 달 뒤였다. 카드 사용 내역을 보던 나는 내 눈을 믿을 수가 없었다. 병원비가 환불되어 있었던 것이다! 그걸 리가 없다고 생각해서 다시 확인해도 마찬가지였다. 어떤 이유에서인지 모르나 G가 환불한 것이다.

인턴까지 치면 거의 20년을 병원에서 일하면서 나는 무수히 많은 직종의 환자들과 보호자들을 보아왔다. 판사, 의사, 교수, 선생님, 기자, 경찰…. 공짜를 싫어하는 사람은 아무도 없다. 선하고 예쁘던 얼굴들이, 어떠한 작은 일이든 틀어지는 경우에 어떻게 괴물로 변하는지를 무수히 보아왔다. 그것은 사회적 지위와도, 학문적 깊이와도, 돈의 양과도 상관이 없었다. 많은 부분 그건 어떤 이유든 의사를 향해 팽배해 있는 불신과 연관되어 있다. 또한 화장실 들어갈 때랑 나올 때 맘이 다른 것은 인간의 본성이기도 하다.

그런데 G는…. 과연 그는 누구인가. 나는 마음속으로 일어나서 그에게 90도로 절하였다. 앞으로 그를 만나면 나는 그를 '보호자분'이라고 부르지 않을 것이다. '선생님'—이라고 부를 것이다. 그는 내가 아는 그 어떤 선생님보다 그렇게 불릴 자격이 있는 사람이기 때문이다.

제18회 장려상 수상작이다. 글쓴이 박천숙은 미래아이여성병원 산부인과 전문의로 수상 소감에서 "산부인과에서는 소설보다 더 소설 같은 일들이 많이 일어난다. 이 이야기는 그런 일 중에 무척 인상 깊었던 사례 중 하나였다. 그리고, 우리 사회가 나아가야 하는 방향 중 하나인 의사와 환자의 신뢰 회복에 귀감이 된다고 생각했다. 또한 아내를 진심으로 사랑하는, 진정한 '자존심'을 가진 한 명의 용감한 남자를 소개하고 싶었다. 사진기가 풍경의 진정한 아름다움을 정확하게 잡아내지 못하듯이, 내 글의 부족함이 G를 제대로 표현해내지 못해 안타까울 뿐이다"고 말했다.

침묵조차 슬픈
당신에게

"말하기 싫어요."

눈앞에 앉아 있는 내 또래의 젊은 환자는 그 말만 반복할 뿐이었다.

'말하기 싫을 거다. 나라도 말하기 싫었을 거다.' 환자의 마음을 알 것만 같은 나의 마음, 그리고 빠르게 스쳐 지나가는 기억들. 이것은 명백한 역전이였다. 역전이는 치료자가 환자를 통해 과거에 경험했던 중요한 사람과의 관계를 떠올리는 것이다. 이를 통해 치료자는 환자에게 특별한 감정을 느끼고 평소와 다른 행동을 하게 되는데, 그 과정을 스스로 알아채기는 매우 어렵기 때문에 치료자는 혼란에 빠지곤 한다. 결국 내가 이 환자를 치료하는 과정은 험난할 것이 분명했다.

애초에 그 환자는 병력을 읊는 것만으로도 정신을 아득하게 만드는 어려운 상황에 놓여 있었다. 어린 시절에 시작된 우울증, 몇 년 동안 이어진 알코올 중독, 최근에 겪은 배우자 사별까지. 하나씩 떼어놓아도 어려울 문제들이 얽히고설켜 서로를 부채질했고 자살 시도가 반복됐다. 가장 다루기 어려웠던 것은 사별에 대한 죄책감이었는데, 환자는 사별을 말하기조차 피하려 했다. 어쩌면 '저 의사는 나를 돕지 못할 것'이라고 생각했을 수도 있다. 부부 싸움 직후에 자살한 배우자를 떠올리는 고통은 내가 감히 상상할 수도 없었으리라.

의도하든 의도하지 않았든 자살은 대개 주변 사람들의 죄책감으로 이어진다. 특히 격렬한 싸움 뒤에 이어진 것이라면 더 깊은 상처를 남길 것이다. 알고 있지만… 뾰족한 방법이 없었다. 한 달의 입원 기간 동안, 그 환자는 상담실뿐 아니라 병동에서도 항상 무표정했고 무슨 말을 하든지 감정을 담지 않으려 했다. 나는 그런 환자를 회복시키려 애썼고, 점점 지쳐갔다. 그러는 와중에도 그 환자는 큰 문제를 일으키지 않고 한 달을 버터낸 뒤 퇴원을 요청해 나를 고민에 빠트렸다. 재발할 것이라는 불안함, 해줄 것이 없다는 궁핍함, 그만 편해지고 싶다는 솔직한 바람이 뒤엉켰다. 많은 걱정과 약간의 기대를 가지고 시행한 우울증 검사 결과는 가장 높은 점수를 가리켰다. 한 달 동안 전혀 나아진 게 없었던 것이다. 이유를 묻자, 환자는 사별에 대한 생각을 감당할 수 없어서 사별을 떠올리게 하는 모든 자극을 피하고 있고 잠들 때면 죄책감에 눈물을 흘린다고 답했다. 잘 지내는 것처럼 보이려는 노력에 속아 넘어갈 뻔한 서툰 의사에게 환자가 직접 답을 준 것이다.

어쨌든 나는 그 환자의 죄책감을 다루어야만 했고 직접 EMDR^{Eye Movement Desensitization and Reprocessing}(안구운동 민감소실 재처리 요법) 치료를 배우기로 결심했다. EMDR은 눈을 양쪽으로 번갈아 움직이면서 힘들었던 기억을 떠올리게 하는 기법으로 주로 외상 후 스트레스 장애^{PTSD}를 치료할 때 사용한다. 정신적인 외상이라 불릴 만한 충격적인 사건을 겪으면 그와 관련된 경험과 생각, 몸의 감각까지 모든 것들이 왜곡된 틀에 갇혀버린다. 때로는 아픈 기억을 떠올리고 왜곡된 틀을 깨는 것으로 고통을 덜 수 있는데 EMDR은 그것을 위한 치료법이다. 아직 많은 사람들에게 생소한 이 치료법은 별도의 훈련이 필요하며, 내가 참가했던 실습에서는 모든 참가자가 파트너 치료자의 환자가 되어야 했다. 나에게도 환자 역할을 할 차례가 돌아왔고, 불빛을 따라 눈을 움직이면서 외면해온 그날의 기억을 떠올리기 시작했다.

"가고 싶지 않아요."

나는 곧게 뻗은 국도를 따라 운전하고 있었다. 두려웠다. 눈물이 쏟아지지 않게 하기 위해서 스피커가 찢어지도록 신나는 음악을 틀어놓고 운전에 집중하려 했다. 그나마 한 시간 넘게 동네를 서성이던 내 곁을 아내가 함께해줘서 겨우 운전대를 잡을 용기를 낼 수 있었다. 운전은 평소보다 거칠었고 전날 밤 당직 근무를 섰던 피곤함까지 몰려오고 있었다. 순간 내 앞으로 차 한 대가 스칠 듯이 끼어들었다. 분노에 휩싸여 가속 페달을 밟고 쫓아가다가 퍼뜩 정신이 들어 그만두었다. 그런 장면들이 빠르게 스쳐 지나갔다.

"가고 싶지 않아요. 정말로 가고 싶지 않았어요. 그리고, 한심합니다. 다른 사람에게 화풀이하려고 했어요. 사고가 안 나서 다행이지만 제가 너무… 못났네요."

"그렇게까지 잘못한 일인가요? 친구의 장례식에 가면서 거칠게 운전했던 게요."

지도감독 선생님의 질문에 무어라 답하려다 눈물이 터져 나왔다. 나는 친구의 죽음을 슬퍼해야 하는 무력한 내 모습을 인정하지 못해서 난폭하게 운전한 자신을 비난하며 슬픔을 외면하고 있었다. 다시 호흡을 가다듬고 불빛을 따라 눈을 움직이면서, 비로소 친구의 장례식을 떠올릴 수 있었다.

으레 그렇듯 아무런 예고 없는 자살은 아니었다. 때로는 그것이 남겨진 사람들을 더 고통스럽게 만든다. '그때 내가 이렇게 했다면—' 혹은 '그때 내가 이렇게 하지 않았다면—'으로 시작되는 질문은 꼬리에 꼬리를 물고 이어지고, 모든 질문의 결론은 정신과 전공의인 나의 탓으로 정해져 있었다. 죄책감으로 만든 족쇄의 무게 때문에 주차장에서 빈소를 향하는 걸음이 힘겨웠다. 우리는 초등학생 시절부터 함께한 서로의 가장 오래된 친구였다. 그것은 친구의 가족들과도 오랜 시간 알고 지낸 사이라는 뜻이기도 했다. 가족들을 대하기 불편했던 적은 한 번도 없었건만, 장례식장을 떠올리자 생각지도 못했던 말이 내 입에서 튀어나왔다.

"어머니를 만나는 게 무서워요. 너무… 미안해요. 도저히 얼굴을 못 보겠어요."

마음속 깊은 곳에서 나는 친구의 가족들이 나를 원망했을 거라고 생각하고 있었다. 그래서 장례식에 가지 않으려고, 장례식에 갔던 기억을 떠올리지 않으려고 했던 것이다. 하지만 힘겹게 떠올린 기억 속에서 친구의 어머니는 나를 위로하고 있었다. 그동안 애써주었다고, 고맙고 또 미안하다고. 그 따뜻한 위로의 말을 떠올리는 순간 태풍이 잦아들기 시작했고 안도의 한숨과 함께 눈물도 멈췄다. 아마 그 뒤에 떠올린 장면들은 다른 장례와 그리 다르지 않았을 것이다. 영정 앞에서 눈물을 흘리고, 끊었던 담배를 다시 태우며 친구들끼리 욕지거리로 슬픔을 잊으려 하는 그런 것들 말이다. 한바탕 눈물을 쏟아낸 실습 이후로 나를 옥죄던 죄책감은 한결 가벼워졌다.

병원으로 돌아간 나는 그 환자에게 무엇이라도 해봐야 하지 않겠느냐며 입원 연장을 권했고 EMDR 치료를 시작했다. 고백하건대 새로 배운 치료를 적용하기엔 너무나 어려운 환자였다. 아홉 번의 치료에서 환자는 아무것도 떠올리지 못했고 나 역시 벽을 마주 보는 듯한 답답함을 느꼈다. 하지만 그 망설임을 조금은 알게 됐기에 불안을 억누르면서 끝까지 해보자고 환자를 다독였다. 열 번째 치료에서 환자는 사별 직전에 벌어진 부부 싸움을 떠올릴 수 있었다. 말다툼하며 바랐던 것이 결코 배우자의 죽음은 아니었을 것이다. 환자는 기억을 마주하면서 그 당연한 사실을 깨달았다. 부부 싸움이 끝난 뒤 난장판이 된 집에 홀로 남겨졌던 자신의 모습을 바라보면서 마음을 짓누르던 무게도 조금이나마 가벼워졌을 것이다. 죄책감에 가려져 있던 원망, 분노, 억울함, 슬픔, 그 모든 감정을 쏟아낸 뒤에야 울지 않으며 잠을 자게 되었고 비로소 진심으로 퇴원을 요청하게 되었다. 물론 그런 어려운 문제를 한 번의 입원으로 완전히 해결하기란 불가능했을 것이다. 하지만 환자와 나는 재발의 가능성을 알면서도 퇴원을 받아들이게 되었다.

이후에도 나는 이따금 그 환자를 생각했다. 그 무표정한 얼굴은 친구의 죽음을 뒤로하고 진료하던 내 모습을 떠올리게 했다. 사실 친구의 장례를 치르며 겪은 고통은 녹록지 않았다. 삼 일 동안 식사를 못했고 설사를 계속해서 5kg이 빠졌다. 운전대를 잡으면 장례식장으로 가는 길이 떠올라서 두 달 동안 운전을 하지 못했다. 보다 못한 선배 전공의가 일주일 병가를 주겠다고 했는데 나는 모든 선의를 거절하고 평소처럼 일을 해나갔다. 엄밀히 말하자면 '평소처럼'은 아니었다. 자살을 생각하는 환자들을 계속해서 진료했고 그것은 이전보다 더 고통스러웠다. 하지만 나는 그때마다 불쑥 올라오는 강렬한 감정들—슬픔, 분노, 무력감 등—을 드러내지 않고 담담해 보이기 위해 애썼고 어느 정도는 성공적이었다고 생각해왔다. 최소한 크게 실수한 적은 없지 않았던가?

나는 친구의 죽음으로부터 6개월 동안 '높은 기능 수준을 유지하는 정상적인 애도 반응'의 범주에 있다고 스스로 평가했고 치료를 받지 않았다. 그러나 돌이켜보면 나는 감정을 드러내지 않는 데 급급해서 평소보다 무표정했고 따뜻한 공감과 위로의 표현을 하지 않고 있었다. 몇 달 동안 그런 정신과 의사를 마주했을 환자들을 생각하면 미안할 따름이다. 나는 왜 그렇게 고집스럽게 진료를 계속해야만 했을까? 왜 친구의 부고를 들었던 당직 날 밤에도 동료 전공의에게 도움을 청하지 않았을까? 아마 당시의 나는 도움을 받는다는 사실을 받아들이지 못했던 것같다. '의사들이란 원래 그렇게 일하는 법'이라고 생각했기 때문에. 나는 환자를 위해 교육을 받으러 가서야 내 문제를 다룰 수 있었다. 그 실습 이후로 지금까지 일 년 동안 수없이 많은 환자의 자살과 사별 문제를 다루었고 전보다 편안해진 마음으로 진료에 임할 수 있었다. 결국 내가 도움을 받은 것이 나의 환자들에게도 이로운 일이었던 것이다.

글을 쓰면서, 경험이 부족한 의사를 만나 고생했던 환자들에게 감사한 마음이 든다. 또한 나보다 더 많은 죽음을 겪으며 수없이 상처받고 묵묵히 일했을 동료 의사들에게 감사와 존경을 표하고 싶다. 그리고 동료 의사들과 함께 나의 고민을 나누고 싶다. 우리는 어떤 존재일까? 어쩌면 우리는 가족의 죽음 앞에 황망해하면서도 이해할 수 없는 사실을 받아들이고 살아가는 유가족과 같을지도 모른다. 어쩌면 우리는 덧없는 죽음이 난무하는 전쟁터에서 '나는 절대 죽지 않을 것'이라고 믿어야만 하루를 살아갈 수 있는 참전 용사와 같을지도 모른다. 그래서 우리는 살리고 싶었던 환자를 놓친 날에도 감정을 억누르고 다음 환자를 볼 수 있었겠지만, 그래서 우리는 너무나도 감정이 무뎌진 모습으로 다음 환자에게 상처를 주었을지도 모르겠다. 아직 멋진 답을 내놓을 수는 없지만 한 가지는 확실히 알게 되었다. 의사들도 도움이 필요한 한 명의 환자일 수 있다는 것. 그리고 그 사실을 온전히 받아들이는 게 다음날 나를 만날 환자를 진심으로 위하는 길이라는 것. 그 경험을 나눔으로써 누군가의 고민과 아픔에 조금이라도 도움이 되기를 바란다.

제20회 우수상 수상작이다. 글쓴이 이한준은 국립공주병원 정신건강의학과 전공의로 수상 소감에서 "누구나 그렇겠지만 한 편의 글에 모든 사실을 그대로 담아낼 수는 없었다. 때문에 어떤 분들에게는 다소 모호한 글이 되었을지도 모르겠다. 하지만 필요 이상으로 슬픔과 절망에 빠지게 만드는 글을 쓰고 싶지는 않았다. 어떠한 마음 아픈 이야기라 할지라도 그 속에는 희망이 보이는 순간이 함께 존재한다고 믿는다. 찰나의 순간일지언정 그것을 놓치지 않고 비추어내고 싶었다. 그런 자세로 글을 썼던 게 최소한 나에게는 위로가 되었다"고 말했다.

45일

병원 장례식장은 다니면서 늘 봤었고, 몇 번 가본 적이 있었지만 오늘은 평소와는 좀 다른 느낌이 들었다. 2014년도 11월, 가을의 막바지이자 겨울의 초입이었고, 가로수에 달린 나뭇잎보다 인도와 주차장에 굴러다니는 낙엽이 더 많아지고 있었다. 간만에 꺼내 입은 검은색 양복 안으로 스산한 기운이 스며들었다. 장례식장 밖 흡연 장소에는 검은 상복을 입은 사람들과 조문객들이 술이 약간 오른 얼굴로 삼삼오오 모여서 대화하고 있었다.

장례식장 입구에 들어섰다. 밖의 어두운 분위기에 비해 장례식장 안은 너무 밝았고, 환한 형광등 불빛으로 다소 낯섦과 괴리감이 느껴졌다. 장례식장 입구에서 상주의 명단을 확인했다. S 씨가 상주로 있는 11호실은 꽤 큰 호실이었다. 이미 다소 늦은 시간인 까닭인지 2~3

개 테이블에만 사람들이 좀 있을 뿐이었다. 11호실에 들어서자 S 씨는 매우 놀란 얼굴로 나를 반갑게 맞이해주었다. 나는 고인에게 예를 차린 뒤 S 씨가 안내해주는 테이블로 가서 앉았다. 어느새 남아 있던 문상객들은 일어서서 나갈 채비를 하고 있었다. S 씨는 나에게 잠시 양해를 구한 뒤 문상객을 배웅하고 같이 있던 두 형을 내게 소개해주었다. 한 분은 내가 전에 병원에서 만난 적이 있었다.

식사했냐고 물어보기에, 저녁은 먹고 왔다고 하니 그럼 소주를 한잔하자고 S 씨가 이야기했다. 뭔가 설명하기 어려운 기분이 들었다. 사실 생각해보면, S 씨와 형제들이 나에게 안 좋은 감정을 가지고 있어도 이상할 것이 없었고, 나도 내가 돌보던 환자의 장례식에 온 것도 처음이었기에 어떻게 해야 할지 모르는 상태였다. 왠지 모르게 와봐야겠다는 생각이 들어서 무작정 왔기 때문에 무슨 이야기를 해야 할지, 어떻게 위로해야 할지 혼란스러웠다. 하지만 여기까지 와서 딱히 거절할 이유도 찾을 수 없었다. 그때 나의 어색해하는 모습이 얼굴에 드러났는지 S 씨가 먼저 소주를 따라주면서 말을 꺼냈다.

"정말 오셨군요. 이틀 동안 안 오시기에 그냥 예의상 하는 이야기인 줄 알았습니다. 하지만 역시 오셨네요. 너무 마음 쓰지 마세요. 형님들께도 제가 잘 설명해드렸습니다. 가족들도 처음에는 화를 많이 냈지만 지금은 다들 이해하고 있어요."

나는 긴장으로 인해 마른 입술을 소주로 약간 축였다. 참으로 죄송하다, 그리고 최선을 다했으나 결과가 좋지 않아 의료진들도 정말 안타깝게 생각하고 있다는 형식적인 말밖에는 할 수가 없었다.

"잘 알고 있습니다. 아버지 투병 기간 동안 선생님께서 보여주신 모습에 저는 감동받았습니다. 저도 사람이고, 아들이다 보니 아버지께서 안 좋아지실 때는 여러 가지 생각도 들고, 감정이 좋지 않았습니다. 다른 병원에 갔어야 했나 하는 생각도 많이 들었던 것이 사실입니다. 하지만 지금은 그렇게 생각하지 않습니다. 지금 돌아가셨지만 아버지도 틀림없이 그렇게 생각하실 겁니다."

부끄러워졌다. 물론 당시 열심히 환자를 돌본 것은 사실이나 돌아가신 환자의 아들에게 감동받았다는 이야기를 들으니 내가 정말로 최선을 다했는가, 내가 뭔가 더 잘했으면 결과가 좋아지지 않았을까, 내가 환자에 대해서 놓친 것은 없었을까 하는 생각이 머릿속을 빠르게 지나갔다. 그리고는 나의 무지함으로 인해 사람을 구하지 못한 것은 아닐까 하는 생각이 들자 부끄러움은 더욱더 커져서 내 마음속과 머릿속을 완전히 채워버렸다.

"항상 환자 옆을 떠나지 않고 자리를 지키고 계셔서 저는 어느 순간 선생님을 믿기로 했습니다. 결과가 어떻게 되든 간에 선생님을 믿자, 그리고 저렇게 열심히 했는데 안 좋아진다면 그건 어쩔 수 없는 신의 뜻이다, 그렇게 생각하게 되었습니다. 이 이야기는 저희 집사람이 해준 이야기예요. 제가 병원에 별다른 불만을 이야기하지는 않았지만, 아버지께 면회를 다녀왔는데 상태가 안 좋으면 집에서 불만을 많이 이야기했었나 봅니다. 집사람은 애들을 돌봐야 하니까 면회를 자주 못 왔기 때문에 제가 아버지 상태나 병원에서 있었던 일을 이야기해줬거든요. 평소에는 그냥 듣기만 하거나 제 불만에 대해서 맞장구를 쳐주던 집사람이 어느 날 이야기하더군요. 자기가 보기엔 병원에서 최선을 다해주는 것 같다고. 당신이 병원에 가면 아침이든 저녁이든 밤이든,

그 선생님이 아버지 옆에 있다고 하지 않았냐고. 당신 갈 때마다 그 선생님한테 아버지 상태에 대한 설명을 듣고, 시술동의서 설명도 듣지 않았냐고. 그렇게 밤낮없이 환자 옆을 지키고 있는 의사는 자기는 보지 못했다고 그러더군요. 그리고는 집사람 아버지, 저에겐 장인어른이시죠, 그분이 예전에 돌아가실 때는 의사에게 그렇게 자세한 설명들을 듣지 못했다고 그러더군요."

다소 마음이 가벼워졌다. 하지만 마음과 머릿속을 채우고 있던 부끄러움과 죄책감은 사라지지 않고 점점 단단한 가시처럼 변해 심장을 서서히 파고드는 것 같았다.

S 씨의 아버지 K 씨는 70대 중반의 노인으로 간염, 간경화로 간 이식 수술을 받은 환자였다. 나는 당시 임상강사였고, 병원에서 환자에게는 담당의도, 주치의도 아닌 중간 위치에 있는 의사였다. K 씨의 주치의는 내 스승님이셨고 담당 의사는 전공의로 되어 있었지만, 수술 후 환자의 관리는 주로 임상강사들이 했다. 사후장기기증자를 기다렸다가 간 이식을 받는 환자들이 대부분 그렇듯이 수술 전부터 상태가 좋지 못한 경우가 많았고, K 씨도 마찬가지였다. 수술 과정에는 별다른 문제가 없었지만, 수술 후 이식한 간이 회복하지 못하고 기능이 점점 떨어진 데다, 나중에는 감염까지 겹쳐서 이렇게도 저렇게도 할 수 없는 상태에 다다랐다. 항생제를 쓰면서 감염이 잡히기를 거의 기도하는 심정으로 환자를 돌봤는데, 수술 후 제대로 되지 않은 면역억제와 잡히지 않는 패혈증으로 환자는 서서히 무너졌다. 마치 도미노가 차례대로 쓰러지는데 도중에 막을 수 없어서 안타까운 마음으로 다 쓰러지는 것을 지켜보는 듯한 느낌이 들었었다. 아무것도 하지 않은 것은 아니었다.

차례대로 쓰러지는 도미노의 중간 블록을 어떻게 잘 빼내어 보려고 많은 노력을 했다. 하지만 종국을 향해 달려가는 환자의 운명 앞에서 나는 무력했고, 한 치 앞을 볼 수 없는 상태였다. 결국에 나는 단지 보호자들보다 환자의 죽음을 조금 더 일찍 예측하는 정도였다.

"저도 아버지께서 힘들어하시는 모습을 볼 때마다 객관적이라고 해야 하나? 그렇게 생각할 수가 없었거든요. 그런데 집사람이 하는 말을 듣고 나서 다음 날 병원에 왔을 때는 선생님 얼굴도 보이고, 중환자실의 간호사 얼굴도 보이더군요. 환자에 대한 절실함이 비치는 선생님의 눈이 그제야 보였어요. 그때부터 저도 선생님과 의료진을 완전히 신뢰하게 되었습니다. 우린 마치 고지를 탈환해야 하는 군인들 같았어요. 그리고 전투에서 지기는 했지만, 선생님도 나도 우리는 같이 싸운 전우라는 생각이 들어요. 아버지도 함께요. 45일간의 정말 치열한 전투였다고 생각해요. 전투에서 늘 이길 수는 없겠지요. 지금은 저도 마음이 좀 편안합니다. 후회도 남지 않고요. 아버지도 좋게 생각하실 거예요."

나는 왜 여기에 왔을까? 돌아가신 환자분에게 예의를 차리기 위해서 왔을까? 아니면 보호자들을 위로하러? 내가 정말 최선을 다했노라고 알리기 위해서 왔을까? 아니었다. 좀 더 최선을 다하지 못했던 내 마음이 부끄러워서 왔을 것이다. 슬픔에 빠진 보호자들을 위로하기 위해서 온 것이 아니라, 내가 위로받기 위해서 온 것이었다. 나의 마음 깊은 곳에서는 알고 있었지만, 애써 모른 체해서 인지하지 못하고 있던 진심이 드러나 다시 한번 나를 부끄러움으로 채웠다. 나는 지식이 모자라서 최선을 다 못 한 것이지, 알면서도 나태하지는 않았다고 알량한 자기방어로 터져 나오려는 부끄러움을 간신히 억눌렀다. 하지만,

지식의 모자람도 의사에게는 죄악이 아니던가.

"앞으로도 계속 열정적인 모습으로 남아주세요. 그래야 아버지의 죽음이 헛되지 않을 것 같아요."

나는 고개를 숙이며, S 씨에게 그렇게 하겠다고 약속했다. 시계가 1시 반을 가리키고 있었다. 다른 장례식장에서 간간이 들리던 대화 소리도 거의 들리지 않았다. 나는 이만 가봐야 할 것 같다고 S 씨에게 인사하고 자리에서 일어서서, S 씨와 형제들의 배웅을 받으며 장례식장을 나섰다.

장례식장을 나서는데, 예전에 어디선가 읽은 글이 생각났다. 읽은 지 좀 오래되어서 정확하지는 않지만, 일본의 한 나이 든 의사가 후배에게 했다는 말이었다.

"의사는 병과 싸우는 군인이다. 진짜 군인과 다른 점은 죽도록 싸워도 의사는 죽지 않는다는 것이다. 다만 싸움에서 지면 대신 환자가 죽는다. 그렇기 때문에 의사는 죽을힘을 다해서 싸워야 한다."

나는 환자를 위해서 죽을힘을 다해 싸우고 있는가?

제18회 장려상 수상작이다. 글쓴이 이수호는 가톨릭대학교 의정부성모병원 외과 교수로 수상 소감에서 "한미수필문학상에 대한 메일을 읽고 오랫동안 머리와 가슴 속에서 사라지지 않던 한 환자와 그 보호자에 대한 기억이 다시 떠올랐다. 질병을 치료하는 의사의 실력이 매우 중요한 것은 변치 않는 사실이나, 환자의 아픔과 고통을 이해하고 그것을 덜어주려고 애쓰는 의사의 마음이 환자와 의사의 관계를 돈독히 하고 환자가 의사의 치료 계획에 잘 따라오도록 만드는 원동력이라고 믿어 의심치 않는다"고 말했다.

1년 만의
답장

    당직 없는 주말이면 종종 서점에 들른다. 계획 없이도 일단 들어서서 책들에 둘러싸이는 것만으로도 한 주간의 긴장이 풀리는 곳. 시와 에세이 공간으로는 마음부터 먼저 뛰어간다. 그러다 마음 끌린 시집 한 권이라도 품고 돌아오는 날이면, 그날 저녁은 시원한 맥주 한 캔과 함께 맘껏 말랑해질 준비가 된다.

    내게 말랑해진다는 건, 잔잔한 감정의 호수에 일부러 돌 몇 개를 던져 어지르는 일이다. 그 돌은 주로 시와 맥주, 어떤 때는 홍대 싱어송라이터의 차분한 목소리가 되기도 한다. 나 편하자고 제 무게만큼 가라앉아 숨죽이고 있는 감정들을 굳이 한 번씩 띄우는 일. 이 요상한 습관은 내가 의사가 되고 나서 생긴 것이다. 감정을 띄워 올리는 날이면, 그동안 조용히 눌려 있던 사람들이 기억과 풀려나오고 가끔은 눈이 붓도록 울게도 된다.

황금 같은 휴식 중에 이런 요란한 감정 소모라니! 왜 피곤하게 사느냐는 말을 듣기도 했지만, 사실 내 피곤은 바쁜 일상 속에서도 이렇게 무사한 감정들을 확인하며 풀리곤 한다. 의사가 되어보니 치료한다는 것은 단순히 치료만이 아니라 환자들과 함께 삶과 죽음, 이 극단의 환경을 함께 오가는 일이었다. 어느 날엔가 나는 그 안에서 떠오르는 감정들을 무심코 눌러대는 내 손가락들을 인지하게 되었다. 일상이란 나 편할 만큼 감정들을 누르고 띄워내는 건반 연주처럼 흐르고 있었고, 바쁠수록 쉬운 건 소리 나게 누르기만 하는 것이었다. 하지만 열 손가락이 모두 누르는 순간부터는 연주가 곧 멈출 것이다. 내게 말랑해지는 주말이란, 손가락 힘을 풀고 감정을 마음껏 띄워내며 다시 흐르는 연주를 듣는 여유인 셈이다.

이렇게 변명 같은 설명을 한다 한들 여전히 나는 복잡한 사람일 뿐일지도 모르겠다. 돌이켜보면 내 마음은 의사가 되겠다고 결심하던 시작부터 꽤 요란스러웠다.

"어떤 의사가 되고 싶어요?"

매번 정석적이고 뻔한 대답을 했던 이 질문 앞에, 속으로 늘 했던 첫 번째 답은 감정적으로 무뎌지지 않는 의사가 되자는 것이었다. 정확히는 '무뎌지지 않을 수 있는'. 나는 시작부터 그게 자신이 없어서 내 마음을 다그쳤다. 고통을 외면하지 않는 의사가 되고 싶은데, 너는 과연 고통과 죽음이라는 것의 무게는 제대로 알며, 마주할 용기는 있는 것이냐고.

회사원인 친구들이 매일 서류를 마주하듯이 내겐 환자들을 마주하는 것이 일상이 될 테고, 그들의 깊지만 무형한 고통은 보호자들 표정까지 빌려야 할지 모른다. 매번 그것들을 마주하며 이해하기란 너무 괴로울 것이고, 괴로운 만큼 나는 빠르게 적응해나가겠지. 그러다 어느 날엔가 삶과 죽음에 통달한 전문가처럼 그것들을 익숙하게 넘기고 있지 않을까. 그런 내 모습을 떠올려보자니 썩 달갑지가 않았다. 생명을 다루는 부담감 앞에 평생을 서야 한다면 너무 무겁고 싶지도 않았지만, 그래도 가벼워지는 것이 좀 더 두려운 시작이었다. 적응력이란 것도 타인들의 고통 앞에서만큼은 때론 무력하기를 바랐다.

어느 정도 예상은 했지만, 의사가 되고 나니 밥과 잠부터 챙겨가며 진지했던 초심은 빠르게 무색해졌다. 책 한 권이라도 쓸 듯한 포부로 일기장을 사두었지만 현실은 의무기록을 채우기에도 정신이 없었다. 클릭 한 번으로 넘어가는 차트처럼 하루에도 열 명이 넘는 환자들이 나를 거쳐 병원으로 들어오고 나갔다.

그들 사이에서 한 번씩 잊고 싶지 않은 감정과 깨달음도 반짝였다. 하지만 그것을 가치 있는 글로 남기기에는 내 마음부터도 정리되지 않고 있었다. 쉬는 날마다 왠지 마음이 가라앉아도 나는 안경다리를 올리듯이 무심코 넘겼다. 그렇게 슬쩍슬쩍 넘겨버리는 감정들이 가끔은 눈물로 터져 나오기도 했는데, 그땐 이미 원래의 형체를 알아보기 어려웠다. '나중에 꺼내 먹어야지' 하고 주머니에 넣었다가 이상한 낌새에 뒤적거리면 이미 끈적하게 다 녹아내려 있는 초콜릿처럼.

주치의로 그런 반년을 보내던 무렵, 나는 언제든 무뎌진 마음을 치료할 수 있는 특효약을 받게 되었다. 줄노트를 찢어 딱지 모양으로 접은 편지 두 장. 그것은 중환자실에서 3개월 넘게 사투를 벌인 환자의 아들이 내게 조심스럽게 건넨 것이었다. 지금은 편지의 모서리들이 꽤 닳아 있는데, 내가 한 번 읽고 넣은 가방 안에서 다시 꺼내지 않았기 때문이다. 형용하기 어려운 마음으로 한참을 가지고만 다니다가 반년 쯤 더 지나서였을까. 주말 어느 카페에선가 다시 펼쳤던 것으로 기억한다. 그날 읽어내리다가 주변 눈치 보기도 전에 눈물부터 떨어져 어찌나 당황했던지.

그 환자는 갑작스러운 의식 저하로 아들과 제대로 된 작별 인사도 못 한 채 혼수상태에 빠져 있던 60대 여성분이었다. 진단은, 내릴 때부터 마음이 무거워지는 세균성뇌염. 매일 내원하던 보호자들과의 면담 시간도 그렇게 무거웠는데 그 와중에 받게 된 편지였다. 받을 때는 부담스럽고 난처했는데, 막상 열어보니 그 안에는 부탁이 아니라 아들의 진심 어린 고민들로 가득 차 있었다. 어떻게 해야 어머니 등의 불그스름한 욕창들이 조금이라도 덜 생길지, 어떻게 해야 덜 고통스러우실지. 내가 매일 그 환자의 콩팥, 염증 수치 등을 보며 약을 끊어야 할지를 고민하던 동안, 어머니를 보는 아들의 눈에 제일 아프게 걸리는 것은 점점 커져가는 욕창이었던 것 같다. 잔뜩 달린 모니터들을 다 뗄 수만 있다면 집으로 모시고 가 몸을 뉘고 밤새도록 닦아드리고픈 마음이라고 했다. 그날만큼은 내게도 환자의 혈액검사 수치나 폐 사진보다 욕창이 더 커 보였던 것 같다. 지금 그때를 떠올리면, 환자와 아들의 얼굴은 모두 흐릿한데 환자 등의 붉은 잔상만큼은 아리게 남아 있다. 그리고 함께 떠오르는 장면. 기억이란 생각보다 구체적이었다. 조심스럽게 내게 허락을 받고는 어머니 귀에 이어폰을 꽂아 좋아하시던 음악을 들려주던 아들. 표정을 조금 지으시는 것 같지 않느냐며 묻던 모습. 2개월이 넘어가도록 한결같은 아들의 모습을 보며 정말 기적이라는 게 와줄 순 없을까 바라기도 했다. 적어도 그들에게 일상 대화였을 어떤 흔한 말이 아닌, 제대로 된 작별 인사라도 허락되면 안 될까.

아들의 눈에 아프게 걸리던 욕창은 그만큼 환자의 의식저하 상태가 길어지고 있음을 보여주는 것이기도 했다. 그 기간 동안 매일 열심히 면담해드리는 것 외에 희망적인 이야기를 할 수 없던 내 마음에도 점점 무력감이 반복해 덮쳐왔다. 보호자들은 끝까지 실낱같은 희망이라도 믿어보고 싶어 하셨다. 나도 같은 마음으로 환자의 혈액 이상 수치 하나하나 열심히 교정해나가며 호전 중인 결과를 설명하기도 했지만, 뒤돌아서면 점점 늘어가는 환자의 욕창과 터진 혈관들이 눈에 띄었다. 그 앞에서 태연한 척하던 내 마음의 등 어딘가에서도 감정들이 눌리고 눌려 불그스름한 상처로 남고 있었을 것이다.

내가 의사가 되어 가장 견디기 버거운 감정을 꼽으라면 그것은 단연코 무력감이다. 편지를 읽다가 터지는 눈물을 참지 못하면서, 나는 그동안 아무렇지 않게 된 것이 아니라 불편한 감정들을 마음 한구석에 쌓아두고 돌보지 않고 있었을 뿐임을 깨달았다. 편지를 오래도록 꺼내지 않으며 넣어 다니기만 한 것도 그 기억의 무게에 대한 얕은 대처 방식이었을 것이다.

두 장의 편지를 똑바로 다시 펼쳐 읽은 날부터 나는 이 글을 쓰기 시작했다. 일단은 내 마음에 속속들이 숨어 있는 감정들을 마구 헤집고 싶었다. 그렇게 펼치다 보니 이제는 내 초심이 어디쯤에서 지켜지고 있는지를 묻게 되었다. 지금의 나는 내가 바라던 의사의 모습인지. 편지를 접고 실컷 울고 나니까 긴 글이 써지기 시작했다. 그러면서 어쩌면 이건 '편지에 대한 1년 늦은 답장을 쓰고 있는 건 아닐까'라는 생각도 들었다.

지금의 나를 보면, 걱정했던 것처럼 '일에 적응한다'는 게 '감정적으로 무뎌진다'와 동의어는 아니었던 것 같다. 깊게 들여다보지 않아도 환자들의 고통은 매번 무겁고 매일 달랐다. 정확히 내가 무뎌져 온 것은 환자들의 고통의 무게보다는, 그들의 고통을 제대로 마주하려 애쓰며 매일 내 마음이 감당해내고 있는 무게였다. 그것은 가끔 괜찮은 척 애쓰지 않는 것만으로도 한결 덜어질 수 있는 종류였는데 말이다.

오히려 일에 적응하며 효율이 오르니까, 잠만 자던 쉬는 날도 내 마음을 위해 쓸 수 있게 되었다. 원래부터 책을 좋아하던 나는 감정의 배출구가 필요해지니 자연스레 서점을 찾았다. 마음을 돌보면 평소 당연하게 넘겨온 것들도 조금씩은 달라 보인다. 이를테면 매일 주치의로서 만나온 사람들의 마음에 새삼스레 놀라기도 하고, 그러면서 무거운 감사함도 느낀다. 한 명의 타인일 뿐인 내게 의사라는 이유로 자신의 몸과 삶을 맡겨온 마음들, 또는 사랑하는 사람을 맡기며 의지해오는 마음들에 대해서.

대학병원에서는 흐트러지는 감정을 재빠르게 수습해야 할 때가 많다. 실수 없이 일을 해결하는 건 감정보다는 이성이고, 모두가 불안해할 때도 의사는 침착하게 이끌 수 있어야 한다. 한때는 사망선고를 내리고 유족들이 우는 환경 뒤에서 사망진단서를 작성하고 바로 다음 환자를 보러 가는 내 모습이 기계 같아 회의감이 들기도 했다. 하지만 지금은 알고 있다. 그런 때마다 의사인 내 필요에 우선하여 불필요한 감정들이 잠시 침전하는 것이지, 그들에게 무뎌지는 것도 외면하는 것도 아니라는 것을. 나는 앞으로 좀 더 나를 믿어주며 주저 없이 많은 상황들에 적응해나갈 것이다.

오늘도 적당한 날씨 하나로 세상은 평화롭고 많은 사람들은 별 탈 없어 보인다. 내가 가운을 벗고 병원을 나서는 순간부터 그렇다. 인생이 언제든 갑자기 끝날 수 있다는 사실을 매일 느끼면서도 행복하기엔 우리는 연약한 존재들이 아닐까. 나는 불가피하게 삶의 유한성을 자주 목격할 것이고, 앞으로 무너지지 않는 마음을 가질 계획이 없다. 많이 웃고 많이 울자. 조금은 요란스러울지 몰라도 그게 내가 되고 싶었던 의사의 모습에서 크게 멀어지지 않는 길이리라 믿는다.

제19회 장려상 수상작이다. 글쓴이 김예은은 고려대학교구로병원 신경과 전공의로 수상 소감에서 "이 글은 내가 달력 뒤로 넘겼던 하나의 기억과 함께 뭉뚱그려져 있던 감정들을 1년이라는 시간에 걸쳐 풀어낸 결과물이다. 어쩌면 자기 성찰에 그치는 글일 수도 있겠지만, 비슷한 경험과 감정을 공유하고 있는 누군가에게는 위로가 될 수도 있으리라고 믿는다. 또한 이렇게 한 번씩 멈추어 글을 써나가고 그 과정을 통해 성숙해져 간다면, 언젠가는 자기 성찰에만 그치는 것이 아니라 다른 이들에게 감동을 줄 수 있는 글도 쓰게 되리라 믿고 싶다"고 말했다.

저와 스파링을
하시겠어요?

"정신병 환자를 보는 건 무섭지 않아요?"

정신과를 전공한다고 하면 처음 만난 사람들은 내게 종종 그런 질문을 하곤 한다. 대답하기 곤란하게 느껴지는 것은 진료를 본 환자들의 대부분이 지나칠 정도로 순한 분들이었기 때문이다. 하지만 아주 소수의 난폭한 환자들을 진료할 때는 여전히 두려운 마음이 들고, 면담하러 갈 때마다 가슴에 납덩어리가 들어찬 것처럼 답답하다.

전공의 3년 차가 되었을 때 나는 환자에게 주눅이 들지 않고 스스로를 보호할 수 있도록 복싱을 배우기 시작했다. 복싱을 시작하고 1년 정도 지나자 다른 회원들과 가벼운 스파링을 하는 날도 있었다. 스파링은 전력을 다해 때리는 것이 아니라 각자 자신이 배운 동작을 익히기 위한 것이었다. 하지만 링에 올라가기 전에는 항상 심장이 두근거리고 멍해지며, 익숙했던 주변 사물들이 한없이 낯설게만 느껴졌다. 운동 신경이 둔한 편이라 시합을 하면 맞을 때가 더 많았고 기분이 상하기 일쑤였다. 하지만 경기가 끝나고 서로를 격려하며 링에서 내려오는 경험은 신선했다. 말 그대로 주먹을 들고 싸웠지만 서로의 상황을 역지사지로 이해하고, 평소 '나'의 안위에만 몰두되어 있는 관점에서 해방되는 것 같았다. '나'를 내려놓고 '상대방'을 이해함으로써 내 안의 외로움이나 이기심의 묵은 때도 조금은 씻기는 기분이었다. 다행히 진료를 보며 복싱에서 배운 기술을 사용할 일은 없었고, 전공의 수련이 끝나갈 무렵 전문의 자격시험 준비를 위해 복싱을 그만두었다.

전문의 시험에 합격하고 정신과만 있는 단과 병원에 취업했다. 병원에 어느 정도 적응을 하고 얼마간이 지나, 한 조현병 환자분을 배정받았다. 처음 몇 달은 음성 증상(만성 조현병에서 주로 나타나며 의욕과 수행 기능의 감퇴로 인해 외부에 대한 관심이 철회되는 모습)만 두드러진 채 조용히 지내셨다. 그 환자분은 면담 시에 '괜찮다'라는 말을 반복하고 웃음만 지었다.

두 달이 지나며 약물 변경이나 다른 환경적 변화가 없는데도 환자의 피해망상 증세가 뚜렷하게 악화되었다. 병동 치료진과 갈등이 생기고 병동에서 옷을 전부 탈의한 채 다니기도 했다. 병동 내에서는 여자 환자도 같이 생활했기에 환자에게 그런 행동은 허용되지 않음을 설명했다. 그러나 며칠 지나지 않아 환자가 또 탈의하고 병동을 다녀서 병동 보호사의 도움을 받아 환자를 잠시 안정실로 모셨다. 환자에게 환의복을 건네주고 입으라는 권유를 드리자 문에 서 있는 내게 다가와

뺨을 때렸다. 옆에 서 있던 보호사가 즉시 환자를 제지하여 팔을 잡았다. 나는 멍해지는 정신을 붙잡고 환자에게 왜 때렸냐고 물었으나 대답이 없었다. 강제로 입원하신 것도 아닌데 마음에 안 드시는 게 있으면 말로 하시라고 했다. 아무런 대답이 없어서 병원이나 주치의가 마음에 들지 않으시면 왜 이곳에서 치료를 받고 있으신지를 물었다. 그러자 환자는 별다른 미안한 감정이나 망설임을 보이지 않고 즉시 퇴원을 하겠다고만 했다.

더는 말이 통하지 않아 퇴원을 준비하기 위해 스테이션으로 나가자 간호사들이 괜찮냐고 물었다. 아프다기보다는 창피한 기분이 들어, 예전에 복싱을 배웠기에 평소라면 얼마든지 피할 수 있었는데 너무 갑작스레 벌어진 일이라 피하지 못했다고 하며 너스레를 떨었다. 그러나 머릿속에는 환자의 증상 변화에 맞추어 빠르게 약을 조절하지 못한 나에게 자괴감도 들었고 이런 식으로 퇴원시키게 된 것에 대해 환자에게 미안한 마음이 들었다. 뺨을 맞고 환자에게 느낀 분노가 저 가슴 밑에서 부끄럽게 올라오고 있었으나 애써 억눌렀다. 복잡한 마음으로 환자의 퇴원을 진행했다.

시간이 지나 나는 병원을 옮기게 되었고 그곳에서 30대 초반 환자의 주치의로 배정을 받았다. 환자에게는 환청, 망상 등의 증상이 발병했지만 가족이 있었는데도 치료를 제때 받지 못한 채 오랜 기간 방치되어왔다. 처음 마주한 환자는 몸을 제대로 가누지도 못하며 침을 흘리고 있었고, 질문에도 거의 대답을 못 할 정도로 멍한 모습이었다. 한동안은 몸이 뻣뻣하게 굳어 있어 제대로 수저질을 하거나 걷는 것도 힘들어 했다. 도움을 주고 싶은 내 마음과는 다르게 환자는 치료에 적대적인 태도를 보였다. 나는 환자가 평생 정신과 치료를 받아야 하는데 입원 중에 마음의 상처까지 받으면 환자와 환자의 가족들이 더 힘들어지겠다는 생각에 세심히 진료했다. 환자는 다행히도 2주가 지날 무렵 신체 증상이 많이 회복되어 잘 걷기 시작했고 식사도 혼자 챙겨 드실 정도가 되었다.

하지만 새로운 문제가 시작되었다. 환자는 깨끗한 환의임에도 더럽다며 수시로 빨고 손을 수십 차례 강박적으로 씻는 모습을 보였다. 나는 환자에게 강박사고에 대해 설명하며 약물치료를 권했으나, 환자가 강력히 거부하여 일단 강박사고에 대한 대처 방법만 설명해드렸다. 하지만 환자는 같은 문제를 반복했고 문도 더럽다며 발로 여는 행동을 보였다. 스스로 통제할 수 있는 상황이 아니라는 생각이 들어 환자에게 다가가 약물치료를 시작하자고 했다.

환자는 약을 복용하기 싫다고 다시 완강히 거부했다. 나는 환자의 마음을 편하게 해드리기 위함이니 일주일만 복용해본 후 효과가 없거나 부작용이 있으면 약을 빼드리겠다고 약속했다. 그 순간 턱에 둔탁한 감각이 느껴지고 입안에 피 맛이 확 퍼졌다. 환자가 내 턱에 주먹을 있는 힘껏 휘두른 것이었다. 순간 멍해졌지만 정신을 차리고 환자에게 무슨 행동이냐고 물었다. 환자는 대답하지 않았지만 온몸을 떨고 있었다. 병동의 치료진이 다가와 환자를 제지했고 추가적인 위험 행동을 막기 위해 강박을 시행했다.

일단 다른 환자의 진료를 보기 위해 다른 병동으로 이동했지만 면담 중 환자들의 이야기에 집중이 되지 않았다. 대화에 반응하며 최대한 자연스러운 표정을 지으려고 했지만 얼굴 전체에 뻣뻣함이 느껴졌다. 환자에게 맞은 것도 억울하고 그것을 목격한 다른 환자나 치료진에게 수치스러운 기분도 들었다. 내가 무엇을 그렇게 잘못한 것일까? 환자에게 강제로 약을 먹으라는 강요가 지나쳤나? 왜 나는 그때 피하지 못했을까? 생각의 마지막에는 내가 이 환자를 앞으로 제대로 진료할 수 있을까 하는 생각도 들었다. 환자의 증상에 대해 내가 할 수 있는 도움을 다 드릴 수 있을까? 그렇게 못 할 것 같았다. 마음속에 억울한 마음과 분노가 밀려왔다.

강박되어 있는 환자에게 다시 돌아갔다.

"제가 곰곰이 생각해봤는데 주치의를 더 못 해드릴 것 같아요. 의사이기 전에 저도 사람이고 마음속에 앙금을 지닌 채 치료하게 되면 환자분에게 피해를 줄 수 있을 것 같아서요."

"그냥 주치의 계속해주시면 안 돼요?"

당황스러운 기분이 들었다. 이 환자는 그동안 내게 어떠한 신뢰감도 보인 적이 없었다.

"그럼 아까 왜 때리신 건지 설명해주실 수 있어요?"

"약을 자꾸 더 먹으라고 하니까 참을 수가 없었어요."

"전에도 말씀드렸지만 자신을 피해자라고만 생각하시면 안 된다고 했잖아요. 지금 환자분의 머릿속에서 자신을 괴롭히는 생각을 줄여보고자 권해드렸던 거고요. 약은 효과가 없으면 빼드린다고 말씀드렸잖아요."

환자는 더 이상 말이 없었다. 환자가 의사를 때린 후 환경에 대한 공포감을 느낄 것 같아 안심을 시키고 방에서 나왔다. 그리고 혼자 고민을 해보았다. 환자는 내게 마음을 열려고 하는데 지금까지의 치료 관계를 끝내는 게 맞는 것일까? 환자의 어머니에게도 종종 환자의 상태를 전화로 자주 설명해드려 라포(친밀감 또는 신뢰관계)도 잘 형성되어 있었다.

방에 돌아와 두 시간 정도 고민했다. 여러 가지 생각들이 오갔다. 어떤 결정을 내려도 만족스러울 것 같지 않았다. 끊었던 담배를 여러 개비 피우며 병원 안팎을 왔다 갔다 했다. 그러던 중 머릿속에 'Do no harm'이라는 말이 스쳐 지나갔다. 예전과 같이 환자를 돌봐드릴 수 없을 거라는 확신이 들었다. 결국 다른 선생님께 상황을 설명하고 주치의를 맡아달라고 부탁드렸다. 다시 환자를 찾아갔는데 그는 자신의 방으로 돌아와 벽을 마주한 채 돌아누워 있었다. 환자의 이름을 부르자 몸을 일으키는 모습에 공포감이 올라왔다. 내 결정이 맞았다는 생각이 들었다.

"주치의 선생님은 바꾸기로 했어요. 환자분에게 최선을 다할 수 있을 거라는 생각이 들지 않아서요. 하지만 좋은 선생님께 부탁드렸으니 걱정하지 마세요. 다만 치료진은 모두 환자분을 도와주려는 것임을 잊지 마시고요. 새로운 선생님을 믿고 잘 치료받아서 퇴원하세요. 저를 때린 행동은 분명 잘못된 것이지만 너무 깊게 생각하며 두려워할 필요는 없어요. 환자분이 싫어서가 아니라 더 나은 치료를 제공하기 위해 물러나는 거예요."

환자는 말없이 앉아 있다가 한마디했다.

"그러면 이렇게 끝인가요?"

"네. 주치의로서의 제 역할은 끝이고요. 좋은 선생님이 내일부터 진료를 봐주실 거예요."

묵례하고 병실을 나오자 그 환자가 병실에서 나와 쫓아오는 소리가 들렸다. 두려운 마음이 들었다. 난 얼른 병동 밖으로 나왔다. 아까 턱을 맞아 찢어진 입술 안쪽에서 뻑뻑한 느낌이 들었다.

난 왜 그 주먹을 피하지 못했을까? 복싱할 때는 그 속도의 주먹을 얼마든지 피할 수 있었다. 하지만 나는 그 환자와 스파링을 하고 있던 게 아니었다. 가드를 올리고 몸을 보호하는 스파링 자세가 아니라, 당신을 믿고 있다는 자세로 서 있었기 때문일 것이다.

뉴스에서도 종종 등장하지만 실제로 정신과 의사가 폭행당하는 상황은 언론에 나오는 것보다 훨씬 많이 발생할 것이다. 자신의 환자에게 맞은 후에 의사가 느끼는 감정은 복잡하다. 분노, 두려움, 수치심, 미안함, 안쓰러움, 아쉬움. 복싱 경기에서는 이기기 위해 상대방을 향해 있는 힘껏 주먹을 날려도, 링에서 내려올 때는 서로를 이해한다는 의미로 악수를 하거나 어깨를 두드리는 장면을 쉽게 볼 수 있다. 하물며 병원에서 의사는 환자에게 최선의 도움을 주려고 하는 사람인데, 왜 치료의 마지막을 아름답게 마무리하지 못하는 건지 안타까운 마음이 든다.

일을 하며 의사와 환자가 한 팀이 되어 질병을 이겨내는 이상적인 상황이 아닐 때를 자주 마주하게 되는 것 같다. 그럴 땐 스포츠 경기에서처럼 서로 얼굴을 붉히며 싸우더라도 끝에는 서로의 입장을 이해하며 격려해주는 스포츠맨십을 도입할 수 있었으면 좋겠다. 스포츠 경기에서 서로 경쟁을 하더라도 큰 그림에서는 모두가 동료인 것처럼, 환자와 의사의 대립은 치료 과정의 일부분일 뿐이며, 결국 우리는 같은 목표를 가진 동료일 테니까.

제20회 장려상 수상작이다. 글쓴이 김한성은 용인정신병원 정신건강의학과 전문의로 수상 소감에서 "정신과 의사의 경험과 이해는 책이나 선배들의 조언으로부터 쌓이기도 하지만 주로 환자 진료를 통해서 이루어진다. 환자는 치료자의 선생님이 될 때가 있는데, 환자에게 맞았던 일은 절대 유쾌한 경험이 아니지만 치료자로서 그리고 한 인간으로서 많은 걸 배웠다. 그리고 한미수필 장려상까지 받게 됐으니 나쁜 일로만 기억되진 않을 것 같다"고 말했다.

허니문의 환상과
그 후

"저는 꼭 성혜윤 선생님을 만나야 합니다. 제 담당 의사로 그 선생님을 배정해주세요."

어젯밤에 입원한 환자의 기록이다. 출근 후 당직 보고에서 응급입원한 환자에 대한 간략한 설명을 들은 후, 의무기록을 확인하며 나도 모르는 새에 한숨이 나왔다. 이 환자는 나에게 어떤 기대를 하고 왔을까. 길지 않았던 첫 번째 입원 기간에서 그 환자는 나에게 어떤 인상을 받았던 것일까.

만약 내가 지금 전공의 1년 차였다면 겉으로는 티를 내지 못했겠지만 속으로는 의기양양했을 것이다. 늘 실수할까 봐 조마조마하고 눈치 보고 혼이 나는 상황에서, 이렇게 자신감을 북돋아 주는 순간들은 컨디션이 바닥을 쳤을 때 순식간에 혈당을 올려주는 달콤한 과자와도 같았다. 그렇지만 지금 나는 곧 전문의 시험을 준비할 전공의 4년 차이다. 4년을 겪으며 느꼈던 건, 내가 환자에게 해줄 수 있는 게 생각보다 많지 않구나 하는 것이었다. 퇴원한 환자의 목록이 늘어나고, 이 정도면 나도 제법 잘 해내고 있구나 하는 생각이 들 무렵, 마치 나의 뿌듯함을 비웃기라도 하듯 환자의 정신병적 증상이 재발하여 재입원하게 된다.

이 환자 또한 첫 번째 입원에서 나를 만났고 퇴원해서 비교적 잘 지내다가, 정신병적 증상의 재발로 인한 공격적인 행동을 주소로 다시 입원하게 되었다. 환자가 재발한 것을 지켜보는 의사는 괴롭다. 그동안 의사로서 내가 해온 것들이 전부 무의미하게 느껴지고, 결국 의사로서 나는 실패한 것이라는 생각에서 벗어나기 어렵기 때문이다. 과연 나와의 만남을 통해 환자가 뭐가 얼마나 바뀌었을지 생각하면 허무해질 때가 많다.

4년의 전공의 생활을 하면서 느낀 점은 또 있다. 환자가 담당 의사에게, 간호사나 보호사와 같은 치료진에게, 병원에, 초반에 기대를 과하게 하면 할수록 아이러니하게도 나중에는 의사를 비난할 가능성이 결코 적지 않다는 것이다. 일반적인 인간관계가 다 그렇듯이, 기대가 크면 클수록 실망도 크다. 환자와 의사 관계도 예외는 아니다. 이런 일을 여러 번 겪다 보니 점차 환자나 보호자가 나에게 기대하면 할수록 오히려 마음 한편이 답답해졌다.

그 환자를 처음 면담했을 때, 환자는 미국의 한 유명 대학교 이름을 대며 자신이 곧 거기에 입학할 예정이었는데 엄마 아빠가 병원에 입원을 시켜 못 간다고 이야기했다. 또 인근의 대학병원에 있는 의사 누구가 자기 친구인데 평소에도 자주 만나 이런저런 이야기를 한다고 했다. 이미 다른 병원에서 받아온 진단서에 적힌 '조현병'이라는 진단명을 확인한 후였기에 나는 환자의 이야기를 들으며 조현병의 진단 기준인 과대망상, 환청 등을 떠올렸다. 사실 자신의 신분을 부풀리거나 의사와 같은 권위 있는 존재와의 친분을 과시하는 것은 과대망상의 흔한 증상이기도 하다.

환자와의 면담이 끝난 후 보호자 면담을 하는 과정에서 나는 놀랐다. 환자가 졸업한 고등학교는 내가 중학생 때 선망하던 학교였던 것이다. 아마도 내가 시험을 쳤더라면 떨어졌을 그 학교에 이 환자는 합격하여 다녔다. 환자는 병만 아니었다면 그의 말대로 지금 미국의 아이비리그에서 대학 생활을 하고 있었을지도 모른다. 환자의 고등학교 동문 중에도 상당수가 의과대학에 진학하였을 것이니, 병만 아니었다면 지금까지 연락하고 지낼 의사 친구도 많았을 것이다. 병만 아니었다면, 환자의 모든 이야기는 사실이 될 수도 있었다. 그 환자의 망상을 단순히 병적인 것만으로 치부할 수 있을까. 나는 고민에 빠졌다.

다른 병원에서부터 이어진 수차례의 입원에도 불구하고 환자는 크게 차도가 없었다. 원래 환청과 같은 환각 증상이 좀 더 빨리 호전되고, 망상과 같은 생각의 장애는 회복되는 데에 좀 더 시간이 걸린다. 이 과정에서는 약물치료뿐만 아니라 지속적인 면담이 필요하다. 그런데 정작 나는 이 과정에서 멈칫하고 있었다. 만약에 이 환자가, 더 이상 명문 학교 출신도 아니고 해외로 유학을 갈 가능성도 없다는 현재의 사실을 직시하게 되면, 과연 더 살아가려고 할까? 지금 환자가 가지고 있는 이 혼자만의 세계에서 환자는 충분히 행복한데, 내가 군이 환자를 이 삶으로 끌어내야 할까? 혹시 그러다 진실을 깨닫고 절망한 나머지 환자가 자살이라도 하면 어떡하지?

통계적으로 정신과 환자의 자살률이 가장 높은 시기는 퇴원 직후이다. 입원 후 증상이 호전되며 입원 당시 자신의 모습이 병적이었다는 것을 알게 된 후, 수많은 환자들이 더는 삶을 이어나갈 이유를 찾지 못하게 된다. 자신이 환자라는 인식을 하게 되면 자신에 대해 현실적인 기대를 해야 하는데, 그 기대를 도저히 낮출 수가 없으니까. 그렇기 때문에 나는 과대망상을 풀어놓는 환자 앞에서 어떻게 해야 할지 딜레마에 빠졌다. 아직 젊은 환자가 이 세상의 한 몫을 차지해서 남은 인생을 사회 안에서 살아가려면 자신의 병을 인정해야 한다. 자신의 병을 인정해야 재활치료로 들어갈 수 있고, 재활훈련을 해야 다시 사회로 나와 적응해서 살아갈 수 있다. 자신의 병을 인정해야 한다는 것은 발병 이전의 명문 학교 출신의 젊은이에서 벗어나, 자신이 현실적으로 할 수 있는 일에 집중해야 한다는 것을 의미한다. 자신을 둘러싸고 있는 마치 보호막과도 같은 망상을 걷어내는 순간, 이 환자가 과연 삶을 버틸 수 있을까 하는 생각에 나는 주저했다.

환자와의 관계 못지않게 중요한 것이 가족과의 관계다. 환자에 대한 가족의 감정은 한마디로 이야기하기 어려울 정도로 복잡하다. 환자에 대한 죄책감이, 미움이, 애정이, 연민이 뒤섞여 있다. 때로는 환자에 대한 걱정이 과하게 표현되기도 하고, 어떨 때는 무관심으로 일관하기도 하는데 둘 다 환자에게 좋지 않다. 치료자는 환자의 가족이 받았을 스트레스를 이해하면서, 한편으로는 가족이 환자를 어떻게 대해야 하는지도 교육해야 한다. 환자가 자신의 병에 대한 인식이 전혀 없는 이 경우에는 환자 가족에 대한 교육이 급선무라는 생각이 들었으나, 어찌 된 일인지 입원 후 가족의 얼굴을 보기가 힘들었다. 연락이 쉽지 않아 계속 연락을 취하면서 병동 간호사에게도 연락해줄 것을 부탁했다. 어렵게 연락이 된 부모는 간호사에게 이렇게 말했다고 한다. "우리는 걔 일 신경 못 써요. 다음부터는 이런 일로 연락하지 마세요."

명문대 출신, 전문직 부모는 공부 잘하던 아들이 이렇게 무너지게 된 현실을 받아들이지 못했던 것이다. 자식에게 거는 기대가 상당했을 것이고, 또 완벽한 자식을 둔 완벽한 부모라는 스스로에게 걸어놓은 기대도 그에 못지않았을 것이다. 어쩌면 아들이 자신의 망상에서 빠져나오지 못한 것도 이 때문이 아닐까. 부모가 먼저 우리는 괜찮다고, 앞으로 의사 선생님 말씀 잘 듣고 치료 잘 해보자고, 한번 같이 이겨내보자고 어떠한 표현이라도 했다면 아이가 자신의 망상을 이렇게까지 포기하지 않으려고 했을까.

입원 당시의 공격적인 증상이 호전되고, 환자와 보호자 모두 퇴원을 원하는 상황이 오면서 더 이상 환자를 붙잡아둘 이유가 없었다. 그렇다 하더라도 나는 이 환자가 좀 더 입원을 유지하고 재활까지 우리 병원에서 했으면 했다. 그렇지만 환자도 보호자도 강하게 퇴원을 요구했다. 부모도 자식도 정신병원에서의 입원을 유지하는 상황이 여러모로 받아들이기 어려웠던 모양이었다. 힘든 순간이 왔다. 환자의 급성 증상을 호전시키고, 부드러운 말로 위로해주던 의사의 모습에서 한 걸음 더 나아가, 환자가 스스로 병을 받아들이도록 하는 단계. 이 단계에서 나는 환자의 심한 저항에 부딪혔다.

환자와 의사 관계에도 이른바 허니문 기간^{honeymoon period}이 존재한다. 이 기간 동안 환자에게 앞에 있는 의사는 가장 뛰어난 의사이며, 마음만 먹으면 당장에라도 나의 병, 가족과의 관계, 나아가 친구와 직장 문제에까지 도움을 줄 수 있는 그야말로 만능의 존재다. 이 기대가 야금야금 무너지는 순간, 실망한 환자로부터 의사에게로 향하는 비난은 마치 장맛비처럼 피할 수 없이 쏟아진다. 이런 순간이 올 때마다 나는 억울했다. 그 기대는 내가 심어준 것이 아닌데. 분명히 나는 면담할 때마다 지나친 희망을 주지 않으려고 노력했는데. 대체 이 환자의 기대는 어디로부터 온 것일까? 어쩌면 스스로에 대한 기대, 주변으로부터 어릴 때부터 심어졌던 그 기대가 온전히 나에게로 옮겨진 것일까?

환자와 보호자를 더 설득해서 병원에 머물도록 하는 것에 자신이 없어졌다. 내가 무엇을 더 할 수 있을까? 지금 네가 있는 세상은 가짜라고, 네가 만들어낸 것이라고, 그나마 사람 구실 하려면 진짜 세상으로 나오라고 등이라도 밀어주어야 하나? 그냥 지금 환자가 있는 세상에서 거짓 행복이라도 품은 채 행복하면 안 되나? 아니, 환자가 진짜로 행복한데 그것을 거짓이라고 할 수 있을까? 수많은 고민 끝에도 이렇다 할 진전 없이 결국 환자와 보호자는 법이 정한 입원 기한 내에 퇴원했다.

허니문 기간의 유래는 원래 이렇다. 결혼 후 달^{moon}이 바뀌는 1개월간은 마치 꿀^{honey}처럼 달콤한 기간^{peroid}이라서 온통 장밋빛 행복이 차고 넘치지만, 차츰 시간이 지나 서로의 거슬리는 모습을 보면서 갓 결혼

했을 때보다 애정이 시들해진다는 것이다.

　나 또한 이 과정을 거쳤다. 결혼 전에는 이 사람만 있으면 세상의 모든 일들에 다 자신 있었고 만만하게 보였다. 마치 구름 속을 둥둥 떠다니는 기분이었다. 지나가는 사람들이 다 행복해 보였다. 결혼 후 시간이 흐르며 다른 여러 부부처럼 우리 또한 부딪쳤다. 그 과정을 지내며 '내가 혹시 사람을 잘못 본 것일까? 너무 많은 기대를 했나?' 하고 절망했다. 돌이켜보면 그 기대는 내가 마음대로 심은 것이다. 마치 환자들이 처음 보는 의사에게 무작정 기대를 거는 것처럼. 남편도 마찬가지일 것이다. 그렇다고 해서 서로에게 마음 가는 대로 비난할 수는 없다. '난 기대하라고 한 적 없는데 네가 맘대로 기대한 거잖아!'라는 말이 돌아올 테니 말이다. 대체 어떤 이유로 그 당시의 나는 이 사람만 있으면 내가 천하무적일 거라고 생각했을까? 스스로에게 코웃음이 나기도 했다. 그러나 상대방이 무작정 아름답게 보이는 그런 순간이 없다면 세상에는 결혼이라는 것이 존재할 수 없을지도 모른다. 그야말로 눈에 콩깍지가 씌었다는 말이 비로소 실감 나는 순간이었다. 어쩌면 그 콩깍지가 아직은 완전히 벗겨지지 않았기에 결혼 생활이 유지되는 건지도 모른다.

　치료도 마찬가지이다. 내 앞에 있는 의사는 참 괜찮은 의사라는 적당한 콩깍지가 환자의 눈에 붙어 있기에 일단 치료가 시작이라도 되는 건지도 모른다. 달콤한 허니문이 지나고 나면 환상이 깨지면서 무시무시한 실전이 다가온다. 허니문의 후는 현실이다. 아프고 처절하게 현실과 마주해야 한다. 결혼 후 나는 남편과 부딪치는 것이 싫어서 말다툼을 무작정 피하기만 했다. 돌이켜보면 서로 의견이 충돌하는 과정에서 남편이 아내에게 가지고 있는 환상이 깨질지도 모른다는 생각에 그냥 현실을 피한 것이었다. 잠시라면 모를까, 이 현실 도피는 오래 지속되지 않는다. 결국 상대에 대한, 그리고 결혼 생활에 대한 현실적인 기대를 서로에게 허락하는 자세를 취하고서야 우리 부부의 관계는 안정되었다. 마치 달이 이지러졌다가 다시 차오르는 것처럼, 부부 사이의 애정도 식었다 뜨거워졌다 하면서 예전보다 더 굳건해진 것이다. 아직은 결혼 생활에서 초보인 내가 허니문의 환상과 그 후를 겪고 난 후 얻은 결론이다.

나에 대한 환자의 환상이 깨지는 것을 두려워 말고, 내가 그 환자의 환상을 깨기 위해 좀 더 용기를 냈으면 어땠을까 하는 아쉬움과 미안함이 지금도 있다. 둥둥 떠다니는 것 같던 환상이 깨지면 예상했던 것보다는 훨씬 더 아프겠지만, 그 후에는 비로소 세상에 발을 딛고 걸어갈 수 있을 테니까.

제19회 장려상 수상작이다. 글쓴이 성혜윤은 정신건강의학과 전문의로 수상 소감에서 "다시 글을 읽어보니 미진한 부분이 눈에 많이 띈다. 그럼에도 입상한 것은 바람직한 환자-의사 관계란 무엇일지 고민했던 부분이 심사위원들로부터 공감을 얻었기 때문은 아니었을까. 부족한 글솜씨만큼이나 의사로서 갈 길도 아직은 멀다. 그러나 부족한 글솜씨로도 진심을 전달할 수 있었던 만큼, 부끄럽지 않은 의사가 될 수 있겠다는 자신감이 조금은 생겼다. 늘 힘이 되어주는 남편에게도 고마움과 사랑을 전하고 싶다"고 말했다.

#2

**떠나는 사람,
남겨진 사람**

엄마의
목소리

"인공호흡기는 언제까지 달아야 하나? 심폐소생술은?"

중환자실에서 장인어른의 면회를 마친 후였다. 처가 식구들이 모인 자리에서 장모님이 내게 물어보셨다. 잠시 침묵이 흐르고 시선이 일제히 나에게 쏠림을 느꼈다. 그들은 사위가 아닌 의사로서 내 의견을 구하는 듯했다. 아니, 보호자와 담당 의사의 생각을 절묘하게 절충한 답변을 기다렸다고 봐야 할 게다. 중환자실로 옮긴 뒤 50여 일을 인공호흡기에 의존하여 연명하고 계신 장인어른은 거의 뇌사 상태다. 뇌출혈로 쓰러지신 후 여러 차례 고비를 넘기신 장인어른의 7년여에 걸친 투병 생활도 이제 막바지에 다다랐다. 가족들은 지쳤고 점점 무덤덤해져갔다. 이제 결정할 때가 되었다. 언제부터인가 내 머릿속을 혼란스럽게 했던 '중단과 지속'이라는 상반된 단어의 충돌이 아마 그들에게도 있으리라. 의사라는 이유로 어려운 결정을 슬쩍 내게 미뤄버리는 것은 아닐까. 나는 이 질문에 선뜻 대답하기 힘들었다. 대신 내가 신경외과 전공의 때 만났던 어느 모자母子의 이야기를 들려주었다.

♪♪♪

진이는 식물인간 상태의 여섯 살 남자아이였다. 의과대학을 졸업하고 신경외과 인턴으로 의사 생활을 시작한 3월 초, 진이 모자와 나는 처음 만났다. 진이는 식물인간 상태의 남자 환자들이 모여 있는 다인병실에 입원해 있었다. 식물인간이라는 선입견을 배제하면 진이의 겉모습은 잠든 그 또래의 아이들과 별반 다르지 않았다. 하지만 어두침침한 분위기의 병실에서 노인들 사이에 누워 있는 어린아이의 모습은 그 자체만으로도 진기한 풍경이었다. '어린아이가 왜 식물인간이 되었을까?' 이런 호기심도 잠시뿐, 처음 시작한 의사 생활로 마음의 여유가 없었던 나에게 더 이상의 의문은 생기지 않았다.

당시 신경외과 인턴의 주요 업무는 식물인간 환자들에 대한 처치였다. 진이도 여느 식물인간 환자처럼 코에 비위관, 목에 기관절개관을 꽂고 있었다. 어린 진이에게 하는 처치는 일반 성인들보다 훨씬 힘들었다. 더구나 나는 초보 인턴이 아닌가. 손놀림이 서투를 수밖에. 내가 비위관을 꽂기 위해 오랜 염증으로 좁아진 진이의 콧구멍을 여러 번 쑤셔대고 있으면 옆에 있던 진이 엄마가 거들었다.

"인턴 선생님, 이건 이렇게 하면 더 잘될 것 같은데요."

정말 그랬다. 처치 중 진이의 양쪽 눈에서는 눈물이 주르륵 흘러내렸다. 통증을 느껴서라기보다는 자극에 대한 반사작용인 것이다. 그리고 이것은 진이가 할 수 있는 존재 증명이기도 했다.

진이 엄마는 조금 특별한 보호자였다. 그 병실에 가면 온통 진이 엄마의 목소리만 들렸다. 대부분의 보호자들은 오랜 간병 생활에 지쳐서 무표정하고 말이 없어지지만, 그녀는 언제나 밝은 표정으로 나를 맞아주었다. 처치를 하러 병실에 들어가면 굳어진 아들의 사지를 주물러주며 말을 건네고 있는 엄마와 눈을 감고 그 말을 경청하고 있는 것 같은 아들의 모습을 목격할 수 있었다.

"진아, 우리 진이 치료해주려고 선생님이 오셨네. 아파도 조금 참아요. 그래야 얼른 커서 훌륭한 사람이 되지."

'참, 저게 다 무슨 소용이람. 혹시 청각이 살아 있다 해도 그냥 소리로만 들릴 것을. 훌륭한 사람? 그래, 진이가 이런 모습이라도 살아 있는 것이 엄마한테는 훌륭한 사람일 테지.'

열 달 동안 아기를 품은 모정^{母情}의 깊이를 그때는 가늠할 수 없었기에 진이 엄마의 행동에 대한 나의 생각은 다소 냉소적이었다.

돌이켜보건대 진이 엄마는 배 속에 진이를 품었던 시절로 돌아가고 싶었는지도 모른다. 모자에게는 가장 행복했던 시간이었을 것이다. 임신 사실을 처음 알았을 때 엄마는 세상 모든 것을 얻은 것같이 기뻤다. 말로만 듣던 모성애를 처음으로 느꼈다. 그때부터 진이와의 교감은 시작되었다. 사랑한다 말해주었고, 동화책을 읽어주었고, 자장가도 불러주었다. 진이를 쓰다듬어주는 마음으로 자신의 배를 어루만졌다. 진이는 양수의 진동으로 엄마의 목소리를 들었고, 그 출렁임으로 엄마의 손길을 느꼈다. 기분이 좋을 때면 팔을 휘젓거나 발길질을 하면서 엄마의 사랑에 답해주었다. 태동^{胎動}을 느낀 엄마는 행복했다. 지금 식물인간 상태인 진이도 엄마에게는 그때와 다르지 않다. 진이가 눈을 깜빡이거나, 눈물을 흘리거나, 몸을 움찔하는 것을 볼 때면 자신의 목소리에 대한 반응이라고 생각했다. 마치 배 속의 진이에게서 느꼈던 태동처럼. 희망을 버릴 수 없었다. 배 속의 진이가 자신의 목소리를 듣고 자라 태어났던 것처럼, 엄마는 진이가 자신의 목소리를 듣고 다시 태어나기를 기원했을 것이다.

진이 모자와의 인연은 계속되었다. 1년 후 나는 신경외과 전공의로서 진이의 주치의가 되었다. 주치의가 되면서 진이의 병력을 살펴보았다. 진단명에는 '외상성 뇌경막하 출혈과 미만성 축삭돌기 손상'이라고 적혀 있었다. 2년 전 불의의 교통사고를 당한 진이는 수차례의 뇌수술 후 생명은 건졌지만 지금의 상태가 되었다. 나는 사고 경위를 알고 싶어서 진이 엄마에게 물어보았다.

"유치원에서 돌아올 시간이었어요. 마중을 나가야 하는데 제가 조금 늦었지요. 나가보니 차는 벌써 떠났고 진이 혼자 서 있더군요. 그래서 힘껏 진이를 불렀지요. 소리를 듣고 달려오다가 그만….."

자책감 때문인지 진이 엄마는 말을 잇지 못했다. 엄마가 부르는 소리를 듣고 반가웠던 진이는 주위를 살피지 않고 엄마에게 달려갔을 것이다. 그리고 사고 직전에 들었던 자기를 부르는 소리가 의미를 알고 들었던 마지막 엄마의 목소리였을 것이다.

'No Interval Change'

선배 전공의가 기록한 진이의 경과기록지에는 이 문구가 무수히 적혀 있었다. 사고 직후 수술을 하고 지금의 상태로 고정된 후, 의료진에게 진이는 관심 밖의 환자였다. 의학적으로 거의 변화가 없는 상태. 중환자가 넘쳐나는 대학병원에서 어찌 보면 당연한 일이다. 특별히 더 해줄 치료 방법이 없었다. 의국회의에서 진이의 이름은 거론된 적이 없었다. 회진 때도 진이가 있는 병실은 그저 스쳐 지나가는 경로에 불과했다. 모든 치료는 주치의인 내가 맡아서 했지만 딱히 담당 교수님께 보고드릴 일도 없었다. 나 역시 진이의 경과기록지에 항상 이렇게 적을 수밖에 없었다.

'No Interval Change'

의료진의 무관심에도 진이 엄마의 목소리는 계속해서 들려왔다. 가끔 볼일이 있어서 그 병실에 들를 때면 다정한 모자의 모습을 언제나 볼 수 있었다. 어느 날 회진을 돌던 중에 담당 교수님이 신기하다는 듯 말씀하셨다.

"오, 이 녀석. 몰라보게 컸네."

담당 교수님의 눈에 진이가 오랜만에 보였던 모양이다. 엄마의 목소리에 응답이라도 하듯 진이는 무럭무럭 자랐다. 이렇게 진이는 또 다른 존재 증명을 하고 있었다.

그해 장마철에는 유난히 비가 많이 내렸다. 하루 일과를 마치고 잠을 자려는데 창밖에서 번개가 치고 천둥소리가 요란하게 들렸다. 꼭 무슨 일이 일어날 것 같은 밤이었다. 아침에 의국회의 준비로 바쁜 나에게 병동에서 호출이 왔다. 진이의 호흡에 이상이 있다는 것이다. 진이 엄마가 발견하고 병동 간호사에게 알린 모양이었다. 급히 진이에게로 달려갔다. 진이는 자가호흡이 거의 없었고, 혈압도 잡히지 않았다. 신경학적 검사를 해보니 동공은 확대되어 있었고, 다른 뇌간 반사도 거의 나타나지 않았다. '어젯밤까지 멀쩡하던 진이에게 무슨 일이 있었던 것일까? 분명히 뇌에 산소 공급이 제대로 안 됐을 텐데….' 진이 엄마에게 물어보니 특별한 일을 기억해내지 못했다. 급히 진이를 중환자실로 옮기고 응급처치를 했다. 의국회의에서 담당 교수님께 보고를 드렸더니 어쩔 수 없다는 듯 간단히 말씀하셨다.

"무슨 이유인지 모르겠지만 밤사이 기관절개관이 막혔던 모양이구만. 그래서 저산소성 뇌 손상이 온 거야. 원래 뇌가 온전치 못했으니 더 치명적이었겠지."

실로 오랜만에 의국회의에서 진이의 이름이 거론되었다. 상태가 나빠져야만 의료진의 입에 오르내리는 것이 진이의 현실이었다. 회의가 끝났을 때 나는 이것이 진이의 마지막 남은 존재 증명이 아니길 바랐다.

진이의 상태는 계속 나빠져서 거의 뇌사 상태가 되었다. 중환자실에서 나오면서 진이 엄마와 면담했다.

"지금은 거의 뇌사 상태인 것 같습니다. 언제 심정지가 올지 모르겠습니다."

진이 엄마는 각오하고 있었다는 듯 의외로 담담하게 말했다.

"심정지가 오더라도 심폐소생술은 하지 말아주세요. 교수님에게도 그렇게 전해주세요."

내 귀가 의심되어 진이 엄마에게 다시 물어보았는데 대답은 여전했다.

"왜요? 끝까지 최선을 다해야지요."

"거의 뇌사 상태라면서 심폐소생술은 왜 하시려는 거지요?"

"기적이라는 것도 있지 않습니까? 그냥 보내기에는 진이가 너무 어리지 않습니까?"

"심장이 다시 뛰면 이전 식물인간 상태로라도 돌아오나요?"

물론 그건 아니다. 뇌사로 진행되고 결국 죽을 것이다.

"이런 상태에서 환자의 심장을 다시 뛰게 했다는 알량한 자부심이라도 세우시려는 것은 아닌가요? 평소에는 관심도 없으셨으면서….."

진이 엄마는 그간의 서운함을 토해냈다. 정곡을 찌르는 그녀의 말에 내 이마에는 식은땀이 맺혔다. 나는 그녀의 질문에 아무런 대답을 할 수가 없었다. 그녀의 말은 이어졌다.

"그리고 제가 왜 진이가 못 알아듣는 걸 알면서도 제 목소리를 계속 들려줬는지 아세요? 그건 제 목소리가 진이에게는 배 속에서부터 들었던 가장 친숙한 소리였기 때문이에요. 진이는 제가 얼굴을 쓰다듬어 주면 눈을 깜박거리기도 했고, 이야기를 해주면 몸을 움찔하기도 했어요. 그래요. 우리는 그렇게 통했어요. 그런데 지금 진이는 전혀 반응이 없더군요. 아마 진이도 엄마의 사랑을 못 느끼며 살고 싶지는 않을 거예요. 그리고 심폐소생술이란 게 가슴을 짓이기듯이 누르고, 전기충격을 줘서 온몸을 팔짝 뛰게 하는 거지요? 그 조그만 가슴에… 흑흑, 이제 진이에게 더 이상의 아픔을 주고 싶지 않아요."

한동안 진이 엄마와 나는 서로를 바라만 보고 있었다. 나는 피하듯이 그 자리를 떠났다. 담당 교수님께 말씀드리니 그냥 보호자가 원하는 대로 해주라고 하셨다.

진이에게 심정지가 임박했다. 나는 가족들에게 진이의 마지막 모습을 보게 했다. 진이 엄마는 진이 얼굴과 심장박동이 그려지는 모니터를 교대로 바라보더니, 흐느껴 울기 시작했다. 그리고 진이에게 작별 인사를 했다. 아들에게 들려준 마지막 엄마의 목소리였다. 잠시 후 진이의 심장이 뛰지 않는 것을 확인한 나는 사망선고를 내렸다. 오열하는 가족들의 모습이 내 머릿속을 어지럽혔다.

'오랫동안 병과 싸우다 떠난 작은 남자아이가 내 앞에 누워 있다. 아이는 사고 직전에 달려가서 안기려 했던 엄마의 품에 다시 일어나 안기고 싶지 않았을까? 자기를 아프게 했고, 자기 삶을 너무나 짧게 만들었던 어른들을 원망하지 않았을까? 회진 때마다 자기 앞을 무심히 지나가버리는 의사들에게 서운하지 않았을까? 엄마 배 속에서부터 지금까지 들어왔던 엄마의 목소리가 앞으로 그립지는 않을까?'

나는 진이가 더 이상 아프지 않은 곳에서 편히 쉬기를 빌었다. 창밖에는 장맛비가 세차게 쏟아지고 있었다.

***

진이 모자 이야기가 모두 끝나자 분위기가 숙연해졌다. 처가 식구들은 아무 말 없이 헤어졌다. 며칠 후 장인어른은 가족들이 지켜보는 앞에서 편안히 영면永眠하셨다. 인공호흡기를 떼고 한 시간 만에. 나는 한 발짝 뒤에 서서 주치의 선생의 무미건조한 사망선고를 들었다. 순간, 지난날 나에게 사망선고를 들었던 몇몇 보호자들의 모습이 스쳐지나갔다. 나는 깨달았다. 의사는 측정된 활력징후로만 환자를 보려

하지만, 보호자는 간절한 마음으로 환자를 살핀다는 사실을. 그리고 두 평행선은 좀처럼 좁혀지지 않는다는 것을. 나는 진이 엄마의 결정이 정말로 옳았는지 알지 못한다. 진이 모자의 이야기가 처가 식구들의 결정에 얼마나 영향을 끼쳤는지도 알 수 없다. 계측되지 않는 것은 어느 의학 서적에서도 알려주지 않았다. 하지만 한 가지, 진이 엄마나 처가 식구들 모두 망자^{亡者}를 진심으로 사랑했다는 사실만은 확신할 수 있었다.

진이에게 죽음이란 무엇일까? 그저 깊은 잠에서 더 깊은 잠으로 빠져드는 과정일까? 타인에 의해 결정된 삶의 마감 시간, 자신은 의사조차 밝힐 수 없다. 주치의인 나는 철저히 들러리다. 심장이 멈추기를 기다리다 사망선고만 내릴 뿐. 진이 엄마는 말한다. 진이에게 더 이상의 아픔을 주고 싶지 않다고. 그리고 이별의 순간, 마지막으로 엄마의 목소리를 들려준다.

"진아, 우리 꼭 다시 만나자."

제19회 대상 수상작이다. 글쓴이 장석창은 부산탑비뇨의학과의원 원장으로 수상 소감에서 "이 글은 내가 비뇨의학과를 전공하기 전, 1년 정도 신경외과 전공의를 했을 때 만났던 한 모자(母子)를 회고하며 썼다. 존엄사라든지 연명치료에 대한 사회적 인식이 부족하던 시절이었다. 올여름 장인어른을 떠나보내면서 같은 병실에 있던 식물인간 환자들을 주치의 때와는 다른 시각에서 바라보게 되었다. 주치의로서, 보호자로서, 그리고 제삼자로서 바라본 식물인간에 대한 내 생각을 정리하면서 글을 써 내려갔다"고 말했다.

손수건

전공의 1년 차 때의 일이다. 회진을 마치고 의국에 돌아오니 내 앞으로 택배가 와 있었다. 모르는 발신인의 이름이 상자 위에 또박또박 적혀 있었다. 내용물은 손수건 세트였다. 이걸 누가 나에게 보냈을까. 고개를 갸웃대던 차 바닥에 놓인 카드를 발견했다.

'그간 애써주셔서 진심으로 감사드립니다. 민현우 엄마 올림.'

나도 모르게 몸이 굳었다. 그간 수없이 보고 듣고 불렀던 이름이었다. 나의 마음을 몹시도 괴롭게 했던 현우. 그 현우의 엄마가 손수건을 보낸 것이었다. 감사의 마음을 전하는 카드와 함께.

약 한 달 전, 4개월 남자아이가 심정지로 응급실에 왔다. 오랫동안의 심폐소생술로 겨우 심장박동이 돌아왔다. 담당 교수님과 내 앞으로 입원장을 막 냈을 때였다. 누군가가 허겁지겁 응급실 안으로 뛰어 들어왔다. 울음과 가쁜 숨이 뒤섞이어 뭉개진 발음으로 여자가 누군가의 이름을 발음했다. 우리 애기, 현우 어딨나요…. 바로 그 4개월 아이의 보호자였다. 황망한 모습의 여자가 간호사를 따라 아이에게 가던 바로 그때였다. 아이의 옆을 지키고 있던 2년 차 전공의가 소리를 질렀다. 여기 어레스트(심정지)! 나는 반사적으로 자리에서 일어났다. 멀찍이서도 다시 직선이 되어버린 모니터가 보였다.

정신을 차려보니 나는 정신없이 아이의 가슴을 누르고 있었다. 그만해 봐, 돌아온 것 같아. 누군가가 나의 어깨를 붙잡아 떼어냈다. 과연, 모니터에 다시금 규칙적인 초록색 선이 튀어 오르고 있었다. 빨리 중환자실로 올리자. 또 다른 누군가의 말에 나는 멍한 상태로 고개를 주억이며 두어 걸음 뒤로 물러섰다. 뒤통수에서 목덜미로, 뜨거운 땀방울이 천천히 흘러내리는 것이 아직 긴장이 가시지 않은 몸에 생생히 느껴졌다.

중환자실로 향하는 계단을 올라가다 말고 다리에 힘이 풀려 그 자리에 주저앉았다. 송골송골 목덜미에 맺혔던 땀이 서늘한 공기에 천천히 식어갔다. 나는 그때까지 중환자를 돌본 경험이 거의 없었다. 운이 좋게도 전공의가 된 후 경한 환자들만을 담당해왔다. 이렇게 상태가 좋지 않은 환자를, 아무리 교수님이 있다지만 고작 1년 차인 내가 잘 보살필 수 있을까. 걱정과 불안이 나를 무겁게 짓눌렀다. 나는 간신히 힘을 짜내어 몸을 일으켰다.

아이는 이미 중환자실에 올라와 자리를 잡고 있었다. 다행히 모니터는 안정적인 그래프와 숫자들을 보여주고 있었다.

"보호자는 밖에 계세요. 엄마하고 할머니이신 것 같아요."

내가 멍하니 보고만 있자 담당 간호사가 답답하다는 양 말을 이었다. 보호자 설명을 하셔야죠. 나는 문 쪽을 쳐다보았다. 응급실에서 보았던 여자가 그새 더 흐트러진 모양새로 중환자실의 유리문에 딱 붙어 아이와 나를 쳐다보고 있었다. 그녀와 눈이 마주쳤다. 붉게 충혈된 불안한 눈빛. 더는 지체할 수 없었다. 나는 무거운 발걸음을 떼었다. 명확한 비보를 전하러 가는 길은 짧았지만 까마득한 지옥으로 향하는 것 같았다.

간절히 붙잡은 두 손을 하고 있는 보호자들에게 나는 건조하게 물어보려 애썼다. 대강의 상황은 알고 있지만 다시 한번 여쭤볼게요. 어떻게 된 건가요? 답은 할머니에게서 나왔다. 제가 아이에게 우유를 먹이고 있었는데 어느 순간 숨을 쉬지 않는 것을 발견했어요. 그 말을 들은 엄마의 주먹이 꽉 쥐어져 부들부들 떨렸다. 할머니의 말이 더듬더듬 이어졌다. 등을 두드리니 코와 입에서 우유가 나왔어요. 그래도 숨을 안 쉬기에 119에 바로 전화를…. 엄마가 말을 다 듣지 못하고 허물어지듯 그 자리에 주저앉았다. 다 제가 애를 잘못 봐서 그럽니다. 제 잘못이에요…. 할머니가 가슴을 쥐어뜯으며 자책했다. 우두커니 선 나는 그들을 잔인하게 고문하는 듯한 느낌이 들었다. 고작 몇 마디 말로, 내 의도와는 상관없이. 나는 그들의 울음이 잦아들기를 기다렸다. 어쩌면 그들을 따라 울컥대는 나의 마음이 가라앉기를 기다린 것일 수도 있겠다. 우유가 기도로 들어가 숨을 쉬지 못한 것이 원인인 것 같습니다. 신고 시각부터 병원 도착 시각까지가 길어서 아무래도 뇌 손상이 있을 가능성이 높습니다. 자세한 것은 검사를 통해…. 나의 말이 끝나기 전에 주저앉아 있던 엄마가 무릎걸음으로 비틀비틀 다가왔다.

"선생님, 살려주세요. 어떻게든 살려만 주세요."

그 진부하지만 간곡한 말. 그것을 드라마나 영화에서가 아니라 실제로 들어본 것은 처음이었다. 고작 아무것도 아닌 나에게 간청하는 엄마의 모습에 나는 순간 할 말을 잊었다. 머리가 복잡했다. 나는 지금 무어라 말을 해야 하는 걸까. 꼭 살리겠다고 위로하며 엄마의 손을 잡아주어야 하나? 그렇지 않으면 희망적이지 않은 지금의 상태를 한 번 더 명확하게 전해야 하는 건가? 어느 쪽도 아니었다. 나는 결국 최대한 애매한 말을 골랐다. "최선을 다하겠습니다." 그 말을 하면서도 나는 자신이 없었다. 어느 부분을 보나 모자란 내 자신이 과연 최선을 다할 수 있는가에 대해. 혹은 내가 최선을 다한다 해서 상황을 좋은 쪽으로 바꿀 수 있을까 하는 의구심이 들어서. 나는 다시 중환자실로 들어갔다. 보지 않아도 느껴지는 절박한 시선들에 뒤통수가 따가웠다.

한시도 마음을 놓을 수 없는 나날들이 한동안 지속되었다. 아이의 상태는 시시각각으로 변했다. 잠시 괜찮은가 해서 다른 환자를 보러 갔다가 황급히 중환자실로 되돌아가기 일쑤였다. 그러기를 약 2주 정도 했을까. 아이는 비교적 안정을 찾게 되었다. 생체징후는 이전만큼 급격히 변하지 않았고 아이는 평온한 표정으로 눈을 감은 채 매번의 면회에서 가족들을 맞이했다.

하지만 그 후로 아이는 살아나지도, 죽지도 않았다. 모든 검사가 끝난 후, 나는 가족들에게 아이의 뇌가 저산소증으로 영구히 손상되어 다시는 예전의 상태로 돌아갈 수 없을 것이라는 잔혹한 사실을 전해야 했다. 아이의 가족들이 저마다 복도에 널브러져 통곡을 쏟아냈다. 그

광경을 보고 있자니 어쩐지 자꾸만 숨이 막혔다. 나는 황급히 뒤돌아섰다. 빠르게 당직실로 들어와 쓰러지듯 침대에 엎드려 베개에 얼굴을 묻었다. 더 이상 티끌만 한 희망조차 가질 수 없게 명확히 불행을 선고받은 그 슬픔을 아이도 없는 나 따위가 어찌 짐작할 수 있을까마는, 그래도 나는 고통스러웠다.

"더는 애쓰지 말아주세요, 선생님."

그 후로 며칠간 찾아오지 않던 아이 엄마의 입에서 결국 그 말이 나왔다. 가망 없는 환자들의 보호자에게서 간혹 듣게 된다던 참혹한 말. 처음에는 무조건 살려달라던 자신의 아이를 결국 포기해달라는 말을 꺼내는 엄마의 마음은 과연 어떠할까. 무지한 나는 짐작조차 할 수 없었다. 그저 충격으로 멍해진 채 뻔한 말만 되뇔 뿐.

"아니에요, 어머니. 그래도 최선을 다하고 있어요."

"선생님이 그러셨잖아요. 예전으로 돌아갈 수 없다고."

"그렇지만…."

"저는 도저히… 평생 그걸 견딜 자신이 없어요. 지금도 너무 힘들어요."

아이 엄마는 그 말을 하고 고개를 깊게 숙였다. 그녀의 굵은 눈물이 툭, 툭 소리를 내며 회색의 복도 위로 한 방울씩 오래오래 떨어졌다.

의사로서 아이를 살리지 않는 방향으로 처치를 한다는 것은 있을 수 없는 일이었다. 하지만 엄마의 그 말은 나를 끝없는 고민에 빠뜨렸다. 살아도 산 것 같지 않은 상태의 환자를 억지로 살려놓는 것이 과연 옳은 일인지에 대해. 그러나 그런 생명이 살 의미가 없다고 선고할 수 있는 자격이 과연 나에게 있는 것일까? 고작 일개 의사인 내가 감히 한 생명의 생사에 대해 판단해도 되는 것인지 나는 밤낮으로 고민했다. 물론 아이에 대한 치료는 이전처럼 지속할 수밖에 없었다.

그러나 마치 엄마와 나의 그 대화를 들은 것처럼 며칠 후 아이의 심장은 한밤중 조용히, 갑작스레 멈추었다. 한동안의 심폐소생술에도 심장박동은 돌아오지 않았고, 나는 낮은 목소리로 죽음을 선고했다. 가족은 그 죽음에 어떠한 이의도 제기하지 않았다. 그들은 아이의 작은 손을 잡고 잠시 눈물을 흘리다가 곧 자리를 떠났다. 한 달은 짧다면 짧지만 누군가에게는 충분히 긴 시간이었다. 어떤 관계라도 지치게 만들기에 충분했다. 나는 아이의 가족들을 이해할 수 있었다.

결국 살리지 못한 환자의 보호자에게 감사를 표하는 선물을 받은 마음은 참담했다. 아이를 포기해달라 말했던 엄마의 마음을 조금이나마 짐작할 수 있어서 더더욱 그랬다. 나는 십여 년이 지난 지금에도 그 손수건을 쓰지 못한다. 포장된 그 상태 그대로 서랍장 한구석에 고이고이 모셔두었다. 그저 일 년에 두어 번 꺼내어 만져볼 뿐이다.

제20회 장려상 수상작이다. 글쓴이 우샛별은 동탄연세소아청소년과의원 원장으로 수상 소감에서 "환자의 아픔을 백 퍼센트 진심으로 이해하고 그에 공감한다는 말은 어쩌면 거짓말일지도 모른다. 하지만 첨예한 생사의 순간에, 그들을 가장 가까이에서 지켜본 경험은 나의 인생에도 수많은 변화를 일으켰다. 그 시간들이 쌓이고 쌓여 지금의 나를 만들었다고 생각한다. 앞으로도 나는 많은 환자를 만나며 또 조금씩 변화할 것이다. 부디 그 변화의 방향이 그들을 더욱더 잘 이해하고 도울 수 있는 쪽이기를 바란다"고 말했다.

아직 바쁜
오빠

국세청에서 발급받을 서류가 필요해 서재로 들어가 컴퓨터를 켠다. 공인인증서 어쩌고 하는 창이 뜬다. 요즘 휴대폰으로 결제나 이체를 하면서 인증서 암호라는 걸 넣은 적이 있었나 싶다. 예상대로 인증서는 갱신 기한이 만료된 상태였다. 재발급을 받으려 은행 홈페이지를 연다. 통장은 찾았는데 서랍을 다 뒤집어도 보안 카드라는 놈이 당최 보이질 않는다. 급기야 책장의 책들을 하나씩 꺼내 탈탈 털어보는 상황에 이르렀다. 책을 읽다 중간에 덮을 때 주변의 아무거나 책갈피로 끼워 넣는 나의 습관 때문이었다. 이런 게 여기 왜 들어갔을까 싶은 공중전화 카드도, 만 원짜리 지폐도, 심지어 말라버린 낙엽도 떨어지는데 그것만 없다.

한참 책을 털다가 애꿎은 국세청 욕을 할 때쯤, 익숙했지만 낯설어진 노트를 발견했다. 오래전의 일기장이었다. 가죽 표지인 줄 알고 비싸게 샀던 건데 그새 이렇게 헐어버리다니, 가죽 흉내를 낸 비닐이었나. 쓸데없는 생각을 하다가 보안 카드는 머리에서도 사라지고, 어느새 낡은 표지만큼의 낡은 시간을 거슬러 오른다.

1999년, 나는 인턴이었다. 면허증에 찍힌 복지부 장관 직인이 채 마르지도 않았을 풋내기 시절에 빠져들다가 그해 어느 봄날의 일기에서 멈춰 더 나아갈 수 없었다. 잊으려 했지만 잊히지 않던 그 일이 희미해졌음을 깨달았기 때문이었다.

그래, 내 팔자에 무슨.

잠에 막 빠져드는 순간에 여지없이 삐삐가 울린다. 병동이다. 머리를 쥐어뜯으며 책상으로 기어가 전화기를 더듬었다. 3년 차 선생님이 '어, 와' 그리고 끊는다. 병동에 올라갔다. 역시 그 꼬마였다. 백혈병으로 골수이식을 받고 이식 병동에 있던 아이였는데 어제부터 열이 났다. 폐렴이 심해졌고 아직 쌀쌀한 4월의 깊은 새벽에 결국 숨이 넘어가 기도에 관을 넣어야 했다. 치프 레지던트chief resident(수석 레지던트)가 날부른 이유는 병원에 남은 인공호흡기가 한 개도 없기 때문이었다. 너무나 심한 호흡 부전이 와서 일단 기도에 튜브는 넣었는데, 소아용은 물론 성인용 인공호흡기까지 전부 사용 중이라는 것이었다. 그럼 다른 방법이 있나. 사람이 인공호흡기 역할을 하는 수밖에.

기계를 대신해 공기주머니를 손으로 쥐어짜 숨을 불어넣는 작업은 당연히 소아과 당직 인턴인 나의 몫이었다. 언제 끝날지 모르는 일. 인공호흡기가 섭외되든지 교대해줄 누군가가 오지 않으면 절대 끝날 수 없는 일이었다.

　새벽 3시쯤 시작된 그 일은 벌써 6시를 넘기고 있었다. 몇 시간 동안 꼼짝없이 앉아 공기주머니를 짜고 있으려니 손이 저리다 못해 팔의 감각도 사라지는 것 같았는데, 그보다 더 힘든 건 무섭게 내려오는 눈꺼풀과 싸우는 일이었다. 팔뚝과 손에 힘을 주면 공기주머니가 쭈그러들고 곧 녀석의 작은 가슴이 갸르릉 하며 살며시 부풀어 오르는 일련의 과정이 끝도 없이 되풀이되면서 '내가 지금 이걸 왜 손에 쥐고 있지?'라는, 각성을 위한 반복적 자문조차 가물가물해지고 있는데 회진을 준비하던 2년 차 선생님이 지나가면서 한마디 한다.

　"잘해라. 너 졸면 얘 죽는 거야."

　이런 젠장. 눈을 부릅뜨느라 이마에 힘을 잔뜩 주는데 그 순간 세상 모든 것이 다 원망스럽다.

　왜 이 녀석은 백혈병에 걸렸는가. 왜 별일 없이 지나가지 못하고 폐렴이 왔는가. 왜 이 새벽에 숨이 차서 기도 삽관까지 하게 만드는가. 왜 하필 내가 당직인 오늘, 이 큰 병원에 남아 있는 인공호흡기가 단 한 대도 없는가. 도대체 왜 왜 왜!!!

　결국 회진 준비까지 동료에게 맡기고 소처럼 꾸준히 앰부(환자의 호흡을 돕기 위한 수동식 산소 공급 장치)를 짜고 또 짰다. 다른 인턴이 손을 바꿔줘도 되었지만 우리의 하루 중 가장 정신없는 시간이 아침 회진 전후였기 때문에 교대하느라 번거로울 바엔 그냥 깔끔하게 나 혼자 그러고 있는 편이 나았다.

　어떻게 버텼는지 기억도 나지 않는 몇 시간이 더 지나 회진이 끝나고 마침내 나를 구해줄 동료가 왔다. 팔은 물론 뇌까지 마비될 지경에 이르러서야 겨우 한 시간 정도 눈을 붙였고, 그렇게 기절했다가 깨어 났더니 몇 년 동안 잠이 들었던 것처럼 아득하기만 했다.

맡겼던 삐삐를 찾아 다시 콜을 받으며 병원 이곳저곳을 돌아다니다 보니 어느덧 저녁이 되었고 밤이 왔고 새벽을 맞았다. 입원환자 명단 을 정리하려고 의국 컴퓨터 앞에 앉아서야 비로소 녀석이 떠올라서 마 침 옆에 있던 동기에게 물었다.

"새벽에 인투베이션intubation(기도 삽관)했던 그 애, 아직도 벤틸레이터 ventilator(인공호흡기) 못 구했어?"

"아니, 아까 오후에 달던데."

"다행이네."

그 순간 '다행'이라는 단어는 '그럼 오늘은 어제처럼 밤새우지 않아 도 되겠구나'라는 얄팍한 안도감에서 나온 말이었지만 그건 어쨌든 녀 석에게도 다행이었다. 아이는 이후로 빠르게 회복되었고 내가 밥을 채 열 번도 챙겨 먹기 전에 호흡기를 떼고 튜브를 뽑았다. 그러곤 중환자 실에서 이식 병동으로 다시 돌아갔다.

내가 소속된 파트가 아니라 회진 때 만날 수는 없었지만, 인턴이 콜 을 받고 병동에 갈 일은 차고 넘쳤으니 나날이 좋아지는 녀석을 목격 하는 것은 어렵지 않았다. 하루 종일 누워만 있던 아이가 며칠 후엔 앉 아서 나를 기다렸고, 소독약을 바르면서 간지럽거나 아프지 않냐고 물 으면 고개를 움직이며 대답할 수도 있게 되었다. 그림 그리는 걸 좋아 한다는 것도 알게 되었고 나중에 커서 진짜 화가가 되면 더 큰 종이에 더 신나게 그림을 그릴 거란 이야기도 들을 수 있었다.

그러던 언젠가부터 녀석은 나를 '오빠'라고 불렀다. 여섯 살 아이였으니 나와 스무 살이나 차이가 났는데도 그랬다. 왜 그렇게 부르는지 물어보지는 않았다. 눈썹까지 내려쓴 모자와 코와 입을 전부 가리고도 남을 마스크 때문에 얼굴에서 보이는 건 겨우 눈밖에 없었는데, 그 눈이 늘 웃고 있다고 나는 생각했다. 기계에 의지해 간신히 살아 있던 몸을 다시 일으켜 이제 마음껏 먹고 숨 쉬고 말할 수 있으니 그것만으로도 충분히 웃을 만했다. 그러니 굳이 오빠라고 부르는 이유까지 묻지 않아도 또 듣지 않아도 난 결코 아쉽지 않았다.

어쨌거나 녀석 덕분에 이식 병동에서 오는 콜은 늘 설렜다. 먹고 자는 것조차 사치였던 그 구질구질한 시절의 나를 '샘'이나 '아저씨'나 '어이'나 '여기요'가 아닌, '오빠'라고 불러줄 사람이 병원 천지에 대체 누가 있었겠는가.

그렇게 설레던 어느 날, 주사 꽂아놓은 자리를 소독해주러 갔는데 웬일인지 아이가 아무 말이 없었다. '오늘은 이 녀석 컨디션이 별로인가 보다'라고 생각했다. 다른 날과 달리 목에 손수건을 감고 있었으니 어쩌면 감기 기운이 있는 건가도 싶었다. 드레싱을 끝내고 조용히 나오려는데 녀석이 손짓하곤 뭘 하나 내민다. 편지였다. 공책만 한 흰 종이에 내 얼굴로 추정되는 그림이 있었고 그 아래에 '오빠, 고맙습니다'라고 쓰여 있었다. 올망졸망 귀엽게 줄을 맞춘 몇 개의 글자들을 내려다보며 "야, 너 그림만 잘 그리는 줄 알았더니 초등학교도 안 들어간 애가 벌써 한글도 쓰고" 같은 시답잖은 소릴 하고 있는데 주책맞은 내 눈이 예고도 없이 뻑뻑해졌다. 고맙단 말은커녕 고개도 못 들고 어물어물하다 마침 울어준 삐삐를 꺼내며 서둘러 방을 나왔다.

92

또다시 온 병원을 돌아다니다 피곤에 절은 몸으로 숙소에 들어온 새벽. 그제야 겨우 침대 모서리에 걸터앉았고 가운 주머니에 하루 종일 들어 있던 편지를 꺼냈다. 그러곤 나를 그린 그림을, 내게 쓴 글씨를 가만히 보다가 그대로 잠이 들었다.

가운도 벗지 못하고 쓰러져 있던 나를 아침이 오기도 전에 깨운 건 당연히 삐삐였다. 눈이 떠지지 않아 그 망할 기계를 손에 쥐고 미친놈처럼 몸부림을 치고 있는데 마침 방에 들어왔던 룸메이트가 침대를 발로 찬다.

"야, 니 오늘 오프(근무 이외 시간)라매. 정신 채리라. 바라. 콜 또 온다, 니."

어느새 달력은 5월로 넘어가 있었고 그날은 5월 5일, 어린이날이었다. 어린이날이라는 것은 내게 아무 의미가 없었지만 오프가 걸렸다면 얘기가 전혀 달랐다. 보통 휴일 오프의 경우 오전 회진을 마치면 다음 날 아침까지 무려 18시간 동안 자유의 몸이 될 수 있기 때문이었다. 거의 한 달 만에 인턴 숙소의 이층 침대를 벗어나 집에 간다는 생각에 뛸 듯이 일어났다.

회진을 어떻게 끝냈는지도 모를 정도의 들뜬 마음으로 병원을 나섰지만 결과는 충분히 예상한 대로였다. 나는 산후조리하러 친정에 온 딸인 마냥 손 하나 까딱 않고 최선을 다해 늘어졌다. 엄마가 차려준 저녁을 먹고 '하루가 원래 이렇게 짧은 거였나'라며 투덜대다 다음 날 새벽 출근을 위해 짐을 챙기던 늦은 밤, 가방에서 녀석의 편지를 발견했다.

완벽하게 잊혔던 기억이 그제야 다시 돌아와 내 멍청한 뇌를 때렸다. '어린이날에 선물이라도 해줘야겠네'라며 챙겨두었던 편지. 하지만 어린이날은 이미 한 달 만의 산후조리로 증발해버린 터였고, 편지는 다시 가방에 던져졌다.

다음 날 아침 회진이 끝나자마자 병원 근처를 뒤져 스케치북과 크레파스를 사고 포장을 했다. '얼른 나아서 오빠 얼굴 또 그려줘'라는 유치한 편지를 넣느라 포장을 풀었다가 다시 쌌맸다. 몇 개의 콜을 받으면서도 기어코 이식 병동에 도착했고 소독하고 가운을 갈아입었다. 다른 날보다 더 설렌 맘으로 뛰느라 헐떡이던 숨이 마스크 틈으로 새어 나온다. 선물을 뒤로 감추고 병실 문을 열며 녀석의 웃는 눈을 잠시 떠올렸던 것 같기도 하다.

아무도 없다. 침대 시트도 말끔하다. 방을 옮겼나 보다. 스테이션에 나와 간호사에게 물었다.

"○○이 얼루 옮겼어요?"

"어머, 선생님… 혹시 어제 오프였어요?"

녀석은 내가 오프를 받아 집에 갔던 날 밤에 사망했다고 했다. 주치의 말로는 패혈성 쇼크일 거라 했단다. 4월의 그 새벽처럼 폐렴이 악화되면서 호흡 부전이 왔고 그래서 다시 튜브를 넣고 호흡기를 걸고 약을 때려 붓는 등의 별짓을 다 했지만 그때처럼 좋아지지는 않았다고 했다.

녀석은 그렇게 거짓말처럼 가버렸다. 새벽부터 불러내 팔이 마비되도록 밤새 앰부를 짜게 만들었다고 원망했던 그날의 미안함이 아직 고스란히 내 마음에 남았는데, 그래서 웃고 있다고 믿은 그 눈을 보며 '나도 참 고마워'라고 말하면 그 빚을 조금은 갚을 수 있을까 싶었는데,

그 한 번의 시간을 기다려주지 않고 녀석은 내게서 사라졌다.

숙소로 돌아왔다. 수취 불가가 되어버린 선물이 여전히 손에 들려 있었다. 가운 속에 숨겨진 채 병원을 돌아다니느라 여기저기 찌그러진 포장이 마치 내 모습 같았다. 폭풍처럼 밀려드는 흡연 욕구 속에 몇 개의 콜을 뭉개다가 겨우 숙소를 나섰다. 그러곤 끝을 알 수 없는 하루가 언제나처럼 쉼 없이 몰아쳤다. 아니, 어쩌면 잠깐의 딴생각도 하지 못할 만큼 죽도록 바쁘게 흘러버리길 내가 바랐는지도 모르겠다.

20세기의 끝자락에 숨겨놨던 이야기는 여기까지다. 너무 바빠서 바쁘다고 징징댈 시간조차 없다며 죽는소리를 해댔지만, 정작 제대로 서둘렀어야 할 일에 바보같이 느려 터졌던 이 먹먹함은 20년이 지나며 낡아버린 일기장처럼 희미해졌다.

무뎌질 만큼의 시간이 흘렀지만 나는 지금도 여전히 바쁘다. 스물여섯의 어설픈 시절엔 상상하지도 못했던 희한한 일들이 끊임없이 튀어나와 다양한 형태로 나를 바쁘게 한다. 무엇 때문에 바쁜지, 제대로 바쁜 건 맞는지 스스로에게 물었던 그날의 일기에 아직도 마땅한 답을 찾지 못했는데 빠른 시간은 바쁜 나를 항상 앞선다. 어느덧 깊어진 밤에 책장 앞에 쪼그리고 앉아 한참 만에 되살린 기억은 희미했지만 기억 속 내 모습은 그래서 낯설지가 않다.

당장 답을 얻을 욕심은 없다. 죽기 전엔 대답할 수 있을까 싶은 부담스러운 질문을 던진 자신을 가끔 이렇게 탓하며, 여태 그래온 것처럼 앞으로도 그리 살아가겠지. 혹시 허락된다면, 날 기다려주지 못할 누군가를 바쁘다는 핑계로 또 놓쳐버리지 않기만 그저 바랄 뿐이다.

잊거나 바빠서 만료된 공인인증서는 어떻게든 재발급받으면 그만이지만, 그렇게 만료되어버린 나의 사람들은 더 이상 어찌할 수가 없지 않은가 말이다.

그나저나 이놈의 보안 카드는 대체 어디로 사라진 걸까.

제19회 우수상 수상작이다. 글쓴이 김시영은 일신의원 원장으로 수상 소감에서 "애써도 잊히지 않던 기억이 어느 날 희미해졌음을 깨달았을 때 느낀 감정은 그래서 참 복잡하다. 힘든 기억도 시간이 지나 이렇게 무뎌졌구나 싶어 다행스럽기도 하고, 그 큰 기억이 잊힐 정도의 다양한 사건들이 그동안 끊임없이 나를 덮쳤구나 하는 생각에 피곤하기도 하고, 시간이 흐르며 어쩔 수 없이 약해지는 모든 것들에 대한 막연한 연민이 느껴지기도 한다. 20년 전에 써놓은 일기는 지금의 이런 복잡한 감정들을 위한 밑그림이었는지도 모른다"고 말했다.

어떤

용서

진정한 속죄는 용서를 위한 절대적 조건이다. 그러나 어떤 용서는 속죄와 무관하게 이루어진다. 상대방과 상관없이 이미 용서하기로 결정한 것이다. 어쩌면 그에겐 용서 자체가 무의미할지도 모른다. 미움이 없는데 용서가 무슨 의미가 있겠는가?

'그런즉 너희는 차라리 저를 용서하고 위로할 것이니 저가 너무 많은 근심에 잠길까 두려워하노라.' (고린도후서 2:7)

그가 허물어진 모습으로 진료실에 들어설 때 알았다. 내 짐작이 맞았다. 부친이 돌아가셨다며 그는 죄인처럼 고개를 떨구었다. 병원에 다녀가신 지 사흘 만이라고 했다. 덕분에 삼우제까지 잘 마쳤다며 그는 몇 번이나 고개 숙여 인사했다. 그가 부친을 모시고 병원에 왔던 날이 생각났다.

노인은 기력이 많이 떨어져 있었다. 그보단 삶을 억지로 붙들고 있다는 편이 맞을 것이다. 혈압이 낮고, 맥박이 좀 빠르고, 탈수가 만성으로 진행된 것 말고 활력징후에 큰 이상은 없었다. 그러나 노인의 눈은 총기가 사라져 흐릿했고 무엇보다 마음에서 이미 삶을 놓아버린 것 같았다. 노인에게서 입맛이 떨어져나간 지는 오래되었고, 끼니때 겨우 몇 숟갈 넘기던 것마저 이젠 다 토해버려 곡기를 끊은 지 닷새는 되었다고 했다. 입원을 시켜드렸지만 노인은 얼마 지나지 않아 한사코 집으로 가기를 고집했다. 주사도 약도 모두 거부했다. 병원에서는 절대로 눈을 감지 않겠다는 고집 때문이었다. 하는 수 없이 집으로 돌아오긴 했지만 답답한 마음에 무작정 모시고 왔다며 아들은 한숨을 내쉬었다. 그러나 주사도 약도 거부하는 노인께 내가 딱히 해드릴 일은 없었다. 사정을 알면서도 나는 일단 입원실이 있는 대형 병원을 권했다. 입원은 고사하고 약도 주사도 거부하는데 달리 방도가 없겠냐며 아들은 거의 울먹이다시피 했다.

이런 경우 고열량, 고영양을 공급하기 위해 중증 환자에게만 제한적으로 처방하는 수액제가 있다. 주사제가 아닌 입으로 빨아 먹거나 비위관을 통해 주입하는 경장영양수액제였다. 그러나 이는 암 환자나 수술 후 회복기 환자, 또는 중증 만성질환자들을 위해 대학병원에서나 가끔 나오는 처방인지라 나 같은 시골 개업의와는 거리가 멀었다. 수련의 때나 써보았지 개업한 이후로는 아예 잊고 지내던 처방이었다. 20년이 넘었으니 그동안 어떤 수액제가 나왔는지도 알지 못했다. 일단 이곳 H읍에서 가까운 W시 대학병원의 지인에게 부탁해, 그곳에선 어떤 수액제를 처방하는지 알아보았다. '하모닐란액'이라는 먹는 영양

수액제가 있다고 했다. 다음으로 읍내 약국에 그것이 있는지 확인해보았다. 당연히 구비해둔 약국은 없었다. 친분이 있는 읍내 약국의 약사에게 하모닐란을 구할 수 있는지 물어보았다. 그가 한번 알아보겠다고 했다.

H읍에는 아직도 닷새마다 오일장이 열린다. 그날은 마침 장날이라 밖에 대기하는 환자가 많았다. 시간이 꽤 흘렀나 보다. 접수하는 직원이 문을 빼꼼 열고 안을 들여다본다. 걱정 반 호기심 반의 얼굴이다. 대기실의 환자들이 무슨 일인지 알아보라고 눈치를 준 것 같다. 그때 약국에서 연락이 왔다. 오후에 약이 도착하니 처방하면 된다고 했다. 아들의 얼굴이 환해졌다. 아들이 노인을 부축해 일어섰다. 진료실을 나서다 말고 노인이 문득 나를 돌아보았다. 마주친 노인의 눈에서 나는 돌아가신 아버님을 보았다. 떠나는 사람이 남아 있는 사람을 바라보는 눈. 내게 익숙한 그 눈빛을 돌리고 노인은 진료실을 나섰다. 그리고 사흘 후 돌아가셨다.

노인의 아들에게서 그동안 살아온 이야기를 잠시 들을 수 있었다. H읍으로 오기 전까지 그는 수원에서 살았다. 결혼한 형님이 있었지만 이런저런 사정으로 그가 부모님을 모시고 살았다. 몸이 약하셨던 어머님은 병환으로 일찍 돌아가셨고, H읍에 인연이 닿아 이곳으로 어머님을 모시게 되었다. 부친은 어머님이 돌아가신 후 몸도 마음도 급격히 약해지셨다. 어머님 가까이에 있으면 건강을 회복하실까 싶어 이곳으로 터를 옮기게 되었다. 그동안 몇 차례 혼담이 오갔지만 이런저런 일 (아마도 아버님을 모시는 일은 빠지지 않았을 것이다) 때문에 어긋났고 그러다 보니 혼기를 놓쳐버렸다. 그렇게 그는 부친과 서로 의지하고 살면서 사십을 넘겼다. 부친이 돌아가시고 나니 어찌 그리 잘못한 일만 생각나는지 자기는 죄인이라며 눈시울을 붉혔다. 돌아가셨으니 이젠 용서를 빌 수도 없다며 안타까워했다. 결혼도 포기하고 부모님을 지극정성 모셔온 그가 내 앞에서 죄인이라며 스스로를 자책하고 있었다. 나는 돌아가신 아버님을 생각했다. 명치 부위가 뻐근하게 아려왔다.

아버님은 내가 전문의 시험에 합격한 다음 해에 돌아가셨다. 평양이 고향이셨던 아버님은 6·25 전쟁 때 가족들과 헤어져 홀로 남하하셨다. 삼십 후반 늦은 나이에 결혼하셨고 늦게 낳은 자식들을 키우시느라 칠십 가까이 일을 하셨다. 은퇴하실 즈음 고생하신 부모님을 위해 동남아로 여행을 보내드렸다. 그리고 여행 이틀째, 아버님께서 쓰러지셨다. 매제와 함께 필리핀 푸껫으로 갔을 때 아버님은 인공호흡기를 달고 중환자실에 누워 계셨다. 목 아래로 전신마비가 와 있었다. 의식은 맑았지만 기관삽관 상태라 말씀을 못 하셨다. 필리핀 담당 의사는 '길랭-바레증후군Guillain-Barre syndrome' 같다고 했다. 그러나 평소 당뇨가 있었고 마비가 진행되는 양상으로 보아 혈전에 인한 뇌경색증이 의심되었다. 초기에 신속히 항혈전제를 투입했어야 했다. '길랭-바레'로 생각하고 항혈전제를 투입하지 않았다면 이미 골든타임을 놓친 것이다. 그렇다면 아버님이 회복될 가능성은 매우 낮았다. 그 와중에도 아버님은 내 얼굴을 보시자 반가운지 얼굴에 웃음을 띠셨다. 마치 아버지를 만난 아들 같았다. 어머님은 그새 10년은 늙어 보였다. 식사도 제대로 못 하셔서 어머님마저 병이 날까 걱정되었다. 두 분을 어떻게든 빨리 모시고 와야 했다.

인천의 한 대학병원에 아버님의 상황을 알리고 병상을 예약해놓았다. 호흡기를 뗀 튜브에 한국에서 챙겨 간 앰부백을 연결하고 앰부배깅ambubagging을 하며 앰뷸런스로 푸껫 공항까지 이동했다. 아시아나 항공에서 좌석 둘을 나란히 내주어 아버님께서 누워 가실 수 있도록 배려해주었다. 김포공항에 미리 앰뷸런스가 대기하고 있어서 아버님을 병원으로 바로 이송할 수 있었다. 그러나 이미 시간을 놓친 뇌세포는 회복되지 않았다. 몇 개월이 지나자 병원에서는 퇴원을 권했다. 소변줄을 끼우고 기관절개를 한 상태로 집으로 모시고 왔다. 콧줄(비위관)을 끼워 주사기로 유동식을 넣어드렸다. 가래를 뽑아드리고, 대변을 받아내고, 소변줄을 갈고, 몸을 닦아드리고, 파우더를 발라드리고, 욕창이 생기지 않도록 주기적으로 자세를 바꿔드렸다. 처음엔 힘들고 조심스러웠지만 시간이 지나자 쉽고 익숙해졌다. 그리고 시간이 더 지나자 그 일들은 기계적인 의식으로 바뀌었다. 나머지 사람들도 서서히 다시 일상으로 돌아갔다.

부친이 누워 계신 방은 퇴근 후 습관적으로 들르는 의례적인 곳이 되었다. 아버님과는 의사소통이 힘들었다. 처음엔 아버님도 답답하신지 입술을 움직거려 의사를 표현하려 하셨지만 약해진 안면근육 때문에 금방 포기하셨다. 그냥 담담히 현실을 받아들이시는 것 같았다. 그런데 언제부턴가 인사를 드리러 가면 나를 보시고 입술을 움직여 뭐라 자꾸 말씀을 하셨다. 어디가 불편하시다는 것 같기도 했고, 무언가 물어보시는 것 같기도 했다. 그럴 땐 '네' 하며 그냥 웃어드리곤 했다.

그러던 중 나는 서해안의 한 도시로 직장을 옮기게 되었다. 그리고 그해 늦은 가을 새벽, 어머님의 전화를 받았다. 예감이 좋지 않았다.

주무시는 줄 알았는데 자세히 뵈니 숨이 없으셨다고 했다. 유언도 없으셨고 임종하는 자식도 없었다. 힘들고 외롭게 사시다가 또한 그렇게 돌아가셨다. 서해안 고속도로를 운전하다 하늘을 올려다보았다. 천붕天崩이라 했다. 아버님이 돌아가시면 하늘이 무너진다고 했는데 머리 위 하늘은 여전히 파랗고 아침 햇살은 눈부셨다. 엄청나게 슬플 줄 알았는데 의외로 차분했다. 나는 앞으로 치러야 할 며칠을 생각했다. 연락할 지인들과 영안실과 발인을 생각했다. 그러다 그런 계산을 하고 있는 내게 화가 났다. 아버님이 계신 곳이 가까워지자 세상이 차츰 낯설게 느껴졌다. 당연히 곁에 있어야 할 무언가가 갑자기 사라져버린 세상. 그 텅 비고 낯선 세상 속으로 들어서자 눈에 무언가가 서서히 고이기 시작했다. 그리고 이처럼 슬프고, 두렵고, 낯설고, 화가 나는 모든 것들이 한데 뒤엉켜 가슴 한편에 내려앉았다. 세월이 지나며 나는 그것의 정체를 알게 되었다. 사람들은 그것을 '죄책감'이라 불렀다.

노인의 아들이 찾아온 날, 집에 돌아와 불도 켜지 않은 거실에 앉아 있었다. 나는 요즘 며칠 동안 늦도록 이곳에 앉아 아이가 들어오길 기다리고 있다. 사춘기라서 그럴까? 며칠 전 내가 뭐라 좀 나무라서일까? 아이는 며칠째 말도 없고 나와 눈도 마주치지 않는다. 나는 어두운 거실에 앉아 노인과 그의 아들을 생각했다. 내가 선친이었다면 아마도 의사인 나보다 그가 아들이길 바랐을 것이다. 그러자 답답하고 불안한 무언가가 가슴 한편에서 뭉클거리며 일어났다.
아이가 현관문을 열고 들어섰다. 아이는 거실에 있는 나를 보았지만 그냥 방으로 들어가려 했다. 그때 내가 아이에게 무언가 물었고, 그러자 아이가 "네" 하고 짧게 대답했다. 그랬다. 꾸짖는 대신 나는 아이에게 물어보았다. "밥은 먹었니?" 어두운 방 안에 누워 계신 아버님도 내게 그렇게 물으셨다. 나오지 않는 목소리로 입만 벙긋거리며 물으셨다. "밥은 먹었니?" 아버님은 하루 종일 침대에 누워 아들을 기다리셨다. 의사랍시고 하루에 잠시 얼굴 보기도 힘든 녀석. 그 녀석의 무심함을 꾸짖지 않으시고 그저 물어보셨다.

나는 어두운 거실에 앉아 굳게 닫힌 아이의 방문을 바라보았다. 나는 내게 물었다. 내 안에 저 아이를 미워하는 마음이 있는가? 원망하는 마음이 있는가? 아니었다. 그저 안쓰럽고 애잔한 마음뿐이었다. 그때나는 알았다. 아버님은 이미 나를 용서하셨음을. 아니, 미리 용서하셨음을. 세상 어떤 아들과도 바꿀 생각이 없으셨음을.

나는 일어나 거실의 불을 켰다. 갑자기 환해진 세상에 눈부셔하며 나는 노인의 아들을 다시 만나면 꼭 이 말을 해줘야겠다고 생각했다.

"당신이 아들이어서 부친은 참으로 행복하셨을 겁니다."

제18회 장려상 수상작이다. 글쓴이 심병길은 횡성중앙의원 원장으로 수상 소감에서 "아버님에 관한 글을 쓰며 두려웠다. 글에는 이미 내가 개입되어 있어 스스로도 속을 만큼 교묘하게 나를 미화시키기 때문이다. 그러나 공소시효도 없는 '그 일'은 오히려 시간이 지날수록 더욱 생생해졌고, 날아가는 화살처럼 기회의 시간이 줄어드는 것을 바라보며 나는 점점 초조해졌다. 어떻게든 두 여인에게 용서를 구해야 했다. 운 좋게 선택되어 이처럼 공개적으로 용서를 빌고 있으니 글을 쓴 목적은 달성한 셈이다"고 말했다.

마지막
편지

　노인은 말이 없으셨다. 무언가 말을 하려고 애를 쓰시는 것 같았지
만 말소리는 들리지 않았다. 왠지 낯익은 얼굴이라는 생각이 드는 순
간, 노인이 꼬깃꼬깃 접은 약포지를 내미셨다. 그 약포지에는 '부산탑
클리닉'이라는 병원명과 내 이름이 선명하게 새겨져 있었다. 그제야
나는 그 노인이 누구인지 생각이 났다. 6개월 전에 지리산 강청마을에
서 만났던 할아버지였다.

　개원 1년 차. 의약분업이 시작되어 의료계가 어수선하던 2000년
가을이었다. 소아과를 개원하신 선배 의사에게서 전화가 걸려왔다.
　"장 원장, 11월 초 주말에 1박 2일로 지리산 강청마을로 의료봉사
갈 건데 같이 갈래요?"

"예. 좋아요."

나는 마치 기다렸다는 듯 바로 대답했다. 이제 막 개원하여 하루하루를 초조하게 보내던 시절, 선배 의사의 권유는 내게 청량제처럼 다가왔다. '민족의 영산인 지리산 초행길에, 의료봉사까지! 드디어 나도 의료봉사라는 것을 한번 해보는구나.' 개원 초 심신의 피로를 식히고 싶었던 나는 의료봉사라는 말에 귀가 솔깃했다.

의료봉사에 참여하기로 했지만 무엇을 어떻게 준비해야 할지 막막했다. 소아과 선배님은 이미 여러 번 다녀오셨으므로 의사 세 명이 각각 준비해갈 것을 정해주셨다. 두 분 선배님께서 의약품과 5% 포도당 수액을 준비하기로 했다. 나는 의약분업으로 더 이상 쓸모가 없어진 약포지와 약 포장기를 가져가기로 했다. 날짜가 다가올수록 가슴이 점점 더 설레었다.

의사가 되면 의대 졸업식에서 히포크라테스 선서를 한다. 그 첫 문장에는 '인류봉사'라는 단어가 들어 있다. 그래서인지 의사라면 한 번쯤은 의료봉사를 하고 싶어 한다. 의사가 하는 일 자체가 아픈 사람을 위한 봉사라고 생각할 수도 있지만, 생업으로 할 때와는 느낌이 좀 다르다. 평소 진료할 때보다 친절하고 세심하게 환자와 소통하려고 애쓴다. 의료봉사를 하는 동안에는 '나는 인술을 행하고 있다'는 착각에 빠져들기도 한다. 어쩌면 의료봉사는 남보다 나를 위한 일인지도 모른다. 베푼 것보다 더 큰 자기만족이 있기 때문이다.

토요일 늦은 오후에 도착한 강청마을은 자연경관이 빼어난 곳이었다. 때마침 계곡을 따라 단풍이 절정을 이루고 있어서 가을의 운치를 더했다. 강청마을은 지리산 권역인 창암산 자락에 위치한다. 지리산에서 가장 길고 아름답다는 백무동 계곡을 따라 흐르는 물이 맑아 이름도 강청江淸이다. 주위 환경에 동화되어서인지 마을 주민들의 심성도 맑고 순박했다. 도시화 현상이 이곳이라고 비껴갈 수는 없었던지 젊은 이들은 모두 도시로 떠나고 마을에는 노인들만 모여 살았다.

일요일 아침에 마을 농협 건물에서 진료가 시작되었다. 의사 세 명 앞에는 각각 내과, 정형외과, 비뇨기과라는 종이 표지가 붙었다. 진료를 받으러 온 사람들은 거의 다 노인이었다. 사실 진료라고 할 것도 없었다. 노인들이 하는 말을 귀 기울여 들어주고 증상에 맞게 소염진통제, 소화제, 진해거담제 등을 처방해주는 정도였다. 비뇨기과 전문의인 나를 찾는 이는 아무도 없었다. 나는 조금 지켜보다가 수액 정맥주사를 맡아서 했다.

나는 먼저 5% 포도당 수액에 삐콤헥사Beecomhexa 주사액을 섞었다. 수액은 알맞은 노란색을 띠면서 값비싼 영양제 같은 느낌을 주었다. 마치 잘 익은 참외 같았다. 수액걸이가 없어서 양쪽 기둥에 못을 박고 철사로 빨랫줄처럼 연결했다. 바닥에는 돗자리를 여러 장 깔았다. 한 분, 두 분 링거주사를 맞는 것을 본 노인들은 너도나도 맞겠다고 몰려들었다.

"자, 어르신들 일단 자리에 누우세요."

나는 자칫 실수하여 약해진 노인들의 혈관을 터트릴까 봐 평소 진료할 때보다 더 많이 신경 썼다. 링거주사를 기다리는 이들의 얼굴에는 살아온 세월의 깊이만큼 이마, 눈가, 입가에 주름이 잡혀 있었다. 바늘에 찔리기 전에는 약간 긴장한 표정으로 있다가 노란 수액이 자신의 몸으로 들어가는 것을 확인하는 순간, 주름이 쭉 펴지면서 흐뭇해하셨다. 이심전심이었을까. 이들의 모습을 보고 있노라니 내 마음도 어릴 적 순수함으로 돌아가는 것 같았다.

살아가면서 짊어진 삶의 무게는 서로 주고받는 정情 때문에 가벼워지곤 한다. 자식들은 모두 도시로 떠나고, 외롭게 살아가는 이곳 노인들은 정에 굶주려 있었다. 우리나라 노인들은 링거주사를 병원 치료의 상징처럼 여긴다. 일부는 누워서, 일부는 앉아서 서로 정담을 나누며 링거주사를 맞던 노인들은 하나같이 편안해 보였다. 의사들은 질병의 치료에만 관심을 두고 환자의 마음속 상처를 보듬지 못할 때가 많다. 가벼운 말 한마디, 미소만으로도 충분할 텐데.

오전 진료 후 나는 마을 주민이 차려준 점심을 먹고 홀로 백무동 계곡을 바라보고 있었다. 그때 한 할아버지가 다가오더니 나에게 말을 걸었다. 할아버지는 링거주사를 놓아준 나를 알아보신 것이다. 오랜만에 반가운 사람을 만났다는 표정이었다. 가무잡잡한 피부에 왜소한 체구의 할아버지는 등이 굽어서 더 작아 보였다.

"주사 고마웠소, 의사 양반. 요즈음 온몸에 안 아픈 곳이 없었는데, 주사를 맞고 나니 다 나은 기분이오. 젊은 선생을 보니 아들이 생각나는구려…."

할아버지는 말끝을 흐리셨다. 무슨 애틋한 사연이 있어 보였지만 초면에 꼬치꼬치 물어볼 수도 없어서 나는 간단히 대답했다.

"효과가 있었다니 다행이네요."

해가 바뀌고 햇살이 눈부신 5월의 진료실. 말 못 하는 할아버지의 정체를 알게 된 나는 어떻게든 의사소통을 하려고 애를 쓰고 있었다.

"강청마을에서 오신 할아버지가 맞죠?"

할아버지는 고개를 끄덕이셨다. 말을 알아듣는 것으로 봐서는 뇌졸중의 후유증으로 운동실어증$^{Motor\ aphasia}$이 온 것 같았다. 할아버지는 말하기만 어려울 뿐 다른 장애는 없어 보였다. 내가 볼펜을 들어 보였더니 할아버지는 기다렸다는 듯 손을 내미셨다. 나는 급히 볼펜과 메모지를 할아버지께 드렸다. 할아버지는 볼펜을 꽉 잡으시더니 한참이 걸려서야 메모지에 두 글자를 쓰셨다.

'주사'

"링거주사를 놓아달라는 이야기인가요?"

이번에는 간절한 눈빛으로 대답을 대신하셨다.

할아버지는 지리산 두메산골에서 부산까지 먼 길을 약포지에 적힌 주소를 보고 홀로 찾아오셨다. 언젠가는 찾아가리라 생각하고 약포지를 소중히 간직하셨을 것이다. 할아버지는 링거주사를 만병통치약으로 생각하고 계셨다. 나는 차마 할아버지 병에는 링거주사가 아무런 소용이 없다고 말씀드릴 수가 없었다. 할아버지의 원대로 마음이나 편하게 해드려야겠다고 생각했다. 직원에게 수액을 준비시키고 내가 직접 놓아드렸다. 노란 수액을 보자 할아버지의 근심스러운 표정은 거짓말처럼 환한 미소로 바뀌었다. 주삿바늘을 찌르면서 나는 기원했다. '세상에는 기적이라는 것도 있잖아. 누가 알겠어? 할아버지와 나의 바람이 합쳐져 놀랄 만한 일이 일어날지….'

그 후 나는 한동안 할아버지를 잊고 지냈다. 11월이 되자 다시 강청마을로 의료봉사를 떠났다. 할아버지의 안부가 궁금했다. 진료시간 내내 기다렸지만 할아버지는 나타나지 않으셨다. 혹시 할아버지에게 무슨 변고가 있지 않나 하는 생각이 들어 불안했다.

전부터 알고 지내던 마을 주민에게 할아버지의 안부를 물었다.

"두 달 전쯤 돌아가신 것을 집에서 발견했어요. 피붙이 하나 없는 불쌍한 노인이었는데, 마을회관에 한참 동안 안 나타나셔서 댁에 가보니 이미 주검이 되어 있었지요. 몇몇 주민들이 시신을 수습해서 화장한 후 계곡물에 뿌려드렸어요."

"평소 그 할아버지는 말이 없으셨어요. 주민들과도 교류가 별로 없으셔서 잘 알지는 못해요. 제가 알기로는 6·25 난리 중에 가족을 모두 잃었다지요, 아마. 먹고살기 위해 여기저기 떠돌다가 한 여자를 만나 아들 하나를 얻었는데, 부인은 가출하고 하나밖에 없던 아들도 사고로 잃었답디다. 우리 마을에는 십여 년 전에 오셔서 혼자 살아가셨지요."

그는 더 이상 말을 잇지 못했다. 한동안 우리는 서로의 눈만 바라보았다. 얼마간의 침묵이 흐른 뒤, "아 참, 할아버지 머리맡에 이것들이 가지런히 놓여 있었는데 선생님이 주인인 것 같아서 오늘 드리려고 가져왔어요"라며 외투 안주머니에서 편지 봉투와 약포지를 꺼냈다. 겉면에 '탑'이라고 쓰인 봉투 안에는 편지가 들어 있었지만 나는 바로 꺼내 읽을 수가 없었다. 마음을 추스를 시간이 필요했다.

말을 잃어버린 할아버지. 정작 그분이 잃어버리고 싶은 것은 무엇이었을까? 지나간 삶의 아픈 기억일까, 아니면 외롭고 쓸쓸한 현재의 고단함일까. 갑자기 닥친 몸의 변화에 할아버지는 직감적으로 자신의 운명을 예측하고, 먼저 보낸 아들을 생각하며 나를 찾아오셨을 것이다. 그런 할아버지에게 내가 해드린 것은 무엇인가. 고작 링거주사 한 병을 놓아드리지 않았던가. 보다 전문적인 치료를 받을 수 있게 도와드렸어야 했는데…. 아니다. 할아버지가 나를 찾은 이유는 링거주사가 전부였는지도 모른다. 주사를 맞는 동안 할아버지는 더할 수 없이 행복해 보였으니까. 집으로 돌아간 할아버지는 어느 날 아들에게 유언을 하는 심정으로 혼신의 힘을 다해 편지를 쓰셨다. 그리고 이것이 할아버지가 생애에 남긴 마지막 편지였으리라.

어느새 해가 저물고 서쪽 하늘에는 늦가을의 저녁노을이 붉게 물들어 있었다. 저 노을 너머 어디에선가 할아버지가 나를 기다리고 계실 것만 같았다. 당장 링거주사를 들고 할아버지께 달려가고 싶었다. 잠시 마음을 가라앉히고 떨리는 손으로 편지를 꺼내 들었다. 단 두 마디뿐인 편지를 보면서 나는 더 이상 눈물을 참을 수가 없었다.

'고맙소 주사'

저 멀리서 할아버지의 무언^{無言}의 목소리가 메아리 되어 들려오고 있었다.

제18회 장려상 수상작이다. 글쓴이 장석창은 부산탑비뇨의학과의원 원장으로 수상 소감에서 "50대가 되면서 나 자신에게도 하나둘 건강에 문제가 생기니, 지나간 삶을 되돌아보는 시간이 많아졌다. 그리고 그 기억들을 글로 남겨두고 싶어졌다. 글에 소개된 할아버지는 해마다 11월이면 생각이 나던 분이다. 언젠가는 그분에 대한 추억을 글로 써보리라고 생각하고 있었다. 사실 당시보다 거의 20년이 지난 지금이 더 애절하게 가슴에 와 닿는다. 역시 세월은 사람을 성숙시키나 보다"고 말했다.

커피

_____

1.

"검사를 받지 않았으면…, 수술을 받지 않았더라면…, 그냥 편하게 한 2년 정도 살다가 갈 수 있었지 않았을까?"

그날 엄마는 그렇게 말했다.

엄마에게 뭐 별다른 기대를 한 건 아니었다. 그래도 이건 아니었다. 지금 기억나는 건 엄마는 뭐라도 좀 드셨는지 잘 모르겠지만, 적어도 나는 그날 시킨 그 커피를 한 모금도 마시지 못하고 버리고 나왔다는 것이다.

엄마랑 커피를 마시러 나갔던 그날은 따사로운 날씨가 절정을 이루던 5월 말 어느 저녁이었다. 몇 달 전 나는 엄마가 계속 속이 쓰리다, 배가 아프다 이런 증상을 호소하셔서 건강검진을 시켜드렸고, 당시 일반 검진항목에 추가할 검사를 고민하던 중 엄마 연세에 의도적으로 검진하지 않는 이상 잘 검사받지 않을 것 같은 부위가 어딜까 생각하다 흉부 CT 검사를 추가로 시켜드렸던 터였다. 이상이 나올 것 같았던 위 내시경이나 대장내시경 검사에서는 특이소견이 없었지만, 그냥 한번 점검하자고 추가한 그 검사에서 이상소견이 나오게 된 것이다.

직장으로 배달되어온 검진결과지.

위, 대장의 내시경 결과는 검사 당일 들었기 때문에 당연히 나머지 부분은 별거 없을 것으로 생각하고 휙 넘겼는데…. 나는 그 검진결과지를 앞뒤로 몇 번이나 다시 봐야 했다. '폐암 의중'. 다른 사람 것이 잘못 온 게 아닐까 생각하면서 주민번호와 이름과 주소를 여러 번 확인했다. 얼마 전에 찍었던 흉부 엑스선에서는 별거 없었는데….

집 근처 병원에서 받은 간단한 검사 결과에 조금만 이상이 나와도 불안해하시고, 괜찮은 소견이다 말씀드려도 전화할 때마다 걱정하시고, 이제 안심하시겠지 생각하고 있으면 며칠 뒤 또 같은 문제로 걱정하고 계시다고 다른 형제들에게 전해 듣게 되는 이런 일상이 반복되다 보니, 나는 평소 걱정이 많은 엄마에게 바로 이 결과를 알려줄 수가 없었다. 일단 검사를 순조롭게 진행하려면 돌려 말해야 했다. 그냥 별거 아닐 것 같은데, 그래도 뭐가 있어 보인다 하니 확실하게 한번 검사나 해보자고, 그냥 무심히 지나가는 말투로 그렇게 말씀드렸다.

처음에는 단순히 양성종양일 것 같았던, 그럴 거라고, 그래야만 한다고 믿었던 폐의 이상소견은 정밀검사를 하면 할수록 악성으로 확진되어갔다. 엄마는 담배 연기도 싫어하던 분이셨고, 돌아가신 아빠도 담배는 한 개비도 태우지 않던 분이셨는데 폐암이라니…. 설상가상으로 폐암이라 해도 기껏 해봐야 1기 정도일 것 같았던 소견은 마지막 검사를 마치고 난 뒤에는 3A기로 판정되어 있었다. 담당 교수님은 힘들겠지만 수술을 한번 해보시겠다고 했고, 그 뒤에 항암과 방사선치료도 같이 받아야 한다고 하셨다.

처음부터 폐암 3기다, 이렇게 말씀드리면 아예 수술을 안 받으실 걸 알기에 나는 그냥 양성종양이다, 수술만 하면 끝이다, 이렇게 안심시켜드리고 수술을 일단 진행시켰다. 살면서 자의로든 타의로든 비밀이라는 건 얼마나 지키기 힘든 것인지…. 수술 전날 엄마는 무심히 수술동의서를 받으러 온 병원 치료진 누군가에게 '폐암수술동의서'를 받으러 왔다고 듣게 되었고, 그 말에 충격받은 엄마가 "제가 폐암이여요?" 하고 동의서를 들고 있는 분에게 여러 번 물었다고 했다. 그제야 내가 당신을 속였다고 생각한 엄마는, 사실 이 모든 것이 엄마를 위한 거짓말이었음에도 불구하고 진실을 속였다는 사실에 화가 많이 나셨던 것 같다. 화나지만, 화가 나지만…, 그냥 참겠다고, 그냥 모르는 척하고 수술받겠다고 그렇게 말씀하셨다는 말을 나는 다른 형제들에게 전해 듣게 되었다.

수술은 진행되었다.

나는 가족 중 유일하게 내가 의사라는 이유만으로 이렇게 누군가 아플 때마다 검사, 치료 등 모든 일련의 결정들이 내 입에서 나오는 말에 좌지우지되는 게 너무나 부담스러웠고 이번에는 특히 더 그랬다.

수술 전 동의서도 그렇지만, 그 외 CT나 위내시경 등 이런 검사 전 동의서를 작성할 때마다, 검사 결과들이 하나하나씩 나올 때마다 근무를 하는 시간에도 번갈아가며 엄마의 옆을 지키고 있는 형제들에게서 수시로 전화가 왔다. 이런 글귀가 있는데 사인해도 되냐, 나중에 네가 와서 봐야 하는 거 아니냐, 이런 결과가 나왔다는데 정말 괜찮은 거냐…. 그럴 때마다 안심시켜야 했다. 형제들도 안심시켜야 했고, 엄마도 안심시켜야 했다. 그들의 불안을 이해했지만, 때때로 어느 순간에는 그 짐이 너무 버겁게 느껴졌다.

수술이 끝나자마자 엄마는 중환자실로 들어가셨다. 수술은 잘됐을지, 또 중간에 다른 문제는 없었을지, 막상 수술장 들어가 보니 병기가 더 나쁘게 판정된 건 아닌지 불안해하고 있는데, 얼마 후 수술장에서 교수님을 도와 수술을 보조했던 치프 레지던트가 나와서 격양된 어조로 "○○○ 씨 보호자분!" 하고 불렀다. 나와 가족들은 하루 종일 결과를 기다리느라 초조하고 불안했는데 그 치프는 간단한 양성종양 하나 떼어내고 나온 듯 너무나 아무렇지도 않은 표정으로 설명하기를 "보호자분, 수술은 잘됐지만 갑자기 나빠질 수도 있고, 수술 잘돼도 길어야 6개월 정도밖에 못 사시는 거 알고 계시죠?" 이렇게 말했다. 순간 귀를 의심했다. 이것이 지금 흉부외과 4년 차의 입에서 나오는 소리가 맞는 걸까? 그 활기찬 얼굴에 조금이라도 안타까운 표정이 있었더라면, 아니 그것도 욕심이라면 조금은 위로하는 듯한 태도로 설명해줘도 좋았을 텐데…. 사려 깊지 못한 태도로 비수를 던지며 이런 식으로밖에 말하지 못하는 레지던트로 인해 슬펐고, 순간 나는 나 또한 다른 환자들을 대할 때 저런 모습은 없었는지 새삼 뒤돌아보게 되었다. 그리고 무

력하게 뒤돌아서서, 저 말이 무엇을 뜻하는 거냐며 불안해하고 격분해
하는 가족들을 달래야 했다.

그랬다. 나에게 그동안 병원이라는 공간은 그리 낯설지 않은 곳이
었는데, 의사로서 느껴왔던 병원과 환자 보호자로서 느끼는 병원의 온
도는 확연히 달랐다. 여러 가지 각박한 상황을 이해는 했지만 당황스
러웠고, 의사의 말 한마디가, 그 한마디를 어떻게 하느냐에 따라 보호
자들은 천국과 지옥을 왔다 갔다 한다는 것을 절실히 깨달았다. 의사
인 나 자신도 이러한데 다른 보호자들의 심정은 어떨지 감히 상상이
안 됐다.

수술 후 엄마는 항암치료를 받고, 또 방사선치료도 받아야 했다. 몇
차례의 항암치료로 엄마의 머리카락은 봄바람에 민들레 홀씨 날리듯
이 조금씩 빠져나가다가 나중에는 한 움큼씩 뭉텅뭉텅 빠지기 시작했
다. 동시에 진행되던 방사선치료로 한 달 동안 주말을 제외하고 매일
매일 병원에 가야 했고, 안 그래도 수술 부위 통증으로 힘든데, 방사선
치료 합병증으로 식도염이 와서 이제 엄마는 식사조차 제대로 못 하시
게 되었다. 이래저래 엄마의 고왔던 외모는 탈모와 체중 감소로 누가
보기에도 많이 처참해졌고, 그걸 알고 있는 엄마의 마음은 우울감과
절망감으로 매일매일 지하 바닥으로 한 층, 한 층씩 끝도 없이 내려가
는 것 같았다.

"그래도 엄마는 머리 빠져도 외모가 되니까 괜찮네. 나도 엄마처럼
좀 예쁘게 낳아주지."

"엄마, 엄마는 딸이 의사여서 좋겠네. 매일 이렇게 영양제도 놔주
고. 아니면 엄마 매일 병원 가서 줄 서서 영양제 맞고 오고 그래야 하

는데…. 감사하지?"

"추울 때 이랬으면 정말 힘들었을 텐데, 날씨 좋은 5월에 이렇게 돼
서 그나마 정말 다행이다. 수술도 잘됐고…."

"엄마는 복도 많다. 아들이 그나마 시간 조절을 할 수 있는 직업이
라 매일매일 엄마 모시고 방사선치료도 가고. 아니면 엄마는 매일 택
시나 버스 타고 혼자 다녀야 했을 텐데…."

엄마가 듣는지 마는지 그냥 그렇게 말하면서 나는 매일매일 하루하
루를 버텨나갔다. 가족이, 특히 항상 내게 정신적인 지주였던 엄마가
자기감정과 힘듦을 평소처럼 통제하지 못하고 막혔던 댐 무너지듯 무
방비로 내보이는 그 모습이, 그 모습을 그냥 지켜볼 수밖에 없는 것이
너무나 안타깝고 가슴 저몄다. 나에게는 정말 하루하루가 악몽 같은
시간이었다.

그날은 그렇게 고생하다가 겨우 모든 치료가 끝나고, 영양 보충만
되면 엄마 집으로 가기로 돼 있던, 상태가 어느 정도 회복되었다고 그
래서 조금 안심이 되었던 어느 날이었다. 오랜만에 나는 엄마랑 다른
사람들 살듯이 그냥 그렇게, 그런 일상을 즐기고 싶어서, 콧바람이라
도 쐬시라고 엄마 모시고 나왔던 터였다.

"이렇게 나와서 차 한잔하니 좀 기분 좋아지지?"

나는 일부러 분위기를 밝게 하려고 명랑하게 엄마에게 물었다. 한
참을 무표정하게 나를 말없이 쳐다보던 엄마는 마침내 그렇게 말했다.

"검사를 받지 않았으면… 수술을 받지 않았더라면… 그냥 편하게
한 2년 정도 살다가 갈 수 있었지 않았을까?"

116

'쿵!'

순간 난 무언가로 뒤통수를 크게 한 대 얻어맞는 느낌이었다. 이게 대체 무슨 말이지? 무슨 소리란 말인가? 내가 엄마에게 큰 기대를 한 건 아니었다. 암을 미리 발견할 수 있게 검진을 시켜줘서 고맙고, 치료 과정 내내 함께 해줘서 고맙고, 방사선치료 받는 한 달 내내 너희 집에서 편히 머무르게 해줘서 고맙고, 너도 힘들 텐데 퇴근 후에 와서 나 먹으라고 이것저것 맛있는 거 사 오고 밤에 잠도 못 자고 수액 놔주느라 고생했다, 그런 말을 기대한 것도 아니었다. 그냥 나는 "응, 이렇게 나오니 기분 좀 좋아진다"는 단지, 그런 말 정도만 기대했을 뿐인데….

엄마의 그 말투는 분명 이런 검사를 받게 하고 치료를 받게 한 것에 대한 불만, 아니 그 단어로는 부족한 조금 더… 좀 더 적대감이 내포된, 이렇게 고생시킨 모든 원흉이 나라는, 그런 원망감이 표시된 말투였다. 적어도 나에게는 그날 그렇게 느껴졌다.

2.

그래, 그날도 그랬다. 그때도 그 말을 듣는 순간, 그냥 모든 게 정지되는 듯 멍하니 한동안 아무 생각도 아무 행동도 할 수 없었다.

폐암 수술 후 중환자실에서 일반실로 옮긴 지 며칠 안 됐을 무렵, 엄마의 안정적이던 혈압이 불안정해지면서 정상 이하로 떨어지고 있었다고 했다. 엄마는 그 정신이 혼미한 가운데 입으로 중얼중얼 애타게 누구를 계속 찾았다는데, 그건 어이없게도 내가 아니라 남동생이었다. 나는 당연히 엄마가 힘들 때 나를 찾을 거라고 생각했는데, 그렇지 않았다는 것에 대해 나름의 충격을 받았다. 내가 뭔가 크게 착각하고 있었구나. 설사 의사이고 엄마 옆에서 아무리 내가 한다고 해도 엄마에게 있어 나는 남동생을 대신할 수는 없다는 것을 비로소 깨닫는 순간이었다.

3.

그랬다.

그날 시킨 커피를 한 모금도 못 마실 정도로 나는 예상치 못했던 엄마의 말에 충격을 받았다. 있는 자리에서 할 수 있는 최선을 다한다고 했지만 엄마를 위한다고 했던 것이 사실은 엄마가 원했던 것이 아니고, 옆에서 물심양면으로 한다고는 했지만 엄마에게 남동생만큼의 위로나 의지도 되지 못했던 자신을 깨닫고 잠시 너무 부끄러웠고, 나 자신이 너무 초라하게 느껴졌다. 그리고 그날 이후 나는 앞으로 엄마의 진료나 치료 부분에서 절대 앞에 나서서 결정하거나 조언하지 않겠다고 결심했다.

그 뒤 엄마는 몇 번의 추적검사에서 완전히 관해^{remission}(병세 호전)됐다고 판정받았으며, 치료해주셨던 교수님은 희귀한 케이스라며 케이스 리포트$^{case\ report}$(증례 보고)를 하고 싶다고 하셨다. 그 후 한 5년 정도는 정말 편안하고 행복했던 것 같다. 해외여행도 모시고 다니고, 국내여행도 여러 번 모시고 가고….

그러던 어느 날, 추적 관찰하고 있던 CT 검사에서 재발이 의심되는 소견이 보인다고 했다. 어떤 치료든 다 받겠다 했지만, 교수님은 지금은 아무것도 할 수 있는 게 없다고 하셨다. 지금 아무 증상 없이 편하게 지내시면 그냥 놔두시라고, 나중에 호흡이 불편해지면 그때 모시고 오라고…. 나는 이해가 되지 않았다. 의사지만 가족의 문제에서는 객관적인 판단을 하기가 힘들었다. 그러나 치료진을 믿고 묵묵히 따를 수밖에 없었다.

그 뒤 6개월 후 엄마에게는 조금씩 호흡곤란이 오기 시작했다. 그해 2015년은 메르스 공포가 있던 때였다. 당시 의료진 가족들은 마치 나치 시대에 유대인 색출하듯 주변의 따가운 시선을 견뎌야 했고, 의사 부모를 둔 자녀들의 등교까지 거부하는 학교가 있을 정도였다. 호흡이 힘들다 하셔서 다니던 병원에 가려고 했지만 그 병원은 메르스 사태의 중심에 있던 병원이라 가지 못했고, 나 또한 엄마를 보러 가는 게 엄마한테 도움이 될지 우리 집으로 모시고 오는 게 나을지 판단이 잘 서지 않을 때였다. 그때 의료진들은 그냥 두문불출하고, 타인과의 접촉은 최대한 피한 채 진료 마치면 집에서 칩거하던 때였다.

고민만 하던 중 엄마의 호흡곤란은 좀 더 심해졌고, 일단 지인이 있는 다른 대학병원으로 엄마를 입원시켰다. 증상이 조금 호전되는 듯하더니, 면역력이 약해 원내감염이 된 건지 폐렴이 겹치게 되었고, 나중에는 너무 숨이 차다고 하셔서 호흡기를 달지 말지 결정을 해야만 했다. 담당 주치의는 엄마가 너무 힘들어하시고 산소포화도가 지나치게 낮아지니, 우선 호흡기를 달았다가 폐렴치료를 끝내고 다시 위닝 ^{weaning}(호흡기를 떼는 행위)을 하자고 했다. 그리고 가능하면 호흡기 달고 있는 동안 항암치료도 같이 하겠다고 했다. 우리 형제들은 선택의 여지가 없었고, 그렇게 하기로 했다.

더 크게 숨을 내쉬어보라고 다그쳤던 것 같다.

"엄마!!! 이러면 중환자실 가야 해. 엄마, 조금만 힘을…, 힘을 좀 내봐."

엄마는 잘 참으셨던 것 같다. 버틸 만큼 버티신 것 같았다. 이제는 안 되겠다며 호흡기를 달아달라고 하셨다. 엄마의 눈에 두려움이 보였다. 나는 엄마랑 약속했다.

"엄마, 그럼 2주 후에 보자. 2주 후에…, 엄마 쉬고 있는 동안 폐렴치료하고, 항암치료도 하고…. 그리고 2주 후에 보자. 잘 이겨내기다."

유치하지만 호흡이 힘들어 정신없는 엄마의 새끼손가락을 쥐며 약속도 했던 것 같다. 엄마는 아들, 딸, 사위, 며느리에게 그동안 수고했다는 듯이 그 숨찬 가운데서도 잠깐 반짝 기운을 내어 한 명 한 명에게 악수를 청했고, 그리고…, 중환자실에 들어가셨다.

그러나 폐렴치료는 쉽지 않았다. 폐렴치료가 되지 않으니 항암치료를 해주지 않았고, 호흡기 단 지 일주일이 넘어가니 위닝은 점점 더 어려워져만 갔다. CPR 포기각서를 썼고, 쓰면서도 이걸 써야 할지 말아야 할지 형제들의 의견이 분분했다. 위닝 시도를 할 거냐 말 거냐 그것에 대해서도 의견이 분분했다. 엄마 그만 괴롭히자, 어느 순간 그렇게 얘기했다가 그래도 한 번만 해보자고 했고, 한 번 실패하고 나니 또 한 번만 더 해보자고 했다. 몇 차례 시도된 위닝은 계속 실패했고, 우리 형제들은 그 시도 때마다 쌕쌕 호흡이 힘들어서 빨개지는 엄마의 얼굴을 뵙기도 죄스러워졌다. 매 순간 형제들의 의견은 일치되지 않았고, 우리는 어느 것이 정답일까 하는 고민으로 속이 썩어 들어갔다. 우리의 나이는 모두 40대 중반을 넘기고 있었지만, 부모의 삶을 결정하기에 우리는 아직 너무도 어리고 미숙했다.

각자 가정과 직장도 있던 우리 형제들은 하루에 두 번 있는 면회에 순번을 돌아가며 가고, 그때마다 엄마의 상태를 단체 메신저로 전했다. 호전되기를 희망했지만 그게 부질없는 희망이라는 걸 각자 깨달아가기 시작했다. 그러나 우리 중 누구 하나도 그걸 밖으로 소리 내서 기정사실로 하고 싶어 하진 않았다. 그리고, 1997년에 있었던 보라매병원 사건 이후로 무의미하게 연명하는 게 좋을지 말지 그것도 우리가 결정할 수 없다는 것을 알았다. 이제 엄마는 시간이 너무 지나서 절대 위닝은 할 수가 없었고, 가족들과 조금이라도 의사소통을 해주려고 의료진이 진정제를 조금만 줄여도 너무 힘들어했다. 우리는 의사소통 안 해도 좋으니 더 이상 엄마를 괴롭히지 말아달라고 부탁했다.

그러다가 이제 엄마의 혈압은 50mmHg으로 떨어지기 시작했고, 중환자실에서 마음의 준비를 하고 오라는 연락이 왔다. 모두 중환자실 앞에서 대기하고 있었는데, 다시 혈압이 80mmHg으로 올라갔다고 담당 간호사가 얘기했다. 오늘은 넘기실 것 같으니 일단 한 분만 빼고 다 돌아가라고 했다. 그렇게… 이제는 면회시간뿐 아니라 보호자 한 명이 계속 병원 근처에서 대기하고 있어야 했다. 어느 날은 새벽에 연락이 왔다. 다 준비하고 오시라고. 막 준비하고 나가려는데 다시 연락이 왔다. 혈압이 올라갔으니 일단 집에서 대기하고 계시라고…. 어느 날은 낮에 연락이 왔다. 나는 진료를 중단하고, 다른 형제들은 직장을 조퇴하고 병원으로 갔다. 가서 면회하고 나면 엄마의 혈압은 다시 90mmHg으로 올라갔다. 의료진은 이런 상황이 반복되면서 이미 뇌 손상은 왔다고 봐야 한다고 했다. 우리는 이제 이런 의미 없는 수명연장치료는 하고 싶지 않다고, 그냥 다 빼고 집으로 모시고 싶다고 했지만, 병원에서는 그렇게 해줄 수 없다고 했다. 나는 나도 의사이고 이런 거로 절대 문제 삼지 않겠다, 각서라도 쓰겠다 했지만 허락되지 않았다.

엄마의 몸은 점점 망가져갔다.

어느 날은 가보면 기도 삽관 튜브로 인해 앞니가 부러져 있었고, 입가는 다 찢어져 있었으며, 어느 날은 혈류 순환이 안 되어 피부가 괴사되는 부분도 있었고, 등에 욕창도 생겼으며, 어느 순간 발가락 몇 개가 까맣게 끝이 썩어 들어가고 있었다. 나는 고왔던 엄마가 이렇게 망가져 가는 걸 보는 게 너무나 힘들었다.

'나한테 그렇게 부탁했는데….'

"제발이지, 나중에 내가 많이 아프더라도 몸에 주삿줄 주렁주렁 달고…. 이런 짓 안 하게 해줘라. 부탁한다."

평소 엄마는 나에게 이렇게 부탁했는데, 엄마의 이런 마지막 부탁조차 들어주지를 못했다. 나 자신이 의사인데도….

어느 날은 분노가 치밀었다. 사람이 존엄하게 자기 생을 마감할 수 있어야 하는데, 법을 위한 법을 주장하면서 신체가 어디까지 훼손되기를 기다려야 하는지…. 어느 날은 그래도 아직은 따뜻한 엄마 손을 가끔이나마 잡을 수 있어서 좋았다. 더 이상 신체 훼손만 되지 않는다면, 다시는 얘기할 수 없다 해도 이렇게 조금만 더 유지되는 것도 괜찮지 않나 생각할 때도 있었다. 어느 날 내가 이렇게 맘을 다져 먹어도, 그날 다른 형제들이 분노하면 또 내 마음은 불안해지기 시작했다. 내가 지금 또 다른 어떤 행동을 취해야 하는 건 아닌가? 걱정하고 걱정했고, 고민하고 고민했다. 의사이고 싶지 않았고, 자기 부모 하나 지키지 못하는데 의사가 무슨 소용인가 싶었다.

나중에 더 화가 나는 건, 중환자실에서 준비하고 다 모이라는 연락이 오는 게 여러 차례 지속되고 반복되고…. 중환자실에 계신 지 두 달이 다 되어가니 가족들이 하나둘씩 지쳐가는 게 보였다. 그리고 슬픔도 조금씩 희석이 되어갔다. 이제는 그만 보내드렸으면 하는 마음들이 느껴졌다. 지금 꼭 가셔야 한다면 모두가 아파하고, 모두가 하늘이 무너지고 땅이 꺼지도록 엉엉 울면서 통곡하는 가운데 엄마가 가시길 바랐는데…. 그 바람조차 허락되지 않을 것 같아서 너무나 속상하고, 슬프고, 불안하고, 화가 났다.

엄마는, 그해 8월의 마지막 날, 그렇게 조용히, 그 어느 누구 하나 펑펑 울지도 못하는 상황에서… 그렇게 나는, 나의 소중한 엄마를 보내드렸다.

4.

"자식이 아픈데, 부모가 너무 건강한 것도 벌이여요."
'쿵!' 하고 또 가슴이 내려앉았다.

고혈압으로 얼마 전부터 우리 병원에 다니시는 80세 할머니는 그
렇게 말씀하셨다. 자꾸 어지럽다고 오셨는데 고혈압이 발견되었고, 몇
가지 혈액검사상 이상소견이 보여서 정밀검사와 주기적 추적 관찰 및
검사를 권유할 때마다 "다음에 할게요", "아니, 안 할래요"를 반복하시
더니, 오늘은 드디어 이렇게 말씀하셨다.

"전 그냥 혈압약만 먹겠습니다. 이제 검사는 안 하고 싶어요. 살 만
큼 살았고, 인제 그만 가야죠. 이 나이에 더 건강히 살겠다고 검사하는
것도 싫어요."

엄마도 그랬다. 방사선치료 받으러 병원에 모시고 갔을 때, 70세 넘
으신 할아버지가 딸이랑 이것저것 검사하러 오신 걸 보시고, "어휴, 검
사하지 말지. 칠십 넘음, 그냥 모르고 있다가 가는 게 좋은데…" 하시
면서 내 맘을 불편하게 했던, 그 기억이 갑자기 떠올랐다.

그러시라고 했다. 그 대신 혈압약만은 꼭 잘 챙겨서 드시라고….

환자의 개인 사정을 모두 이해하고 약을 처방하고 검사를 권유하기
란 얼마나 힘든 일인가? 환자의 개인 사정을 무시하고 원론적인 원칙
과 검사, 치료만 강요한다는 건 얼마나 사려 깊지 못하고 환자와 그 가
족들의 가슴에 못을 박는 행동인가?

5.

오늘도 하루를 시작하는 내 책상 앞에는 커피가 한 잔 놓여 있다.

그동안 한국에 있기 너무 힘들어서 도피하듯이 외국에도 1년을 다

녀왔다. 엄마라는 단어 자체를 꽁꽁 봉인해버리고…. 언제쯤이면 라디오나 다른 매체에서, 그리고, 지나가는 사람들 입에서 '엄마'라는 단어를 들어도 무심할 수 있을까, 아프지 않을 수 있을까 그랬었다. 이제시간이 흐르고, 또 흐르고…. 잘 살 수 없을 것 같았던 나는 또 이렇게하루를 살아가고 있고, 이제는 엄마라는 단어를 들어도 감정이 북받치는 것을 티 안 내고 참아낼 수도 있으며, 자라나는 아이들을 보며 한동안 나를 휘감았던 허무주의에서도 벗어나려고 추스르고 있다.

그래도 가끔은 커피잔을 쳐다보고 있으면, 어느 순간, 그때 그 도넛집에서 엄마와 마주 보고 앉았던 그 탁자 위에 놓여 있던 커피잔이 생각난다. 난 그날 도넛도 커피도 한 입도 먹지 못하고, 그대로 버리고왔었다. 마치 여기에 왔던 흔적을 지우고 싶은 듯이…. 가족이라는 이유로, 사랑이라는 이름으로, 내가 엄마의 나머지 삶을 선택할 수 있는권리를 빼앗은 건 아닌지. 다음에 엄마를 만나면, 이 아픔이 그때 가셔진다면, 한번 물어보고 싶다. 그리고….

그리고, 아직은 닫혀 있는 내 마음의 빗장이 조금 더 열리면, 엄마한테 말하고 싶다. 내가 그때 했던 건, 내 최선이었다고. 나도 처음이니까, 실수할 수밖에 없는 부분이 있었다고. 다음번엔 엄마가 많이 아프고 불안해하면, 그때는 "엄마, 우리 잘 이겨내자", "엄마, 잘 참을 수있을 거야", " 별거 아니야", 이렇게 내 입장에서 말하지 않겠다고…. 그때 "많이 아프지? 너무 힘들지?" 그렇게 말해주지 못해서 미안하다고. 그냥, 괜찮아질 거야. 별거 아니야. 그렇게 그러지 말고… 아무 말없이, 그냥 자주 꼭 안아주지 못해서 미안했다고….

커피를 다 들이켜고, 엄마가 자랑스러워해 마지않았던 내 모습으로 추스르며 나는 첫 환자를 불러본다. 오늘도 내가 이 병원에 오는 환자들에게 육체의 평안함뿐 아니라 정신적 평안함도 줄 수 있게 도와주시라고 하나님께 기도하면서….

제18회 우수상 수상작이다. 글쓴이 김지선은 맘편한내과의원 원장으로 수상 소감에서 "언제인가부터 하루 일과의 감정을 차분히 적어낼 마음의 여유조차 잃어버렸고, 그런 방법도 잊어먹은 듯했는데 문득 글을 쓰고 싶어졌다. 누구의 아내로서 누구의 엄마로서가 아닌, 나 자신이 살아 있다는 것을 느끼기 위해 글이 쓰고 싶어졌다. 그리고 커피를 바라보며 엄마 생각이 났고, 말주변 없고 감정을 줄줄 표현한다는 것이 너무 구질구질하다는 생각에 세뇌되어 있던 나 자신을 뒤돌아보며, 그때 엄마에게 말로는 못 했던 내 진심을 글로 표현해보고 싶었다"고 말했다.

126

운수 좋은 날

여느 때처럼 출근 준비를 하며 화장대에 앉아 로션을 바르고 있는데, 갑자기 견딜 수 없이 숨이 막힌다. 왜 이러지? 나는 원래 폐가 약하다. 아버지처럼 폐암인가? 덜컥 겁이 난다. 요즘 분만과 수술이 너무 많아서인지 왼쪽 어깨와 목이 너무 아파 어젯밤 잠을 설쳤었다. 혹시 그 탓인가… 갱년기? 뇌종양? 걱정을 잔뜩 하며 지하철을 탔다.

20년 전, 방향치에다 성격이 급한 나는 차를 끌고 나간 첫날 사고를 냈다. 그 이후로 쭉 지하철을 타고 책을 읽으며 출퇴근한다. 대개는 나 출근할 때 다른 사람들도 다 출근하므로 자리가 없는 건 물론이요, 어쩔 땐 책을 펴기도 민망할 만큼 비좁다. 어라? 그런데 오늘은 평소와 달리 텅텅 비어 좌석이 많다. 아! 오늘 토요일이지! 토요일은 평일과 달리 지하철이 텅텅 빈다. 나는 두 자리를 차지하고서는 편하게 책을 읽으며 간다. 계속 가슴은 답답한데, 그래도 기분이 좋아서인지 견딜 만하다.

> 사람이 무엇을 희구해야만 하는가를 안다는 것은 절대 불가능하다…. 결국 우리 존재는 참을 수 없을 만큼 가볍다. 그러나 또한 한 번뿐이므로 너무나 소중하다. 영생과 윤회는 별개의 문제다. 왜? 기억할 수 없기 때문이다. 내가 고통과 행복을 느끼는 생은 지금 생뿐이다.
>
> —밀란 쿤데라, 《참을 수 없는 존재의 가벼움》

읽을 때마다 고개가 저절로 끄덕여진다. 그래, 내 생은 한 번뿐이다. 오늘도 하루뿐이고. 토요일에 일하기 싫지만, 오늘도 열심히 살아야지.

지하철에서 내리면 우리 병원까지는 약 5분을 걸어야 한다. 걷는 중에 흙냄새가 훅 풍기며 비가 한두 방울 내리기 시작하더니, 병원에 도착하자 쏴~ 하며 소나기가 쏟아진다. 가을에 웬 소나기. 근데 참 운이 좋다. 병원에 도착한 뒤에야 비가 본격적으로 내리기 시작해 다행히 별로 젖지 않았다. 우산도 안 가져왔는데 지하철역에서부터 비가 내렸으면 꼼짝없이 다 젖을 뻔했다.

진료실에 앉아, 좋아하는 빵인 샤니 꿀호떡을 커피와 먹으며 입원환자와 분만실을 체크한다. 자, 보자… 입원환자가 12명, 분만실에는 3명이 누워 있다. 한 명은 양수가 적어 유도분만 중인 초산모이고, 한 명은 태아가 옆으로 누워 있어 제왕절개해야 하는 파키스탄 산모다. 그 둘은 내가 스케줄을 잡아놔서 알겠는데, 한 명은 누구지? 나는 꿀이

듬뿍 든 빵 한가운데를 한 입 베어 물며 나머지 산모의 차트를 펼쳐본다. 달콤한 맛이 입안 가득 퍼진다. 아! 양수가 터져서 유도분만 중인 경산모 회진 씨다. 오늘 새벽에 입원했구나. 둘째고, 예정일이 다 되었으니 별일 없으면 잘 분만할 것이다.

다시 화면을 외래로 돌리자 대기환자가 화면을 가득 채운다. 아직 진료를 시작하려면 30분이나 남았다. 오늘은 토요일. 산모들이 그들의 남편과 함께 대거 몰려들 예정이다. 또다시 가슴이 답답해진다. 언제 3명 분만받고, 외래를 다 봐내나. 갑자기 먹던 빵의 맛이 안 느껴진다. 일단 회진을 돌기 위해 분만실로 올라간다. 그런데, 올라가자마자 회진 씨가 갑자기 진행이 다 되어 분만을 준비하고 있다. 이 산모는 첫째 아이도 내가 받아주었다. 불평이 많고, 성격도 다혈질이라 첫아이 때는 나를 다소 힘들게 했다. 하지만 한 번 마음을 내어주면 전적으로 믿는 성격이라, 둘째 아이 때는 참 편했다. 산모는 당직 선생님께 출산하나 했다가 나를 보게 되니 엄청 기뻐한다. 나도 진료 전에 한 명은 해결할 수 있으니 마음이 한결 가벼워진다. 하하. 다른 날보다 일찍 오길 잘했네. 게다가 첫째를 잘 낳았던 산모는 둘째도 두어 번 힘주더니 순풍 하고 낳았다. 태아는 똥바가지를 뒤집어썼으나 건강하게 태어났다. 감사하고, 또 감사한 일이다. 얼마나 빨리 분만을 처리했는지, 외래로 다시 내려왔더니 커피가 아직도 따뜻하다. 나는 내가 마치 관운장이라도 된 듯이 기뻐 어깨가 으쓱하다. 나 이런 사람이야. 산부인과 의사 경력 십수 년이면, 타놓은 커피가 식기 전에 분만을 끝내고 온다고. 어제 미칠 듯이 아파 잠을 설치게 했던 어깨도 거짓말처럼 안 아프다. 나는 남은 꿀호떡 하나를 재빨리 커피와 함께 입안에 욱여넣고 진료를 시작한다.

다행히 진도가 정말 잘 나간다. 복잡한 질환을 가지고 오거나, 말이 많은 환자를 만나면 계속 시간이 지체되고, 대기환자들은 2시간 넘게도 기다리게 된다. 그러면 밖에서 기다리는 환자들의 한숨 소리가 들리고 눈총이 따가워, 나는 화장실도 못 가고 진료를 본다. 근데 오늘은 산전검사 온 산모들의 혈압이나 태아 크기나 검사 결과들이 좋고, 치료받으러 온 환자들도 어디 주말여행이라도 가는지 별 궁금한 것도 없이 빨리빨리 자리를 뜬다. 하하, 대기환자가 쑥쑥 준다. 2시간쯤 정신없이 진료를 봤을 때쯤, 때맞춰 제왕절개 예정인 산모의 수술 준비가 끝났다는 연락이 온다. 나는 수술방으로 가는 와중에 화장실에 들러 참았던 요의를 해결한다. 참 절묘한 타이밍이다.

수술방에 들어가니 척추마취를 끝내고, 침대를 비스듬히 기울여서 태아에게 산소를 잘 가게 한 상태로 산모가 나를 기다리고 있다. 그녀는 파키스탄 사람으로 한국어를 전혀 못 한다. 어떻게 만나 결혼했는지는 모르나 그녀는 영어를 하고 좀 배운 티가 나는데, 같은 파키스탄 사람인 남편은 영어도 못하고 노동일을 한다. 그래도 남편은 그나마 일을 하다 보니, 서툴긴 하지만 한국어로 의사소통은 된다. 산모 입장에선 어쨌든 말 안 통하는 타국에서 출산하는 것이 쉬운 일은 아닐 터다. 내가 인사를 건네자 긴장한 산모의 얼굴에 안도의 표정이 떠오른다. 차가워진 손을 쥐자 산모가 꼭 잡고는 놓지를 않는다. 걱정하지 마셔요. 제가 수술 잘해드릴게요. 손 씻고 수술복 입고 수술을 시작한다. 대개 태아가 옆으로 누워 있으면 참 꺼내기가 힘들다. 이 태아는 임신 중에 태내에서 바로 누웠다가 거꾸로 누웠다가를 반복하더니 결국 막

판에 옆으로 누워버렸다. 이런 자세인 경우, 자궁 절개를 한 후에 태아가 잘 안 나와 곤란할 때가 많다. 한참 꺼내려고 애쓰다가 T자형으로 더 절개해야 되는 경우가 흔하다. 나는 미리 소독한 배 피부를 열고 지방층, 근막층, 근층, 복막층을 차례로 지나 자궁에 접근한다. 자궁을 절개하자 태아의 오른팔이 쑥 빠진다. 태아는 옆으로 누워 있으면서 머리가 위쪽으로 있다. 팔이 먼저 나왔으므로 엉덩이부터 꺼내기는 힘들다. 머리를 아래로 돌리고, 엉덩이를 위로 밀고, 어깨를 당기고 한 끝에 태아를 무사히 꺼냈다. 생각보다 그렇게 힘도 안 들었고, 아기도 어디 문제없이 나와서 곧바로 잘 운다. 정말 감사하다. 매번 걱정하던 일이 이런 식으로만 풀려주면 얼마나 좋을까.

수술을 뒷마무리한 후, 유도분만 중인 초산모를 살펴보러 간다. 그녀는 참 착한 산모다. 산전검사 다닐 때도 별로 말이 없었고, 거의 존재감이 없을 정도로 조용히, 그러나 빠지지 않고 정기적으로 병원에 다녔다. 정말 희한하게도 그녀에 대해서는 무엇 하나 구체적으로 생각나는 게 없다. 다만, 푸른빛을 띤 맑은 흰자위와 긴 속눈썹이 참 인상적이었다. 그녀는 내가 설명하면 잘 따랐고, 양수량이 너무 적어 예정일까지 기다릴 수 없다고 하자 두말없이 유도분만을 위해 입원했다. 내진을 해보니 진행 속도가 나쁘지 않아, 저 상태면 외래 마칠 때쯤 아기가 나올 것 같다. 오늘은 아침부터 운이 좋으니 마지막 산모도 순산할 수 있겠지. 태아 모니터도, 산모의 생체징후도 정상이다. 자, 두세 시간 후면 아기가 나올 것 같아요. 조금만 더 힘냅시다. 그녀는 긴 속눈썹을 깜빡이며 조용히 고개를 끄덕인다.

다시 두어 시간 외래에 매여 정신없이 환자를 본다. 배란일 잡던 환자가 두 명이나 임신이 되어 뿌듯하다. 지난주 조직검사를 한 환자도 결과가 좋다. 일주일의 피로가 가장 많이 누적되는 토요일이고, 분만, 수술로 다른 날 같으면 힘들만 한데도, 오늘은 시간 가는 줄도 모르고 신나서 진료를 한다. 이참에 외래환자 수 기록이라도 세울 참이다.

그런데, 분만실에서 전화가 온다. 진통 중인 초산모의 진행이 거의 다 되었는데, 갑자기 태아 심장 모니터가 이상하니 빨리 와서 봐달라는 것이다. 나는 보던 환자를 내팽개치고 바로 분만실로 달려간다. 태아의 심장박동이 이상하게 뚝뚝 떨어지고 있다. 산소를 주고, 수액을 주고, 자세를 바꾸어도 소용없다. 회복되지를 않는다. 무슨 이유인지 태아가 위험하다. 나는 남편과 산모에게 응급수술을 설명하고, 바로 수술 준비를 한다. 그 모든 준비를 하는 데 채 몇 분이 걸리지 않는다. 태아에겐 1분 1초가 생명과 직결된다. 급하니 마취약이 하반신에 퍼지도록 기다려야 하는 척추마취는 할 수 없다. 마취과에서 전신마취를 하는 동안, 나는 베타딘을 배에 들이부어 소독시간을 줄인다. 매스로 피부와 지방층과 근막을 한 번에 절개하고, 손으로 근육을 벌리고 장막을 찢은 다음, 수 초 만에 바로 자궁에 접근하여 태아를 꺼낸다. 태아는 첨에는 처지고 피부색도 안 좋았으나, 와서 기다리고 있던 소아과 선생님의 응급처치로 금방 색깔이 돌아오면서 울기 시작한다. 살았다…. 안도의 한숨을 쉰다.

그런데… 마취과에서 나를 부른다. 산모가 이상하단다. 나는 순간 이해가 안 되어 웃으며 뭐가 이상하냐고 물었다. 산모가 이상할 게 뭐가 있는가, 태아가 잘 나왔는데. 마취 포 건너로 산모의 얼굴을 건너다

본다. 그런데… 뭔가가 잘못되었다. 산모의 얼굴 색깔이… 얼굴 색깔이 이상하다. 잿빛. 이게 무슨 일인가. 갑자기 산소포화도가 뚝뚝뚝 떨어지며 경보음이 울리기 시작한다. 나는 막 태반을 꺼낸 자궁에 수술 거즈를 욱여넣어 출혈하지 않게 채우고, 자궁과 배를 꿰매지 않은 채 복대로 동여맨 후, 침대 위에 올라타고 바로 가슴 압박을 시작한다. 이유는 모르나 산모의 생명이 위험하다.

"빨리, 빨리 응급차 준비해요!!! 빨리!!!!"

내가 갈라진 목소리로 미친 듯이 소리친다. 마취과는 앰부를 짜고, 나는 침대 위에서 가슴 압박을 하고, 나머지 사람들은 전속력으로 침대를 밀어 수술방을 나가 엘리베이터로 향한다. 대기하고 있던 남편과 다른 산모의 보호자들이 일제히 우리 쪽을 쳐다본다. 나는 산모의 남편과 잠깐 눈이 마주친다. 일순 의아해하던 그의 눈빛이, 내 표정을 보더니 두려움으로 바뀐다. 뒤따라오던 간호사가 남편의 팔을 잡아끌고 오며 상황 설명을 해준다. 우리는 앰뷸런스를 타고 요란한 소리를 울리며 출발하였으나 주말의 도로는 극심한 정체 상태다. 운전하는 박 실장님은 이를 악물고 중앙선을 넘나들며 아슬아슬하게 곡예한다. 마치, 우리가 죽지 않으면 산모가 살 수 없기라도 하는 것처럼. 일단 심장박동은 돌아와, 나는 온 힘을 다해 앰부를 짠다. 비교적 가깝다고 여겼던 대학병원은 마치 계속 도망가는 것처럼 쉬 도착해지질 않는다.

마침내, 내겐 영겁과도 같았던 시간 후에 도착한 대학병원의 응급실. 밝은 노란색 빛이 마치 천국에 도착한 듯 머리 위를 비춘다. 연락받고 기다리고 있던 대학 의료진이 신속하게 산모를 인계받아 데리고 간다. 산모의 남편과 박 실장은 밖에서 기다리고, 나는 일단 안쪽까지

대학 의료진을 따라가며 상황 설명을 한다. 그러나 곧 마취과와 산부인과, 그리고 다른 선생님들이 응급처치하는 부산한 움직임에, 나는 조금씩 산모로부터 밀려난다. '선생님은 조금 나가 계시죠.' 나는 들어온 쪽의 반대편에 있는 다른 문밖으로 쫓겨난다. 유리문을 통해 내 산모의 침대를 아무리 열심히 바라봐도, 다른 의료진들 때문에 산모를 더 이상 볼 수 없다. 문득, 아직 수술 모자를 쓰고 수술 실내화를 신고 있는 내 모습이 유리문에 비쳐 보인다. 앰부 짜느라 감각이 없어진 손과, 산모의 피가 묻은 수술복을 내려다본다. 두 손이 떨리고 다리가 후들거린다. 갑자기 다시 가슴이 답답해온다. 수술 전 혈색이 좋은 산모가 긴 속눈썹을 깜빡이며 웃던 얼굴이 떠오른다. 뒤이어 잿빛으로 변해서 끝내 혈색이 돌아오지 않던 산모의 얼굴이 떠오른다. 이게 다 무슨 일인가…. 숨이 점점 막히더니, 답답한 가슴의 응어리가 눈물이 되어 왈칵 솟아오른다. 나는 응어리가 터져 나오는 소리를 죽이려고 입을 틀어막는다.

어쩐지 오늘 이상하게 너무 운수가 좋다 했더니….

제19회 장려상 수상작이다. 글쓴이 박천숙은 미래아이여성병원 산부인과 전문의로 수상 소감에서 "산부인과에서도 신조어로 'pap' 하는 사람이라는 뜻의 'pap-er'(파페)가 생겼다. 힘든 분만이나 수술은 하지 않고 간단한 검진만 하겠다는 것이다. 하지만 아무도 그들에게 좁은 길로 가라고 말하지 못한다. 그런 현실이 안타까울 뿐이다. 이번엔 그런 현실과 불가항력 사고에 대해 쓰고 싶었다. 사고에 대해선, 아픈 기억이라 사고 자체보다는 우리 일반 봉직의의 일상 쪽에 좀 더 초점이 맞춰졌다"고 말했다.

할아버지

1.

"할아버지가 돌아가셨단다. 어서 집에 가보렴."

나는 집에서 두 시간 거리의 기숙 고등학교에 다녔다. 수업시간이 끝나갈 즈음 담임선생님께서 나를 부르셨다. 말씀하시는 선생님이나 듣고 있는 나 또한 담담히 할아버지 부음 소식을 전하고 들었다. 돌아가셨다는 말은 곧 손자인 나와 대화도 못 하고 따뜻한 손도 못 잡는, 이 세상 분이 아니라는 의미인데 나에게는 슬픔보다 하나의 일상 일로 받아들여졌다. 아마도 지난달에 많이 아프셨던 할아버지 상태를 기억하고 있어서 그런 듯했다. 나는 기숙사에 들러 가방을 주섬주섬 챙기고 시외버스를 타고서 집으로 향했다.

할아버지는 구 남매 자식을 두셨다. 나는 그중 다섯째 아들의 아들이기에, 할아버지 무릎에 앉으려면 위의 사촌 형과 누나들 열댓 명에 밀렸다. 그렇기에 어려서부터 나와 할아버지 사이는 큰 벽이 있었다. 집에 도착한 후 큰 언덕을 두 번 넘어 할아버지 장례를 치르고 있는 큰아버지 집에 도착했다. 지난 추석까지 반갑게 인사를 받아주던 할아버지는 안 계시고 영정 사진과 흰 소복, 삼베옷을 입은 친척들만 있었다. 어떻게 지났는지 모르게 삼일장이 지나고, 할아버지를 선산에 고이 모셔드린 후 나는 다시 시외버스를 타고 늦은 오후에 학교 기숙사로 돌아왔다. 여느 날과 같이 야간자율학습을 했다. 오랜만에 교실 책상에 앉아 깜박 졸다가 지난 삼 일간의 시간들이 거꾸로 생각났다. 그중 장례를 치르는 사흘 동안 식사도 거의 못 하고 할아버지 영정 앞을 지키던 아빠의 모습과 눈빛이 떠올랐다. 동시에 할아버지의 마지막 얼굴빛이 다시 머릿속에 또렷이 재생되었다. 장례 둘째 날, 돌아가신 할아버지가 모셔진 안방에서 염을 했다. 할아버지이지만 돌아가신 분은 처음 보았기에 순간 무서웠다. 대가족 중에서 나는 한참 뒤쪽 순서이기에 먼발치에서 염하는 모습을 고개 숙여 보았다. 또렷이 기억나는 건 먼발치에서 본 평안한 얼굴빛과 곱고 고운 한복을 마지막으로 입고 계시는 할아버지 모습이었다.

2.

강산도 변한다는 10년이 지날 즘, 나는 한 생명의 마감을 뜻하는 사망진단서에 서명이 가능한 의사면허증을 나라에서 받았다. 할아버지의 죽음, 그리고 기억 속 할아버지를 잊어갈 때 나는 보건복지부에서 주는 면허를 받고 삶과 죽음을 조금씩 알아가고 있었다. 모니터 그래프 파형이 사라짐을 보고 환자 사망선언을 하는 게 전부이지만 삶과 죽음의 경계를 나눌 수는 있었다. 아직 의사로서 죽어가는 생명을 살리거나, 암을 고치고 완치하는 역할을 하기에는 한참 부족한 수준이었다. 수레바퀴같이 돌아가는 병원 생활, 하지만 환자들은 저마다 다른 사연과 병을 가지고 내 손을 거쳐 입원과 퇴원을 반복했다. 외과 전공의 1년 차가 할 수 있는 것은 별로 없다. 주치의지만 대부분의 수술은 교수님과 4년 차 치프 선생님이 하고, 나는 입·퇴원 반복 처방, 환부 소독을 담당했다. 주치의라고 수술 과정에 꼭 참여하는 건 아니지만 환자의 입원 시작부터 퇴원까지의 기간 동안 관찰되는 작은 이상 징후, 증상들을 신속히 찾아내고 해결해야 빠른 회복이 가능하다. 주치의의 역할과 능력을 발휘한다는 것은 궤도에서 탈선하려는 기차의 비틀거림을 잡아 다시 정상적인 목적지로 데려가는 것과 같다.

위암을 진단받고 수술하기 위해 한 할아버지가 입원했다. 할아버지는 건장한 시골 노인의 모습이었다. 순간 깜짝 놀랄 만큼 돌아가신 나의 할아버지와 비슷한 체격과 얼굴을 가지셨다. 나이도 비슷하게 할아버지가 돌아가셨을 때인 팔십 가까이 되신 분이다.

"할아버지, 연세가 어떻게 되세요?"

"어디 사세요?"

할아버지의 검게 그을린 손을 보며 물었다.

"무슨 농사지으세요?"

환자와 의사 관계가 아닌, 돌아가신 할아버지와 의사인 손자와의 일상 대화 같았다.

입원 때부터 함께 따라온 아들과는 이미 환자에게는 암이라는 사실을 비밀로 하고 위에 조그만 혹이 있어 제거하는 수술을 하는 거라고 말하기로 입을 맞춘 상태였다. 외래 차트에는 간경화라는 고약한 글자, LC$^{Liver\ Cirrhosis}$가 선명했다. 예상대로 여느 시골 촌로처럼 술에 의해 만들어진 간경화이다. 간경화라는 무서운 시한폭탄을 안고 하는 수술이 얼마나 무서운지 이미 알고 있기에 한숨과 걱정이 땅을 파고들었다.

"농사지으면서 뭔 술을 그렇게 드셨어요?"

"막걸리지? 우리 동네 양조장 막걸리가 얼마나 맛있는데?"

"막걸리 먹어서 위에 혹이 생기셨다면서요? 모레 혹 떼는 수술할게요!"

"하루라도 빨리 혹 떼는 수술해줘. 나 빨리 가서 벼 바심해야 혀."

무심코 바라본 할아버지의 눈빛과 검게 그을린 얼굴에서 10여 년 전 돌아가신 내 할아버지의 모습이 겹쳐 보였다. 이야기를 주고받는 도중에 문득 돌아가신 할아버지가 의사가 된 손자, 나를 바라보셨다면 어떤 기분일까 하는 생각이 들었다.

할아버지 아들과의 첫 만남은 수술동의서를 사이에 두고 어제 만난 또 다른 위암 환자의 보호자에게 했던 설명을 그대로 반복하며 시작되었다. 수술 설명 중간에, 다른 50~60대 환자면 무심코 지나치는 연결 부위 누출 부분에서 한 번 더 굵은 동그라미를 그리며 옆에 간경화, 고령을 쓰며 말했다. "다른 일반적인 환자보다 간경화도 있으며 고령 환자이기에 수술 후에 합병증 발생 가능성이 매우 높습니다." 마지막 '높습니다'에서 말끝이 살짝 올라가는 내 목소리를 느꼈다.

합병증 생기지 말아달라는 가족의 간절함이 통했는지, 할아버지 수술은 예정대로 잘 끝났다. 하지만 수술 후 며칠 뒤, 곧 식사하려는 시점에 갑자기 열이 나기 시작했다. 동시에 몸속에 넣어놓은 여러 배액관들, 그중에서 위를 절제하고 위와 소장을 연결해놓은 부위에 걸쳐 있는 배액관으로 고약한 액체들이 나오기 시작했다. 주치의인 나에게 정말 상상하기 싫은 상황이 발생한 것이다. 이제 이 환자, 할아버지는 나의 최우선 환자이다. 매일, 아니 새벽부터 밤늦게까지 한 순간순간 떠날 수 없는 환자가 되었다. 혈압 숫자 하나부터 배액관 액체량, 색깔까지 모두 예의주시해야 하는 상황이다. 간경화 뿌리 속에 연결 부위 누출이 된다면 복막염이라는 기름을 부어버리는 격이다. 할아버지의 상태는 급격히 악화되었고, 재수술해도 호전되지 못하고 중환자실로 옮겼다.

이제는 환자와 주치의, 그리고 보호자만의 시간이다. 할머니는 중환자실 앞 간이의자를 벗어나지 못하고 매일 중환자실 앞에서 주무셨다. 내가 그 앞을 지나가는 모습을 빠짐없이 보셨고 그때마다 할머니와 나는 눈빛과 얼굴까지 마주쳤다.

할머니는 나를 볼 때마다 조심스레 말했다.

"우리 영감 잘 있지? 우리 영감은 뭐라도 삼시 세끼 꼭 먹어야 해. 잘 먹어야지 힘내서 잘 이겨내는데…."

나는 할머니의 맑은 눈망울을 애써 피하며 말했다.

"할아버지는 안에서 저희가 잘 치료하고 있습니다."

할머니는 그 말을 듣고 말없이 고개를 끄덕이며 눈물만 훔쳤다.

주치의 능력이 부족한 탓인지, 할아버지의 간경화 뿌리가 더 고약하고 독한 탓인지, 상태가 점점 더 악화되었다. 어느 날 할아버지는 복막염 기름이 부어진 상태를 더 버티지 못하고 심정지 직전까지 갔다. 급하게 모든 보호자를 호출하고, 모든 약물을 쏟아부으며 심장마사지도 했다. 어렵사리 할아버지의 심장은 돌아왔으나 이미 몸은 만신창이가 되었다. 의식은 없고 가족도 못 알아보았다. 가까스로 모니터에 보이는 숫자만이 할아버지의 심장이 아직 뛰고 있다고 말해주었다.

심정지가 있던 다음 날, 담당 교수님과 아들이 면담했다. 그리고 다음 날 할아버지가 사시는 시골집으로 모시고 가기로 결정했다. 보호자들은 객사가 아닌 집에서 운명하시길 원했다. 외래에서 면담을 마치고 대면한 아들과 주치의인 나. 둘 사이에는 아무런 말도 없이 긴 침묵의 시간이 흘렀다. 나는 이미 교수님께 전화로 면담 결과를 들어 알고 있었기에 더더욱 무슨 말도 할 수 없었다.

고요한 둘 사이의 정적을 깨트리며 아들이 말했다.

"선생님께서 아버지가 집으로 가시는 마지막을 함께해주실 거죠?"

내 머릿속은 이미 다음 날 인턴 선생님이 할아버지가 집에 가는 길에 인공호흡기 역할을 할 것으로 예약해놓았었다. 그러나 인공호흡기 담당자를 아들이 바꾸었다. 나도 인턴 시절에 사람 인공호흡기 역할인 앰부를 짜면서 환자 이송을 많이 해보았으나, 이렇게 집으로 가는 역할은 처음이었다. 아들은 할아버지의 마지막 이 세상과의 끈을 잡아주는 역할을 나에게 부탁했다. 동시에 이 세상과의 마지막 끈을 놓아주는 악역도 맡아주기를 부탁한 것이다.

3.

할머니는 이른 아침 한복을 가져오셨다. 시골집에 고이 모셔둔 할아버지의 소중한 한복이다. 중환자실 간호사는 할아버지에게 정성스럽게 옷을 입혀드렸다. 한복으로 갈아입고 눈 감고 계신 할아버지의 모습은 십 년 전 먼발치에서 본 나의 할아버지의 마지막 모습과 똑같았다. 차이라면 입에 삽입된 관을 통해 강제로 산소를 집어넣으며 생명 연장이 되고 있다는 것.

시골집으로 가는 두어 시간 동안 앰뷸런스 안에는 가운데에 누운 할아버지를 중심으로 머리맡에서 앰부 짜고 있는 나, 그리고 옆에 앉은 아들이 있었다. 앰부 짜는 푹푹 소리와 할아버지의 생명이 붙어 있다고 알려주는 모니터 알람 소리가 그 고요함을 녹여주었다. 정확히는 시골 할아버지의 집까지 의학적인 생명의 마지막 끈이 끊어지지 않게 하는 내 손 안의 앰부만 분주히 움직이고 있었다. 눈을 지긋이 감은 할아버지의 얼굴과 앰부를 번갈아 쳐다보는 아들이 보인다.

시골집.

역시나 나의 할아버지가 마지막으로 떠나신 시골집과 흡사했다. 가족들뿐 아니라 일가친척, 동네 사람들까지 수십 명이 모였다. 뒤에서 웅성거리는 주위 사람들의 원망 어린 눈빛 백여 개가 내 뒷머리를 때릴 준비를 하고 있었으나 아들과 할머니가 그것을 막아주었다. 이제 할아버지가 평생 사셨던 안방에 한복을 입고 가지런히 누우셨다. 나도 그 방 안에 잠시나마 함께 있었다. 바로 몇 분 뒤면 가져왔던 앰부와 관을 주섬주섬 챙겨서 도망치듯 나올 방이지만.

할아버지의 모습은 10년 전 염하려고 누워 계셨던 나의 할아버지처럼 편안해 보였다. 마치 이제 고향—내가 마지막으로 떠날 장소를 찾아왔다는 안도감이 어린 표정이다. 그걸 지켜보는 아들의 눈빛에서도 그날, 나의 할아버지 장례 중 삼일장 내내 보았던 아빠 눈빛이 보였다. 이제는 뒷머리로 원망의 눈빛들은 하나도 안 느껴진다. 다만, 본인 발로 걸어서 나간 집을 차가운 육신으로 돌아온 영감을 부르며 원통하게 울부짖는 할머니 울음소리만 들린다. 10년 전 나의 할아버지 장례식에서는 살짝 눈물이 맺혔을 뿐이었던 나는 그날따라 두 눈이 뻑뻑해지면서 주르륵 무언가 흘렀다.

제20회 장려상 수상작이다. 글쓴이 문윤수는 대전을지대학교병원 외과 교수로 수상 소감에서 "시간이 흘러 아버지가 할아버지가 되셨고, 또 다른 손자가 태어나서 무럭무럭 자라고 있다. 손자와 할아버지는 가깝고도 먼 사이이다. 위로 열댓 명의 사촌 형과 누나들이 있었기에 나는 할아버지 무릎에 앉아본 기억이 가물가물하다. 하지만 할아버지에 대한 아련하지만 행복한 기억들이 있기에 이 글을 쓸 수 있었다. 어디에선가 이 글을 할아버지, 할머니께서 보고 기뻐하시리라 믿는다"고 말했다.

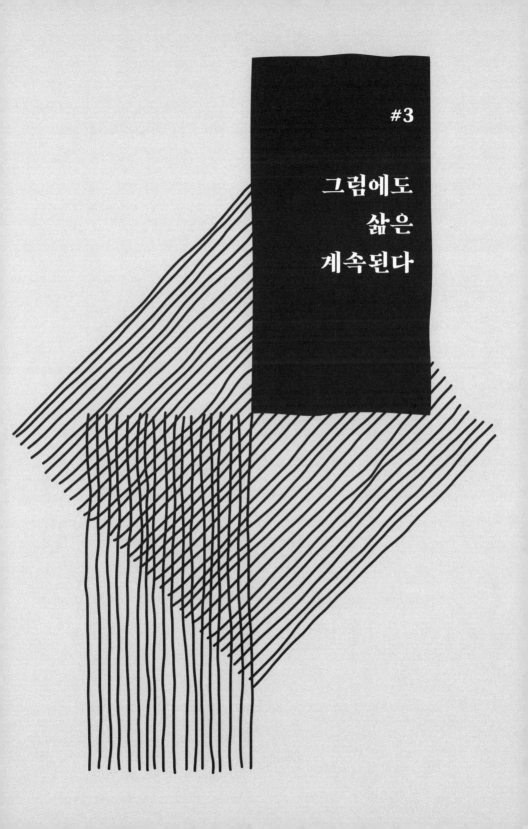

#3

**그럼에도
삶은
계속된다**

서로의 삶을
이어내는 생명의 끈

    젊은 여성이 진료실에 찾아왔다. 환자는 아닌 듯했는데 명함을 내밀었다. 로펌의 변호사였다. 모교를 졸업한 후배라고 자신을 소개했다. 그러고는 다짜고짜 언니를 살려달라고 한다. 언니는 거식증으로 음식을 거부하고 있는데 지금 상황이면 얼마를 못 버틸 것 같다고 했다. 얼굴에 비친 눈물이 아침 이슬처럼 반짝거렸다. 환자를 억지로라도 입원시키기로 했다.

    입원실에서 만난 환자는 몰골이 말이 아니었다. 키는 160cm였는데 체중은 30kg도 안 되었다. 옆으로만 누워 있다 보니 눌린 쪽 골반에 욕창이 보였다. 압력으로 피부가 괴사하는데도 움직이지 않고 같은 자세를 유지하고 있었음을 의미한다. 살고자 하는 의욕이 보이지 않고 표정은 무미건조했다. 진찰을 위해 자세를 변경할 때 경직된 근육과 관절의 움직임에 표정이 일그러졌을 뿐이다.

거식증으로 알려진 신경성식욕부진증^{Anorexia nervosa}은 흔히는 마른 몸매에 대한 강박으로 음식을 거부하는 병이다. 영양결핍으로 심장이나 콩팥에 부담을 줄 수 있고, 심한 경우에는 이로 인해 사망한 사례도 있다. 영양이 넘치는 시대에 역설적인 질환이라 볼 수 있는데, 우울증 같은 정신적인 문제를 동반하며 치료하기가 쉽지 않은 병이다.

환자는 영양제가 포함된 주사제도 거부했지만 혈압이 낮아 위험한 상태였기에 본인의 의사에 반해 강제로라도 투입해야 했다. 매 회진 때마다 식사를 시작하도록 종용했지만 설득이 되지 않았다. 환자의 침상은 어머니가 매일같이 지켰다. 1인실에 입원할 정도로 경제적으로 여유가 있어 보였기에 간병인의 도움을 받을 법도 했는데, 어머니는 하루도 빠짐없이 병상을 지켰다. 휴일이면 작은딸에게 잠깐 맡기고 집에 다녀오는 것 이외에는 병상을 떠난 것을 본 적이 없다.

모친의 표정은 밝지 않았다. 웃음기를 볼 수 없었다. 이해할 만했다. 하루하루 죽음으로 나아가는 딸의 선택을 막아내지 못하고 있는 어머니. 생명의 산출자이자 평생에 걸친 양육자였던 어머니의 입장에서는 그런 딸을 보면서도 해줄 것 없는 자신이 못내 한탄스러웠을 것이다. 그런 무력감이 하루도 빠짐없이 병상을 지켜야 한다는 강박을 가져왔는지도 모른다.

입원 기간이 한 달을 넘겨가면서 건강 상태는 조금씩 나아졌지만, 입으로 음식을 섭취하는 것은 여전히 거부하고 있었다. 정신건강의학과의 면담도 별 도움이 되지 않았다. 언제쯤이면 스스로 음식을 먹을지 가늠하기도 어려웠다. 햇빛도 싫어해서 방은 항상 어두컴컴했다.

이렇게 평생 병원에서 링거 신세를 지며 살아가게 해야 하나. 내 마음도 답답하고 암울한데 모친의 심정은 어떨까 싶었다.

그때 우리 병원에는 캄보디아에서 온 쌈낭이라는 생후 14개월 된 아이가 입원해 있었다. 캄보디아에 의료봉사를 나간 후배 의사가 메신저로 문자와 사진을 보내온 게 시작이었다. 사진을 보니 선천적인 항문막힘증Imperforate anus으로 태어난 아이였다. 캄보디아에서 급한 대로 대장을 배 쪽으로 연결해 장루를 만들어서 배변이 흐르도록 해놓은 상태였다. 본격적인 치료를 위해 우리 병원으로 데려오게 했다. 수술은 2단계에 걸쳐 진행되었다. 먼저 항문을 재건하고 기능이 회복될 때까지 기다렸다. 그런 후에 배 쪽으로 연결된 대장의 장루를 닫는 수술을 했다. 생후 14개월 만에 처음으로 힘을 줘가며 제대로 된 변을 본 아이는 쾌변감에 활짝 웃었다. 내원 당시만 해도 뼈가 앙상할 정도로 말랐던 아이는 조금씩 살이 붙어 이제 제법 볼도 통통해 보였다.

어느 날 회진 때 쌈낭의 이야기를 꺼냈다. 이역만리에서 온 아이는 먹고 싶어도 먹을 수가 없어서 앙상한 몰골로 우리 앞에 나타났는데, 그 어머니의 마음은 어떠했을까 상상해보라고 했다.

"쌈낭에게 인공항문이 만들어져 잘 먹게 되고 살이 붙으니까, 누구보다 쌈낭 어머니의 표정이 굉장히 환해졌어요."

그러면서 쌈낭과 엄마가 함께 찍은 사진을 보여주었다. 먹고 싶어도 먹을 수 없던 아이와, 먹을 것 천지인데 먹지 않고 있는 자신을 생각해보라고 했다. 매일같이 병상을 지키며 딸의 고통을 자신의 마음에 아로새기며 어두운 낯빛으로 살아가고 있는 모친은 무슨 고생이냐고 얘기했다.

"안 먹는 것은 본인의 선택이라고 합시다. 그런데 왜 어머님은 그런 어둠 속에서 살아야 하나요? 개인 생활은 전혀 없이 항상 따님 옆을 지키는 간병인, 그것도 매일매일 고통을 아로새기며 간절한 마음으로 따님의 식사를 고대하는 어머님은 무슨 죄란 말입니까?"

"…."

"본인이 조금만, 조금만 노력하면 쌈낭 어머니의 얼굴이 환해진 것처럼, 어머님도 어둠의 터널에서 나와 밝은 생활을 해볼 수 있지 않을까요?"

아무 말도 안 했지만 미간이 움직였다. 쌈낭과 자신, 그리고 두 모친의 이야기가 조금은 가슴속에 다가왔을 법했다. 그리고 환자는 그 이후 조금씩 조금씩 먹기 시작했다. 많은 양은 아니었고 음식 종류에 따른 거절도 있었지만 그래도 큰 변화였다. 전신 상태도 더 나아져 침상에 걸터앉을 정도가 되었다. 어느 날은 얘기 중에 잠시만요, 하더니 빠르게 화장실에 갔다. 이제 거동도 가능해진 게구나, 곧 퇴원하면 되겠다는 생각에 흐뭇해졌다.

마침 추석 명절이었다. 환자의 모친은 작은 선물이라고 내 손에 무언가 안겨주었다.

"그… 쌈낭 있잖아요. 그 아이 치료비가 모자란다면서요. 거기에 써주시면 좋겠어요. 쌈낭이 우리 아이를 살렸잖아요."

그랬다. 쌈낭의 치료비가 예상보다 많이 나왔다. 소아인 데다가 복강경을 이용한 수술을 두 번 받았다. 거기에 외국인이니 의료보험도 없었다. 치료 비용이 예상보다 많이 나와 적지 않은 차액을 모금해야 할 상황이었다. 그런데 꼭 그 차액만큼을 기부해주신 것이다. 타국에서 온 먹고 싶어도 먹지 못했던 어린아이와, 먹을 수 있어도 먹지 않았던 이 땅의 여성. 죽음으로 가는 여객선의 동승자였을 법한 두 사람은 어느덧 서로의 삶을 이어내는 생명의 끈으로 엮이게 되었다. 이런 우연 같은 필연을 나는 섭리라 믿는다.

이윽고 퇴원할 때가 되었다. 나는 모녀에게 한 가지 소원이 있다고 얘기했다.

"퇴원해서 잘 먹게 되면, 그래서 나들이도 가능한 상태가 되면요. 밖에서 어머님과 함께 멋진 식사를 대접하고 싶어요. 그때는 꽃단장하고 나오는 거예요. 그 소원 들어주면 정말 좋겠어요."

환자는 말이 없었지만 어머님은 환하게 웃으셨다. 그런 웃음을 꼭 다시 보고 싶었다.

그리고 두 해가 지났다. 환자의 상태가 궁금했다. 병원에 나타나지 않은 이상, 건강에 큰 문제는 없으리라 생각했다. 무소식이 희소식이리라. 추석 즈음에, 진료실에 누군가에 문을 열고 들어왔다. 퇴원한 환자의 모친과 여동생이었다.

"선생님, 누군지 기억하시겠어요?"

"기억하다마다요. 그렇지 않아도 궁금했는데 어떻게 지내시나요?"

"잘 먹지는 않아도 지가 좋아하는 빵 조금씩은 먹으면서, 병원 신세 안 질 정도로 지내고 있어요. 선생님과의 약속을 지키지 못해서 나타나지 못하고 있었는데…. 궁금하실 것 같아서 찾아왔어요."

아, 약속이 있었지…. 이번에도 작은 선물이라고 두고 가셨다. Grateful patient philanthropy. 서구에서는 잘 알려진, 진료 후 감사의 마음으로 기부하는 것을 말한다. 이번의 기부도 또 다른 생명을 살리는 끈이 되었다. 이번에는 북녘의 아이들을 살리는 일로 연결되어, 영양장애로 고통받는 아이들에게 두유를 공급하는 일에 소중하게 사용되었다. 그리고 그 끈으로 엮인 누군가가 또 다른 이의 생명을 살리는 이어짐으로 연결되리라 믿는다.

그다음 해 연말에도 환자는 나타나지 않았지만 두 모녀는 다녀갔다. 여동생이 작은 부탁을 했다. 언니를 위해서 짧은 메시지를 말씀해 주실 수 있겠냐고. 조금은 쑥스러웠지만 즉석에서 핸드폰으로 영상을 녹화했다.

"약속 잊지 않고 있죠? 꽃단장하고 환한 모습으로 밖에서 식사 한번 하십시다. 어머니 모시고 말이에요. 꼭이요. 기대하고 있겠습니다!"

또 다음 해 연말에도 역시 환자 없이 모녀만 다녀갔다. 이제는 집 안에서도 잘 걸어 다닌다고 했다. 영상 녹화가 또 필요하지 않냐고 했더니 동생이 웃으며 말한다.

"지난번 영상 반복해서 보고 있어서 괜찮아요."

두 모녀는 내가 환자의 생명을 살려낸 것으로 생각하는지도 모르겠다. 그런데 정작 나는 도움을 준 것이 별로 없다. 지성이면 감천이라는데 어머님의 지극한 정성이 길을 낸 것이다. 모친의 정성이 생명을 살린 것이다.

그리고 드디어 모녀가 함께 진료실에 나타났다. 이번에는 모친과 환자였던 당사자였다. 5년 만에 만난 환자는 놀란 표정으로 바라보는 내게 말했다.

"선생님, 저 좀 늙었죠?"

아니라고, 마른 얼굴에 살이 조금 붙어 오히려 젊어 보인다고 말해주었다. 그리고 이렇게 걸어서 환자가 아닌 모습으로 찾아와줘서 정말 고맙다고 말했다. 엷은 미소가 얼굴에 번졌다. 대화 내내 모친의 얼굴에 환한 표정이 떠나지 않았다. 말하는 나와 듣는 두 모녀 모두의 눈가에 작은 눈물이 맺혔다.

제20회 우수상 수상작이다. 글쓴이 김신곤은 고려대학교안암병원 내분비내과 교수로 수상 소감에서 "진료 현장에서 만난 많은 분들을 통해 나는 오늘도 배우며 앞으로 걸어갈 길을 바라본다. 그러니 나는 환자와 그들의 가족이라는 스승들에게 빚진 존재다. 안식년 기간 동안 그런 스승들의 이야기를 정리해보았다. 아직은 세상에 내놓을 생각이 없었는데 코로나19 사태를 경험하면서 이 사연만은 공유하고 싶었다. 한 생명이 다른 생명과 잇대어 있고 너와 내가 공존하고 있음을 코로나와 싸우며 배우고 있기 때문이다"고 말했다.

괜찮아,
안 죽어

희미하지만 느낄 수 있다. 가슴을 눌러 생기는 혈관의 벌떡거림 사이의 이것은 분명히 맥박이다.

"잠깐만."

입으로 오더를 쏟아내며 눈은 모니터에 고정하고 손으로 대퇴동맥이 지나갈 허벅지 안쪽을 짚고 있던 내가 짧은 한마디를 뱉는다. 그 말과 동시에 침상에 올라타 있던 후배가 압박을 멈췄고, 땀으로 젖은 그의 시선과 함께 나를 포함한 모든 소생팀의 눈이 일순간 숨죽이며 모니터를 향한다.

"돌아왔네."

결과를 확인하기 위한 잠깐의 정적이 끝나자마자 내 입에서는 새로운 오더들이 줄줄이 이어져 나오고 소생 구역의 모두는 이내 각자의 역할을 찾아 다시 분주해진다. 물론 뇌를 포함한 신체 기능 전부가 온전히 살아나기엔 아직 멀었지만, 최소한 멈췄던 심장이 다시 뛰며 죽음에서 살아 돌아온 이 환자는 입원 준비가 끝나는 대로 중환자실로 올라갈 것이다.

삶과 죽음의 위태로운 경계에 놓인 이를 이 세상으로 다시 끌고 오기 위해 늘 시간과 치열하게 싸워야 하는 응급의학과 의사였던 나는, 그래서 어떤 환자를 만나든 '이 사람이 당장 죽을 것 같은가'를 먼저 고민했고, 그 고민의 결과에 따라 움직였다. 그런 나에게 죽음이란 어쩌면 패스트푸드와 닮아 있었다. 누군가의 생명이 소멸하는 일은 그가 얼마큼의 삶을 살아왔는가와 상관없이 그저 몇 분 안에 결정되기도 했으니, 햄버거를 주문하고 기다리다 쟁반을 받아 드는 그 시간보다 때론 짧았다. 세상 누구도 피하고 싶을 그 급한 사건을 맞닥뜨린 사람은 1초라도 빨리 나를 만나야 했고, 나는 일하는 내내 그런 급한 환자들이 뒤로 밀리거나 숨겨지지 않도록 눈에 불을 켜고 찾아야 했다. 그래야 꺼져가는 숨을 다시 살려내기 위한 일들이 지체 없이 시작될 수 있었고, 그렇게라도 뛰어다녀야 죽음이 아닌 삶으로의 방향을 조금이라도 더 기대할 수 있었다. 그래서 내게 환자는 다 같은 환자가 아니었다. 지금 눈앞의 이 사람보다 더 급한 누군가가 응급실 어딘가에서 조용히 숨을 몰아쉬며 나를 기다리고 있을지도, 아니면 아무런 예고 없이 지금 당장 내 앞에 들이닥칠지도 모른다는 긴장으로 나는 살았다. 그래서인지는 모르지만 가끔 친구나 가족이 의사인 내게 뭔가를 물으면, 아무리 사랑하는 이들이라 할지라도 내 결론은 언제나 같았다.

"야, 나 지난주에 회사에서 검진했는데 공복 혈당이 120인가 나왔다고 재검받으라던데."

"괜찮아, 안 죽어."

"○○ 언니 알지? 그 언니가 저녁에 생선회를 먹고 두드러기가 났다고 그러네?"

"숨차대?"

"잠시만. 아니, 숨은 안 차대."

"괜찮아, 안 죽어."

"아빠, 나 배 아파."

"토하거나 설사했어?"

"설사만 두세 번 정도."

"일루 와봐. 음, 일단 열은 없고. 배가 막 죽을 것같이 아파?"

"아니, 살살."

"괜찮아, 안 죽어."

죽을 만큼 위험하진 않으니까 그렇게 크게 걱정할 필요 없다는 안심과 위로의 말이었지만, 그 이면에는 지금 당장 급한 것이 아니니 더이상 별 관심이 없다는 생각도 솔직히 섞여 있었다. 그래서 '괜찮아, 안 죽어'라는 말은 어쩌면 그만 대화를 끝내자는 내 이기적인 통보였을지도 모른다.

아무튼 내가 가진 소소한 지식과 두꺼운 팔뚝은 누군가가 죽음을 넘나드는 사건에서나 그나마 쓸모가 있었으니, 결국 나는 효용성 있는 그 일에 더욱 몰입할 수밖에 없었고 그 급하게 닥쳐오는 '괜찮지 않은' 일들에서 나의 가치를 찾으려 했다.

햄버거 만드는 것보다 바쁘고 급한 일들 때문에 밥보다 햄버거를 더 자주 먹어야 했던 날들이 끝도 없이 이어지던 언젠가, 내게 조금 특별한 죽음이 찾아왔다. 수십 년간 동네 의원을 지키던 오랜 지인이 나에게 자신의 자리를 부탁하고 떠났다. 나는 몇 날 며칠을 고민하지 않을 수 없었고, 의사 면허를 받은 이후로 10년 가까이 벗어나 본 적이 없던 응급실을 결국 포기했다. 그의 유지를 따르기로 결정했지만, 그 결정 말고 정작 내가 준비한 것은 아무것도 없었다. 천장까지 피가 튀는 와중에 잘려나간 팔다리를 찾아 맞추던, 힘껏 흔드는데 미동도 없이 누워 있는 환자의 목에 손을 갖다 대며 후두경을 달라고 외치던, 그렇게 매일 온갖 죽음을 내 손으로 경험하던 공간에서 고작 열흘 사이에 시장 근처 작고 오래된 동네 의원의 청진기 하나 달랑 올라간 책상 앞으로 옮겨진 나는 도대체 여기서 뭘 해야 할지를 몰랐다.

병원의 2층 계단을 올라오느라 숨이 차다고 하는 할매는 '심장이나 폐가 안 좋아서 그럴 수 있으니 큰 병원에'라며 보냈고, 소화가 안 된다고 온 할배는 '심근경색이 체한 것처럼 오기도 하니 지금 당장 응급실에' 하면서 또 보냈고, 기침한다고 온 아줌마는 '이건 그냥 집에서 물 드시고 쉬면 나아요'라며 집으로 보냈고, 당뇨와 고혈압 때문에 온 아저씨는 '제 전공이 아니라서' 하면서 근처 내과로 보냈고, 회사 일로 이틀 밤을 꼴딱 새워서 힘들어 죽겠다며 영양제 수액 좀 맞고 싶다는 청년은 '그 돈으로 고기나 사 먹지 뭔 영양제'라며 돌려보냈다.

환자들은 그런 나를 이해하지 못했지만 나도 어쩔 수 없었다. 왜냐면 그게 내가 의사가 된 이후 배우고 해오던 일이었고 그래서 내게는 그것이 최선이었으니까. 하지만 내가 그 어쩔 수 없는 최선에 머물러 있기를 고집하면서, 그것을 받아들이지 않는 환자들과 싸우는 일은 갈수록 늘어났고 짜증은 점점 나의 일상이 되어갔다. 왜 이딴 걸로 병원에 올까 싶은 증상들을 마치 큰일이라도 난 것처럼 말하는 환자들이 싫었고, 응급실 가라고 목이 쉬도록 소리를 질러도 말을 못 알아먹는 귀 어두운 노인네들도 싫었다. 나의 유일한 존재 이유였던 '죽고 사는 환자들'은 그전에는 관심도 없던 '괜찮아, 안 죽어' 수준의 환자들로 바뀌고, 진료의 우선순위는 증상의 경중 따위와 상관없이 그저 선착순으로 변해버린 그 현실을 나는 어쩌면 인정하고 싶지 않았는지도 모르겠다.

그 뒤로 벌써 10년이 더 흘렀다.

저런 짓거리를 하고서도 여태 안 망하고 아침마다 병원 문을 열어 '괜찮아, 안 죽어' 환자들을 꾸역꾸역 만나고 있으니, 나도 어쩌면 이 생활에 조금은 적응한 건가 하는 생각이 든다. 여전히 내게는 제세동기도 인공호흡기도 CT도 응급검사도 그리고 눈앞에서 죽고 사는 환자들도 없지만, 웬만한 고민은 결국 시간이 보듬어주듯 내 곁을 쉼 없이 흘러간 날들과 함께 그저 무뎌진 건가도 싶다.

매달 혈압약 받으러 오던 할매가 오늘은 감기로 왔는데 어쩐 일인지 진료가 끝나도 나가지를 않는다. 혹시 더 하실 말씀이라도 있나 물었더니 할매는 기다렸다는 듯 폭풍 랩을 발사하신다.

스무 살도 안 되어 얼굴 한번 못 본 남자한테 시집을 왔다는 것으로 시작한 가사는 밤낮없이 무한 반복되던 집안일과 농사일을 지나 자식 다섯을 낳고 키우고 학교 보내고 출가시키고 손주들까지 봐줬다는 현란한 전개를 거쳐 결과적으로 요즘 허리며 다리며 안 아픈 데가 없다는 후렴부에 이르러 끝도 없는 도돌이표 구간에 들어갔는데, 그렇게 어린 나이에 시집온 이후로 60년 넘게 여태 밭일을 하고 앉았으니 이건 뭐 어디 아픈 데가 없다면 그게 오히려 더 이상한 일이었다.

"할매."

"응."

"이제 그만해요, 밭일."

"집구석에 영감이랑 둘이 있는데 그럼 누가 해 저거를."

"아니, 올해 할매 나이가 몇인데 그걸 아직도 해요. 할 만큼 충분히 했잖아요, 그동안."

"하기사, 이 나이 먹었으믄 인제 그만 가야지."

"쓸데없는 소리. 하여간 약이나 잘 드시고, 기침 혹시 안 끝나면 다시 오세요."

"아이고, 이누무 팔다리…."

여든이 넘은 나이로 하루 종일 밭에 쪼그리고 앉아 호미질을 하고서는 다리가 아프다며 아이고 소리를 하고 앉아 있는 할매가 평생을 그리 살아온 것도 모자라 앞으로도 그렇게 살아갈 게 뻔한 이 상황에 나는 조금 신경질이 났다. 어쩌면 허리 꼬부라진 이 노인네한테 왼종일 밭일을 시킨 빌어먹을 열무 모종들한테 화가 났는지도 모르겠다. 혹시 그것도 아니라면 지리멸렬하고 답 안 나오는 이 대화를 그만 끝내고 싶었는지도.

"할매."

"왜."

"괜찮아, 안 죽어요."

문득 치밀어 오른 그 답답함 때문이었을까. 정말 간만에 나의 오랜 유행어가 불쑥 튀어나왔다. 내 의도를 제대로 읽은 건지는 모르겠지만 어쨌든 할매는 아프다며 다리 주무르던 손을 멈추고 별말 없이 미적미적 자리에서 일어났는데, 조용히 돌아서는 그 모습을 보면서 나는 '오, 이 말이 아직도 먹히네' 같은 유치한 생각을 하고 있었던 것 같다. 그런데 진료실을 나가려던 할매가 그 꾸부정한 몸을 다시 돌려 나를 찬찬히 그리고 물끄러미 쳐다본다. 인사를 하시려나 하고 마주 보며 기다리는 내게, 할매가 말한다.

"다 죽어, 사람은."

나는 당황했다. '아니, 내 말은 팔다리 쑤시고 아픈 게 당장 죽을 일은 아니라는…'이라며 주절주절 변명할 틈이 요만큼도 생기지 않을 만큼 말문이 막혔다. 사실 내 말이 맞는지, 할매 말이 맞는지 따질 이유도 겨를도 그럴 의지도 내겐 없었다. 할매는 어느새 진료실을 나갔고 허둥대던 나는 '지금 당장 벌어지지 않을 일'과 '언젠가는 반드시 생길 일' 사이 어디쯤 혼자 남겨졌다.

안 죽는다, 그러나 다 죽는다.

어쩌면 이제 나와 엮이는 죽음은 더 이상 분 단위로 만들어지는 패스트푸드점의 햄버거가 아니라, 밤새 끓여낸 저 시장통 순댓집의 뽀얀 오소리국밥이나 추어탕집 사장님이 꼬박 1년을 묵혀 반찬으로 내주는 묵은지 정도가 된 것일 수도 있다. 그래서 이제 나에게 죽음이란 환자의 심장이 멈추어 빨랫줄마냥 늘어진 심전도를 확인하는 사건이 아니라 그저 내가 아는 누군가가 고단했던 삶의 여정을 마치며 내게 써놓고 간, 언제 열어보게 될지 알 수도 없는 편지 한 통쯤으로 변하고 있는데, 나는 이미 국밥집에 들어와놓고도 여전히 햄버거를 주문하고선 나오지도 않을 음식에 스스로를 재촉하며 시계만 들여다보고 있는 건지도 모를 일이다.

뭐, 가끔 저렇게 국밥집에서 햄버거를 찾는 바보짓을 하지만 부끄럽거나 그렇진 않다. 나는 아직 모자라고, 그래서 더 배워야 하니까. 주인아줌마한테 한 소리 듣더라도 어쨌든 순댓국 하나 주문해놓고서 옆 테이블 아재들과 '요즘 경기가 진짜 너무 안 좋아' 같은 쓸데없는 소리나 하며 시간을 보내다, 마침내 김이 모락모락 나는 뜨거운 국밥이 나오면 그저 호호 불며 맛있게 먹으면 될 일이니까. 맨날 죽겠단 소리를 입에 달고 살면서도 여전히 고된 밭일 척척 해내고 있는 나의 튼튼한 선생님들에게 그 마지막 밥상이 조금만 더 천천히, 그리고 친절하게 배달되기를 몰래 바라면서 말이다.

제18회 우수상 수상작이다. 글쓴이 김시영은 일신의원 원장으로 수상 소감에서 "늙어가며 근력이 떨어지고 순발력이 감소하고 흰머리가 늘어가는 것을 인정하고 거기에 맞춰 살아야 하듯, 내가 만나야 하는 환자들이 바뀌고 내게 주어진 일이 달라졌다면 그 변화된 상황을 받아들이고 순응하는 것이 더 합리적이고 자연스럽다는 것을 조금 깨달았다. 그래 봐야 아직은 모자라기만 하다. 그래서 매일 만나는 사람들과 서로 배우고 그렇게 같이 진짜 어른이 되어가는 거겠지"라고 말했다.

미스터리

토끼다

    엄마, 아빠는 얼굴이 하얬지만 6개월 된 한울이(가명)는 얼굴이 노랬다. 혈중 빌리루빈(담즙 배출과 간 기능을 반영) 수치가 올라 황달이 있어서였다. 하지만 얼굴색만 달랐지 엄마, 아빠를 닮아 한울이도 생김새김이 참 귀여웠다. 이한울. 연예인과 비슷한 이름이지만 어떤 연예인보다 귀여운 얼굴. 요모조모 뜯어보면 초롱초롱한 눈망울과 앙다문입, 뚜렷하게 잘 자리 잡은 코와 귀. 외모가 사랑받을 필수 조건이 아니라는 양심적, 당위적 선언은 빼어난 외모 앞에서 설 자리를 잃으니, 사랑스러운 어린아이 앞에서 여전히 나는 인생 수련이 모자람을 반성했다.

    벌써 10년이 다 되어간다. 외과 전공의 4년 차 시절, 그 전달까지 간담췌(간, 담도, 담낭, 췌장 등) 파트를 돌고 이식 파트로 넘어온 나는 흥미로운 인연을 마주했다. 간담췌 파트 끝 무렵에 한울이 아빠를 내 환자로 봤고, 이식 파트로 가서는 곧바로 한울이를 내 환자로 본 것이다. 한울이는 담도 폐쇄로 카사이 수술(간-소장문합술)과 간 이식 중 하나를 받아야 했고, 과 내 소아와 이식 파트 간의 많은 토론 끝에 이식을 받기로 결정되었다. 간의 제공자는 바로 아빠였으니. 보통 간을 주는 환자는 간담췌 파트에서 수술 및 수술 후 관리를 맡고, 간을 받는 환자는 이식 파트에서 담당하니 나는 연달아 부자를 모두 환자로 맡게 된 것이다. 말이 부자지 어린아이를 두 명, 아니 엄마까지 합치면 세 명을 보게 되어버렸다. 아빠가 스물한 살, 엄마는 열아홉 살이었고, 행동거지를 보면 이 앳된 부모보다도 한울이가 가장 어른스러웠으니 말이다. 나는 외과 안에서도 이식과 소아를 전공하는 사람들을 존경해 마지않지만, 두 파트 모두 절대로 전공하지 않겠다고 다짐했고 그 결정은 여전히 유효해서 지금의 분야(외과)를 전공하기에 이르렀다. 그러니 이식과 소아를 함께 보게 된 것은 내게 적잖은 스트레스였다.

군대도 아직 안 간 아빠는 무슨 나이트클럽에서 웨이터를 하고, 엄마는 동대문 시장에서 옷을 판다고 했다. 두 사람이 어디서 어떻게 만났는지 이야기를 해줬는데 기억이 잘 안 난다. 나이트클럽에서였던가? 둘 다 부모님이 안 계시다고 했지만 돌아가신 건지 헤어진 건지 물어보진 못했다. 나뿐 아니라 당시 이식 파트를 돌던 후배 전공의, 스태프, 병동 간호사들까지 모두가 그들을 대견하게 여겼다. 쉽게 성을 즐기고 사고파는 이 기이한 시대는 쾌락의 뒤에 따라오는 새 생명의 엄중한 무게에 대해서는 사전에 상세히 설명하지 않기에, 어린 나이에 임신이라는 거대한 일을 만났지만 유산하지 않고 낳았다는 것만으로도 너무나 기특했다. 물론 먹고사니즘이 대중의 삶을 잠식해 들어오던 당시, 그들의 어려운 생계는 분명 철저한 산전검사를 방해했을 것이다. 저소득이지만 나름대로 맞벌이여서 무척이나 바쁜 삶에 배가 불러오니 그냥 아이가 들어섰고 때 되면 나오나 보다 했을 수도 있다.

물론 장밋빛은 아니었을 것이다. 우리야 아이가 아파서 병원에 온 시점에서 그들이 기특하게 느껴졌을 뿐이지 어쩌면 유산 시도를 여러 번 했다가 실패했을지도 모른다. 엄청난 전쟁이 부부 사이에 계속해서 있었을 수도 있다. 둘이서 죽어라 일하는데 벌이는 시원찮으니 임신 사실을 알고 술과 담배로 많은 나날을 보냈을지도 모른다. 막상 아이가 태어났는데 황달이 지속되는 것을 잘 몰랐다가, 이렇게나 큰 병인 걸 알고 전쟁은 극단으로 치달았을 수도 있다. 수술비는 어떻게 마련할 것이며, 앞으로 아이가 먹게 될 면역억제제도 결코 저렴하지 않은데.

'왜 그때 안 지웠어? 왜? 왜?'

행여 이런 무서운 말이 한울이가 듣고 있는 가운데 아빠, 혹은 엄마의 입에서 이미 나왔을 수도 있다. 입에서 안 나왔더라도 끊임없이 마음속에서 맴돌고 있었을지도 모를 일이다. 내가 접한 것은 그들이 병원에 와서 간 이식을 하기로 결정하고 시행했던 약 한 달간의 시간이었을 뿐이지, 그들의 삶 전체는 아니었으니 나는 알지 못한다. 아, 정말이지 인생들의 양태는 너무나도 다양해서 다른 누군가가 이러쿵저러쿵 평론하기란 불가능하다. 그들이 걸어왔을 삶의 궤적도 알지 못하는 주제에 단지 그 어린 부부가 아이를 낳았다는 '사실', 수술을 하기로 결정하여 아빠가 간을 떼어주기로 한 '사실'만을 보고 감히 내가 '대견하다'거나, '잘하고 있다'고 평가할 수 있을까. 칭찬하고 격려할지언정, 바라보고 응원해줄지언정, "너희들은 아주 바람직하게 잘 살고 있어"라며 채점하고 결론지을 순 없을 게다. 삶은 다양한 가능성이 열려 있는 선택지를 마주하는 과정이지, 정답이 정해져 있는 시험의 연속은 아니니까. 만약 한두 개의 선택을 잘못하면 인생 전체가 망가져버릴 것처럼 호들갑 떠는 이 사회는, 어느 추운 겨울날 전국의 만 17세들을 모아놓고 치르는 단 한 번의 시험으로 인생의 방향이 돌이킬 수 없는 방향으로 흘러간다는 현실적인 협박이 통하는 곳이니까.

어려운 경제적 사정은 병원 내 사회사업팀이 애써서 도움의 손길을 주고, 모 방송사도 (휴먼 다큐멘터리류의 프로그램을 촬영하는 조건으로) 금전적 지원을 약속해서 어느 정도 해소되었다. 한울이는 약도 잘 먹고, 밥도 잘 먹었다. 간을 준 아빠는 2주도 안 되어 퇴원한 반면 간 이식을 받은 환자는 퇴원할 때까지 1인실에 격리되는데, 소아의 경우 어쩔 수 없이 부모 중 한 사람이 함께 생활한다. 아빠는 간 절제 후 회복이 필요하니 엄마가 그 역할을 맡기로 한 모양이었다. 다행스럽게도 한울이는 모든 지표가 안정되어감과 동시에 태도까지 의젓해져가고 있었는데, 정작 열아홉의 엄마는 참으로 어리고, 입도 거칠며, 철딱서니가 없었다. 화장실이 갖춰진 격리실에 꼭 있으라는 말을 제대로 지킨 적이 없고, 끊임없이 아이를 안거나 병원 로비에서 빌린 유모차에 태워서 여기저기 돌아다녔다. 대부분의 환자들이 아침 회진 때는 자리에 앉아 찰나의 순간을 스쳐 지나가는 의료진의 꼬질꼬질한 가운을, 마치 예수님의 옷자락만 만지면 나을 것이라 믿었던 성경의 어느 여인 같은 경건한 마음으로 바라보지만, 이 엄마만큼은 아침 회진 때 우리가 병실 문을 열고 들이닥쳐도 잠에서 깨어날 줄을 몰랐다. 밤새 틀어놓은 듯한 영화 채널에 고정된 텔레비전은 계속 옅은 빛을 발하고 있고, 한울이는 벌써 일어나 쿨쿨 자고 있는 엄마 옆에서 곤지곤지를 하고 있었다. 그 장면이 애처롭기도 하고 어이없기도 하여 모두 한울이의 귀여운 볼살만 한 번씩 조몰락거리고 나가기 일쑤였다.

그러다 한울이에게 작은 위기가 왔는데, VRE(반코마이신 내성 장내구균)가 검출된 것이다. VRE는 대표적인 병원 내 감염균주 중 하나로, 정상인에게는 별다른 의미가 없을 가능성이 높지만 면역억제치료를 받는 환자들에게는 나쁜 증상을 일으킬 수도 있다. 이에 대한 위험성을 설명하고, 음전(전염성이 사라짐)될 때까지 철저히 위생 관리와 격리실 칩거를 명령했건만 이 철부지 엄마는 아랑곳하지 않고 계속해서 돌아다녔다. 간호사들이 밀집된 스테이션을 피해 비상계단으로 위아래층을 넘나들었다. 결국 한 주 정도 지났을까. 한울이 병실의 왼쪽 두 방과 오른쪽 두 방, 총 4개의 방에서 모두 VRE가 검출되는 대형 사고가 터졌다(물론 그 엄마의 잘못인지 심증은 가지만 물증은 없다). 두 손 두 발 다든 스태프들은 한울이의 컨디션이 괜찮으니 신속히 퇴원시키는 방향으로 가닥을 잡았고, 퇴원 목표 날짜를 일러주고 조금씩 준비를 시켰다. 그러자 한울이 병실 안에 하나둘씩 장난감, 퍼즐, 딸랑이들이 늘어나기 시작했다. 엄마가 보는 사람마다 우리 아기 선물 사달라고 졸라댄 것이었고, 나 역시도 시달리기 싫어서, 그리고 한울이의 귀여움과 애틋함을 이유로 퍼즐을 하나 사다 줬다. 며칠 후 부모가 아이 같고 아이가 부모 같았던 이 가족은 퇴원했다.

다시 이들을 만난 건 여러 달 후였다. 그렇지 않아도 궁금하긴 했는데 4년 차 말, 우연히 이식 외래 앞을 지나다 유모차에 앉아 있는 한울이를 봤다. 황달도 다 낫고 귀여운 얼굴이 더욱 귀여워져 콕 깨물어주고 싶었다. 옆에는 엄마와 어떤 아주머니가 있었다. 엄마는 역시 돈을 벌러 일을 나가야 해서 한울이를 시설에 맡겼다고 했다. 가슴이 찌릿했지만 딱히 다른 방도도, 내가 도울 능력도 없을 때는 아무리 잘 꾸며진 위로의 말도 입 밖으로 내보내기 조심스럽다. 그러다 어렵게 어렵게 꺼낸 말.

"…그런데 아기 아빠는? 낮인데 일하러 갔어요?"

그러자 여전히 발랄하고 입이 걸걸한 19살짜리 엄마가 꽤나 충격적인 내용을 별일 아니라는 듯 말했다. 10년이 지난 지금도 귀에 생생하다.

"선생님! 그 새끼 말도 꺼내지 마세요. 간 잘라주고 군대 면제받고 나서는 토끼었어요!"

오, 괜히 물어봤다. 대답을 듣고 이렇게 더 마음이 무거워질 줄 알았더라면. 나는 이런 결말을 예상하지 못했고 예상하고 싶지도 않았다. 머리가 복잡했다. 미스터리다. 그 순한 인상의 아기 아빠, 미스터 리^{Mr. Lee}는 자신의 하나뿐인 아들, 또 하나의 미스터 리에게 간을 주고 정말 사라진 걸까? 별주부전의 토끼는 간을 육지에 놓고 왔다고 자라를 속이고 그냥 '토끼'었지만 그래도 이 아빠는 간이라도 주고 '토끼'었으니 좀 나은 편인가? 이 어린 부부는 왜 헤어졌을까? 단지 군대 안 가려고 간까지 내어준 건 아니었을 게다. 아빠가 그 정도로 영악해 보이지는 않았는데. 간을 내어주고 나서야 군대를 안 가도 된다는 사실을 알았을 거라고 생각하고 싶었다. 이런 사실을 욕설과 비속어를 섞어 해맑게 말하는 엄마는 어떤 심정일까?

가끔 궁금하다. 이 가족은 지금 어디서 무얼 하고 있을까? 한울이는 면역억제제 잘 먹고 살아가고 있을까? 약값은 어떻게 충당하고 있을까? 10년이 지났는데 거부 반응은 없을까? 과거의 나는 의사로서 그들에게 약간의 도움을 주는 대신 많은 기쁨을 받았지만, 현재의 나는 아무런 도움도 줄 수 없기에, 그래서 자주 궁금할 염치는 없기에 그들의 현재 진행형일 이야기는—상상 가능한 가장 바람직한 모습이길 간절히 바라지만—여전히 미스터리로 남아 있다.

제18회 장려상 수상작이다. 글쓴이 김창우는 강동경희대학교병원 외과 교수로 수상 소감에서 "어린 부부와 그들의 예쁜 아이를 만났을 때 처음에는 참 기특했고, 행동거지를 보면서는 철딱서니 없다는 딱지를 붙여봤고, 무사히 퇴원할 때는 잘 살아가기를 기원했고, 그리고 외래에서 엄마를 만났을 때는 반가움과 허탈함이 교차하는 경험을 했다. 그리고 이내 좋은 사람 나쁜 사람의 구분이 무엇인지, 잘한 일 나쁜 일이 무엇인지 누가 과연 판단할 수 있는 건지, 판단하고 있는 내가 판단의 자격은 있는지 혼란스러웠던 기억을 글로 끄적거려보았다"고 말했다.

Replace

나는 간 이식을 전공한 외과 전문의다. 간 이식이란 말 그대로 병들어 있는 기존의 간을 새로운 간으로 바꾸는 것을 말한다. 전공의 때만해도 간 이식만큼은 절대로 전공으로 삼지 않겠다고 다짐하던 내가 지금 간 이식을 하고 있는 이유는 단순히 '환자가 많이 죽어서'였다. 전공 선택을 앞두고 찬찬히 과거사를 곱씹어보니 그때 내 앞에서 죽어간 환자들이 정말로 죽을 운명이었을까 하는 의문이 들었고, 그 의문은 이내 '살릴 수 있었겠는데?' 하는 근거 없는 자신감으로 바뀌어 있었다. 힘든 전공의 생활을 끝내고 군의관을 하면서 생긴 마음의 여유 속에 자라난 새내기 전문의의 치기였는지, 아니면 아주 작게나마 가슴속 깊이 남아 있던 의사로서의 사명감 때문이었는지는 모르겠지만 어느 순간 나는 이미 간 이식의 길로 접어들고 있었다.

길지만 짧았던 3년간의 군 생활을 마치고 5월에 병원으로 복귀했다. 장기간의 공백기도 있었거니와 간 이식에 있어서 나는 문외한이나 다름없었기에, 약 3개월간의 수습기간을 거쳐 거의 8월이 다 되어서야 간 이식 환자들을 실제로 담당할 수 있었다. 모든 것이 부족한 나였지만 그만큼 시간을 투자하고 공부를 하면서 환자에게만큼은 최선을 다하기 위해 노력했다.

"환자를 죽게 내버려두지 않겠다."

단순하지만 확고한 목표를 가지고 다가갔던 나에게 환자들은 기대 이상으로 부응해주었고 모두 건강하게 잘 퇴원할 수 있었다. 그렇게 말로 설명할 수 없는 가슴 벅찬 나날들이 하루하루 지나갔다. 하지만 결국에는 그 시간들이 '비기너스 럭beginner's luck(초심자의 행운)'에 불과했다는 사실을 내가 깨닫게 되기까지 그리 오래 걸리지 않았다.

4개월.

사망률 0%라는 나만의 시나리오는 불과 4개월 만에 막을 내렸고 그 이후로는 거짓말처럼 수많은 환자가 불 꺼진 무대 뒤편의 독백처럼 나의 눈앞에서 임종을 맞이했다. 나와 그 가족 곁을 떠나간 어떤 환자들의 사연인들 가슴 저미지 않을까마는 유독 나의 기억 속에 각별히 남아 있는 한 가족이 있다. 지금부터 여기에 써 내려가는 것은 처음으로 내 곁을 떠나갔던 환자인 A 씨와 그 가족에 관한 이야기이다.

A 씨는 건설 회사에 다니던 분으로 한 아내의 남편이자 두 딸의 아버지였다. 그가 고향에서 멀리 떨어진 이 병원까지 오게 된 이유는 한창때 즐겨 마셨던 술 때문이었다. 직장 생활에서 오는 번뇌 때문이었

을지 부하 직원들에 대한 책임감 때문이었을지 모르겠지만, 무던히도 술을 드셨던 모양이다. 퇴직하고 이제야 가족들과 함께 보낼 시간을 가지게 되었는데 간경화라니, 간 이식이라니. 그 가족들이 남편, 혹은 아버지를 모시고 타지의 병원으로 향하는 심정은 이루 말할 수 없었을 것이다.

복잡한 검사가 끝난 뒤, A 씨에게 최종적으로 간을 기증하기로 한 사람은 그의 막내딸인 B 씨였다. 두 부녀가 우리 병원까지 오게 된 것에는 두 사람의 혈액형이 맞지 않았던 이유도 한몫했다. A 씨는 혈액형 부적합 간 이식을 위하여 수술 전 혈장교환술을 시행받고 수술대에 올랐다. 수술은 순조롭게 진행되었다. 수술 후 회복에도 별문제가 없어 보였다.

하지만 수술 후 2주일이 지날 무렵, 모든 간 이식 환자들을 끊임없이 괴롭히고 또 괴롭히는 담도 관련 문제가 A 씨에게 발생했다. 문합한 담도 부위에서 담즙이 새어 나오면서 배 속에 탁구공만 한 웅덩이를 형성한 것이다. 그로 인해 발생한 염증을 해결하기 위해 배액관을 삽입하고 담즙이 새어 나오는 구멍이 자연스럽게 막히기를 기다렸지만, 문제는 도무지 해결될 기미가 보이지 않았고 결국 수술을 한 차례 더 진행하여 담도 재문합을 시도하였다. 하지만 재수술에도 불구하고 지속적으로 담즙이 새어 나오는 것을 막을 수는 없었다. 무엇을 더 시도해볼 엄두조차 내지 못한 채 배액관을 넣어둔 상태로 하염없이 기다리는 것이 전부였다. 그렇게 길어지는 입원 기간은 A 씨의 정신 건강에도 나쁜 영향을 미쳤고 결국 설상가상으로 섬망 증상까지 찾아왔다.

"저기 문 앞에 누가 서 있어."

A 씨가 말하면, "아유, 누가 서 있다고 그래요"라고 그의 부인이 달래주었다.

"아니, 저기 사람이 서 있잖아. 안 보여?"

간 이식 경력이 이미 3년째에 접어든 지금이야 대부분의 섬망 환자들에게서 흔히 볼 수 있는 이 증상을 대수롭지 않게 넘길 수 있지만, 당시에는 온몸의 털이 곤두서곤 했다. 저승사자 같은 존재가 그런 식으로 보이는 것인지 그는 자주 누군가를 바라보며 말을 걸었다. 그러다가 컨디션이 조금 좋아질 때가 있었는데 그때마다 A 씨는 나를 불러 퇴원을 시켜달라고 했다.

"내가 오늘은 꼭 사무실에 가봐야 해. 내가 없어서 직원들 관리도 안 되고 말이야."

회사에 몸을 담았을 때가 가장 찬란했던 시절로 그의 기억 속에 남아 있는지, A 씨의 주된 관심사는 이미 그만둔 회사에 관한 것이 대부분이었다. 내가 할 수 있는 일이라고는 그의 말을 들어주는 것뿐이었기에 10분이고 20분이고 A 씨가 이야기를 마칠 때까지 가만히 서서 귀를 기울였다. 다른 것을 더 이상 해줄 수 없다는 미안함 때문이기도 했고, 그렇게 하고 싶은 말을 다 마치고 나면 마치 A 씨가 훌훌 털고 일어날 것 같다는 생각이 들었기에 현실감 없는 그의 이야기를 가만히 듣고 서 있는 그 시간이 아깝지는 않았다.

그렇게 시간이 흘러가던 중, 나는 차마 믿을 수 없는 소식을 전해 듣게 되었다. 기증자였던 B 씨가 임신 중이었다는 것이다. 임신 추정일은 간 이식 수술을 받기 전으로, 배 속에 있던 태아는 잉태가 된 후 얼마 지나지 않아 전신마취 및 CT 검사, 그리고 진통제를 비롯한 각종 약제에 노출이 된 셈이었다. 수혜자인 A 씨의 상태가 좋지 않은 상황에서 기증자의 태아까지 문제가 생긴다면, 두 사람을 모두 담당하고 있었던 의료진으로서 평생 견딜 수 없는 죄책감에 빠져 지내게 될 것이 뻔했다. 참으로 무능하게도 수혜자와 기증자를 위해 내가 할 수 있는 것은 그냥 기다리는 것뿐이었다. 부디 A 씨가 무사히 회복되어 퇴원한 뒤 건강한 손자를 안아줄 수 있기를 간절히 기도했다.

하지만 상황이 그리 쉽게만 흘러가지는 않았다. 간 이식편의 중간 정맥을 대신하기 위하여 연결한 인조혈관에까지 담즙에서 생성된 농양이 침범하여 A 씨의 몸 곳곳에서 혈전색전증을 일으키기 시작한 것이다. 한순간에 손쓸 틈 없이 급격하게 진행된 증상의 변화로 인해 A 씨는 결국 중환자실 신세를 지게 되었고 의식이 없는 상태로 인공호흡기를 달고 연명치료를 시작했다. 짧은 경험만으로는 모든 죽음을 막을 수 없음을 그제야 나는 깨닫게 되었고 그로부터 며칠 지나지 않아 A 씨는 내가 처음으로 잃게 된 환자가 되었다.

A 씨를 떠나보내고 꽤 오랫동안 환자를 잃은 아쉬움과 죄책감에 가슴앓이를 했지만, 시간이 지날수록 더 많은 환자를 담당하게 되면서 A 씨에 대한 기억도 점차 잊혀갔다. 일에 치여 사는 바쁜 일상과 모든 사람이 가지고 있는 망각이라는 축복이 도움을 주었고, 또 다른 안타까운 죽음들이 그 기억을 희석해주었다. 하지만 내 마음이 평안해지는 것을 누군가는 보기 싫었는지 예상치 못한 곳에서 기억의 파편들이 호수 위로 떨어지곤 하였다.

데이터 정리.

간 이식팀의 임상강사는 환자를 담당하는 것뿐만 아니라 논문 작성을 위한 데이터를 모으는 일도 함께하고 있었다. 나는 최근 몇 년간 간을 기증한 기증자들이 찍은 CT 검사 결과에 대한 데이터를 모으는 중이었다. 간 기증자들은 모두 수술 후 1주일, 그리고 4개월째에 CT를 찍어서 별 탈 없이 회복하고 있는지 확인을 해야 한다. 하지만 내 데이터에는 4개월째 CT를 시행하지 않아서 공란으로 남아 있는 빈칸이 하나 있었다. A 씨의 딸이자 기증자인 B 씨의 데이터였다. 왜 꼭 사람의 기억력은 쓸데없는 곳에서 능력을 발휘하는지. 빽빽하게 들어찬 숫자속에서 유독 눈에 띄는 빈칸을 바라보고 있으면, 그 조그만 네모 칸 속의 바다에 얼굴을 담그고 쌉싸름한 숨을 들이쉬는 기분이 들었다. 그리고 내 기억 속에 깊이 박혀 있던 하나의 장면, 섬망에 빠진 환자가 1인실에 누워서 끊임없이 하는 이야기를 하염없이 듣고 있는 내 뒷모습이 떠올랐다. 참 초라하고 볼품없는 모습이었다. 기증자가 생명을 잉태했기 때문에 4개월째 CT를 찍지 못했다는 사실을 모르는 사람이라면 그저 '쓸모없는 데이터' 정도로만 치부했을 그 빈칸이 나에게는 가슴 깊숙이 숨겨두었던 아픔을 끄집어내는 연결 통로가 되어 있었다.

어느덧 시간은 흐르고 흘러 내가 간 이식팀에 몸담은 지 2년이라는 시간이 지났다. 2년 동안 주말에도 쉬지 않고 매일 병원에 나와 나름 열심히 지냈다고 생각했지만, 돌이켜보면 채워지는 것보다 더 많은 공허함이 남았던 시간이기도 했다. 그렇게 충분히 지쳐가던 중, 나는 어렵게 결정을 내려 간 이식팀을 그만두게 되었다. 지친 마음을 추스르고 가족과 함께 보낼 시간이 너무나 간절했던 것이 그 이유였다. 차마 표현할 수 없는 아쉬움을 가슴에 품고 다음 후임자가 올 때까지 묵묵히 나의 흔적들을 정리하면서 남은 시간을 보내고 있었다.

그렇게 지내던 어느 날, 마침 교수님 외래에 인력의 공백이 생겨 내가 도와드려야 할 일이 생겼다. 그런데 우연도 그런 우연이 있을까. 일을 그만두기 전에 마지막으로 들어간 외래에서 기증자였던 B 씨를 만났다. 바쁜 외래 중이었기에 나는 놀란 표정을 지으며 가벼운 묵례밖에 할 수 없었다. 하지만 B 씨는 외래가 끝날 때까지 밖에서 기다리다가 다시 방으로 들어와 나에게 말을 걸어주었다. 몇 마디 인사가 오간 뒤 그녀가 나에게 사진을 하나 보여주었다.

"그때 출산한 아기예요. 꼭 보여드리고 싶었어요."

그리고 그녀의 웃는 얼굴을 타고 흘러내리는 한줄기 눈물을 보게 된 나는 지금도 그때 내가 무슨 대답을 했는지 전혀 기억나지 않는다. 다만, '아이가 너무 예쁘네요'라든지 '아버지도 분명 지켜보고 계실 거예요' 같은 상투적인 대화도 나누지 못한 것이 매우 후회가 될 뿐이다. 준비되지 않은 갑작스러운 만남은 돌이킬 수 없는 아쉬움을 남겼지만, 건강하게 잘 자라고 있는 그녀의 아이, A 씨의 손주를 보니 가슴속에 오랫동안 고여 있던 기억 하나가 비로소 물줄기를 만나 흘러가는 듯한 기분이 들었다. A 씨를 꼭 닮은 그의 딸이었기에 지금 자라나는 아이 역시 그를 닮게 되지 않을까. 직접 만나보지는 못했지만 그녀가 보여준 사진 속의 아이를 통해 B 씨의 가족들이 A 씨에 대한 기억을 아름다운 추억으로만 남길 수 있기를 희망한다. 그리고 언젠가 아이를 만나게 되면 고맙다는 말과 함께 지그시 안아주고 싶다.

간이 좋지 않은 환자들은 대부분 중한 환자들이다. 그들은 삶에 대한 마지막 희망을 품에 안고서 누군가의 희생을 통해 자신의 간을 새로운 간으로 바꾸게 된다. 그들 중에는 결과가 좋아서 원하는 삶을 얻는 경우도 있지만, 안타깝게도 새로운 삶을 얻지 못하는 경우도 있다. 어떻게 보면 제삼자인 내가 어찌 감히 모든 가족들의 심정을 헤아릴 수 있겠냐마는 시간이 지나면 결국 그 빈자리는 또 다른 무언가로 채워질 것이라 믿고 있다. 그것은 아마도 남아 있는 다른 가족에 대한 소중함, 혹은 새로운 가족에 대한 책임감과 사랑이지 않을까 싶다.

A 씨가 세상을 떠난 뒤 나는 그의 장례식장을 찾아갔었다. 가족들은 최선을 다했고 다만 내가 부족했기 때문이라는 말을 전하고 싶어서였다. 조금이나마 그들의 마음의 짐을 덜어주고 싶었기에 향한 발걸음이었지만 시간이 지난 지금은 오히려 A 씨의 가족들로부터 내가 위로받고 있다는 것을 깨달았다. B 씨는 새로 태어난 아이로부터 행복을 얻었고, 그녀가 보여준 그 사진은 내 마음속의 어둠을 빛으로 바꿔주었다. 나는 과연 얼마나 많은 환자들의 마음을 밝혀주었을까? 다시금 생각하게 된다.

나는 지금 병원으로 돌아와 간 이식이 아닌 다른 일을 하고 있다. 그렇기 때문에 내가 간 이식팀에 몸담았을 때 수술받았던 환자들을 병원에서 자주 마주치게 된다. 왜 요즘은 얼굴을 볼 수 없는지, 외래는 이제 안 보는 건지, 나의 소식을 궁금해하는 환자들에게 나는 말하곤 한다.

"저는 안 보는 게 좋아요. 저를 보려면 아파야 하거든요."

별 탈 없이 잘 회복해준 환자들에게 고마운 마음을 느끼면서도 내가 왠지 제자리에 있지 않는 것 같은 미안한 마음이 함께 든다.

Replace.

바뀌어서 행복해질 수 있는 모든 것을 위해서는 단 하나의 변함없는 가치가 필요한가 보다. 환자들이 나에게 가르쳐준 그 가치는 일관적으로 환자만 바라보는 의료진의 마음이 아닐까 싶다. 비록 나는 지금 제자리를 벗어나 있지만 언젠가는 다시 원래의 자리를 찾아갈 날을 기다리고 있다. 행복하게 살아주는 모든 이에게 다시금 감사드린다.

제19회 장려상 수상작이다. 글쓴이 조재형은 서울대학교병원 외과 진료조교수로 수상 소감에서 "몇 달 전부터 이식의 중압감에서 도피하여 입원환자들을 담당하는 전담의로 근무를 시작했다. 2년간 배운 지식을 환자를 위하여 사용하지 않는 것에 대한 죄책감 때문에 내린 쉽지 않은 결정이었다. 그래서 이번에 글을 쓰면서 '환자와 그 가족들이 새로운 삶을 찾아갈 수 있도록 헌신해야 할 의사가 자신의 안위를 위해 새로운 삶을 찾아 떠나면서, 정작 나의 도움이 필요한 환자들을 외면한 것은 아닌가' 하는 자기반성적인 의미를 함께 부여하게 되었다"고 말했다.

아파서
웃을 때

    출국장으로 멀어져가는 아내와 딸의 뒷모습을 우두커니 보고 있자니 마음이 착잡해진다. 수술에 필요한 준비를 위해 먼저 출발하는 가족들이 바다 건너에서 애쓰는 동안 나는 그저 초조함을 견딜 수밖에 없다. 반복되는 무력감은 좀처럼 익숙해지지 않는다.

    근 삼 년간 무력감은 나의 일부였다. 시상하부과오종^{視床下部過誤腫}. 마치 어느 종교의 이름이나 무협지 속 주문처럼 들리는 이 병은 아이의 생후 이틀째, 우연히 시행한 초음파검사를 통해 처음으로 우리 가족의 틈을 파고들었다. 당시 국가 공인 전문의 자격을 목표로 수련하던 중이었지만 교과서엔 불과 몇 줄 언급되고 마는 이 희귀 질환에 대해 나는 거의 무지한 상태였다. 간신히 병의 이름만을 앞세워 검색을 시작하자 이내 심장이 요동쳤다. 난치성 뇌전증, 웃음경련, 성조숙증, 정신지체. 냉혹한 용어들로 채워진 각종 자료를 읽으며, 바로 전날 흘린 감격의 눈물이 마르기도 전에 절망의 눈물이 고였다. 인생이라는 괴물의 소리 없는 일격이었다.

악성 종양은 아니라는 사실조차 위로가 되지 못했다. 머릿속에는 그저 휠체어에 앉은 채 병원을 드나드는 오래된 뇌전증 환자들의 멍한 표정과, 지친 듯 웃던 그 부모들의 얼굴이 불길한 예언처럼 떠오를 뿐이었다. 무엇보다도, 의사인 아버지로서 딸의 병을 두고 속수무책이라는 사실이 너무 괴로웠다.

병원의 외관은 상상했던 국립병원의 모습에서 크게 벗어나지 않았다. 단정하고 청결하지만 적당히 낡았고 실용적으로 반듯한 건물. 심미적 요소를 배제한 무채색 페인트는 용무가 없는 이의 시선을 끌지 않으려 애쓰는 듯 보인다. 그래도 우리 가족이 한 달간 지내는 곳은 최근에 신축한 병동인지 내부로 들어서니 꽤나 밝고 널찍하다. 병원의 소재지는 가와바타 야스나리의 《설국》을 탄생시킨 니가타현^{新潟県}. 하지만 3월의 이곳은 '열차가 긴 터널을 지나면 도착하는 눈의 나라'의 낭만은커녕, 변덕스러운 시어머니처럼 하루에도 몇 번씩 강풍과 소나기, 때론 우박마저 쏟아지는 곳이다.

수술 전 검사부터 수술 후 경과 관찰까지 입원 기간은 총 4주. 일개 봉직의로서 '한 달 쉬겠습니다'라고 할 순 없지만, 그래도 월급 주시는 분과 동료들의 배려 덕에 수술 당일을 포함한 2주를 합류하게 되었다. 짧은 영어와 그보다 더 되도 않는 일본어를 총동원해 '요로시꾸 오네

가이시마스'를 연발하며 아내와 나란히 앉아 담당의의 설명을 듣는다. 관련 문헌에서 이미 수없이 본 MRI 영상이건만, 막상 수술동의서에 서명해야 하는 부모로서 자식의 뇌 관상 단면을 마주하자 불안이 엄습한다. 진단을 처음 알게 된 날부터 오늘까지 2년 반의 시간 동안 잘 누르고 다독여 기껏 봉해놓은 감정의 껍질이 깨지고, 처음의 그 성마른 분노와 당혹스러움이 다시금 거친 표면을 드러낸다. 혼란스러운 마음이 현재의 처지와 부딪혀 생기는 묘한 비현실감. 의사의 설명이 통역을 거쳐 분명 내 귀에 들리고는 있는데, 남의 일만 같다. 문득 느껴지는 이 기시감은 무엇일까.

병을 알게 된 충격에도, 출산을 축하해준 모든 이들에게 태연한 척 건강한(적어도 겉으로 보기에는) 아기의 탄생을 알리고 감사를 전해야만 했던 그때, 아직 병에 대해 자세히 듣지 못한 아내는 녹초가 된 몸으로도 마냥 사랑스럽기만 한 핏덩이를 품에 안고 잘 돌지 않는 젖을 물리려 애쓰던 그때, 나는 지인들을 위해 답례용으로 주문해놓은 기념 호두과자를 찾으러 병원에서 한 정거장 떨어진 가게를 향해 걸었다. 8월 말의 오후였지만 덥기보다는 오히려 따뜻하게 느껴졌는데, 가뜩이나 위축된 마음에 병원의 실내 냉방까지 더해 손발이 몹시 차가워져 있음을 그제야 알 수 있었다. 출산 장소가 곧 직장이었기에 매일같이 오가던 주변 풍경이었지만, 낯설었다. 사흘 만의 첫 외출인 까닭만은 아니었다. 세상이 끝난 것 같은 충격에 휘청이던 마음이 무심한 듯 태연하게 흐르는 바깥의 일상을 마주하자, 거리를 두어 스스로를 보호하려 애썼던 것이다.

'나의 삶은 이제 다시는 돌이킬 수 없다. 저들과 달라졌다.'

자기중심적 상념에 잠긴 채 걷는 내 곁으로 지나가는 사람들과 차들, 거리의 소음은 흑백 무성영화 속 장면처럼 느껴졌다. 이전의 장밋빛 계획들은 더 이상 실현 불가능하리라 단정하며, 그렇게 비현실적인 세상 속에서 계속 외로워져만 갔다. 타인의 일상조차 나에겐 폭력이었다.

수술 전날. 밤새 금식을 해야 하기에 오늘은 생애 처음으로 딸을 엄마와 떨어뜨려 재우기로 한다. 아직도 엄마 젖을 무는 까닭이다. 서른 달을 살아오는 동안 아이는 하루도 숙면을 취하지 못했다. 백일 무렵까지만 해도 다른 아기들처럼 그저 어려서 긴 잠이 없는 것으로 믿으려 했다. 하지만 이후에도 잠이 길어지기는커녕 오히려 더 예민해지고 이유 없이 울며 깨는 일이 빈번해졌다. 병의 대표 증상인 웃음경련^{gelastic seizure}은 영아기엔 '웃음'이 아닌 '울음'의 모습으로 나타나기도 해서 감별이 어려운데, 돌이켜 생각하면 그것도 아마 증상이었으리라. 그러더니 10개월 무렵부터는 확연히 '괴상한 웃음'을 보이기 시작했다. 간담을 서늘하게 하는, 겁에 질린 듯한 발작적인 웃음이었다.

매일 밤 짧으면 5초, 길면 수십 초 이상 여러 차례 반복되는 경련에 우리가 할 수 있는 건 그저 안아주면서 젖을 물리는 것뿐이다. 그렇게라도 하지 않으면 좀처럼 다시 잠들지 못한다. 그래서 아이는 이제껏 모유 수유를 못 끊었고 자연히 아내도 3년 가까이 밤마다 모로 누워 꼼짝없이 벌을 선다. 잠이 부족한 모녀의 하루는 항상 그렇게 뿌연 안개 속이다.

그래도 '내일이 지나면 달라질 것이다', '실감 나지 않는 이 며칠이 지나고 나면'이라는 희망에 먹먹해지는 마음을 다독인다.

모든 면에서 보통보다 느린 아이와 함께하는 일상은, 애타긴 했지만 돌이켜보건대 전부 실망스러운 것만은 아니었다. 아이는 존재 자체로 빛난다는 사실을 분명히 알게 되었고, 아주 사소한 변화조차 벅찬 감격으로 다가오는 건 우리 딸이 주는 특별한 선물이었다. 조심스러운 추측이지만, 그렇다면 더 예후가 나쁘고 중증의 장애를 가진 아이들의 가정에도 비슷한 위로가 있지 않을까?

하지만 그리 쉽게 말할 수는 없다. 큰 시련이지만 그래도 우리에겐 비교적 가까운 일본에 믿을 만한 치료가 존재했고, 수술 비용도 지불할 수 있었고, 결과적으로 여전히 불안하긴 해도 더 나은 미래를 기대해볼 수 있다. 이런 상황이기에 고마운 마음을 느끼는 것도 가능한 게 아닐까? 처음 진단을 알게 되었을 때 먼저 떠올랐듯이, 평생 내게 말을 걸 수도, 자연스러운 미소조차도 지을 수 없는 아이를 품고 살아야 한다면 과연 그때도 같은 마음일까? 또는 반대로 콧물이 일주일째 멈추지 않는다고, 열이 이틀째 지속된다고 밤낮을 걱정하는 부모의 고민을 '고작'이란 수식어로 폄하할 수 있을까? 톨스토이의 소설 《안나 카레니나》 속 절묘한 문장('행복한 가정은 모두 모습이 비슷하고, 불행한 가정은 모두 제각각의 불행을 안고 있다')이 암시하듯, 누가 감히 순위를 매길 수 있을 것인가?

시스템은 냉정하게도, 그래야 한다고 말한다. 응급실에서는 환자가 오면 일단 트리아지^{triage}라고 해서, 상태의 경중을 따져 치료의 우선

순위를 정한다. 국가는 아예 질병에 등급을 매겨 지원하는 의료 서비스의 범위를 차별화한다. 그것이 시스템이다. 한정된 자원을 효율적으로 사용해야 하는.

하지만 이는 어디까지나 최소한의 장치일 뿐이다. 아이의 병을 통해 내가 깨달은 것 중 하나는 '남의 염병이 제 고뿔만 못하다'는 오랜 격언이 옳았던 것이었다. 인간이란 결국 자기 자신의 입장을 기본값으로 하는 존재이기에, 그래서 이런 장치라도 없으면 복지는 무너진다. 그러나 객관적인 지표와 무관하게 모든 병은 아픔을 수반한다. 그렇기 때문에 우리는 더더욱 '아픔'에 집중해야 한다. 쉽게 숫자로 바뀌는 병명이나 증상으로서의 아픔이 아니라, 각자에겐 유일한 것이라서 온전한 이해를 필요로 하는 그런 아픔에 대해. 그 일선에 선 의료인이라면 더욱 그렇다. 지금처럼 정보와 기술이 넘치는 세상에서 의사의 쓸모란 타인의 아픔과 공명하고 슬프게나마 웃어주는 데 있는지도 모른다.

"아.빠.랑, 책.보.까?"

곰살맞게 웃는 얼굴로 고사리손엔 그림책을 들고, 무릎 위에 냉큼 앉으며 속삭이는 아이의 혀 짧은 한마디. 어찌나 반가운 일인지. 다행히 수술은 계획한 대로 잘 끝났고, 하루에도 여러 번 나타났던 웃음경련이 적어도 아직은 한 번도 보이지 않는다. 밤새 곤히 잠을 잔다. 잘 걷지도 못하고 시선도 마주치지 않던 녀석이 불과 6개월 만에 지금은 제법 뽐내는 얼굴을 하고 보란 듯이 미끄럼틀을 오르내린다. 경련파痙攣波 때문에 뒤처졌던 각종 발달 과정을 열심히 따라잡고 있는 중이다. 자연스러운 그 모습이 때로는 낯설면서도 안심된다.

그러나 아이가 평소보다 격하게 웃기라도 하면 여전히 가슴이 철렁하며 증상의 재발은 아닌지 긴장한다. 많이 웃을수록 슬퍼지는 이 병의 모순은 아마 오랫동안 우리를 괴롭힐 것이다. 일반 학교를 다닐 수 있을지 여부도 아직은 장담할 수 없어 차별과 혐오로부터 자유롭지 못한 우리 사회를 생각하면 벌써부터 안타깝다. 병의 또 다른 증상인 성조숙증은 수술로는 예방되지 않기에 계속 예의주시해야 한다. 병 자체와 싸우기에는 아버지로서, 또한 의사로서도 한계가 있다.

결국 내가 할 일은 단순하지만, 분명하다. 딸의 아픔과, 그로 인한 우리 부부의 아픔을 그저 품고 살아가는 것. 서로의 아픔을 어루만지며 걷는 그 길 어딘가에 바스러진 내 무력감의 껍질이 떨어져 있을 것이다.

제19회 장려상 수상작이다. 글쓴이 이동준은 부산백병원 신생아중환자실 전담전문의로 수상 소감에서 "보호자들의 구구절절한 말을 듣고 있자니, '우리 애도 아픕니다' 하는 짜증 섞인, 프로답지 못한 생각에 말이 예쁘게 안 나간다. 그러다가도 오죽하겠나, 싶어 마주 앉은 이의 지친 눈을 보며 눈시울이 붉어지는 감정 기복을 겪는다. 그러다 이런 게 공감인가, 하는 생각으로 글을 짓기 시작했다. 힘들었던 순간을 어떤 식으로든 객관화해서 정면으로 마주 보고, 아직 끝나지 않은 우리 가족의 싸움을 이어 나가는 원동력으로 삼고 싶다는 바람도 있었다"고 말했다.

유서

결코 끝나지 않을 것만 같은 겨울의 끝자락. 공기 중에는 어제보다 더 풀어진 햇살이 너울댄다. 며칠 전 출근할 때 입었던 패딩이 이제는 꽤 덥게 느껴져, 집에 돌아오는 5분 사이에 등 언저리가 제법 젖었다. 고된 당직의 흔적을 홀홀 벗어 던지고 샤워를 한 뒤, 몸도 머리도 말끔해진 나는 책상 앞에 앉아 노트 한 장을 찢었다. 모처럼 따뜻하고 맑은 주말 오후. 동네 사람들은 모두 번화가로 나갔는지 창문 밖은 밤처럼 고요해 시간이 멈춘 것 같은 기분이 든다. 오늘이야말로 오랫동안 별렀지만, 막상 하려 들면 정말로 일어나버릴까 두려워서 숙제처럼 계속 미뤄왔던 일을 해치우기에 딱 좋은 날이다.

나는 오늘 유서를 썼다.

지금 죽고 싶은 것은 아니었다. 감당하기 힘든 것들이 몰아치는 날에는 내일 눈 뜨지 않았으면 좋겠다고 생각할 때가 있지만 스스로 생을 포기하기엔 남겨진 사람들의 슬픔을 걱정하는 난 못되지도 착하지도 않은 애매한 성격이고, 죽음에 대해 생각할 새가 없을 만큼 바쁘게 살고 있기도 하니까. 평균적인 자연사 연령과 비교해 보았을 때 30대 초반의 나는 죽음과는 거리가 멀어 보였다. 아직까지 건강검진에서 이상소견이 나온 적도 없고, 병원 바로 뒤에 집이 있어 병원과 집만 왕복하는 출퇴근길에는 차도 잘 다니지 않아 늘 평화로웠다.

그렇지만 죽음은 어디에나 있고, 어떤 모습으로 언제 나를 찾아올지 알 수 없다. 스스로의 마지막에 대해 생각해본 사람도 많이 있겠지만 모두가 죽음을 대비할 수는 없다. 의사결정 권한을 박탈당한 채로 내 인생의 끝을 스스로 결정하지 못한다―까지 생각이 다다른 순간 등줄기를 타고 소름이 흘렀다. 펜을 들고 앉아 있자니, 이렇게 유언장을 쓰고 생을 정리할 시간을 가질 수 있는 것이 행운이라 느껴질 정도로 갑작스러운 죽음 앞에 아무런 준비 없이 내몰려야 했던 환자들이 머릿속을 스친다.

중환자실 근무를 하고 있던 어느 평일 오후였다. 병동 주치의로부터 전화가 걸려왔고, 환자 한 명을 중환자실로 보내겠다고 말하는 목소리가 매우 다급했다. 10여 분 후 주치의와 함께 중환자실로 내려온 환자는 40대 중반의 젊은 여자였다. 암으로 인해 원래 형태를 알아볼 수 없을 만큼 짓뭉개진 좌측 유방에서는 고름이 흐르고 비릿한 악취가 진동했다. 이런 환자들은 바로 수술할 수 없어 수술 전 항암화학요법을 통해 수술이 가능한 정도로 암의 크기를 줄인 뒤 수술한다. 환자는 일주일 전에 첫 번째 항암치료를 받았고, 대부분의 유방암 환자들이 항암치료 일주일째에 경험하는 골수억제 상태가 되었으며, 그 상태에서 불운하게도 괴사가 진행 중인 유방암 병변 때문에 세균성 패혈증에 빠지고 말았다. 팔에 감은 혈압계로는 혈압이 잘 측정되지 않아 퉁퉁 부은 팔에 동맥관을 삽입하여 겨우 측정한 혈압이 70/50mmHg이었다. 바로 수액과 승압제를 투약하고, 고열로 의식이 없는 환자에게 기관삽관을 했다. 중환자실에서 쓸 수 있는 모든 종류의 승압제를 최대 용량으로 사용했으나 환자의 수축기 혈압은 80mmHg 이상으로 올라가지 않았다.

나쁜 예감이 스쳤다. 이대로 끝일지도 모르겠다는 생각이 들었다. 패혈증의 원인은 너무나 명백했으나 그 원인을 제거할 수 없는 상태였다. 좌측 유방을 전부 잡아먹고도 모자라 우측 유방으로까지 번져나가고 있는 병변 때문에 심폐소생술도 어려워 보였다. 담당 간호사에게 보호자를 불러달라고 하고 병변 부위 소독을 하고 있는데 침대를 향해 쭈뼛쭈뼛 다가서는 교복 차림의 학생이 보였다. 환자의 유일한 보호자인 아들은 고등학교 3학년이었다.

환자는 젊어서 남편과 헤어졌고, 형제자매가 있으나 모두 연락하지 않고 지낸 지 오래되었다고 했다. 나는 최대한 쉬운 단어를 사용하려고 애쓰며 환자의 아들에게 현재 상태를 설명했다. 중간의 상황들이 아이에게 전부 전해졌는지 알 수 없었지만, 엄마가 죽을지도 모른다는 것은 확실히 알게 된 것 같았다. 견디기 어려운 침묵이 한참 이어졌고 꼭 감아쥔 아이의 손등 위로 눈물이 뚝뚝 떨어졌다.

그렇지만 진짜 위기는 이제부터였다. 환자에게 연결된 모니터에서는 끊임없이 삶과 죽음 사이의 아슬아슬한 외줄 타기가 벌어지고 있었고, 그 방향은 죽음 쪽에 훨씬 더 가까워 보였다. 주말 아르바이트를 하고 있다는 아이의 통장 잔고는 150만 원. 중환자실에서 며칠만 있으면 순식간에 사라지는 금액이었다. 사회사업팀에 도움을 요청했지만, 이미 최대한의 치료를 하고 있는데도 심장이 언제 멈출지 알 수 없는 상황에서 남겨질 아이를 위해서든 환자를 위해서든 결정을 해야만 했다. 그러나 환자의 보호자는 법적으로 의사결정권이 인정되지 않는 미성년자였다. 원내 연명의료팀의 교수님과 코디네이터에게 상의했지만 방법이 없었다. 환자가 의식을 되찾아 사전연명의료의향서를 쓰거나, 의사결정 능력이 있는 환자의 직계가족이 나타나야만 했다.

아이는 매일 교복을 단정하게 입은 채로 혼자 엄마를 찾아와 한참을 쳐다보거나 혹은 울다가 돌아갔지만 달라지는 것은 거의 없었다. 중환자실의 모든 사람들이 그 아이를 가엾게 여겼지만 할 수 있는 일은 학교가 끝나고 병원을 찾았을 때 면회시간이 지났어도 면회를 허가해주는 것뿐이었다. 환자는 가끔 눈을 떴지만 알아듣기 힘든 말을 했으며 의식은 흐릿했다. 도저히 스스로의 문제를 결정할 수 있는 상태가 아니었다. 긴 패혈증으로 인해 황달이 생겼고 노랗게 변한 눈에서는 자주 눈물이 흘렀다. 아무리 조혈제를 투약해도 호중구 수치는 오를 줄 몰랐고, 그녀의 활력징후는 매일 롤러코스터를 타듯 잠깐의 호전과 긴 악화를 반복했다.

그러던 어느 주말, 아이와 함께 처음 보는 어른들이 한 무리 찾아왔다. 환자의 형제, 자매들이었다. 어떻게 연락이 닿았는지 알 수 없으나 다들 황망한 얼굴이었다. 어쩌다 이 지경까지…를 반복하는 그들의 표정은 참담했다. 나는 환자의 상태가 매우 위독하며 심폐소생술을 해야 하는 순간이 곧 올지도 모르고 그때를 위해 성인 보호자의 의사결정이 필요한 상황임을 설명했으나, 너무 오랜 시간 동안 서로를 잊고 살았던 그들은 여동생의 생살여탈권을 손에 쥐기를 거부했다. 같이 살고 있는 아들은 미성년자라서 할 수 없는 일이, 연락이 끊어진 지 10여 년이 넘은 사람들에게는 단지 성년이라는 이유만으로 할 수 있는 일이라니. 때로 현실은 소설을 능가하는 비참함을 보인다. 그들은 그 후 다시는 병원에 찾아오지 않았고, 나는 깊은 무력감에 사로잡혔다.

지난한 시간들이 흘러갔고 환자는 몇 번의 고비를 맞았지만 결국 골수억제 상태에서 회복되면서 패혈증에서 벗어났으며, 의식을 찾았다. 나는 종교가 없지만 3주가량 삽관되어 있던 기관내관을 발관하고 환자가 스스로 숨 쉬는 것을 확인한 뒤에는 무엇에게라도 살려주셔서 감사하다고, 환자에게는 살아주셔서 감사하다고 빌고 싶은 기분이 되었다. 아이는 엄마를 잃지 않았고 환자는 기관내관을 발관한 다음 날 병동으로 올라갔으며 몇 차례의 항암치료를 성공적으로 마친 뒤 현재는 처음의 4분의 1 정도로 병변이 줄어들었다.

환자는 요즘 환부 소독을 위해 매일같이 외래에서 나를 만난다. 일주일에 두 번은 아들의 손을 잡고 온다. 중환자실에서의 힘들었던 시절은 하나도 기억나지 않는다고 했다. 중환자실에서 보던, 자주 눈물을 흘리던 통통 부은 얼굴보다 그 역시 기억하지 못한다 말하며 맑게 웃는 얼굴이 훨씬 보기 좋았다. 차라리 모르는 편이 백 배 나을 만큼 고통스러운 시간들을 기억하지 못하는 것 역시 이 환자에게 닿은 수많은 행운 중 하나일 것이다. 그러나 가장 큰 행운은, 시간을 벌었다는 것이라고 생각한다. 아들과 더 많은 추억을 쌓을 시간, 언젠가 혼자가 될 아이에게 세상을 살아가는 법을 알려줄 시간, 그리고 환자 스스로 삶을 돌아보고 정리할 시간을 말이다.

아직 살아온 날 동안 이뤄놓은 것이 많지 않아 유서라고 해도 별로 쓸 말은 없을 줄 알았는데, 순식간에 그리 작지 않은 노트 한 페이지를 빽빽하게 채운 것을 보니 나는 생에 미련이 많은 사람이었나 보다. 언젠가 죽음을 맞이할 때는 사랑하는 사람들에게 직접 작별 인사를 하고 싶지만, 그런 기회가 나에게 없을지도 모르니까. 이것은 준비 없이 나와 이별해야 할 사람들을 위한 것이기도 하지만, 무엇보다 그 누군가와 마찬가지로 예비하지 못한 죽음 앞에 서게 될 나를 위한 일이다.

잉크를 잘 말린 뒤 작게 접어 지갑 안에 넣어놓았을 때, 서쪽으로 난 내 방의 작은 창으로 어느덧 햇살은 방 안 가장 깊은 곳까지 들어 금빛으로 빛나고, 멈춘 것만 같던 시간은 다시 흘러 창밖에는 지나가는 차 소리와 웃고 떠드는 사람들의 목소리로 분주해졌다. 흘러가는 내 시간의 끝이 어디인지 나는 여전히 알 수 없다. 그렇지만 처음 유서를 쓰기 시작했을 때의 두려움은 이제 없다. 언제 올지 모를 죽음을 준비하며 썼던 글은 나를 굉장히 살고 싶게 만들었다.

나는 내가 앞으로 만나게 될 많은 환자들이 스스로의 의지로 삶을 정리해나갈 시간을 가졌으면 한다. 더 많은 사람들이 평소 죽음에 대해 생각하고, 유서를 썼으면 좋겠다. 언제 그들에게 찾아올지 모를 마지막이 너무 억울하지 않길, 그리고 내가 그랬던 것처럼, 죽음을 준비하며 더 살고 싶어지게 되길 바란다. 남아 있는 생이, 지금보다 더 빛나도록.

제18회 장려상 수상작이다. 글쓴이 조희인은 조은미래산부인과 유방외과 봉직의로 수상 소감에서 "글은 결코 쉽지 않았던 외과 4년의 수련을 마칠 수 있게 도와준 가장 큰 조력자이자, 사실 정말 걷고 싶었지만 끝내 걸을 수 없었던 길이기도 하다. 그럼에도 불구하고 미련이 남아, 시끄러운 속을 쏟아내는 글일지언정 잘 쓰고 싶었다. 〈유서〉가 잘 쓴 글이냐고 물으면 아마 아니라고 대답하겠지만 그래도 솔직한 내가 들어 있는 글임은 맞기 때문에, 수상 소식을 들었을 때는 모자란 글에 대한 부끄러움과 함께 그동안 고생했다는 격려처럼도 느껴져서 뭉클했다"고 말했다.

나여,
박춘엽이

　　그는 내가 보는 수많은 파킨슨병 환자 중 한 사람이었지만, 첫 만남부터 유달리 기억에 남았다. 파킨슨병을 전공한 내가 병원에 온 뒤로 신경과 진료를 나에게 받게 된 박춘엽 님. 늘 오전 진료 마지막 시간대를 예약하고 가끔 늦기도 하지만 간호사들에게 오히려 짜증을 내면서 들어오는 그는 어찌 보면 우리 주변에서 흔히 볼 수 있는, '어르신'이라고 불릴 만한 74세 남자였다. 진료 때마다 같은 박 씨라는 공통점(?)을 강조하며 흐뭇해하다가, 그 말에 내가 웃으면 더 흐뭇해하면서 슬며시 반말을 쓰는 게 무척 자연스러워 기분 나쁘지 않은 그런 환자였다. 세련되지 않은 말투와 행동 때문에 그를 모르는 사람이 보면 언짢아할 수도 있지만, 그를 안다고 생각한 나로서는 솔직한 그의 모습에 쌩하고 빠른 속도로 할 말만 얘기하고 가는 젊은 환자들보다 매력을 느꼈는지도 모른다.

의사는 한정된 진료시간에 주로 환자의 의학적인 문제에 집중하지만, 환자의 이런저런 특징도 알게 된다. 예를 들어, 진단과 치료 내용을 전달했을 때 이를 받아들이는 환자의 태도, 약을 꾸준히 복용했는지 여부, 본인의 증상이나 처한 환경에 대처하는 성격 등, 병원에서 의학적인 내용만 다루는 것은 아니다. 그렇게 증상과 관련이 있을 만한 환자의 일상생활에 대해 이야기를 나누다 보면 의사는 환자에 대한 인상을 자연스레 갖게 되고, 이와 다른 모습을 보게 될 때 의외라는 느낌을 받기도 한다.

큰 목소리에 유쾌하기만 할 것 같았던 박춘엽 님도 마찬가지였다. 그날은 다른 날과 달리 조금 일찍 진료를 받으러 왔고, 진료 후 약국을 갔다가 다시 병원 진료실을 찾은 그는 커다랗고 두툼한, 검은 비닐봉지를 내 책상에 던지면서 화를 냈다.

"박 선생님은 날 그냥 확 죽여부릴라고 하는구만. 차라리 날 죽으라고 하지잉."

환자와 환자 진료 사이에 그를 잠시 입장하게 한 나는 슬며시 짜증이 올라오기 시작했지만 말투라도 가다듬어야겠다는 생각으로 얘기했다.

"아니, 왜 그러세요. 약을 받으신 것 같은데, 무슨 문제가 있나요?"

그는 더 큰 소리로 말했다. "아니, 약이 보험이 안 된다 그라잖아. 십몇만 원 나와 부리는데 어찌 이 약을 먹고 살아가란 말이여?"

약값을 헤아리는 세심한 배려를 하지 못한 의사가 되어 원망받게 된 상황을 모면하고 싶었던 나는 처방한 약을 살펴본 후 수면보조제로 처방한 멜라토닌 때문이라는 것을 알게 되었다.

"아, 한 가지 약이 보험이 안 되는가 봐요. 다른 약으로 처방할 테니 다시 받으시겠어요?"

앞니 중 하나가 금니라, 웃을 때 금니가 특히 눈에 띄던 그는 다시 웃기 시작했다. "그렇게 해주면 내가 박 선생님한테 고맙지잉. 안 그럼 확 죽어부러."

더 이야기를 나누기도 전에 그는 책상 위에 덩그러니 놓인 검은 비닐봉지를 집어 들고 진료실을 떠났다.

그 후 별다른 사건 없이 진료받던 어느 날, 나의 연구실로 전화가 왔다.

"여보세요."

"나여, 박춘엽이."

"아, 네. 무슨 일이세요?"

"저번에 뭐 물어본다고 이 번호로 전화한 적 있잖어. 그란데 내가 지금 응급실에 와 있어. 넘어졌는데 사진 찍으라고 그라고, 난 돈 없어서 검사 못 하겠는데, 어떻게 하면 되는 겨?"

이전에 연구 피험자 모집을 위해 연락했던 적이 있어 연구실 번호를 그가 알게 되었다는 걸 깨달은 나는 "넘어져서 머리를 부딪쳤으면 검사받는 게 낫긴 해요. 그런데 지금 당장 뵈러 갈 수가 없는데 좀 기다리시겠어요?"라고 했다.

"아니, 나 약만 받고 빨리 가볼라구. 그라니까 나 돈 얼마 안 나오게 의사한테 얘기 좀 해줘. 5만 원밖에 없어."

나는 결국 그의 부탁대로 응급실에 전화해서 가능한 선에서 검사를 최소화해달라고 말할 수밖에 없었다.

한동안 신경과 외래를 꾸준히 다니던 그는 언제부턴가 모습을 보이지 않았고, 몇 달 후 오랜만에 내 앞에 나타났다. 마른 체격이기는 했으나 앙상하지는 않았던 그는 제법 체중이 빠진 몸과 창백한 얼굴로, 그러나 이전보다 평온해 보이는 모습으로 내 앞에 앉았다.

"박 선생님, 내가 폐암을 진단받았어."

금연에 대한 당부를 한 적도 있으나 크게 신경 쓰고 있지 않던 나는 깜짝 놀랐다.

"어떻게 치료받고 계세요?"

"항암치료는 지금 하고 있어. 몇 번 할 건데, 나을 수는 없나 벼."

평소 진행 속도가 느린 신경 퇴행성 질환을 주로 보기에 무슨 얘기를 해줘야 할지 생각이 나지 않아 머뭇거리는 나에게 그가 다시 얘기하기 시작했다.

"내가 박 선생님을 좋아하잖아. 같은 박 씨라. 너무 좋아. 영특한 눈매에 아주 똑똑해부러, 우리 박 선생님은."

그날 이후 그는 두 번 더 진료를 받으러 왔고, 언제부턴가 진료를 받으러 오지 않았다. 나중에 병동에 입원해 폐렴치료를 받고 있다는 얘기를 들어 찾아갔으나, 의식이 혼미하여 나를 알아보지 못했다.

그리고 어느 날 병원 장례식장에 갈 일이 있었던 나는, 익숙한 이름이 벽에 붙어 있는 것을 보고 얼마 전 그가 세상을 떠났음을 알게 되었다. 이제 더 이상 외래 진료 때 그를 볼 수 없게 된 나는 장례식장에 있는 그의 가족에게 인사를 했고, 그와 생김새가 많이 닮은 아들, 그리고 금니를 반짝이며 웃는 그의 모습이 담긴 영정 사진을 보고 기분이 이상해져 발걸음을 돌렸다. 여러 가지 생각이 스쳐 지나갔다. 내가 겪은 일들 중 어느 정도가 그분의 성격 때문이었고, 파킨슨병의 영향은 얼마나 있었던 것일까? 어쩌면 그를 진료한 나보다 그의 가족이 더 잘 알지도 모르겠다는 생각도 문득 들었다.

그와 같이 엉뚱하고 투박한 스타일의 환자는 다시 없을 것 같아 마음이 헛헛해진 나는 가끔 그를 떠올렸다. 그러다 두 달이나 흘렀을까, 73세의 박춘엽 님이 진료대기 명단에 있는 게 아닌가! 순간 나는 반가우면서도 마음이 철렁했고, 곧 진료실에 새로 등장한 박춘엽 님은 그가 아닌, 새로 진료받으러 온 파킨슨증후군 환자라는 것을 알게 되었다.

영특한 눈매에, 아주 똑똑하다는 칭찬이 과분한 나는 새로운 박춘엽 님과 또 하나의 여정을 함께할 것이다.

제19회 장려상 수상작이다. 글쓴이 박정이는 동국대학교일산병원 신경과 조교수로 수상 소감에서 "한국에 돌아오기 전까지 미국에서만 의사 생활을 해서일까, 유독 첫 해에는 진료하는 동안 당황스러운 일들이 종종 있었다. 그런 일들을 인상적인 정도에 따라 한 줄로 매달린 곶감처럼 마음속에 쭉 매달아 놓고, 같은 분야의 동료들을 만나면 하나씩 빼내어 보여주곤 했다. 진료를 보면서 겪은 일을 또 다른 시각으로 흥미롭게 읽어줄 독자들을 생각하며 박춘엽(가명) 환자에 대한 이야기를 부족한 글솜씨로 풀어내보았다"고 말했다.

희망

"뭐 하나만 물어봐도 돼?"

아이들을 모두 재운 뒤 소파에 몸을 파묻고 텔레비전을 보다가 문 득 아내에게 물었다.

"뭔데?"

"만약에 결혼 날짜를 받아둔 신랑이 대장암 3기로 진단되면 결혼할 수 있겠어?"

"대장암 3기면 어느 정도인 건데?"

글쎄, 어느 정도라고 말하기는 참 애매하다. 요즘은 원체 수술 방법 이 발달하고 항암치료도 좋아져서 생존율이 많이 높아지긴 했으니까. 게다가 3기도 3기 나름이라, 어떤 경우는 5년 생존율이 80%에 달하기 도 하고 어떤 경우는 50%도 채 안 되기도 하니, 질문이 잘못되었다.

"5년 안에 죽을 확률이 50% 정도 된다면?"

"그건 좀 그렇지. 반반 확률에 인생을 거는 거잖아."

"거기다가 만약 자식들에게 유전될 확률이 50%인 유전성 대장암이라면?"

"그건 안 되겠다. 일단 집안에서 반대해서 안 될걸?"

내 생각도 크게 다르지 않았다. 사랑이 밥 먹여주지는 않으니까. 육아에 치인 현실 부부의 입장에서 배우자의 질환이란 극복해야 할 산이 너무나 많은 거대한 장애물이었다.

뙤약볕이 내리쬐는 어느 여름날, 외래 진료실 문을 밀고 젊은 여자가 혼자서 들어왔다. 환자가 내민 소견서에는 대장암으로 진단되었으니 고진선처를 바란다는 건조한 문장이 여지없이 박혀 있었다. 생명의 소중함에 나이가 무슨 상관이겠냐마는, 내 나이 또래의 젊은이가 대장암 진단을 받고 내원하면 안타까운 마음이 더하는 것은 어쩔 수 없다. 다행히 원격전이는 되지 않았지만 CT에서도 커져 있는 림프절이 여럿 보이는 것으로 보아, 3기일 가능성이 높은 에스상결장의 진행성 대장암이다. 안타까움을 애써 숨기고 환자와 상담을 시작했다. 대장암입니다. 수술해야겠네요. 수술은 복강경으로 진행될 것이고, 장을 일부 잘라내고 연결해줄 겁니다. 늘 하는 수술이니 어렵지는 않을 거예요. 입원은 수술 전후로 열흘 정도 하게 될 겁니다. 수술은 하루 이틀이 급한 건 아니지만, 당연히 빠르면 빠를수록 좋으니 가능한 한 빨리 일정을 잡아볼게요.

"저, 수술하면 괜찮은 거죠?"

196

괜찮을 것이라고 확신할 수 있는 의학은 세상에 없다. 괜찮아질 가능성이 존재할 뿐.

"괜찮아질 거라고 굳게 믿고 최선을 다해야죠."

타고난 성격이 쾌활한 것인지 무거운 얘기를 하는 중에도 참 밝다. 하지만 그 속에 얼마나 많은 고민과 두려움을 숨기고 있는지는 들여다보지 않아도 훤하다.

"저기… 수술 끝나면 항암치료도 해야 하나요?"

"수술하고 조직검사 결과를 봐야 하겠지만 해야 할 가능성이 높아요. 보통은 수술하고 퇴원한 뒤에 한 달 정도는 쉬었다가 항암치료를 시작합니다."

"아… 네. 그럼 혹시 항암치료를 몇 달 연기할 수는 없나요?"

"그건 좀 어렵습니다. 항암치료는 적절한 시기를 놓쳐버리면 소용이 없어지거든요. 그런데 무엇 때문에 그러시는 거죠?"

"제가 사실은 가을에 결혼을 하거든요…."

전혀 예상하지 못한 상황이다. 혼자 들어오기에 당연히 싱글일 것으로 생각했지. 외래 중에 그런 경우가 잘 없는데, 너무나 갑작스러운 상황에 적절한 말을 이어가지 못하고 대화가 중단되었다. 공감의 기술이고 뭐고 아무리 배우고 익혀봐야 이런 상황에서는 아무런 소용이 없다. 당황스러운 표정을 숨기지 못하고 환자와 얼굴만 멀뚱멀뚱 마주보다가 어렵사리 말을 꺼냈다.

"아… 그러시군요."

"저, 괜찮겠죠?"

괜찮아질 거라고 믿고 최선을 다해야죠. 환자들이 수술하면 괜찮아지는지를 하도 많이 물어보니 미리 준비해둔 모범답안인데, 아까는 아무 생각 없이 쉽게 내뱉은 말이 입 밖으로 쉽사리 나오지를 않는다. 이 환자, 정말 괜찮은 걸까?

"그런데 예비 신랑은 같이 안 오셨네요."

"아직 말을 못 했거든요. 이제 해야죠."

점입가경이다. 요즘 시대가 어떤 시대인데. 결혼 전에 건강검진 결과를 주고받는 것이 흔해진 시대에, 가족 중에 암 환자가 있어도 결혼의 결격사유가 되는 이런 시대에, 예비 신부 본인이 대장암 진단을 받은 것을 신랑 측에서 과연 받아들일 수 있을까?

수술 당일이 되었다. 전날 회진을 하러 갔을 때 환자는 병실에 혼자 있었다. 예비 신랑은 어디로 간 것일까? 혹시라도 헤어진 것은 아닐까? 궁금하긴 한데 차마 물어볼 수가 없다. 괜히 물어봤다가 헤어졌다는 대답이라도 듣는다면 그 뒷감당을 어찌할 것인가? 환자는 수술장 침대에 누워서도 여전히 쾌활하다. 모자와 마스크 사이로 눈만 내놓은 내 얼굴을 용케도 알아보고 교수님 잘 부탁한다며 얼굴 한가득 미소를 짓는다. 그래서, 결혼은 하시기로 한 거예요? 목구멍까지 올라온 말을 애써 집어삼켰다. 지금 내 앞에서 마취약에 취해 막 잠이 든 여인이 아침 드라마의 비련의 여주인공은 부디 아니어야 할 텐데.

무사히 수술을 마치고 보호자 상담실로 들어서니, 건장한 남자 둘이 상담실을 차지하고 있다.

"관계가 어떻게 되시죠?"

"저는 오빠이고, 이쪽은 남편 될 사람입니다."

남편이란다. 만세! 보호자 설명이고 나발이고 남편이라는 자의 손을 잡고 만세부터 부르고 싶은 심정이었다. 어려운 결정 하셨습니다. 진정한 사랑꾼이시군요. 아차, 여기는 그런 잡담이나 나누자고 마련된 자리가 아니지. 정신을 가다듬어야 한다.

"수술은 별 탈 없이 잘 끝났습니다. 아마 일주일 정도면 무리 없이 회복하실 수 있을 것이고요. 외래에서 설명해드렸던 대로 항암치료는 아마 필요할 겁니다. 항암치료는 퇴원하고 한 달 정도 쉬었다가 시작하게 될 거예요."

"감사합니다."

남자들은 연신 고개를 숙였다. 여느 때와는 다르게 만감이 교차했다. 이들의 예쁜 사랑을 위해, 정말 괜찮아야 할 텐데. 정말.

3주가 지났다. 수술 후 무사히 회복한 예비 신부가 퇴원했다가 첫 외래로 오는 날이다. 예비 신랑과 같이 올 줄 알았더니, 여전히 혼자다.

"남자친구가 평일에 시간 내기가 좀 어려워서요."

물어보지도 않았는데 내가 궁금해하는 걸 눈치챘는지 먼저 대답하고는 멋쩍게 웃는다. 나도 따라 웃으며 퇴원하고 불편한 곳은 없었는지 식사는 잘 하고 대변은 잘 보는지 물었다. 밥도 잘 먹고 아무런 문제도 없었단다. 다행이다.

"3기 대장암이고요, 주변 림프절로의 전이가 비교적 많은 편이라 항암치료가 매우 중요합니다. 젊으시니까 항암치료는 충분히 견디실 수 있을 거예요."

이런저런 설명을 읊으며 병리검사 결과를 살피는데 아뿔싸, MLH-1

면역화학염색 결과가 음성이다. 부랴부랴 현미부수체불안정성검사 결과를 살폈더니 역시나 MSI-H이다. 유전성 대장암이 의심되는 상황. 분명히 가족력은 없었는데 하고 차트를 다시 뒤져보니 부모님을 사고로 일찍 여읜 것으로 되어 있다. 허 참, 이 무슨 얄궂은 운명인가. 설명을 하다 말고 한참을 모니터만 뚫어지게 쳐다보며 심각한 표정을 짓고 있으니 불안한 기운을 감지한 환자가 먼저 입을 열었다.

"무슨 문제라도 있나요?"

알리지 않을 방도가 없다. 아니, 알리지 않으면 안 된다. 심호흡을 한 번 크게 하고 다시 말문을 열었다.

"병리검사 결과를 보니 유전성 대장암의 가능성이 꽤 있어요. 젊은 나이에 대장암이 생긴 것도 유전자 이상과 관련 있을 가능성이 높습니다."

차마 환자의 얼굴을 쳐다보지 못하고 모니터에 시선을 고정한 채 설명을 하다 힐끔 환자의 눈치를 살폈다. 동요하는 기색이 얼굴에 살짝 드러나는 듯하다가 금세 사라졌다.

"우선은 유전자검사를 해봐야겠네요. 유전성 대장암일 경우 남아 있는 대장에 다시 암이 생길 확률이 상당히 높고, 자궁내막암이라든가 다른 종류의 암이 생길 수도 있습니다. 자식들에게 유전될 확률은 반반이에요."

"네…."

내가 얼마나 엄청난 말을 내뱉고 있는 것인지 과연 알아듣기나 한 것일까? 예비 신부는 잠시 생각에 잠기더니 알겠다고 대답하고는 수술을 잘 해주어서 고맙다며 특유의 쾌활한 미소를 짓고 진료실을 나갔다. 닫힌 진료실 출입문을 멍하니 바라보았다. 예비 신랑이 같이 오지 않은 것이 다행일까 불행일까. 앞으로 이들의 운명은 어떻게 될 것인가. 아직 외래 대기환자가 한참 남았는데 생각이 많아졌다. 제시간에 진료를 마치기는 글렀다.

유난히 추웠던 겨울이 지나가고 따스한 봄바람과 함께 예정대로라면 이제는 새색시가 되었을 환자가 외래 문을 밀고 들어섰다. 수개월간의 항암치료를 견디고도 얼굴 가득 미소는 여전한데, 또 혼자 왔다. 아, 제발 좀. 담당 교수 늙는 꼴 보기 싫으면 보호자하고 같이 좀 다니세요. 그래서, 결혼은 하신 거죠? 남편은 오늘도 바빠서 못 오신 거죠? 제발 그렇다고 말해줘요, 제발.

"항암은 힘들지 않으셨어요?"

정말 궁금한 건 물어보지 못하고, 의례적인 인사부터 했다. 안 힘들었을 리가 없다는 걸 알면서도 으레 그렇게 물어본다. '많이 힘드셨죠?' 토닥토닥. 뭐, 이런 인사치레랄까.

"생각보다는 견딜 만했어요."

"다행이네요. 현재까지의 경과는 좋아요. 앞으로도 계속 정기적으로 검사하면서 재발하지 않는지 여부를 면밀히 살펴야 합니다."

가만히 듣고 있던 환자가 쭈뼛거리며 입을 열었다.

"저… 선생님. 뭐 하나만 여쭤봐도 될까요?"

"네, 그럼요."

"임신은 언제부터 해도 될까요?"

안도의 한숨이 내쉬어졌다. 그날 상담실에서 보았던 듬직한 예비 신랑은 역시 진정한 사랑꾼이었던 것이었다. 고맙습니다. 정말 고맙습니다. 누구에게 하는 말인지도 모를 혼잣말을 속으로 되뇌었다. 기왕 참으신 거 몇 달만 더 참읍시다. 대개는 문제가 없긴 하지만 만에 하나라는 것이 있으니까. 다음번 검사 결과 보고 이상 없으면 그때부터 본격적으로 계획하자고요. 아시겠지요? 새색시는 고개를 끄덕이며 환한 미소를 남기고 외래를 나섰다.

그래요. 확률은 확률일 뿐입니다. 분명 괜찮을 거예요. 당신도 괜찮을 거고, 당신 남편도 괜찮을 거고, 앞으로 생기게 될 새 생명도 물론 괜찮을 겁니다. 다 괜찮을 거예요. 전부 다. 그렇게 믿어야지요. 새색시가 남기고 간 희망의 기운이 진료실을 가득 채웠다. 힘이 솟는다. 왠지 오늘 외래 진료는 시간 내에 순조롭게 끝날 것만 같다.

제18회 장려상 수상작이다. 글쓴이 이수영은 화순전남대학교병원 외과 교수로 수상 소감에서 "기록이 기억을 지배한다고 한다. 어느 날 문득, 환자와 함께 울고 웃는 소중한 기억들이 시간이 지나며 잊히는 것이 안타깝다는 생각이 들었다. 그래서 쓰기 시작했다. 쓴다는 것은 상당한 시간과 노력이 필요한 작업이었다. 투박하고 건조한 문장밖에 지어내지 못하는 좌뇌형 인간인 나 자신이 원망스러울 때가 한두 번이 아니었지만, 그래도 썼다. 외과 의사로서의 고뇌와 진심을 글이라는 형태에 담아두고 싶었기 때문이다"고 말했다.

모든 이의
종착역

문 앞이다. 인위적인 페퍼민트 향이 방 안에서 뿜어져 나온다. 화사한 분홍색 장미벽지, 하이얀 침대보, 진한 코발트색 환자복. 그럼에도, 그 안에 깊게 움을 묻은 죽음의 향취를 가리기에는 역부족이다.

'이런. 감기라 하고 마스크라도 하고 올걸….'

왕진 때마다 반복되는 순간적인 상념들이다.

"안녕하세요, 어르신. 오늘 기분은 어떠세요?"

변하려는 안색을 다듬고, 어린이집 교사 같은 한껏 온화한 미소를 던진다. 주름과 검버섯이 만개한 얼굴, 안개가 서린 듯한 눈, 조금만 세게 움켜쥐어도 바삭하고 아스러질 것 같은 여윈 몸매. 게다가 내부의 기능은 더 아수라장이다. 간병인은 물론, 처자식도 못 알아보며, 밤낮마저 구분하기 힘든 정신 상태, 죽마저 삼키기 어려워 콧줄에 의지해 겨우 영양을 유지하는 소화기관. 死神(사신) 같은 이는 반응이 거의 없다.

'얼마나 더 연명할 수 있을까. 한 반년….'

"오늘따라 더 젊어 보이세요. 무슨 좋은 일?"

순간 이런 진부한 인사말도 식상해져 대화를 얼버무리고 방을 나온다. 이런 식으로 30여 명의 입소자를 진료한 후 서둘러 직원들과 인사를 마치고 요양원을 나선다. 문밖이다. 참았다는 듯이 한껏 공기를 들이마신다.

처음 요양원 왕진의를 의뢰받았을 때는 선선히, 아니 기꺼이 응했다. 개업한 지 몇 개월 안 되었던 터라 과외로 수입을 올릴 수 있는 경로가 생겼다는 생각뿐이었다. 나름 성실히 진료했고, 그 덕분인지 다른 요양원들에서도 문의가 와서 왕진이 서너 군데 더 늘게 되었다. 그런데, 시간이 거듭될수록 점차 열의가 식어가는 자신을 느낄 수 있었다. 의학의 제일 목적은 환자들에게 生(생)을 찾아주는 것일진대, 이들에게는 언감생심 바랄 수 없는 일이었다. 오히려 방문할 때마다 死(사)의 입구에 한 걸음씩 다가앉은 그들의 모습이 눈에 띄게 확연해짐을 느낄 수 있었다. 이런 곳에서 의사의 역할은 무엇인가? 단지 가시는 길이 덜 힘들도록 거들어주는 목발에도 미치지 못하리란 것을 묻지 않아도 알 수 있었다.

입소한 분들의 예전 삶은 제각각이었다. 3개 국어를 자유롭게 구사하셨다던 교수님, 제법 이름 있는 중소기업 창업주, 평생을 막노동으로 사셨던 노동자…. 그러나, 여기서는 다 똑같은 치매 환자일 뿐이

204

었다. 칠십억이 넘는 인류의 生은 천태만상이겠지만, 老病死(노병사)의 과정은 비교적 평등하지 않을까 싶다. 이곳은 호전, 완치라는 단어 대신 퇴행, 소멸이라는 말이 더 어울리는 곳이었다. 더 노골적으로 표현하자면 '죽음'이라는 명사가 가장 어울리는 장소다. 불교는 인간의 운명의 굴레를 '生老病死(생로병사)'로 표현한다고 한다. 요양원 입소자들은 生을 지나 老에 접어들어 病을 지니고 死로 가는 문턱에 다다른 분들이리라.

노년에 접어들어 치매라는 병이 들면 성품의 변화가 찾아온다. 耳順(이순)은 사라지고, 어린아이처럼 잘 토라지며, 쉽게 분노하고 사소한 일에도 눈물이 난다. 더욱더 자기중심적이 되고, 편집증도 생겨 배우자를 의심하게 되며, 나중에는 집에 물건이 없어지고 돈을 도난당했다며 수선을 피우기도 한다. 이쯤 되면 어지간한 효자도 만정이 떨어져나가게 되고 가족 간의 갈등이 불거지게 된다. 인지기능이 침범되면 물건을 둔 곳을 잊거나 전부터 잘 알고 지내던 사람, 사물의 이름이 생각나지 않게 되고, 더 진행되면 외출 후 집에 오는 길을 못 찾게 되고, 자신의 중요한 과거사는 물론 가족의 이름도 기억 못 하게 된다. 결국 가족의 존재마저도 잊어버리게 되고, 종내에는 자신에 대한 기억, 즉 자아마저도 상실하게 된다. 말기에는 모든 언어 구사 능력이 상실되고, 말이 없어지고, 알아들을 수 없는 소리만 내게 되고, 대소변을 못 가려 벽에 똥칠을 하게 되기도 한다. 걷기 같은 기본적인 능력도 상실되고, 뇌는 더 이상 신체에 무엇을 하라고 명령조차 하지 않는 상태에 이르게 되고, 얼마 안 있어 죽음의 문지방을 넘게 된다.

이곳에 자발적으로 온 이들은 거의 없었다. 대개는 영문도 모르고 당황한 모습이 역력하다. 집은 아닌 것 같은데 집이 어딘지는 모르겠고, 가족은 아닌 것 같은데 가족이 누군지 모르겠고…. 처음 입소한 이들은 희미해진 고향에 대한 향수로 애태우다가 그 기능마저 소실될 즈음 환경에 적응하게 된다.

어느 그리 머지않은 날, 내가 병원에 진료하러 출근했는데 갑자기 자녀들이 병원에 들이닥쳐 나보고 잠깐 어디 가자고 그런다. '어어, 지금 근무 중이야'라고 항변하나 막무가내로 가자고 한다. 도착해보니 어디서 많이 보던 곳이다. 내가 왕진 가던 요양원 중의 한 곳이다. 어리둥절해 있는데 환의로 갈아입히고는 당분간 여기서 좀 지내시라고 한다. '병원은?' 하고 물으니 저희들이 알아서 할 테니 걱정하지 마시라고 하며 문을 닫고 나간다. 문은 굳게 잠겨버린다.

불현듯 나의 미래도 이렇게 전개되지 않을까 하는 생각이 가끔 스쳐 지나가곤 한다. 전혀 터무니없는 미래는 아닐 것 같다. 의사랍시고 老病死를 거스를 재주는 없으니 말이다.

어느 날이었다. 처음 보는 이인데, 왠지 이름이 낯익었다. 아아, 한 동네에 살았던, 연락이 끊겼던 친구의 아버님이었다. 너무 반갑기도 설웁기도 하여 인사를 드리나 다행인지 전혀 못 알아보셨다. 초등학교 교장 선생님으로 은퇴하셨다고 들었는데, 예전의 그 좋던 풍채는 흔적도 없고 겨우 뼈와 가죽만 남아 있는 것 같다. 차트를 보니 당뇨, 고혈압, 뇌졸중 등의 이력이 적혀 있었다. 좌측 편마비가 와서 보행이 불가능했고, 콧줄에 의지해 식사해야 했다. 움직임이 가능한 우측도 그리 기능이 좋지 못하고 간혹 살아 있음을 확인시켜주려는 듯 근경련을 일으킬 뿐이었다. 만성적으로 무심히 환자분들을 대하던 둔감해진 내 뇌세포에 그 모습은 강한 일격을 주었다. 나의 미래가 겹쳐졌기 때문일까. 그날따라 더욱 영혼의 힘이 빠지고 우울해짐을 느낄 수 있었다.

상봉 후 달포쯤 지났을 때였다. 그이에게 평소처럼 문안을 드렸다.

"요즘 무슨 재미로 사세요?"

스스로도 어이없다는 생각이 드는 질문이었다. 흐릿하지만 맑은 느낌이 드는 두 눈이 잠시 나를 쳐다보며 입을 열었다.

"나는… 할 일이 없어" 하며 미소를 지었다.

"네?"

"해방…이야…. 티비 볼래."

더욱 행복해 보이는 모습이었다.

그 순간 내 뇌리를 강하게 스치고 지나가는 무엇인가를 느낄 수 있었다. 그 당시 나는 개업 초기라 병원 경영의 여러 가지 어려움, 두 아이 양육 문제 등 산적한 문제를 파헤치느라고 눈코 뜰 새 없었다. 겉으로 볼 때는 깔끔한 도회지 중년 남성인 척했으나, 속은 심한 스트레스에 시달리고 있었던 것이다. 생각해보면 태어나서 지금까지 내 인생이 고달프지 않았던 적이 있었던가. 학교란 것을 알게 된 후부터 심한 경쟁, 이성을 알게 된 후론 실연의 고통, 취업 후에는 과도한 업무, 결혼 후에는 부양과 육아의 짐, 개업 후에는 경영 압력 등을 견뎌야 했다. 실로 만만치 않은 인생의 하중이다. 그런데, 그이는 그 모든 짐을 벗어놓은 상태였다. 누가 그이더러 숙제를 하라 하는가, 일을 하라 하는가, 처와 육아를 책임지라 하는가, 세금을 내라 하는가. 이제는 모든 노동에서 해방되어 젊은 나보다 훨씬 자유로운 모습이었다.

生이 아름답고 老病死가 추하다는 것은 비교적 젊은 나의 시각에서
바라본 오만과 오판이었음을 절실히 깨달았다. 부처가 生老病死에서
벗어나려 출가했다가 깨달은 것은 그것을 벗어나려 하지 말고 받아들
이라는 것이었으리라. 그이는 얼마 안 있어 死의 길로 떠나셨다. 나는
애도인지 축하인지 모를 눈물을 흘렸다.

세월이 더 흘렀다. 올해로 어느덧 오십이다. 아직 열리지 않은, 언
젠가 열릴 死의 문을 무심히 관조한다.
오늘 저녁은 뭘 먹을까 생각하면서.

제19회 장려상 수상작이다. 글쓴이 최영훈은 닥터최의연세마음상담의원 원장으로
수상 소감에서 "오랜 가뭄 끝에 단비를 맞은 어느 초로의 농부의 심정이 이제야 절
실히 이해가 되고 와 닿는 느낌이다. 불완전과 모순으로 덕지덕지 땜질이 되어 있는
글을 택해준 건 앞으로도 계속 글에 대한 갈망을 놓지 말라는 격려로 받아들이겠다.
뇌에 의식이 남아 있는 한 펜을 놓지 않겠다"고 말했다.

#4

우리가
사는
세상은

당신 탓이

아닙니다

머뭇머뭇 지인의 손에 이끌려 상담실 문을 들어선 칠순의 노동자를 만난다. 단정한 옷매무새와 차분한 말투, 오랜 시간을 두고 일터에서 그을려온 이들 특유의 구릿빛 얼굴과 미간을 가로지르는 세월의 주름, 거기에 더하여 뭔가 짐작하기 어려운 무거움과 어두움이 더해진 낯빛을 한 아버지 세대의 노동자와 마주한다. 내가 태어나기 전부터 노동을 시작했을 그가 아들뻘 직업환경의학과 의사를 찾아온 사연은 무엇일까? 하지만 내가 듣고 싶은 이야기보다는 그가 하고 싶은 이야기를 편히 풀어내도록 해야 한다. 한자리에 머물지 못했던 시선이 조금씩 내 시선과 마주하는 시간이 길어지고, 아직 어색했지만, 언뜻 엷은 미소가 깊은 주름으로 굳어진 미간을 부드럽게 풀어주니 진즉부터 가지고 계셨을 순박하고 인자한 표정이 비친다.

"1년 반쯤 되었나 봅니다. 처음 그 일이 벌어진 것이…." 그는 차분했지만 가늘게 떨리는 목소리로 이야기를 시작했고 도중에 한 번씩 갈증이 나는 듯 이야기를 멈추었다 이어갔다. "그때는 다들 그랬어요." 초등학교를 졸업하자마자 공장에 취업했다. 여덟 명이 일하는 조그마한 단조공장에서 고무공장에 납품하는 가위를 만들었다. 열심히 일했다. 그때는 다들 그랬다. 열한 시간이든 열두 시간이든 열심히 일했다. 일하면서 결혼을 했고, 아들 하나 딸 하나를 얻었다. 그리고 다들 그랬던 것보다 더 열심히 일해서 혹은 운이 좋아서 자신이 일하던 공장을 인수했다. 풍족하지는 않았지만 괜찮은 삶이었다. 그러나 IMF를 즈음하여 공장은 폐업할 수밖에 없었고, 다들 퇴직한다는 55세에 다시 임금노동자가 되었다. 피혁공장에서 일하기 시작했지만 3년이 지나 폐업했다. 어려운 시기였다.

"그때는 다들 그랬으니까요." 백화점에서 경비노동자로 근무했지만 그곳도 문을 닫았고, 아파트 경비를 거쳐 10년 전부터 일하기 시작한 곳이 주물공장이었다. 시끄럽고, 덥고, 주물사와 로爐에서 날리는 분진과 흄에 뒤범벅이 되더라도 환갑을 지난 그에게 허락되는 일자리는 그 정도였다. 세상은 그때나 지금이나 그렇다. 여러 주물공장을 옮겨 다니며 그가 하던 일은 쇳물을 부어 모양을 뜨는 거대한 주형(거푸집)에 들어갈 중자core(심지)를 만드는 일이었다.

1년 6개월 전, 한 주물공장에서 일한 지 2년 정도 되었던 어느 겨울이었다. 일요일이었지만 대부분 그랬듯이 그는 출근해서 일했다. 사고가 난 것은 점심 식사를 마치고 다시 일을 시작한 지 얼마 지나지 않

212

아서였다. 그가 만든 중자가 크레인으로 들려 옮겨지다 아래로 추락했다. 이상하게도 그 공장은 크레인이 높게 달려 있어 불안 불안했는데 기어코 사달이 났다. 떨어진 중자 아래로 동료 노동자가 깔려서 사망했고 처참한 시신을 수습해야 하는 것은 그의 몫이었다. 나이가 많이 '어려' 자주 어울리지는 않았지만 알고는 지냈다는 사망 노동자는 61세였다. 처참한 광경은 잊히지 않았고 꿈에도 나타나 괴롭혔다. 사고가 난 현장에 가면 가슴이 떨려 도저히 일을 할 수 없었다. 며칠을 쉬었지만 업무가 바빠 다시 출근해야 했고 여전히 업무에 집중할 수가 없었다. 결국 회사를 그만두었다.

회사를 그만두고도 그날의 일은 계속 떠올라 그를 괴롭혔다. 아무도 탓하는 사람은 없었지만, 자신이 만든 중자가 떨어져 사고가 난 탓에 죄책감에 시달렸고 잠을 잘 이룰 수 없었다. 하릴없는 심정을 달래려 기도하러 다니던 절에 부탁하여 사비를 들여 사망한 동료의 천도재를 지냈다. 이렇게라도 하면, 극락왕생을 빌어주면 이 심경이 나아질까 싶어서였다. 그래도 잊히지 않았다. 자리에 누우면 떠오르는 처참한 광경, 죄책감. 잠도 잘 수 없었고 무기력해졌고 집 밖으로 나가기도 싫었다. 10개월 동안 일을 할 수가 없었다. 왜 집 안에만 있느냐고, 나가서 뭐라도 하며 움직여야 나아지는 것 아니냐고, 반평생을 함께 해온 아내와도 다투는 일이 잦아졌다. 다시 일을 시작해야 했다.

10년 전 주물 일을 처음 시작할 때 알게 되어 동갑내기라 친하게 지내던 친구가 일자리를 알아봐 주었다. 사망 사고가 났던 회사에서 같이 일하다가 경기가 안 좋아 2개월 먼저 퇴직해야 했던 친구는 다른 주물회사에서 같이 일하자고 제안했다. 힘들었지만 '이제 한다면 얼마

나 일하겠소, 할 수 있을 때까지는 같이 일해봅시다'라는 친구가 고마
웠고 다시 일을 시작했다. 1개월 남짓 지났을까, 현장이 소란스러워졌
다. 지게차 사고가 난 것이다. 일하다 지게차에 치여 쓰러진 이는 그를
다시 일터로 불러주었던 바로 그 친구였다. 운행하던 지게차로 인해
손상된 칠순의 육신에서 흐르기 시작한 피는 멈추지 않았다.

"처음에는 의식도 있었고, 그렇게 갈 줄은 몰랐지요. 내게 왜 자꾸
이런 일이 생기는 걸까요?" 지게차 사고로 쓰러졌던 친구이자 동료였
던 노동자는 결국 과다출혈로 사망했고, 일터에서 두 번의 죽음을 경
험한 그는 더 일할 수가 없었다. 차분히 자신의 주변에서 벌어진 일들
을 풀어놓던 그의 목소리는 갈라졌고, 내 안에서도 무언가 갈라지고
뜨거운 것들이 올라오고 있었다. 칠순을 넘긴 나이, 세상사 웬만한 풍
파는 겪고 넘어온 그에게도 지난 2년 동안 두 번이나 겪어야 했던 끔찍
한 경험은 뇌리에서 지워지지 않았다.

그의 처절한 경험과 고통은 외상 후 스트레스 장애[PTSD]로 여겨졌다.
PTSD는 신체나 정서상의 심각한 외상(트라우마)에 대한 직간접적 경험
이후, 그것에 대한 공포감이나 부정적인 감정이 고통스럽게 떠올라 재
경험되는 질환이다. 제대로 치료되지 않으면 당시와 유사한 상황과 조
건을 회피하게 되며, 지나친 각성 상태 혹은 위축이 지속되어 사회적
삶을 영위하기 힘들어지게 된다. PTSD는 참혹한 전장[戰場]에서 본인이
심각한 죽음의 위협에 노출되었거나, 동료나 타인이 죽음에 이르는 과
정에 적나라하게 노출된 군인들의 사회·심리적 병리를 다루는 과정에
서 알려지게 되었다. 매년 9만 명이 넘는 노동자가 병들고 다치고 2천

명 가까이 죽어가는 오늘 우리 사회의 일터는 참혹한 전장과 다름없다. 세상을 파괴하는 전쟁터의 군인이 아닌, 세상을 만들어가는 일터의 노동자가 죽음의 경험과 공포에 시달리는 그로테스크한 현실.

그는 자신의 증상을 어떻게 다루어야 할지 그리고 그것이 산재 요양의 대상이 되는지도 몰랐으나, 세상일에 밝은 지인의 권유로 혹시나 하는 마음으로 나를 찾았던 것이다. 다행히도 수년 전부터 업무와 관련하여 발생한 PTSD는 산재로 인정받게 되었다. 그러나 여전히 사람들의 인식 속에 산재는 프레스에 손가락이 절단되고, 건설 현장에서 떨어져 뼈가 으스러지는 사고성 재해로만 자리 잡혀 있다. 제도는 조금씩 진전했고, 이제는 사고가 아닌 고된 노동으로 인해서 발생한 골병인 근골격계 질환, 일터의 고단함과 모진 관계에서 비롯되는 정신·심리적 문제들에 대해서도 산업재해로 보상하고 있다. 노동자들의 건강 문제를 모두 아우르기에는 여전히 부족하기 짝이 없지만, 그나마 진전된 제도적인 해결책에 대해 알지 못해서 혹은 여러 가지 사회적 장벽에 가로막혀서 요양과 보상을 받지 못하는 노동자들도 부지기수이다. 사회의 관심과 노력이 여전히 부족한 탓이다.

오늘 또 쓰러지고 죽어간다. 다들 그렇게 열심히 일했고 그렇게 다치고 스러져갔다. 칠순이 넘긴 주물노동자도, 40대 건설노동자도, 30대 비정규 조선노동자도, 지하철 문을 고치던 열아홉 노동자도 열심히 일했고 그리고 쓰러졌다. 폭발 사고로, 떨어지고, 끼이고, 깔려서 그렇게 쓰러져간다. 그러나 노동자들을 다치고 상하게 하는 시스템 안에 그들에 대한 기억을 담을 공간은 없다. 몸서리쳐지는 죽음에 대한 기억도 부실한 안전관리 시스템의 책임자가 아니라, 바로 옆에서 일하고 가까스로 죽음을 벗어난 동료 노동자들의 몫이라니! 더는 죽게 내버려 두지 말아야 한다. 그것을 목도한 노동자들에게서만 재경험되고 각성되고 현장을 회피하게 두어 PTSD로 남길 것이 아니라, 사회적으로 공공의 논의 속에서 같이 재경험하고 각성하여 일터가 죽음의 전장이 되는 것을 막아야 한다.

그의 삶의 여정과 고통에 대해 듣고 공감하는 것이 먼저였다. 그리고 산재 요양 신청을 위해 필요한 과정을 차근차근 설명해드렸고, 현재의 증상을 치유하기 위해서 정신건강의학과 상담도 연결하도록 했다. 그는 아들뻘 의사에게 연신 고맙다 인사했지만 나는 미안함이 더할 뿐이었다. 그의 죄책감과 심리적 고통은 언제쯤 가실지 모르는 일이며, 산재는 인정받을지언정 그 고통의 시간에 대한 충분한 보상이 될 리도 만무하기 때문이다.

30년 전 열다섯 살 소년 노동자 문송면의 수은중독을 제대로 진단해내지 못한 임상의료 시스템의 문제와 수많은 원진레이온 노동자들이 이황화탄소 중독으로 병들고 죽어가는 과정에서 제 기능을 못한 안전보건제도의 문제를 통감하며 지금의 직업환경의학(산업의학) 전문의 제도가 도입됐다. 직업환경의학과 의사들이 이렇게 번듯하게 먹고 살게 해주는 이 직업은 당연히도 정당한 건강권을 요구하고 싸운 노동자들 덕으로 만들어진 사회적 일자리이다. 그러기에 책임에서 벗어날 수 없다. 공공의 직무가 있는 것이다. 주로 임상을 하는 의사들은 직업환경의학과 의사들을 질병 예방에 주된 역할을 하는 비임상의로 보는 경우가 많다. 직업환경의학에서는 노동 현장이 필드이고 임상 현장이다. 예방이라는 것도 질병이 발생하지 않도록 하는 1차 예방, 질병이 발생하면 조기에 발견해서 치료하는 2차 예방, 그리고 질병이 치유되고 온전하게 재활하여 복귀하도록 지원하여 재발하지 않도록 하는 3차 예방이 있는 것이다.

나에게 주어진 몫은 고된 노동 과정을 들여다보고 그 결과로 드러난 고통에 공감하는 것이며, 그러한 문제의 원인을 드러내고 치유와 예방의 길을 함께 모색하는 것이다. 동료 노동자들을 죽음에 이르게 하는 사건도, 그로 인해 노동자들이 PTSD로 고통받게 되는 일도 없어야 한다. 그래야만 진료실을 나서는 칠순 노동자의 뒷모습을 보며 속으로만 주워 삼킨 이야기를 할 수 있을 터이다.

'당신 탓이 아닙니다. 이제 그 기억을 놓아주세요.'

제18회 대상 수상작이다. 글쓴이 류현철은 직업환경의학과 전문의이자 일환경건강센터 센터장으로 수상 소감에서 "의사라는 직업은 고통과 죽음을 마주하는 일이다. 어떤 의사든 막을 수 있었던 환자들의 고통과 죽음을 대할 때 좌절감과 열패감을 느끼게 된다. 의학기술이 진보하더라도 환자에게 직접 닿아 쓰일 수 있는 의료전달 체계가 제구실을 해야 건강을 지킬 수 있듯이, 노동안전보건에 대한 사회적 시스템과 의식이 같이 진전해야 노동자들의 생명과 건강을 지킬 수 있으리란 생각으로 기록하고 드러내본다"고 말했다.

그의
체취

 체취만으로도 그 사람의 직업을 알 수 있을 때가 있다. 진료실 문이 열리고 환자가 들어왔을 때 맞닥뜨리는 체취는 그 사람이 오랜 세월 몸담은 일이 피부 아래까지 스며든 것임을 알 수 있게 한다. 근처 횟집 사장님은 단연코 외투를 벗지 않으려 했다. 외투를 벗는 순간 퍼질 비릿함이 민망해서였다. 괜찮다며 환자가 외투를 벗게 하고 등을 들추어 진료를 마치고 나면, 정말 몇 분 동안은 다음 환자를 들여보내지 말고 창문을 열어 환기시켜야 한다. 양돈하는 김 씨는 어떠한가. 그의 이름이 접수창에 뜨면 벌써 마음의 준비를 한다. 미리 창문을 열고 반가운 얼굴로 환자를 맞이한다. 그의 몸과 하나가 된 구수한 냄새는 나와 환자와의 경계를 허물어뜨리고 진료실은 이내 그의 돈가의 정취를 흉내 낸다. 진료를 마친 후에도 나는 한참 동안 다음 환자를 물리고 창문을

218

통해 불어오는 바람을 맞으며 이 공간 본연의 사명과 과업이 무엇이었는지 상기한다.

환자의 체취는 비단 직업뿐 아니라 아침에 무엇을 먹었는지도 알 수 있게 한다. 특히 한참 졸인 김치찌개 냄새는 그의 집 평수도 가늠하게 한다. 겨울 외투에 감춰진 김치찌개 냄새의 강도로 식탁과 주방이 따로 분리된 집인지, 아니면 주방과 방이 거의 구분이 안 되는 집에서 배인 냄새인지 알 수 있다. 진찰은 눈으로 보는 시진과 손으로 만져보는 촉진, 소리를 들어보는 청진이라는데, 환자의 체취는 나와 환자의 만남을 시작하는 진찰보다 앞선 매개체이다.

"짬뽕을 팔아요."

그의 옷에서 나는 기름 냄새의 이유가 밝혀지는 순간이었다. 오실 때마다 한 끼 식사로 묻혔을 조리 냄새가 아니라 몇 년을 옷과 몸에 스며든 기름 냄새라는 걸 알 수 있었기에 대략 그의 직업을 가늠할 수 있었는데, 오늘 보니 그는 주방장이자 사장님이었다. 월요일이었던가. 오후에 진료실을 찾은 짬뽕집 사장님은 일주일에 하루는 이렇게 일찍 문을 닫는다고 했다. 더 일찍 나올 수 있었는데 노인네들이 짬뽕 한 그릇 시켜놓고 죽치고 앉아 있기에 가게 문 닫는다고 억지로 돌려보내고 나왔다고 했다. 요즘은 코로나인지 뭔지 때문에 손님도 없다며 진료실을 찾은 이유가 고혈압과 당뇨병 때문인지, 아니면 지금의 상황이 가져다준 우울함 때문인지 헷갈리게 했다.

아직은 코로나 확진 환자가 지역에서 나타나지 않았던 때라 시민들은 이곳만큼은 영원히 청정 지역으로 남길 바라고 있었다. 그때 다

른 지역의 확진자가 지역 내 식당을 방문했다는 소식이 들려왔다. 청
정 지역을 갈망하는 시민들은 그 식당 이름을 공개하라고 시청 홈페이
지에다 빗발치게 문의했다. 어떻게든 동선을 알아내려는 댓글들의 아
우성은 이 역병은 병이 무서워서가 아니라 저 예민한 시선 때문에라도
절대 걸리면 안 된다는 것을 각인시켰다. 지역 확진자도 아닌 다른 지
역 확진자가 다녀간 식당인 데다, 그렇지 않아도 어려운 자영업자에게
괜한 피해를 줄 수 있다고 판단했던 건지 시 당국은 식당 이름은 빼놓
고 주소만을 공개했다. 그리고 이미 방역도 마쳤다고도 공지했다. 검
색창에 주소를 입력하면 식당 이름이 고스란히 뜨게 마련이지만 그래
도 버젓이 어느 식당이라고까지는 밝히고 싶지 않은 듯한 태도였다.
덧붙여 영업장을 일주일 폐쇄 조치했다는 것도 일러주었다. 안타깝게
도 시청이 공개한 주소를 검색했을 때 알게 된 식당은 지난 월요일에
나를 찾아온 짬뽕집 사장님 가게였다. 가뜩이나 손님이 없다며 우울해
하셨는데 이 상황을 어떻게 이겨내실지 걱정되었다.

한 달이 지나서 그가 약을 타러 왔다. 나는 소식을 들었다고, 얼마
나 힘드셨냐고, 그래 다시 가게 문을 여셨냐고 조심스레 안부를 물었
다. 수척해진 그는 아직까지 문을 열지 못했다. 일주일 문을 닫고 나면
다시 일상으로 돌아갈 거라고 생각했는데 막상 문을 닫고 보니 불안
이, 우울함이, 분노가 찾아왔다. 언제 또 코로나 확진자가 오지 않을까
불안했고, 혹시 나와 내 가족마저 병에 걸리는 것은 아닐까 두려워했
다. 고혈압과 당뇨병 등의 만성질환이 있고 거기다 만성간염까지 가진
그에게 코로나는 이제 선명한 두려움이 되었다. 주위의 따가운 시선도
그에겐 큰 상처였다. 야채를 대는 단골 가게마저 자신을 경계하는 모

습에서 그는 많이 위축되었다. 혈압은 높았고 당은 잡히지 않았다. 오히려 쉴 틈 없이 열심히 일할 때 그의 몸 상태가 더 좋았다. 그는 여기는 괜찮냐고, 원장님은 무섭지 않냐고 물었다. 코로나로 불안한 것은 개원가도 다르지 않았다. 열이 나거나 기침 등 호흡기 증세가 있는 사람은 선별진료소를 먼저 찾으라는 권고에도 불구하고 환자들은 가까운 의원부터 찾았다.

"열이 안 떨어지고 기침 가래가 있어요. 부산 여행을 다녀왔어요."

"열이 38도네요…. 선별진료소에는 가보지 않으셨나요?"

"전화했는데 대상이 아니라고 해서요…."

내가 봐도 되는 환자인지 코로나 환자인지 아득해지고, 번잡해지는 순간이 불쑥불쑥 찾아왔다. 나는 나의 불안을 그에게 이야기해주었다. 그가 겪고 있는 불안과 분노, 우울함이 그만의 것이 아님을 알려주고 싶었다. 이 두려움을 이기는 유일한 방법은 우리가 살아온 일상을 다시 시작하는 것이 아니겠냐고 나 스스로에게 다짐하듯 말해주었다. 그는 언젠가는 열어야겠지요, 하고 한숨을 쉬듯 말하고 돌아갔다. 나는 그가 다시 가게 문을 열었을 때 그의 가게에 가보리라 마음먹었다.

그 뒤로 그는 한두 번 더 진료를 보러 왔다. 그의 불안과 우울은 여전했다. 가게는 다시 열었지만 까닭 없이 문을 닫기도 했다. 코로나가 종식되면 문을 열어야지, 했지만 이제는 언제 끝날지 모르는 이 역병과 함께 살아야 한다는 것을 그도 알아차린 듯했다. 널뛰기하는 혈압과 혈당을 통해 환자를 둘러싼 사회의 요동침이 질병에 얼마나 큰 영향을 끼치는지 똑똑히 볼 수 있었다. 나는 혈압과 혈당하고만 싸워야 할 것이 아니라 그의 불안과도 싸워야 했다. 나는 별반 다르지 않은 나의 상황을 이야기해주었다. 주변 의원에 확진자가 다녀가 그 의원 원장님이 2주간 자가격리를 했다. 내게도 언젠가 코로나 환자가 다녀갈 수 있을 것이고, 코로나가 의심되는 환자를 내가 봐야 하나 선별진료소로 보내야 하나 고민하면서 환자를 충분히 환대하지 못하고 경계하였던 경험은 두고두고 상처로 남을 것이다. 말하지 않은 불안은 공포가 되어 들불같이 주변으로 퍼지지만, 서로가 서로에게 마음을 터놓고 고백한 불안과 어려움은 힘든 시기를 함께 견디게 하는 연대를 불러일으킬 거라 믿었다. 내 불안과 어려움을 고백하는 것으로 나는 그와 어떻게든 연대하고 싶었다.

점심시간에 그의 가게에 가보았다. 가게에는 손님이 별로 없었다. 짬뽕 한 그릇을 시켰다. 저 끝 주방 쪽에서 달그락거리는 소리가 났다. 그의 시간이 내는 소리다. 이내 짬뽕 한 그릇이 나왔다. 진한 짬뽕 국물 냄새가 물씬 풍겨왔다. 여기서도 나와 그의 만남은 냄새를 통해서구나. 그의 짬뽕은 소문대로 수북이 쌓인 해산물이 봉우리를 이루었다. 국물이 진하게 배인 해산물의 향연을 맛보고 나니 그제야 면발이 보였다. 20대였다면 저 국물에 밥 한 공기를 뚝딱 말아 국물 하나도 남기지 않을 짬뽕이었다. 바닥이 거의 드러나 보일 때 이마의 땀을 훔치고 입가에 잔뜩 묻은 국물을 닦으며 식사를 마쳤다. 식사는 충분했고 더할 나위 없이 만족스러웠다. 허기진 배를 채워주는 정성스러운 한 끼 식사는 고된 삶으로 지친 몸과 마음을 위로해주는 것 같았다. 그에게도 나의 진료가 이렇게 충분하고 만족스럽고 위로받을 만한 것이었을까? 계산하며 주방에 있는 그에게 멀찍이서 인사를 건넸다. 그가 환한 웃음을 지으며 주방에서 서둘러 나왔다. 그에게 나는 정말 소문대로 맛있는 짬뽕이라고, 이제까지 먹어본 짬뽕 중에 최고였다고, 다음엔 직원들 다 데리고 오겠다고 말해주었다. 빈말이 아니었다. 나는 그에게 최고의 칭찬을 해주고 싶었다.

오랜만에 그가 다시 진료실을 찾았다. 이제는 코로나가 전국적으로 퍼졌고 사회적 거리두기 단계가 수시로 상향되곤 했지만 그는 한결 편안해진 모습이었다. 혈압과 혈당도 제자리를 찾는 중이었다.

"여전히 힘든 건 사실이에요. 손님도 많이 줄었고요. 그래도 단골들이 일부러 찾아와주시고, 힘내라고 격려해주고 가시고 그래서 버티고 있네요."

그렇게 사람들은 버티고 있었다. 혼자 버티는 것이 아니라 서로가 서로에게 버팀목이 되어 견디고 있었다. 단골 짬뽕집이 염려되어 일부러 찾아와 한 끼 식사를 선뜻 해결하는 것으로 위로와 격려를 보내는 시민들이 있었다. 직장을 잃었다는 사람들의 소식이 들렸고 저녁 산책길 항상 그 자리에 있었던 점포에 슬픈 '임대' 광고가 붙었다. 언제나 이 시기가 끝날까 막막해하는 와중에, 이제 잘 버티고 있다는 사장님의 소식은 아직은 희미하지만 분명히 다가올 희망을 이야기하는 것 같았다.

2009년 신종플루가 전국에 퍼졌을 때 우리 집 첫째부터 넷째까지 다 신종플루에 걸리고 말았다. 넷째는 두 돌이 안 되었을 때라 염려가 많았다. 거기에 병원은 밀려드는 신종플루 환자들로 정신이 없었다. 하루빨리 이 상황이 지나가길 바라고 바랐다. 이 또한 지나가리라는 말이 그나마 위안이 되었고, 정말 답답한 상황은 지나갔다. 내 환자 사장님에게도 '이 또한 지나가리라'의 시간이 되길 바라고 바랄 뿐이다. 한두 달 가게 문을 닫았었다고 그의 몸에 밴 냄새가 사라지지는 않을 것이다. 그의 삶이었고 생업이었고 터전이었던 자리에서 밴 그의 체취는 이제껏 시민들에게 맛있는 짬뽕 한 그릇을 선사해주었던 주방장이자 사장님이었다는 것을 자랑스럽게 알려주는 표시일 것이다.

이제는 둘 다 철저히 마스크를 썼던 터라 나는 그가 왔어도 그의 체취를 맡지 못했다. 갑자기 횟집 아저씨의 비린내, 양돈하는 김 씨의 고향 냄새, 진한 김치찌개 밴 냄새가 떠올랐다. 잠깐 환자 들여보내지 마세요, 진료실 환기 좀 합니다, 하고 외치던 코로나 이전의 일상이 몹시 그리워졌다.

제20회 장려상 수상작이다. 글쓴이 조석현은 누가광명의원 원장으로 수상 소감에서 "글에서는 희망을 꿈꿔보았다. 언젠가는 지나가리라의 심정으로 환자들과 서로의 불안과 처지를 이야기하며 조그만 진료실에서 만들어가는 '시민 연대'를 통해 코로나를 극복하자고 다짐했다. 이제 무엇으로 희망을 삼아야 하는지 막막할 때 2021년이 아무 일 없다는 듯이 찾아왔다. 그렇게 아무 일 없다는 듯이 희망은 어떻게든 온다는 생각으로 환자들이 어려운 시기를 이겨나가길 소망한다"고 말했다.

아픈

추억

나는 그해 봄을 잊지 못한다.

내게는 봄이 오면 떠오르는 '아픈 추억'이 있다.

8, 9년 전 응급실 당직을 몇 개월 했다. 내가 일한 곳은 골절 수술과 교통사고 치료를 전문으로 하는 정형외과였다.

벚꽃 소식이 들려오는 어느 따뜻한 일요일 오후.

대기실이 소란하더니 응급실에 여러 명이 들어왔다. 어른 6명, 열 살 정도 어린이 1명, 서너 살 아이 1명으로 기억한다. 차트에 큰 글씨로 TA라고 적혀 있다. TA^{Traffic Accident}는 교통사고를 말한다. 환자들이 모두 걸어서 왔기에 큰 사고가 아니어서 다행이라 생각했다. 뒤차가 서행 중인 앞차를 들이받은 사고였다. 덧붙여, 가해자와 피해자가 함께

왔다. 목덜미가 아프다는 사람, 허리가 아프다는 사람, 머리를 잡고 있는 사람, 어지럽다는 사람, 울렁거린다는 사람…. 전부 이런저런 증상을 호소했다.

어린아이를 제외한 나머지는 통증 부위에 엑스레이 검사를 했다. 엑스레이에서 골절이 보이지 않아 약을 처방하고 통원치료를 권했다. 반면 환자들은 통증이 심하고 어지럽다며 입원치료를 원했다. 나는 어지러움과 구토 증상이 있는 환자가 걱정되어, '뇌진탕' 초기 의중^{疑症}으로 입원 후 경과 관찰을 하자고 했다.

사람들을 입원시킨 후 나는 퇴근을 했고 다음 치료 과정은 모른다. 이들을 잊고 있었는데, 10개월 정도 지나 원무과장한테서 전화가 왔다.

"작년 3월 22일 일요일 오후, 교통사고로 입원한 사람들 생각나세요?"

"오래되어 전혀 기억이 없는데요."

"그 사람들 교통사고 사기단으로 주치의 ○○○ 과장이 이미 조사 받았다고 합니다. 경찰에서 선생님 연락처를 알려달라고 해서 몇 번 거부했는데, 계속 알려주지 않으면 압수수색을 한다기에 어쩔 수 없이 알려줬습니다. 조만간 경찰에서 연락이 가더라도 너무 놀라지 마십시오."

난 별일 아니겠지, 하고 생각했다.

3, 4일 뒤에 모르는 번호로 전화가 왔다.

"이용찬 씨 되시죠? 여기는 ○○경찰서 수사과 지능범죄 수사팀 ○○○ 경찰관입니다."

원무과장의 전화가 없었다면 보이스피싱으로 생각하고 그냥 끊었을 것이다.

"네, 안녕하세요?"

"작년 3월 22일 선생님이 입원시킨 사람들 때문에 연락드렸습니다. 조사는 언제가 좋겠습니까?"

원무과장이 별거 아니라고 해서, 난 단순히 참고인 조사라고 생각했다.

"네? 조사요? 낮에 일하느라 시간이 없으니 병원으로 오셔서 조사하세요."

"선생님은 교통사고 사기범들을 입원시킨 피의자라서 경찰서에 오셔야 합니다."

"네? 뭐라고요? 피의자요?"

이때부터 내가 무슨 말을 했고 어떻게 전화를 끊었는지 기억이 없다. 원무과장이 설명을 자세히 안 해서 무슨 사건인지 모르는데, 갑자기 '피의자' 소리를 들으니 머리가 멍해지면서 심장이 쿵쾅거렸다.

며칠 뒤, 담당 경찰관이 당직인 날 저녁 7시 30분에 조사를 받으러 갔다. 요사이 계속 소화불량이 있어 저녁도 못 먹고 경찰서에 갔다. 하지만 긴장과 걱정 때문인지 배가 고프다는 느낌도 없었다. 겨울이라 히터를 틀었지만 따뜻하다고 느껴지기는커녕 손발이 덜덜 떨렸다.

경찰서 수사팀에 도착하니 넓은 사무실에 한 사람만 있었다. ○○○ 경찰관하고 약속했다고 하니, 식사하러 갔으니 잠깐 기다리라 했다. 담당 경찰관은 나보다 대여섯 살 많은 40대 중반으로 보였다. 텔레비전이나 영화에서처럼 경찰은 무섭게 윽박지르면서 조사하는 줄 알았는데 생각만큼 무섭지는 않았다.

내 죄명은 '사기방조'다. 기억나는 질문은 "찢어진 상처가 있었냐? 아니면 뼈가 부러졌냐?" 등이었다. 그렇지도 않았는데 입원시켜서, 미성년자를 포함한 탈북자들이 보험회사에서 천몇백만 원의 합의금을 받도록 도와줬다는 거다. 내가 입원시키지 않았다면 사기 치지 못했을 텐데, 내가 입원을 도와줘서 가능했다고 단정 지었다. 나는 알지도 못하는 사람들의 입원 편의를 봐줬다는 말에 전혀 동의하지 못한다고 했다. 작성된 조서를 꼼꼼히 읽고 잘못된 글은 수정을 요구했다.

경찰조서 제일 끝에 하고 싶은 말을 쓰는 공간이 있었다. '존경하는 검사님, 저는 너무 억울합니다. 아프고 어지러워 통원치료 못 하는 사람들에게 하루 이틀 입원하면서 경과를 관찰하자, 아울러 계속 아프면 정밀검사가 필요하다고 했는데, 이것이 사기방조죄라니. (…) 너무 억울합니다.' 이렇게 적었다.

조사를 마치고 경찰관에게 물었다.

"저는 앞으로 어떻게 되나요?"

"구속은 아니니 걱정하지 마십시오. 아마 벌금 조금 나올 겁니다."

"통증이 심하고, 구토 증상이 있어서 입원시켰는데 왜 저를 조사하세요?"

경찰은 담당 주치의를 먼저 조사했다고 했다. 주치의는 내가 입원을 시켜서 어쩔 수 없이 치료했다고 진술했다. 또한 그는 본인이 응급실에서 진료했다면 이런 환자는 입원시키지 않았다고 말했다. 즉, 정형외과 과장이 자기는 죄가 없다면서 나한테 화살을 돌린 것이다.

"나는 정형외과 전문의가 아닙니다. 아프고 어지럽다고 해서 입원을 시켰습니다. 입원 다음 날 회진 후 통원 치료가 가능했다면 퇴원을 시켰으면 되는데, 왜 내 탓을 하는지 모르겠습니다."

"나도 그렇게 생각합니다. 하지만 주치의가 저렇게 진술하니 조사를 해야만 하는 상황입니다."

이 사기단은 자기들끼리 고의로 여러 번 사고를 냈다. 그런 뒤에 병·의원 7곳에서 거짓으로 심하게 아프다고 호소하여 입원했다. 그리하여 보험회사에서 합의금을 받았다. 의사가 겉으로 봐서는 아픈 정도를 알지 못하니 과장되게 아프다고 한 거다. 이에 따라 7곳 병원 원장이나 주치의가 피의자로 벌써 조사를 받았고, 내가 마지막이었다. 집에 와서 인터넷 검색을 하니, 신문에는 이미 3개월 전에 탈북자 교통사고 사건이 나왔었다. 사기 주동자는 구속되었으며 의사 7명이 입건되었다. 이제 나를 포함하여 의사가 8명으로 늘었다.

친한 고등학교 동창 중에 변호사가 있다. 이 친구는 변호사 업무를 직접 하지 않고 회사에서 법률고문을 한다. 내가 사기방조 피의자로 경찰조사를 받았고 담당 경찰관은 벌금이 나온다고 하는데, 벌금만 내면 되냐고 친구에게 물었다. 그는 이 벌금은 우리가 흔히 아는 범칙금하고 다르다고 했다. 불법주정차나 신호위반 범칙금은 돈만 내면 되지만, 벌금은 법원에서 판결하는 거라서 벌금형이 나오면 '전과 1범'이 된다고 했다. 즉, 나는 '사기방조 전과 1범'이 된다. 내가 전과자가 된다는 소리를 들으니 그동안 겨우 억누르고 있던 심장이 다시 두근두근 뛰기 시작했다.

'보통 전과자라고 하면 조폭 같은 깍두기 머리에, 인상이 험악한 사

람들을 떠올렸는데, 내가 사기전과자가 된다니….'

친구가 내 사건을 알아봤다. 담당 경찰은 나를 포함한 의사 전체를 불구속 기소의견으로 검찰에 보낼 예정이라고 했다. 이후 검찰에서는 살인, 강도 등의 사회적 파장이 있거나 여론이 관심 있는 사건이 아니니, 자체 조사 없이 경찰관 의견대로 벌금형으로 '약식기소'하여 법원으로 보낼 가능성이 크다고 했다.

일단 약식기소되어 법원으로 가면, 무죄를 받기 위해서는 정식 재판을 청구해야 한다. 게다가 판결까지 시간이 오래 걸리고, 쉽지 않은 법리적 다툼이 예상된다고 했다. 따라서 사건이 검찰 관할일 때 해결하는 방법이 최선이라고 했다. 그러기 위해서는 변호사를 선임해서 '내 억울함과 깨끗함'을 강하게 호소해야 한다고 했다. 또한 판례에 의하면 '고의성이 명확하지 않더라도 어떤 행위로 인해 상대방이 경제적 이득을 취하면 사기방조가 성립된다'고 했다. 다시 말해, 내가 입원장부에 사인한 것 때문에 사기단이 경제적 이득을 취했으니, 사기방조에 해당될 수도 있다는 말이다. 이럴 때 쓰는 말이 오리무중五里霧中, 첩첩산중疊疊山中이다.

친구는 내가 그동안 입원시킨 교통사고 환자 차트를 찾아서 특이한 케이스가 있는지 살펴보라고 했다. 나는 먼저 응급실 장부에서 내가 일할 때 교통사고로 입원한 환자 이름과 차트번호를 적었다. 꽤 많았다. 이후 차트 보관하는 곳에서 차트를 찾았다. 입원치료 중에 주치의가 작성하는 치료 오더와 간호사가 작성하는 경과기록을 읽었다. 통증이 심해서 입원한 환자 대부분은 약물치료, 물리치료를 받으면 증상이 호전되어 며칠 후에 퇴원했다. 그런 이후 외래에서 통원치료를 했다. 이번 일로 선임한 변호사는 검찰에 제출할 날짜가 며칠 안 남았으니, 의견서에 적을 만한 케이스를 빨리 찾으라고 나를 재촉했다.

토요일 오후부터 일요일 종일 차트를 봤지만 별다른 것은 없었다. 주말 내내 찾아도 이렇다 할 소득이 없어 평일에도 진료를 마치면 당직했던 정형외과로 갔다. 최근 몇 년 동안 전공의 마칠 즈음 전문의 시험공부했던 시간을 제외하고, 이처럼 한 가지에 매진했던 날이 없었다. 낮에는 내 병원 진료, 밤에는 정형외과 차트 분석을 하느라 피곤함에 지쳐갔다. 그래도 찾지 못하면 전과자가 된다는 생각을 하니 눈꺼풀에 힘이 생겼다.

잠이 쏟아지던 중 차트 한 개가 반짝거렸다. 도로를 무단횡단하다가 차량에 치인 사고였다. 환자는 근처 병원에서 엑스레이와 CT 검사를 했는데 뼈에 이상이 없다는 진단을 받았다. 토요일 오후여서 월요일부터 통원치료를 받기로 하고 환자는 집에 갔다. 하지만 하루가 지나도 통증이 더 심해져서 집에서 가까운 응급실에 왔다. 그는 입원 후에도 계속 통증을 호소했다. 마침내, 정밀검사인 골스캔^{bone scan}을 하니 우측 갈비뼈 5, 6번에서 미세골절이 발견되었다.

의대생 때 일명 '땡시'가 있었다. 이동시간을 포함해 15초 안에 현미경으로 조직 슬라이드를 보고 병명을 맞춰야 한다. 미세골절 사례의 발견은 머릿속 망각의 강에 깊숙이 숨어 있던 정답이 '땡' 소리와 동시에 '나야 나' 하면서 자수할 때의 느낌이었다.

"환자가 아프다고 하면 의사는 환자의 아픈 정도를 객관적으로 파악할 수 없다. 하물며 엑스레이나 CT에서 골절이 안 보여도 정밀검사로 미세골절이 발견되는 경우도 있다. 그런 면에서 환자가 통증을 많이 호소하면 입원을 시켜 경과 관찰하면서 정밀검사를 하는 게 좋다. (…) 입원에 따른 인센티브도 없는데 통증이 심하지 않았다면 왜 입원을 시켰겠는가?"라는 변호사 의견서와 미세골절 환자 차트를 검찰에 같이 제출했다. 또한 변호사가 검사실에 전화를 여러 번 해서 나를 직접 조사하라고 했다. 검찰조사 없이 경찰관 조서만으로 법원에 약식기소되어 벌금형 받는 것을 방지하기 위해서였다. 검찰조사 없이 서류가 법원으로 곧바로 가서 벌금형이 나올까 두렵고, 검찰조사를 받자니 너무 무섭고 이런저런 걱정과 공포 때문에 잠을 설친 날이 많았다. 경찰관 연락부터 검찰조사를 받고 결과 나오기까지 좌, 우 번갈아 입술에 단순포진이 3번이나 생겼다.

드디어 경찰조사 후 2달 만에 검찰수사관한테 연락이 왔다. 언제 오나 하면서 기다렸는데, 막상 전화를 받으니 두려움이 더 심하게 옮아매기 시작했다. 일주일 뒤 1시 30분에 ○○지검 320호실로 잡혔다.

'뼈가 부러졌냐? 아니면 찢어진 상처가 있냐?', '아니요, 그렇지 않습니다' 하는 꿈을 꾸고 잠에서 자주 깼다. 이후 아침이 올 때까지 뒤척뒤척했다. 검찰조사를 받아본 사람이라면 이런 느낌을 알 것이다. 소환통보 직후부터 조사받는 날까지의 무서움과 두려움을.

검찰조사에 변호사가 동행하면 추가 비용이 나온다고 했다. 이미 변호사 의견서를 보냈고, 큰 사건도 아니어서 나 혼자 조사를 받으러 갔다.

조금이라도 깔끔한 인상을 주려고 정장 차림으로 10분 전에 ○○ 지검에 도착했다. 건물 입구에서 수위한테 신분증을 맡기고 방문증을 받았다. 320호실에 노크하고 들어갔다. 방은 그다지 크지 않았다. 좌측에 철제책상 2개, 중간에 검사 책상으로 보이는 큰 책상 1개, 우측에 사무원 책상 1개가 있었다. 사무원 책상 옆에는 파란 플라스틱 물통이 꽂혀 있는 정수기, 이름을 알지 못하는 큰 관엽식물 화분 1개, 복사기가 있었다. 검사하고 사무원은 보이지 않았다. 조서를 꾸밀 때 방에 전화가 오니, 사무원이 휴가라서 내 담당 수사관이 전화도 직접 받아야 하고 바쁘다고 했다.

내 왼쪽에는 포승줄에 묶인 20대 초반 남자가 황갈색 죄수복을 입은 채 조사받고 있었다.

"야 인마, 사실대로 말 안 할 거야?" 하는 큰소리가 들린다. 살벌한 분위기다.

나를 조사한 사람은 옆 수사관하고는 다르게 높임말을 썼다.

"죄도 제일 약해 보이는데 혼자서 변호사까지 선임하셨네요."

"네, 너무 억울해서 그랬습니다."

"경찰관 조서와 변호사 의견서를 읽어서 사건 내용은 다 알고 있으니, 간단히 몇 가지만 질문하고 끝내겠습니다."

조서 작성하는 데 50분이 걸렸다. 이후 작성된 조서를 자세히 읽고 조서에 한 장 한 장 지장까지 찍으니 1시간 20분 정도 걸렸다. 마지막에 수사관한테 "어떻게 될까요?" 하고 물었다. 그는 2, 3주 정도 지나서 전화하라고 했다.

검사실에 들어갈 때는 두려움과 함께였지만 나올 땐 나 혼자였다. 건물 출입문에서 보니, 지검에 왔을 때는 보이지 않던 만개滿開가 지난 하얀 목련이, 따사로운 햇살에 앞니 빠진 딸아이의 웃음처럼 환하게 빛나고 있었다.

조사 후 결과가 나오기까지 얼마나 길던지. 입이 바싹바싹 타고 말
랐다. '혹시 당뇨가 생겼나?' 하는 생각마저 들었다.

2주 뒤에 검사실에 전화를 했다.

"안녕하세요. 사건번호 ○○○○ 사기방조 피의자 이용찬입니다.
결과가 어떻게 나왔는지 궁금해서 전화했습니다."

수사관은 아직 검사 결재가 나지 않았다고 했다. 그래도 걱정 때문
에 잠도 못 자니 알려줄 수 있는지 부탁했다.

"너무 걱정하시지 마시고 기다리시면 될 것 같습니다."

전화 통화 후 2주 정도가 지나서 집으로 '무혐의' 통지서가 왔다. 주
치의인 정형외과 과장도 무혐의가 나왔다. 다행히 미세골절 환자 덕분
에 그렇게 나온 것 같다. 하지만 다른 선생님들은 어떤 결과를 받았는
지 모르겠다.

유난히 힘들었던 그해 봄에 일어난 사기방조 혐의는 이렇게 끝이
났다.

돌이켜보면, 그때는 달빛 한 점 없는 막다른 골목에서 출구를 찾으
려고 이리저리 헤매던 시간이었다.

인생의 어느 지점에 서게 되면 누구나 아껴둔 식량처럼 추억의 보따리
를 풀어 하나씩 음미하게 된다. 그런 음미를 통해 추억의 의미를 재해
석하고 삶의 또 다른 지혜를 얻는다.

상하이 푸단대학^{復旦大學} 여교수 위지안^{于娟}이 쓴 《오늘 내가 살아갈 이유》에 나오는 이 글처럼, 비록 힘들고 '아픈 추억'이었지만 나는 또 다른 삶의 지혜를 얻었다.

제18회 장려상 수상작이다. 글쓴이 이용찬은 서울스타의원 원장으로 수상 소감에서 "작년 시상식에서 내가 상금 인상을 건의했다. '올해 상금이 올라서 경쟁률이 높겠네'라고 생각했는데, 다행히 나도 수혜자가 되었다. '그 어떤 고통도 모두 지나간다. 이별? 지나간다. 마음의 상처? 지나간다. 실패? 다 지나간다. 설령 불치병이라도 모두 다 흘러가는 구름이다.' 《오늘 내가 살아갈 이유》에 나오는 이 글처럼 그해 봄에는 힘들었지만 시간이 흐르니 모두 지나가고, 지금은 '아픈 추억'과 흔적만 남아 있다"고 말했다.

두 얼굴의
자장면

보령 한내초등학교에서 열리는 초등학교 배구 대회에 출전했을 때였다. 미산면 소재의 작은 초등학교에 다니던 나는 그날 태어나서 처음으로 외식을 하게 되었는데, 큰 그릇에 담긴 시커먼 음식이 어찌나 맛있던지 초등학교 5학년에게는 많은 양이었는데도 눈 깜짝할 사이 먹어 치웠다. 그 음식이 자장면이라는 걸 알게 된 건 고등학교에 입학한 뒤였다. 이후 나는 종종 용돈을 아껴 자장면을 사 먹었고 그것은 내게 유일한 사치였다.

개원 3년 차로 한창 바쁠 때였다. 서산 모 학교에서 왔다며 서너 명이 진료실로 들어왔다. 학생과 선생과 학부모였다. 선생이라는 사람이 자기네 학생이라며 아이에게 정관 수술을 해달라고 했다. 학생 하는 짓이 매우 위험해서 정관 수술을 하지 않으면 퇴교 조치를 하겠다고 하고, 보호자는 죄인인 듯 얼굴을 들지 못했다. 중학생으로 보이는 아이는 매우 수줍어했다.

이야기를 들어보니 그 학교는 지체발달 장애우들을 보육하는 특수학교였다. 수십 명의 1~2급 장애가 있는 학생들이 모여 생활하는데, 교사들의 감시가 덜한 새벽에 충동적인 성적 행동이 일어난다는 것이다. 사고를 미리 방지하기 위하여 정관절제술이 필요하단다. 학생은 1급 발달지체 장애우로 대화할 수 없고 밖으로 나가면 혼자서는 찾아올 수 없는 상태로, 시설에 매여 살아간다고 했다. 어떡해야 하나. 처음 맞이하는 일이어서 난감했다. 할 수 없이 나는 서산시의사회에 문의했다.

"지난달 김홍신 국회의원이 국정감사에서 터트린 것이 그거야. 보령시에서 보육시설 장애우 다수에게 불법으로 불임 수술을 했다고 뉴스에 나왔잖어. 장애우 인권 짓밟았다고 말이야. 그런 경우는 나중에 반드시 문제가 되니까 서산의료원으로 보내."

경험이 적은 나는 의사회의 권고대로 그들은 서산의료원으로 보냈다. 그런데 점심 먹고 돌아오니 진료대기실에 보호자와 학생이 그대로 남아 있었다. 벌써 한 달 전에 학교 측에서 닦달하여 정관절제술을 하고자 의료원에 갔었다는데 충남대병원으로 가라 했다고 한다. 어떡하나, 절망하고 있을 때 원무과 직원이 동네 병원에 가서 조용히 처리하시는 것이 좋다고 귀띔해줘서 다시 찾아온 거라고 한다. 보호자의 얼굴을 보니 물러날 기색이 아니었다.

사정이야 안타까웠지만, 개인이 책임질 수 없는 일이어서 돌아가시라고 했다. 그러나 보호자는 요지부동이다. 경찰을 부르겠다고 해도 요지부동이다. 냉랭한 분위기 속에서 오후 시간이 흘러갔고 보호자는 틈틈이 들어와서 하소연한다. 그러나 나 역시 해결할 수 없는 일이어서 단호히 거절했다. 그래도 돌아가지 않는다. 할 수 없이 사무장한테 잘 설명하고 설득하여 돌려보내라 하고는 진료실로 들어왔다.

오후 6시 진료 마감시간, 사무장이 들어오더니 "원장님, 사정을 들어보니 눈물 납니다. 그냥 정관절제 수술해드리지요" 한다. 뒤따라 간호조무사도 들어오더니 "저렇게 애처롭고 불쌍한 사람은 처음 봅니다. 원장님, 눈물 없인 들을 수가 없네요. 수술 준비할게요" 한다. 사무장과 간호조무사가 한편으로 나를 몰아세운다. 아, 어떡하나. 이대로 나 혼자 퇴근할 수는 없을 것 같아 사정이나 들어보자고 했다.

보호자 김 씨는 충남 서천군 판교면의 어느 작은 마을에서 2남 1녀 중 장남으로 태어났다. 아버지는 지적장애 3급으로 시키는 일은 할 수 있었고 엄마는 지적장애 2급으로 집에서 나가면 찾아 돌아올 수 없는 사람이었다. 여동생 역시 지적장애우였는데 초등학생 때 교통사고로 세상을 떠났으며, 남동생은 지적장애 1급으로 김 씨가 어린 시절부터 키웠다고 한다.

가족 중에 비장애인은 김 씨밖에 없었다. 그는 어린 시절부터 돈을 벌러 나간 아버지를 대신하여 엄마와 동생을 돌보고 가정을 꾸려야 했다. 초등학교 졸업하고 일자리를 찾아 경기도 시흥으로 올라갔는데 그해에 엄마 역시 마을 앞길에서 교통사고로 돌아가셨다. 김 씨는 중국 음식점의 철가방 배달 보이로 출발하여 지금은 주방장으로 일하고 있다고 한다. 본인이 하루 빠지면 중국집이 하루 문을 닫아야 하는 처지인데, 동생 때문에 두 번째 결근이라고, 이러다가는 그 일자리마저 잃게 된다고, 제발 부탁한다고 사정을 한다. 듣고 보니 나도 모르게 가슴이 먹먹해지며 눈시울이 젖어 든다. 하늘은 왜 이다지도 불공평하단 말인가.

보호자 김 씨는 35세였고 남동생은 27세였다. 지적장애우라서 중학생처럼 어리게 보였던 것이다. 처지를 바꾸어 생각해보니 정관절제술은 꼭 필요하다는 생각이 들었다. 환자를 위해서도 보호자를 위해서도 그 학교 선생과 아이들을 위해서도, 그리고…. 하늘이시여, 어떡하나요. 왜 저들을 제게 보내셨나요. 책임지세요. 말이 되어 나오지 않는 말들이 머릿속에 떠다녔고 나는 보호자를 환자의 머리맡에 세웠다. 수술 중에 환자가 움직일 것 같아서였다.

보호자 김 씨가 말했다.

"아우야, 아우야, 수술 끝나면 니 좋아하는 자장면 사줄게. 아주아주 맛있는 자장면 사줄게. 아파도 조금만 참자. 움직이지 말아라, 아우야! 우리 엄마도 네가 수술받는 것을 좋아하실 거야. 아파도 조금만 참자. 형이 맛있는 자장면 많이 많이 사줄게."

그러자 동생은 수술 중에 미동도 없었다. 수술하면서 얼핏 동생의 얼굴을 보았다. 양쪽 눈가에 눈물이 흐르고 있었다. 마취했으니 그렇게 아프지는 않을 터, 자신의 운명을 아는 것일까. 마음이 아려왔다. 그런 동생의 머리맡을 지키고 있는 형도 울고 있었다. 내 눈에서도 땀인지 눈물인지 알 수 없는 것들이 흘러나와 안경이 흐려 앞을 볼 수가 없었다. 직원이 닦아주며 도와줬고, 사무장도 눈물을 훔치며 수술을 도와 간신히, 정말 간신히 마칠 수 있었다. 나도 울었고 형도 울었고 동생도 울었다. 사무장도 울었고 간호조무사도 울었다.

"하늘이시여, 왜 이렇게 모든 사람을 슬프게 만드시나요."

혼자서 말했다. 하늘이 야속했고 세상이 원망스러웠다.

그 후 십여 년의 세월이 흘렀다.

병원 직원도 바뀌고 대통령도 두세 분 바뀐 어느 날, 누군가 뵙기를 청한다기에 들어오라 했더니 50대 초반의 남자다.

"원장님, 안녕하십니까? 전에 수술받았던 장애 학생의 형 되는 사람입니다. 기억하시지요?"

깜짝 놀라 일어섰다. 맞다, 그때 함께 울었던 김 씨였다. 그는 그 일이 있고 5년 후 독립하여 경기도 시흥에 중국집을 열었다고, 한 달에 두 번 토요일에 봉고차를 몰고 내려와 그 학교 학생들에게 자장면을 만들어주었다고 한다. 동생과의 약속을 지키기 위해 아주아주 맛있는 자장면을 만들어준 것인데 동생은 1년 전 43세로 세상을 떠났다고, 오늘이 그날이라고 했다. 몇 번이나 나를 찾아왔으나 환자들이 많아 기다리다 돌아서곤 했다는 것이다. 이제는 매였던 끈에서 풀려나 자유로울 수 있으련만, 김 씨는 아직도 동생이 다니던 학교를 찾아와 자장면을 만들어준다고 한다. 동생이 없는 그곳에서 많은 동생을 위하여 자장면을 만들어준다고 한다.

모든 게 변한다더니 세월 따라 자장면도 변했다. 배구부 선생님이 사주셨던 맛있는 자장면은, 생애 첫 외식으로 먹었던 신비로웠던 자장면은, 나를 행복의 시간으로 보내주던 그 자장면은 이제 빛깔만큼이나 내 가슴을 먹먹하게 만드는 자장면이 되었다. 자장면을 보면 나는 슬

품에 빠지면서 동생을 생각하며 자장면을 만들었을 김 씨의 마음을 생각하게 된다. 그의 안부를 궁금해하면서 축복받는 그의 삶을 꿈꾼다.

제20회 우수상 수상작이다. 글쓴이 이영준은 삼성이영준비뇨기과의원 원장으로 수상 소감에서 "현장에서 경험하는 특별한 이야기들을 기록으로 남겨야겠다고 생각했다. 그러나 쓰고 지우고 또 써봐도 예쁜 청자연적은 쉽게 빚어지지 않았다. 주어진 환경에서 치열하게 생각하고 공부해야 빚을 수 있으리라. 〈두 얼굴의 자장면〉은 어떻게든 용서를 빌고 싶은 나의 고해성사이기도 하다. 활자화한다는 것에 두려움 없지 않았지만 김 씨 형제가 살아가는 우리 사회의 일면을, 그럴 수밖에 없는 형제의 아픈 삶을 이야기하고 싶어 용기를 냈다"고 말했다.

마땅히
그랬을 거야

2020년 2월 3일 밤 0시 15분, 춥고 깜깜한 겨울의 한밤중, 나는 마음 한편이 뻥 뚫린 듯 시린 가슴을 부여잡고 구급차에 몸을 실었다. 우리 병원 장기이식센터 코디네이터와 함께 장기기증에 동의한 외부 병원의 환자를 모시러 가기 위해서였다. 우리가 탄 구급차는 서울 성북구를 떠나 고속도로 위 죽전의 한 버스정류장에 잠시 멈춰 서서, 나의 대학 후배이자 아주대학교병원에서 외과 교실 생활을 같이했던 동수원병원의 외과 과장을 태웠다. 그리고 우리의 친구이자 역시 아주대학교병원의 외과 의사였지만, 지금은 포항성모병원 중환자실에 누워서 생의 마지막 순간에 장기기증이라는 생명 나눔을 하고자 하는 박승현 환자를 모시러 가기 위해 포항으로 숨 가쁘게 달렸다.

승현이가 외과 전공의 수련을 마치고 군의관을 시작한 첫해, 출근

길에 교통사고를 당하고 식물인간처럼 지내면서 투병한 지 올해로 10년째. 어느 날부터 승현이 부모님의 기도가 '하나님, 제발 우리보다 승현이를 먼저 데려가주세요'가 되었다고 하신 말씀처럼, 언젠가는 이 친구를 하늘나라로 보내야 할 날이 올 수도 있겠다는 막연한 생각을 하던 때도 있었다. 하지만, 늘 잠시 스쳐 가는 생각이었을 뿐, 한 번도 어떤 일이 어떻게 닥칠 것이라는 구체적인 상황에 대한 상상은 없었다. 더더군다나 이렇게 갑자기, 아무도 예상하지 못한 때, 나의 환자로 이 친구의 마지막을 함께하는 상황은 전혀 예상한 바가 아니었다.

2010년 가을, 비 오는 어느 날 아침, 군부대로 가는 출근길에 승현이가 몰던 승용차가 중앙선을 넘어가고 마주 오던 SUV 차량과 정면 추돌하는 사고가 났다. 빗길에 미끄러져 넘어간 것인지, 졸음운전을 한 것인지 정황은 밝혀지지 않았다. 이날은 내가 외과 간담췌 분야 임상강사를 마치고 중환자의학 수련을 위해 마취통증의학과 소속의 임상강사로 일하던 시절, 한 달간 서울아산병원으로 파견을 나갔던 첫날이었다.

"큰일 났다. 승현이가 교통사고를 당해 방금 응급실로 실려 왔어. 철수한테 소식이 닿아서 걔가 다른 병원에 실려 간 승현이 데리고 왔어. 상태가 아주 위중하니, 너도 빨리 다시 돌아와라."

철수가 바로 포항에 같이 내려간 나의 대학 후배이자 승현이의 외과 의국 동기인 친구이다. 중환자의학 스승님과 외과 식구들의 전화를 받고 그날 다시 아주대병원에 도착해서, 밤새 중환자실에 누워 있던 승현이 곁을 지키며 의학적 관리를 했다.

승현이는 하필 다른 곳은 다 멀쩡했는데, 뇌가 흔들리는 바람에 뇌 손상이 심한 'Diffuse axonal injury(미만성축삭손상)'라는 병 상태였다. '왜 하필 뇌를 다쳤을까? 차라리 배 안의 장기가 터진 출혈이었으면 우리 외과 식구들이 어떻게 해서든 살릴 수 있을 텐데…' 싶은 생각이 들었다. 그날 밤을 못 넘길까 봐 걱정이 될 정도로 생체징후가 좋지 않았고, 계속 경련을 하고 고열이 나고 해서 이 약 저 약 주느라 정말 정신이 없는 모든 상황이 많이 원망스러웠다. 밤새 병원 내 많은 동료들이 찾아와서 승현이는 좀 어떻냐고 묻고 같이 울고 그러면서 그날 밤이 흘러갔던 것까지, 이날의 모든 기억이 10년이 지난 지금도 너무 생생하다.

점차 승현이의 생체징후는 회복되었지만 의식은 돌아오지 않았다. 전신이 구축(근육이나 힘줄이 수축하면서 굳어지거나 구부러진 상태)되었고, 기관절개, 위관급관 삽입 상태로 오랜 기간 중환자실 관리를 하면서 여러 차례 폐렴 등의 죽을 고비를 넘기고 승현이는 살아났다. 하지만 식물인간 상태였다. 이후에는 지난한 재활치료가 이어졌다. 재활의학과는 한 병원에서 입원을 두세 달 이상 안 시켜준다. 다들 장기 재활을 필요로 하는 환자들이어서 기존 환자들이 계속 입원해 있으면 신환이 치료받을 기회를 잃기 때문이다. 덕분에 근 3년 동안 수도권 거의 모든 병원을 옮겨 다녔던 것 같다. 재활의학과에서 받아주는 병원이라면 어디든지 갔고, 2~3달마다 이사를 다니면서 재활치료를 받았다. 승현이 아버지가 한의사이셨고 경제적으로 여유가 있었기 때문에 가능한 일이었다.

당시 승현이 아버지는 대동맥박리증과 대동맥류로 오랜 기간 수술

등 입원치료를 하셨고, 늘 건강이 안 좋으셔서 일을 그만두고 쉬기를 원하셨던 상황이었는데, 갑자기 사고를 당한 아픈 승현이의 병원비를 마련하기 위해 계속 일을 하셔야 했다. 서울에서 재활치료를 받는 3년 동안 승현이 부모님은 주중에는 포항 자택에 머무르시면서 한의원 일을 하시고, 주말에는 승현이가 있는 서울 쪽 병원을 오시느라, 왔다 갔다 하시면서 정말 고생을 많이 하셨다. 지금 와서 돌이켜보면, 이때 계속 아픈 몸으로 무리하시면서 스트레스를 받으셨기 때문에 승현이 아버님이 암에도 걸리고 결국 대동맥 문제로 돌아가시게 된 것이 아닌가 싶다.

계속 재활에 매진한 결과, 승현이의 의식도 조금씩 회복되었다. 점차 사람들을 알아보고, 말을 알아듣고, 구축도 오른쪽 위주로만 남아, 의자에 앉을 수 있을 정도가 되었다. 기관절개도 막아서 입으로 밥도 먹고 말소리도 낼 수 있게 되었다. 상대의 말을 다 알아듣고 고개를 끄덕이기도 했고, 특히 〈개그콘서트〉 영상을 좋아해 즐겨보면서 큰 소리로 웃기도 했다. 친구들이 찾아가면 반가워하면서 울기도 했고, 대화를 나누면서, '응', '어' 등의 말로 의사소통도 할 수 있게 되었다. 승현이는 고향인 포항의 집으로 돌아갔고, 거실에 병원 침대를 두고 지냈다. 많은 친구들이 집으로 찾아가 승현이 얼굴을 보고 왔다. 나 역시 포항에 계신 부모님 댁에 갈 때 승현이 집을 방문하여, "나 드디어 결혼한다", "임신했다, 딸이야" 이런 소식을 전해주었는데, 승현이가 기뻐해주던 표정이 떠오른다.

나는 승현이와 포항제철고등학교를 같이 다닌 20년 넘는 친구이

다. 고3 말, 교무실에서 한의대 입시 원서를 작성하고 있던 내게 승현이가 다가와,

"야, 니 뭐하냐? 아버지가 한의사인 나도 의대 갈 건데, 니가 무슨 한의대야. 나 인문계여도 의대 갈 거라니까? 니도 그냥 의대 써~"

라고 말해주었고, 귀가 얇은 나는 승현이의 권유대로 결국 의대 원서로 전환해서 결국 각자 다른 의대로 진학했다.

내가 서울아산병원으로 옮겨서 외과 수련을 받을 때, 승현이는 내 권유로 나의 모교 병원인 아주대병원에서 인턴 수련과 외과 전공의 수련을 시작하여, 내가 다시 아주대병원으로 돌아가서는 한 병원에서 외과 생활을 함께했다. 그래서, 함께 아는 사람들이 많이 있었기 때문에, 승현이한테 놀러 가서 내가 아는 한에서 친구들과 지인들의 소식을 전해주면 흥미롭게 듣던 표정도 기억난다. 돌이켜보면 사고 이후 승현이의 컨디션이 가장 좋았던 이 시기에, 더 자주 승현이를 찾아가지 않았던 것이 지금 와서 너무 후회된다. 이렇게 갑자기 떠날 줄은 정말 몰랐다.

올해 2월 초, 한밤중에 청천벽력 같은 소식이 전해졌다.

"승현이 지금 포항성모병원 중환자실이래요. 이유는 명확하지 않은데 갑자기 심정지가 와서 실려 갔다고 하는데요. 어머님이랑 통화해봤는데 아무래도 상황이 심각한 것 같은데, 누나가 빨리 포항에 전화 한번 해봐요. 승현이 아버님, 이번에 위암 수술받으신다고 제가 말했었지요? 계속 대동맥 문제로 다니시던 세브란스병원에서 제가 부탁한 교수님께 이번 주에 수술 잘 받고 오늘 퇴원하시는 거였거든요. 부

모님 두 분이 KTX 타고 포항에 도착했는데, 역에 마중 나온 승현이 삼촌이 집에 안 데려다주시고 갑자기 성모병원에 내려줬다는 거예요. 승현이 부모님이 한 일주일 서울 병원에 머무르시느라 집에 안 계셨는데 어제 이런 심정지가 발생했다나 봐요."

중환자외과 교수로 일하면서 웬만한 사연에는 이골이 났다고 생각했는데도 철수의 전화에 머릿속이 텅 비는 것 같은 충격에 휩싸였다. 곧바로 승현이 어머니께 전화를 드렸는데 어머니 첫 말씀이, "승현이 안 될 거 같다"셨다. 내가 중환자실에서 보호자분들께 수도 없이 했던 말, "환자분 안 될 거 같아요", 이 말은 정말 슬픈 말이었음을 절실히 느꼈다.

어머니께서 말씀해주신 자초지종에 따르면, 무슨 이유인지 모르지만 거실에 있던 승현이에게 갑자기 호흡곤란이 와서 승현이 누나가 119에 신고했고, 심폐소생술을 40분 넘게 시행했고, 자발순환이 회복되어 지금 중환자실에 있지만 상태가 너무 안 좋다는 게 정리 내용이었다. 승현이는 이미 저산소증으로 인한 뇌부종이 발생하여 뇌사로 진행된 상태로 추정되었다.

"어머니, 승현이는 이미 뇌사인 듯해요. 제가 중환자실에서 일하면서 주로 하는 업무 중 하나가 장기기증자 관리인데요. 혹시 승현이 장기기증하실 생각이 있으실까요?"

조심스럽게 기증 의사를 여쭤봤는데, 가족들과 상의해보겠다고 하시더니 금방 기증하겠다는 연락을 주셨다. 온 가족이 그렇게도 금방 기증을 결정하실 수 있었던 이유는 단 하나였다.

"우리 승현이라면 마땅히 기증을 선택했을 거야."

승현이를 아는 병원 동료라면, 친구라면, 지인이라면 모두가 고개를 끄덕이면서 동의할 이 말, "승현이라면 마땅히 그랬을 테지".

앰뷸런스를 타고 포항으로 이동하는 내내 드는 생각은 단 하나였다. 승현이는 다만 '사랑받는 동네 의사'가 되고 싶은, 소박한 꿈을 꾸던 착한 친구였는데, 왜 승현이가 끔찍이도 믿고 의지하던 하나님은 승현이를 오랜 기간 아프게 하셨고, 이젠 데려가시려는 걸까…. 극단으로 바쁜 외과 전공의 수련 기간에도 새벽기도를 꼬박꼬박 챙기는 승현이에게,

"야, 잠 안 모자라냐? 기도할 시간에 10분이라도 잠을 더 자야지"

라고 말하면 씩 웃곤 하던 승현이한테, 하나님 정말 너무 하시는 것 아닌가 싶은 원망이 컸다.

새벽 4시, 포항에 도착해서 승현이를 처음 봤을 때, 생체징후와 전반적인 상태가 예상했던 것보다 훨씬 안 좋았기 때문에 고민이 많았다. 기증을 포기해야 하는 것 아닌가 싶은 생각이 들었다. 서울로 이송하다가 구급차 안에서 사망하지는 않을까 우려되는 상황이었다. 하지만, 포기하고 싶지는 않았다. 승현이답게 죽기 전에 생명 나눔을 하는 것, 그리고 그런 승현이를 너무나도 잘 알고 계시는 가족분들의 고귀하고 감사한 마음을 실망시키고 싶지 않았기 때문이다.

곧바로 이송하지 못하고, 포항성모병원에서 두 시간 정도 관리를 하고 겨우 상태가 조금이나마 반등하는 것을 확인한 다음에 이송을 결정했다. 내가 몸담은 고대안암병원에 모시고 와서 내 환자로 등록하고 중환자실에 단 하루 머물렀지만, 너무 상태가 좋지 않은 중환이었기

때문에 환자의 담당 교수로서도 쉽지 않은 시간이었다. 서울로 올라오는 앰뷸런스 안에서도, 병원에 도착해서도, 체외막산소공급기와 지속적 신대체요법 등을 적용하고 끝까지 의학적 관리에 매달린 결과, 신장과 조직을 성공적으로 기증할 수 있었다.

장기와 조직기증 수술이 끝난 새벽 3시 반, 나는 서울로 올라온 바로 다음 날에 또 철수와 같이 포항으로 가는 구급차에 몸을 실었다. 이제 고인이 된 친구 승현이를 모시고 포항의료원 장례식장으로 가기 위해서였다. 올해 7월, 갑작스러운 대동맥 파열로 손 쓸 틈도 없이 응급실에서 돌아가신 승현이 아버님이, 이 당시에는 위암 수술을 받으시고 퇴원한 날 이런 일에 닥친 상황이었다. 가족분들은 아버님이 잘 걷지도 못할 정도로 건강이 나빠 서울까지 올라가기 힘들고 나와 철수를 믿으니, 모든 의학적 관리와 절차를 다 맡긴다고 하셨다. 포항을 떠나서 승현이 기증 수술 잘 받고 포항에 다시 도착할 때까지 나와 철수가 승현이 보호자요, 가족이었다.

이른 아침에 포항 장례식장에 도착하여 승현이 가족분들에게 승현이를 인계하고 철수와 뜨거운 악수를 나누었다.

"우리, 승현이 잘 보내준 거 맞죠? 수고 많았어요."

고생했다고 내 등을 토닥이는 철수에게, 나 역시 이틀간 서로 의지도 많이 하고 상의도 많이 했던 든든한 동지에 대한 고마운 마음을 전달했다.

승현이가 떠나고 10개월의 시간이 지나는 동안, 승현이를 기억하고, 사람들에게 승현이의 이름을 말하고, 승현이의 사연을 전달할 일이 참 많았다. 더운 여름날에 '자랑스러운 포철고인상'이라는 모교 동문회 상의 수상자로 고인이 된 나의 동기 승현이를 추천했다. 그리고, 고등학교 동기들끼리 승현이의 이름으로 장학기금을 모아 모교에 전달하는 것이 어떨지 제안했다. 많은 동기들의 뜻을 모아 1000만 원이 넘는 장학기금이 모여서 '(故)박승현'의 이름으로 전달했고, 모교 명예의 전당에 승현이의 이름이 새겨질 수 있도록 했다. 올해 아들과 남편을 모두 잃은 승현이 어머님을 찾아뵙고 승현이의 동문상 추서 소식과 우리 동기들의 장학기금 모금 소식을 전해드리면서 어머니와 함께 많이 울었다. 고등학교 동문 사이에 이런 소식이 전해져 크게 이슈화되었고, 모두 승현이 사연을 궁금해해서 긴 글로 승현이 사연을 정리하는 동안 이 친구를 새삼 다시 떠올리면서 눈물을 훔쳤다.

10월 말, '자랑스러운 포철고인상' 수상자 시상식에 참석하여 생전 환하게 웃던 승현이 사진이 스크린 위로 띄워질 때, 정말 보고 싶은 생각에 감정이 북받쳐올라 눈물을 펑펑 쏟았다. 승현이를 떠나보낸 올해, 이 친구 때문에 운 일이 참 많았던 것 같다.

죽음은 한 사람에 대한 가장 강렬한 기억이라고 하더니, 승현이는 나의 가슴 한편에 그리움으로 박힌 것 같다. 그래도 이 친구를 떠올리면 이제 뭔가 좀 홀가분한 듯도 하고, 이상하게 마음 한편이 따뜻하게 채워지는 듯도 하고 그렇다. 그건 아마도, 언제나 마음 따뜻한 의사였던 승현이에게 마땅해 마지않는 생명 나눔을 실천할 수 있도록, 내가 조금이나마 도왔다는 자기 위안에서 오는 감정일 것이다. 승현이도 하늘나라에서 나에게 엄지척을 해줄 것이라고 믿는 자신감의 발로일 것이다. 내 친구 박승현이라면 '마땅히 그랬을 거야'라고, 정말 철석같이 믿는 자신감에서 채워지는 따뜻함일 것이다.

제20회 장려상 수상작이다. 글쓴이 이재명은 고려대학교안암병원 중환자외과 교수로 수상 소감에서 "지난번 모교 고등학교의 시상식에 고인이 된 친구가 수상자로 선정되어 사진이 나올 때는 그렇게 눈물이 나오더니, 장기기증자를 다룬 모 일간지 기사 지면에서 승현이 얘기가 소개될 때 기사로 접한 승현이 사진들에는 눈물보다 미소가 지어지는 걸 보면, 역시 시간이 약인가 보다. 유가족 예우 등 많은 이슈를 떠나서 장기 기증은 정말 숭고한 일이라는 걸 모두가 알아주셨으면 좋겠다"고 말했다.

계절근로자
Q의 이야기

"Q 님 들어가십니다."

외래 진료실 문을 열고 젊은 남자가 들어섰다. 백육십이 될까 말까한 키에 마른 체구, 까무잡잡한 피부는 물론이거니와, 동아시아인이라면 누구나 서로 한눈에 알아볼 수 있는 '동남아시아적'인 얼굴 생김새까지, 모든 것이 이 남자가 이역만리 타국에서 온 외국인임을 말해주고 있었다.

남자의 뒤를 건장한 체구의 '누가 봐도 한국인'인 남자가 따라 들어왔다. 젊은 동남아시아 여자와 그보다 약간 더 나이 든 한국 남자 부부는 농어촌 지역에서 원체 흔하다 보니 병원에서도 자주 만날 수 있지만, 젊은 동남아시아 남자와 보호자로 따라온 한국 남자의 조합은 왠지 모르게 낯설었다. '대장암 의증. 고진선처 바랍니다'라는 간결한 문

252

장이 박힌 소견서를 받아들며 나는 이 두 남자가 대체 어떤 관계일까를 생각하고 있었다.

"어디가 불편해서 오셨어요?"

의자에 앉아 좌우를 두리번거리던 Q는 내 질문에도 불안감이 가득한 눈만 껌벅거릴 뿐 대답을 하지 못했다. 뒤에 서 있던 한국 남자가 대신 말했다.

"베트남 사람인데요, 한국말을 잘 못합니다. 아니, 거의 못합니다."

어디가 불편한지는 물어봐야 진료를 시작할 거 아닌가. 시작부터 난관이다. 지푸라기라도 잡는 심정으로, 별로 그럴 거 같지 않지만, 뒤에 서 있던 남자에게 물었다.

"의사소통이 되세요?"

"아주 간단한 것들만요. Q, 어디, 아파?"

남자를 바라보던 Q가 알아들었는지 배를 쓰다듬으며 말했다.

"아파."

이로써 나는 한 번에 두 가지를 알아냈다. Q가 배를 아파한다는 것과, '아프다'는 단어의 뜻은 안다는 것. 하지만 알아내야 할 것들이 아직 수십 가지가 더 남았다. 알아야 할 것의 상당 부분은 검사 결과가 객관적으로 말해주겠지만, 환자로부터 직접 알아내지 않으면 안 되는 것들도 있다.

"다른 병은 없어요? 혈압이나 당뇨 같은 거."

알아들을 리가 없다. 역시나 뒤에 서 있는 남자가 대답했다.

"특별히 먹는 약은 없는 거 같았습니다."

그래, 삼십 대 젊은 남자가 다른 아픈 데가 있는 게 오히려 더 이상

하다.

"가족 중에 대장암 진단받은 사람 없어요?"

첩첩산중이다. 뒤에 서 있는 남자는 어깨만 으쓱할 뿐 아무런 도움이 되질 못했다. 통역으로 따라온 것도 아니면 대체 뭐 하러 따라온 것일까. 점점 더 두 남자의 관계가 궁금해지지만 그게 중요한 게 아니었다. 삼십 대 대장암 환자에게 가족력은 유전성 대장암 여부를 확인하기 위해 무엇보다 중요했다. 어떻게든 Q로부터 내가 원하는 정보를 캐내야 했다.

하는 수 없지. 나는 인터넷 브라우저를 열고, 파파고에 접속한 후, '가족 중에 대장암 진단받은 사람 있어요?'를 입력하고, 베트남어 번역을 선택했다.

—Trong gia đình có ai được chẩn đoán ung thư đại tràng không?

모니터에 뜬 글자들을 본 Q는 그제야 고개를 좌우로 흔들며 말했다. "아니."

한국에 온 지 얼마나 되었는지는 모르겠지만 그동안 Q에게 존댓말을 써준 사람이라고는 아무도 없었던 것이 분명했다. 경험의 축적을 통해 Q의 뇌에 입력된 'không'은 한국말로 '아니'였다. Q에게 '아니요'의 존재는 그저 미지의 영역이었다.

파파고의 도움을 받아 문진을 끝내고 드디어 Q를 침대에 눕혔다. 평소대로라면 2~3분 내로 끝났을 일들을 하느라 십여 분이 족히 흐르고 있었고, 나는 남은 대기환자 명단을 보며 마음이 점점 초조해졌다. 일단 루틴 랩^{routine laboratory test}과 흉부, 복부 CT 검사를 한 후에 다음 주에

254

결과 확인하러 다시 오라고 해야겠다고 생각하면서 환자의 상의를 끌어 올리는 순간, 나는 흠칫 놀라지 않을 수 없었다. Q의 비쩍 마른 몸은 이미 커질 대로 커져버린 암 덩어리를 채 가려주지 못하고 있었다. 육안으로 보기에도 도드라진 좌상복부의 주먹만 한 종양을 누르자 Q가 인상을 찌푸렸다. 나는 Q도 알고 나도 아는 한국말로 물었다.

"아파요?"

Q는 Q의 한국말로 대답했다.

"아파."

종양 주변에 압통이 분명히 나타나고 있었고 복부 전반적으로 가스가 차 있었다. 검사 예약을 하고 이대로 집으로 돌아가 다음 주까지 기다려서는 안 될 상황이었다. 응급실로 보내서 필요한 검사와 조치를 하고 입원을 시켜야겠다는 결정을 내리고 난 후에야, 나는 뒤에 서 있는 남자에게 Q와 어떤 관계인지를 물어봐야겠다는 생각이 들었다.

"두 분 관계가 어떻게 되세요?"

남자는 그제야, 물어보기를 기다렸다는 듯, Q가 할 줄 아는 한국말도 없이 이역만리 타국에서 대장암 진단을 받게 된 이유를 설명하기 시작했다.

"실은 얘가 계절근로자예요. 뱃일을 해야 하는데 하도 비실거리고 자꾸 아프다고 하니까 동네 병원을 보냈더니 거기서 에스결장경인가? 그거 검사를 받고는 대장암이 의심된다고 진단을 받은 거죠."

"그러면 같이 오신 분은 관계가…."

"아, 저는 같이 일하는 사람입니다."

문득 스치는 생각이 있어 남자에게 물었다.

"그러면 건강보험 적용에는 문제가 없는 건가요?"

"그게 문제예요. 계절근로자로 정식 절차를 밟고 데려온 거라서 4대 보험이 다 적용되니 지금은 괜찮아요. 그런데 이게 일종의 알바 같은 것이다 보니 수술받고 일도 못 할 애를 계속 고용하고 있을 의무가 사장님한테도 있는 게 아니거든요. 애를 계속 데리고 있으면 일은 못 하는데 월급은 월급대로 나가고 새로운 사람을 데려올 수는 없게 되는 상황인 거죠. 그래서 대장암이 진단되자마자 애를 내쫓으려는 걸 제가 수술이라도 받게 해주자고 사장님께 사정사정을 해서 데리고 왔습니다."

"아…. 그러면 노동 계약이 종료되면 더 이상 보험 적용은 받을 수 없는 것이네요."

"그렇죠."

"비보험 병원비를 부담하기는 어려울 테고요."

"병원비는 둘째 치고 비자 문제로 베트남으로 돌아가야 할 겁니다, 아마."

아무 영문도 모르고 이리저리 눈알을 굴리며 눈치만 보고 있는 Q의 모습이 못내 딱해 보였다. 일단 수술은 받기로 했다고 하니 뒷일은 생각하지 않기로 했다. 다시 인터넷 브라우저를 띄워 '응급실로 가세요'를 입력했다.

—Vào phòng cấp cứu đi.

Q는 모니터에 뜬 베트남어를 확인하고 꾸벅 인사를 한 후 외래 문을 나서며 말했다.

"캄사하미다."

Q에게서 처음 들은 존댓말이었다.

　수술 후 닷새가 지나고 Q는 퇴원할 수 있을 만큼 회복되었다. 그사이 많은 일들이 있었다. 응급실로 보내 찍은 CT에서는 하행결장암으로 인한 폐색 소견이 명확했고, 다발성 간전이$^{Liver\ metastasis}$가 발견되었다. 완치가 어려운 상태의 4기 대장암이었다. 폐색을 해결하기 위해 스텐트(좁아진 부위를 벌리기 위한 기구)를 넣었고, 환자의 사정을 고려해서 폐색으로 인한 장 부종이 어느 정도 빠졌다고 생각되자마자 수술을 했다. 수술 다음 날 '아파 아파'만 반복하던 Q는 이틀날이 되자 '아파'라고 했고 삼 일째에는 '초큼 아파'라고 했다. 나는 Q가 '아파' 외에도 '초큼'이라는 말도 할 줄 안다는 것을 수술 후 삼 일째 되던 날 처음으로 알았다. 그리고 닷새째가 되자 Q는 병동을 활보하며 이젠 별로 아프지 않음을 온몸으로 알렸다.

　하지만 그것은, 역설적이게도, 이제 Q가 베트남으로 돌아갈 때가 되었다는 뜻이기도 했다. 절제가 불가능한 다발성 간전이가 있는 상황에서 언제까지 계속해야 할지 모르는 항암치료를 위해 Q를 계속 고용할 고용주는 세상 어디에도 없을 것이었다. 단기근로비자로 체류 중인 계절근로자의 특성상 근로 계약이 끝나면 베트남으로 돌아갈 수밖에 없다. 이리저리 알아보았지만 뾰족한 수가 없었다. 내가 해줄 수 있는 일은 여기까지였다.

　"내일 퇴원하세요."

　회진 때 내가 무슨 말을 해도 '아파', '초큼 아파' 외에는 눈만 끔벅이던 Q가 어쩐 일인지 핸드폰을 꺼내 들며 부산스럽게 굴었다. 본인도 답답한지 알아듣지도 못할 베트남어로 몇 마디 하다가 핸드폰으로 어딘가 전화를 걸어서는 나에게 건네주며 받아보라는 시늉을 했다. 내가 영문을 모르겠다는 표정을 짓자 Q가 말했다.

"통익. 통익."

전화기 너머로 다소 서툰 억양의 한국어가 들려왔다. 국제진료협력센터에서 연결해준 통역사였다.

"여보세요. 통역입니다. Q 환자가 앞으로 치료가 어떻게 진행되는지를 궁금해하시네요."

그래, 얼마나 궁금할까. 통역사가 상주하는 것이 아니다 보니 Q는 궁금한 것을 속 시원히 물어볼 기회가 많지 않았다. 무슨 말을 해도 알아듣지 못하고 어색한 미소만 짓는다는 것을 알기 때문에 그동안 회진 때에도 특별한 설명을 해주지 못했었다.

나는 전화 너머의 통역사에게 Q의 현재 상태와 앞으로의 치료 계획에 대해 상세히 설명했다. 대장암을 절제했고, 수술 후 문제없이 회복되었고, 절제가 불가능한 간전이가 여전히 남아 있고, 항암치료가 필요한 상황인데, 계절근로자 계약은 종료될 것이고, 비자 문제는 해결이 어렵고, 불법체류자가 되기 전에 베트남으로 돌아가야 하고, 따라서 앞으로의 치료는 베트남으로 돌아가서 받아야 할 것이라고, Q가 아닌 통역사에게 말했다. 아니, 사실 그것은 앞으로의 치료 계획이라고 하기는 어려웠다. 앞으로의 계획은 맞지만 그 계획 안에 '치료'는 없었다.

전화기를 받아든 Q는 베트남어로 한참을 이야기했다. 다시 건네받은 전화기 너머로 통역사가 말했다.

"Q 님은 한국에서 치료받고 싶다고 하시네요. 방법이 있을 거라고, 꼭 여기서 치료받게 해달라고 합니다."

그럴 수만 있다면 나도 그러고 싶다. 하지만 방법이 없다. 고개를 좌우로 내저으려고 하는데 불안감에 간절함이 더해진 Q의 눈과 딱 마주치고 말았다. Q는 한 번도 배운 적 없는 한국말을 표정으로 말하고 있었다.

'제발.'

아, 나는 이 베트남 청년의 희망의 싹을 도저히 단칼에 잘라버릴 수가 없었다. Q는 내가 아니어도 결국에는 누군가를 통해 한국에서는 더 이상의 치료가 어렵다는 사실을 전해 듣게 될 것이었다. 그 사실을 전해주는 당사자가 나는 아니었으면 했다. 결국 나는 사실을 있는 그대로 말하지 못하고 비겁해지는 길을 선택했다. 통역사에게 '알아들었으니 내일 퇴원하고 2주 후에 외래로 오라고 해달라'는 말만 남기고 전화기를 Q에게 넘겨준 채 도망치듯 자리를 피했다.

2주 후 Q가 외래로 왔다. 지난번에 같이 왔던 '누가 봐도 한국인'인 남자가 이번에도 동행했다. 반가움에 미소 지으며 물었다.

"식사 잘 하세요?"

Q는 또 눈만 멀뚱거리고 있다. 그래, 내가 잘못했다. 오른손으로 밥 먹는 시늉을 하며 다시 물었다.

"밥!"

Q는 알아들었다는 표정으로 고개를 끄덕이며 Q의 한국말로 대답했다.

"초큼."

옷을 걷어 올려보니 다행히 수술 부위도 잘 아물었다. 이제 항암치료를 받을 일만 남았다. 그럴 리가 없지만 혹시나 하는 마음에 뒤에 서 있는 남자에게 물었다.

"항암치료는 어떻게 하기로 하셨어요?"

남자는 별수 없다는 표정으로 대답했다.

"아마 오늘 진료가 한국에서 받는 마지막 진료가 되지 않을까 싶어요. 사장님 입장에서도 어쩔 수 없으니까요. 베트남으로 돌아가는 비행기 알아보고 있습니다."

역시나 안 되는 건 안 되는 것이다. 인터넷 브라우저를 열어 번역기에 내 마지막 말을 입력했다.

"대장암 수술은 잘 되었고 아무 문제 없이 회복되었으니 베트남 가서 항암치료 잘 받으세요."

Q도 뭔가 하고 싶은 말이 있는 표정이었지만 진료실 컴퓨터에 베트남어를 입력하는 기능은 없었다. Q는 머뭇머뭇 입술만 달싹이다가 이내 단념한 듯 일어서며 말했다.

"캄사하미다."

Q에게서 들은 두 번째 존댓말이었다.

세상 모든 환자를 구해내겠다는 영웅심에서 시작한 외과 의사의 길인데, 현실의 벽은 만만치 않다. 나는 세상 모든 환자를 구해내지 못하는 것은 물론, 내 눈앞의 환자도 모두 구해내지 못하고, 때로는 할 수 있는 치료를 더 이상 해주지 못하고 환자를 보내기도 한다. 모든 이를 구해내리라는 허황된 꿈에서는 깨어난 지 오래지만, 내 눈앞의 환자에게 내가 해줄 수 있는 치료를 다 하지 못하는 현실은 씁쓸하기 짝이 없다.

찬 바람이 불기 시작하는 계절이 되면 Q의 한국말이 '초큼' 생각날 것 같다.

제20회 장려상 수상작이다. 글쓴이 이수영은 화순전남대학교병원 외과 교수로 수상 소감에서 "대학병원 교수로 일하며 다양한 환자들을 만났다. 그중에는 말이 잘 통하지 않는 외국 사람들도 꽤 있다. Q 역시 그중 한 명이었다. 모든 이를 구해내리라는 허황된 꿈에서는 벗어났지만, 현실적인 제약으로 인해 내가 할 수 있는 치료를 다 해주지도 못하고 환자를 보낼 때는 참으로 괴롭다. 의사 생활 십여 년 동안 배운 것이 있다면, 세상에는 어쩔 수 없는 일이 참 많다는 것이다. 현실은 교과서가 아니지만, 현실에 타협하고 순응해가는 내 모습은 여전히 씁쓸하기만 하다"고 말했다.

여기가
여관인 줄 아세요?

이리저리 늘어진 링거 줄, 깜빡거리는 바이털 사인 모니터, 그 아래 산소마스크를 쓰고 누워 있는 환자.

'어라? 원래 이렇게 왜소했나?'

힘들어 주저앉고 싶을 때면 언제라도 안아주고 다독여주는 분, 널따란 품을 가진 거인, 엄마는 절대 깨지지 않을 쇳덩어리인 줄 알았다. 사 남매를 혼자 키워내고, 철의 삼각지 전투에서 눈을 다쳐 20대 초반에 실명하신 아버지를 여든이 넘도록 돌봐왔으니. 그런 엄마는 이제 없다. 무릎이 퉁퉁 부어 잘 걷지 못하고 심장 혈관이 막혀 시술받은 환자, 자칫하면 부서질 것 같은 유리였다.

"바쁜데 왜 왔어?"

산소마스크를 거쳐 나오는 목소리에 힘이 하나도 없다.

262

"엄마 보러 왔지."

"병원은 어쩌고?"

늘 내 걱정부터 하신다.

"대신 보는 의사를 구해놨어요."

엄마랑 같이 지낸 시간이 철들고 나서 얼마나 될까. 명절에나 겨우 왔다 길이 막힌다고 부리나케 돌아가는 게 전부인 것을. 며칠이라도 같이 있고 싶어 대진의를 구했다. 전화로 이래라저래라 하는 것보다 직접 간병하면 치료에 더 도움이 되겠지 하는 계산도 있었다.

4인실 내과 병동, 습기를 잔뜩 머금은 듯 공기가 무겁고 답답하다. 59세 간경화, 66세 당뇨합병증, 78세 만성 폐쇄성 폐질환, 그리고 엄마. 사연은 달라도 호칭은 다 같다. '환자.'

"아부지 저녁은?"

"아이참! 지금 아부지 밥걱정할 때야?"

"밥은 먹어야지."

반려견이 주인이 매놓은 목줄 이상을 벗어나지 못하는 것처럼, 엄마의 생활 반경은 아무리 길어야 반나절 거리다. 밭에 가도, 마실을 가도, 장엘 가도 때가 되면 얼른 돌아와 아부지 밥부터 챙겨야 한다. 평생 해온 습관은 환자가 돼도 어디 안 가는가 보다.

불이 꺼지고 TV도 꺼져 소음이 잦아든 병실에 하나둘 잠이 찾아들었다. 보호자 침대에서 이리 뒤척 저리 뒤척 선잠을 자는데 "쿵!", "터-억!", "어이쿠!" 하는 소리에 놀라 일어났다. 엄마가 링거대와 함께 바닥에 쓰러져 있다.

"엄마, 왜 그래?"

"화장실 가려고."

"왜 안 깨웠어요?"

"곤하게 자는 거 같아서."

간호사가 달려오고 환자들은 잠을 깨 웅성거리고, 한바탕 소란을 피운 후 다시 조용해졌다. 잠은 멀찍이 달아나고 상념은 더 멀리 시골 집 하늘을 난다.

엄마는 그냥 지나가는 사람에게서 "아주머닌 관상이 참 좋네요. 공부만 했더라면 한 가닥 했을 분입니다"라는 말을 여러 번 들었다고 한다. 평소에도 짬이 나면 "홍도-오-야-아 우지마-아라", "뱅-마-강 다-알-바-암에"를 부를 정도로 흥이 넘치고 우스갯소리를 잘해 좌중을 들었다 났다 하는 분이다. 외할아버지에게 배운 '가갸거겨'를 기초로 스스로 한글을 깨쳐 '바더보아라. 잘 지내고 인느냐'라고 쓸지라도 자식들과 편지를 주고받는 엄마고, 춘향전을 아무리 듣는다 한들 책 속에 들어 있는 참 재미를 모르는 아부지를 위해 책방엘 가는 아내다. 한문은 '너 죽인다'고 써놔도 알 수가 없다며 갑갑해하면서도 갑자^{甲子}, 을축^{乙丑}은 언제고 며칠 있어야 입춘^{立春}인지 알고 싶어 하는 아부지를 위해 독학을 해, 농협에서 주는 간지달력을 척척 읽어내는 학생이셨다. 무학이지만 생활기록부엔 체면상 학력을 국졸로 썼는데 실력은 고졸 뺨칠 거다.

"아이고 할머니, 한자도 쓰실 줄 아세요?"

"나 하버드 나왔잖어!" 해서 동사무소를 웃음바다로 만드는 넉살.

이런 엄마한테 아부지 밥이 무슨 대수라고, 아들이 잠을 못 자면 어

264

찌 될까 봐 병실에서조차 당신은 뒷전이요. 하루라도 오롯이 당신을 앞세울 수 없던 엄마의 삶이 애처롭고, 엄마의 운명이 야속했다.

"어제 넘어지셨다는데 괜찮으세요?"

"괜찮으신 거 같은데 밤에 변에서 피가 나왔다고 하세요."

"그래요? 할머니, 어떠세요? 배 안 아프세요?"

"안 아퍼요. 아침도 다 먹었는걸요."

같이 온 주치의에게 교수님은 내시경을 준비하라며 회진을 끝냈다.

내시경이라? 엄마는 아버지와 우리 남매들이 속이 쓰리다, 배가 아프다, 소화가 안 된다고 하면 '뭔 사람들이 그리 약해빠졌냐!'며 혀를 차던 분이다. 대장내시경 준비를 위해 장 세척제를 가져온 간호사에게 주치의 면담을 신청했다.

"선생님, 내시경을 보류해주세요. 엄마가 안 아프다 하고, 여기저기 눌러봐도 이상 없는 거 같아요."

"혈변이 나왔으면 어디가 문젠지 확인해야 합니다."

"혹시 심장 때문에 드시는 아스피린 때문은 아닐까요?"

"보호자분이 어떻게 아세요?"

"저도 내과는 아니지만 의사입니다."

"그러세요? 그럼 제 입장을, 3차병원의 입장을 더 잘 아시겠네요?"

"네. 그렇지만 별일 아닌 거 같고, 더구나 무릎 때문에 잘 걷지를 못해 장 세척제를 먹고 계속 화장실을 다니는 건 힘들 것 같아요. 환자 상태를 고려해 좀 연기해도 될 듯합니다."

"안 됩니다. 보호자분이 주치의까지 하려 들면 우리가 치료를 못 합니다."

너무 나섰나 싶어 입을 다물었다. 다음 날도 그다음 날도 엄마는 별 이상이 없고 혈변도 나오질 않아 내시경을 하느니 마느니 실랑이를 하다 결국 유야무야됐다.

뭔 피를 아침마다 뽑고 온종일 검사만 하러 다니냐, 치료하러 온 건지 검사하러 온 건지 모르겠다며 투덜대는 여동생에게 대학병원은 원래 그렇다고 말했지만, 막상 보호자가 되고 보니 의사인 나도 같은 느낌이 들었다.

평소 소아청소년과 진료를 하면서 환자가 밤에 아파서 응급실에 갔었다고 하면 어떤 약을 받아왔는지 무슨 검사를 했는지 물어본다. 대답은 한결같다. 열나면 피검사와 소변검사, 배 아프면 엑스레이, 기침해도 엑스레이, 머리 아프면 CT 등. 응급이 아니더라도 응급실에 오면 응급환자로 예단하는 진료. 하긴, 나도 대학병원에 있을 땐 그랬다. 병이 있는지 없는지, 있다면 어떤 병인지를 최종 판단해야 하는 대학병원의 입장이 있긴 하지만, 판에 박힌 기계와 다름없는 진료라는 생각을 지울 수 없다.

의사들은 원격진료를 반대한다. 환자 진료라는 게 컴퓨터 화면을 통해 고장 난 부위를 찾아내는 것 같은 디지털 방식이 아니라, 의사와 환자가 마주 앉아 보고 듣고 만져보고 두드려보며 직접 소통하는 아날로그적이어야 한다는 데 더 방점을 두기 때문이다. 그럼 원격진료를 하지 않는 지금 그런 진료를 하고 있나? 원격진료를 반대하기에 앞서 의사들은 이 질문에 대답부터 먼저 해야 한다.

주치의가 회진을 와 주말쯤 퇴원하시란다. 심장은 좋아졌지만 무

266

륜이 완전치 않아 더 있겠다고 하자, 곁에 있던 간호사가 대뜸 "여기가 여관인 줄 아세요?" 하는 게 아닌가. 차마 바로 대꾸는 못 하고 병동 스테이션에 있는 수간호사에게 간호사가 어떻게 그런 말을 하나 항의를 했다.

이튿날 아침 회진 시간, 여기선 더 이상 해줄 게 없으니 필요하면 요양원으로 가라며 덧붙이기를, 사실 병실료가 여관비보다 싸다고 교수가 간호사보다 한술 더 뜬다. 간호사가 어제 한 말에 대해 내심 사과하기를 기대하고 있다가 듣게 된 전혀 생각지도 못한 발언에 병실료를 내가 정하기라도 한 것처럼 잠자코 있을 수밖에. 처치가 끝나고 검사도 더 이상 할 게 없어 치료만 받는 환자에게 의사와 간호사가 번갈아가며 퇴원을 종용하는 진료가 영리병원과 어떤 차이가 있으며, 이러면서 제주도가 하려는 영리병원은 무슨 낯으로 반대를 해 무산시키는 데 일조를 했는지.

원무과에 내려가니 교수님이 퇴원하라 했으니 따라야 하지 않겠느냐, 부탁하신 1인실은 언제 날지 모른다, 지금도 입원 대기환자가 수십 명이 넘는다는 하나같이 실망스러운 소리만 골라서 한다. 대학병원이 아픈 사람을 치료하는 데가 아니라 마치 컨베이어 벨트에 실려 끊임없이 밀려드는 고장 난 물건을 수리하는 A/S 센터 같고, 컨베이어 벨트가 한 바퀴 돌고 나면 원하든 원치 않든 튕겨져 나와야 하는 심정이랄까.

여동생과 손을 바꾸고 병원을 나섰다. 병실과 달리 공기는 맑고 상쾌했지만 마음은 천근 짐을 진 것처럼 무거웠다. 좋은 시설에서 편안하게 치료받게 해드리고 싶단 바람을 이루지 못해. 엄마는 언제나 날 안아주고 다독여주었는데, 나는 엄마에게 그러질 못하는 죄송함으로.

자동차 백미러엔 잘 가라며 손을 흔드는 엄마가 아니라 거대한 병원 건물만이 비치고 있었다.

제19회 장려상 수상작이다. 글쓴이 유인철은 유소아청소년과의원 원장으로 수상 소감에서 "일기 쓰기를 대학교 때 그만뒀다. 결정적인 이유는 더 이상 내 부끄러운 하루를 솔직히 고백하지 못한다는 것, 다시 말해 진실하지 못한 일기는 쓸 필요가 없다는 거였다. 일기를 못 쓴다는 건 내가 걷는 길이 똑바르지 못하고 삐뚤삐뚤하다는 것이다. 이 상은 글쓰기에 대한 격려이자 정신이 번쩍 드는 따끔한 매라고 생각한다. 자신을 대충이 아니라 온전하게 다 보여주는 글을 쓰라는 충고로 알겠다. 그러면 앞으로 걸어갈 길도 덜 삐뚤거리고 차차 똑바르게 될 수도 있겠지"라고 말했다.

268

다녀올게

여느 때보다 차분했던 추석 연휴 다음 날이었다. 가족과 레일바이크를 타며 가을 정취를 만끽했던 추억이 담긴 사진을 보고 있을 때, 원장님 발신자로 휴대폰이 울렸다.

"선생님, 오늘 501호 ○○○ 환자 보호자, 외래 진료 보셨죠?"

"네. 몸살감기 같다고 해서 제가 목이 부었나 설압자로 편도를 좀 봤어요."

"아⋯. 그 보호자 코로나 확진이래요. 그분 말고도 여러 명 확진자가 나왔다고 하네요. 선생님 가족들도 조심스러우니, 일단 병원으로 오시는 건 어떨까요?"

"네, 알겠습니다⋯."

전화를 끊고 드디어 올 것이 왔음을 직감했다.

해외여행 때나 쓰던 먼지 쌓인 트렁크를 이럴 때 쓸 줄을 상상도 못했는데, 옷장에서 손에 잡히는 대로 속옷과 여벌의 옷을 트렁크에 집어넣었다. 퇴근한 아빠가 표정이 굳어져 다시 병원에 간다니 딸들도 무언가 낌새를 느꼈는지, 엄마한테 귓속말로 묻기만 한다. 마음 같아선 꼭 안아주고 양 볼에 뽀뽀도 해주고 싶었지만 혹시 몰라 멀찍이 떨어져 "여보, 너무 걱정하지 마. 애들아, 아빠 다녀올게" 하는 외마디 인사와 함께 집을 나섰다.

반쯤 불이 꺼진 병원 지하주차장의 구부러진 램프는 어느 때보다 음산했다. 도착해보니 상황은 생각보다 심각했다. 당일 5층에서만 8명이 확진되어 방역 당국에 신고했다. 병원장님은 레벨 D 방역복 차림으로 병원에 복귀한 직원들에게 코로나 검사를 시행하고 계셨다. 검사받을 때 코를 후벼 파는 듯한 달갑지 않은 기분이 앞으로 2주간의 병원 생활을 짐작하게 했다.

"제가 일단 5병동으로 들어갈게요. 5층 수간호사는 저랑 같이 올라갑니다."

병원의 수장으로서 홀로 책임을 짊어지고 미지의 코로나 적진으로 달려 들어가는 병원장님의 뒷모습이 안쓰러웠다. 그날부로 5병동은 코호트 격리되었다.

다음 날 10월 6일. 환자, 직원, 간병인, 보호자 포함 500여 명 인원의 전수검사가 시행되었다. 다행히 4병동은 모두 음성이었지만 3병동에선 2명이 확진되었다. 얼마 시간이 지나지 않아 재활병원의 감염 취약성 때문인지 진료실과 원무과, 검사실이 위치한 2층을 제외한 전 병동이 코호트 격리되었다.

코호트라는 단어는 16년 전, 본과 1학년 예방의학 시간에 처음 접했다. 로마의 보병대 군단을 뜻한다고 했는데, 말로만 듣던 코호트 격리가 내가 일하는 병원에서 일어나다니 씁쓸했다. 안부를 묻는 선후배, 지인들의 문자가 쉬지 않고 울렸다. 실검 1위라니… 한숨만 나왔다.

모든 병동이 코호트 격리되면서 각 층에 의사가 1명씩 배치됐다. 무슨 영문인지도 모르는 환자 보호자들에게 방호복을 입고 코로나 브리핑 회진을 돌며 이렇게 말했다.

"뉴스로 보신 것처럼 우리 병원에서 집단감염이 발생했어요. 각 층은 동일집단격리에 들어가게 돼서, 저를 포함해 여기 의료진 8명과 함께 14일 동안 3층에서만 지내셔야 합니다. 이런 불미스러운 일이 일어나서 안타깝고 죄송합니다. 힘드시겠지만, 이제 한배를 탔으니 2주 동안 잘 생활해봅시다."

역정을 내시는 분들도 있었지만, 시간을 되돌릴 수 없기에 대부분 숙명이라는 듯 받아들이는 모양새다. 앞으로 최소 2주는 각 병동의 모든 인원이 외부 출입을 통제받을 뿐만 아니라 층간 이동도 폐쇄된다. 식사가 일회용 식기에 담겨서 엘리베이터로 내려오면 301호부터 319호까지 방별로 식수 체크를 한 다음 병실 앞에 두고 의료진이 다시 수거해 엘리베이터로 쓰레기를 내리는 일이 반복되었다. 며칠이 지나 코호트 격리도 어느덧 일상이 되니 환자들의 생필품, 간식, 기저귀가 엘리베이터로 도착하면 우리가 또 병실에 택배 배달한다.

"301호 □□□ 님. 기저귀 도착했습니다. 생수도 있네요."

환자들도 이런 모습이 생소한 듯, 머쓱하니 고맙다고 인사한다. 간

혹 보호자가 의료진을 위해 올려주는 간식이 정겨웠다. 방역기로 소독하는 일도 맡게 되었다. N95 마스크를 쓰고 페이스실드에 비닐가운까지 하니 환자들이 처음에는 방역 업체에서 들어왔는지 살펴보다가, 어디서 많이 본 걸음인지 뚫어지라 쳐다본다. 담당 주치의가 방을 소독해주니 이 모습도 신기한 눈치다.

그래도 직원들은 병동 복도라도 걸을 수 있지만 환자, 보호자, 간병인들은 화장실이 있는 병실 밖으로 나오지도 못하고 2주간 격리될 수밖에 없다. 5분가량 이어지는 각 방의 방역시간이 유일한 합법적인 복도 외출시간이다. 옆 병실 환자들과 눈인사하는 환자들과 보호자들, 간병인들이 얼마나 힘들었을지…. 자가격리 수칙을 잘 따라주는 것만으로도 감사했다.

그러던 중 5병동의 상황이 점점 악화됐다. 일정 기간을 두고 시행된 검사 때마다 확진자가 무더기로 나오는 것이 아닌가. 원장님께 5층 상황을 물어보니, 가히 난민촌 같다고…. 급기야 쉬지 않고 일하던 책임간호사가 확진 판정을 받고 시설로 이송되었단다. 병원의 간호사들 대부분이 자가격리 대상자라 일할 사람이 없는데 자기만 편하게 쉬게 되는 것 같아 미안하다고 보낸 문자를 보니 마음이 먹먹해진다.

밀려오는 파도같이 5병동의 확진자는 끊이지 않고 발생했다. 무증상 감염자가 다수라 멀쩡해 보이는 옆자리 환자도 검사 전까진 확진 여부를 알 길이 없었다. 눈에 보이지 않는 바이러스가 아니라, 훨씬 전염력이 강한 불안과 공포가 우리의 주적이 되어버렸다. 확진되는 족족 공공병원으로 이송됐지만, 2~3일 뒤 전수검사를 하면 다시 원점으로 돌아가니 헤어나올 수 없는 미로에 갇힌 것만 같았다. 다행히 방역 당국의 용단으로 확진 여부와 상관없이 병동 인원 전체를 공공병원으로 이송하기로 결정했다. 119 구급차 수십 대의 이송 작전이 이뤄진 뒤 5층은 폐쇄되었다.

3병동은 10월 6일부터 21일 격리해제 전까지 4번의 전수검사가 이뤄졌다. 검체 수집 전, 마치 전열을 가다듬고 전투에 임하는 부대같이 우리 8명은 코로나 전투복인 레벨 D 방호복을 입고 비닐가운을 걸친 뒤 양손에는 장갑, 진단키트 그리고 헬멧과 같은 페이스실드를 착용하고 각 방으로 들어갔다. 새벽마다 와서 콧구멍을 후벼대고, 인후벽을 긁으니 그 누가 반가우랴. 급기야는 "선생님…. 두 번째 검사했을 때가 제일 안 아팠는데 그렇게 해주세요"라는 환자도 있었다.

'저도 그러고 싶은데… 죄송해요. 정확한 검사가 우선이니….'

검사 후 한참을 양손으로 얼굴을 감싸고 괴로워하는 환자의 모습을 보는 것도 쉽지 않은 일이었다.

10월 중순 새벽이었는데도 불구하고 방호복을 입고 100여 건의 검사를 하고 나면, 어느 정치인이 그랬던 것처럼 속옷이 땀으로 흠뻑 젖는다. 검사 당일 저녁 8시쯤이면 결과를 알 수 있지만, 왜 이렇게 시간은 더디 가는지…. 솔직히, 누구라도 확진되면 이 생활이 14일 연장되기 때문에 더 초조해졌다.

드디어 10월 20일 새벽, 3병동 마지막 검사가 시행되었고, 전원 음성판정으로 21일 12시, 16일 만에 격리가 해제되었다. 드디어 굳게 닫힌 철문 너머의 계단을 내려갈 수 있었다. 오랜만에 느껴지는 대퇴사

두근의 긴장이었지만, 다소 차갑게 느껴지는 공기 덕분에 상쾌했다.

병원은 점차 안정을 찾아갔다. 뿔뿔이 흩어졌던 5병동 환자들이 마치 철새같이 다시 우리 병원으로 돌아왔다. 사실 그들에겐 다른 선택지가 없었다. 환자들에겐 지속적인 재활치료가 필요했지만 우리 병원이 아니면 받아줄 병원도 없었다. 집으로 가지 못하니 다시 올 수밖에.

그중에 △△△ 할아버지는 그 병실 8명 인원 중 유일한 음성 환자였다. 나머지 7명은 모두 확진받아 코로나 관련 치료를 받았는데, 그중에는 안타깝게도 △△△ 할아버지를 극진히 간병한 할머니도 있었다. 그런데 시간이 흘러도 할머니는 간병하러 돌아오지 않으셨다. 주치의 선생님을 통해 듣자 하니, 중증 환자로 여전히 인공호흡기에 의존하고 있으시단다.

회진을 돌 때 할아버지가 나지막한 목소리로 묻는다.

"의사 선생, 나한테 솔직히 좀 말해줘. 우리 집사람 어디 있는 거요?"

"아버님, 시골에 가서 쉬고 계신다고 해요. 좀 더 기다리시면 오실 거예요."

딸의 부탁으로 그렇게밖에 설명을 못 하지만 코로나바이러스로 인해 개인의 소소한 삶이 어떻게 망가지는지 볼 때 우리 병원의 코로나 후유증은 여전히 진행 중이다.

10월 21일, 보름이 지나서야 나는 딸내미들을 꼭 안아주며 집을 나설 때의 약속을 지킬 수 있었다. 같이 밥을 먹고, 마주 보며 웃을 수 있고, 한집에서 지낼 수 있는 일상이 이토록 그립고 소중한 것인지 코로나로 확실히 배운다.

그리고 5병동 할아버지, 할머니도 평생을 함께한 약속을 부디 지키시길 소망한다.

'영감…. 다녀올게.'

제20회 장려상 수상작이다. 글쓴이 이도홍은 마스터플러스병원 재활의학과 전문의로 수상 소감에서 "우리 병원은 코로나의 긴 터널을 지났지만, 지금도 입원환자가 열이 나면 이 터널을 또 마주할까 노심초사한다. 방역 수칙을 철저히 지킨다 하더라도 감염의 취약성 때문에 집단감염이 생길 수 있는데, 그것으로 낙인이 찍힐까 불안한 마음, 또 확진된 고령의 환자들이 잘 버텨낼 수 있을지 걱정되는 마음이 지금 코호트 격리된 모든 의료진에게 있을 것이다. 체력적으로 정신적으로 많이 지칠 텐데 힘내시길 바란다"고 말했다.

자운영꽃들처럼

창밖으로 연분홍색 꽃들이 지천으로 피어 있는 풍경이 지나간다. 오월에 남도 지방의 논밭에 가장 많이 피어 있는 꽃이 자운영이다. 자운영이 지천으로 피었다는 것은 곧 논갈이가 시작된다는 것이다. 논들은 쟁기에 갈아엎어질 것이고 꽃들은 흔적도 없이 사라질 것이다.

하지만 왠지 자운영꽃을 보고 있으면 평온하다는 생각이 든다. 연분홍색의 옷감을 펼쳐놓은 듯한 아름다움에 흠뻑 젖어 들어 눈을 감고 있으려니 한 사람이 생각났다.

강 씨라는 사람이었다. 자운영꽃을 좋아하는 자운영꽃 같은 사람이었다. 오래전 노숙인 및 쪽방 주민 무료진료소에서 진료하다 강 씨를 처음 만났다. 강 씨는 60대 중반으로 쪽방 생활을 아주 오랫동안 했다. 거의 20대부터 계속하고 있으니 쪽방 생활이 본인의 삶 대부분을 차지했다. 성격은 매우 차분하고 말수가 아주 적은 편이었다. 강 씨는 어릴 적부터 소아마비를 앓아 한쪽 다리가 불편한 장애가 있었고, 장애연금 받는 것과 작은 일을 하면서 돈을 버는 것으로 생활했다. 작은 일이란 주위 화예원에서 부르면 가서 화분 갈이나 사소한 일들을 도와주는 것이었다. 꽃과 나무를 아주 좋아하는 사람이었다. 얼마 전엔 예쁘게 꽃이 핀 난 화분을 하나 가지고 와서 나에게 준 적도 있었다. 진료가 있는 날에는 특별한 용건이 없어도 진료소에 와서 진료가 끝날 때까지 있다 가곤 했다.

강 씨는 어릴 적 시골에서 태어나 초등학교를 다 마치기 전에 집을 나와 떠돌이 생활을 했다고 한다. 어릴 적 아버지는 술주정뱅이로 집은 매우 가난했으며 어머니는 그런 아버지를 버리고 도망가버렸다고 했다. 아버지가 죽고 도시로 나와 지금까지 지내고 있었다. 그래도 작은 쪽방이라도 있고 도와주는 사람이 있어 지금이 가장 좋은 시절이라고 했다. 고향이 전라도 시골인 우리 집 앞에도 언제나 오월이 되면 자운영꽃이 지천으로 구름처럼 피어 있었다. 자기는 어릴 적 본 자운영꽃이 아직도 가끔 생각난다고 했다. 집 앞 들판에 지천으로 피었던 연분홍색 꽃이 어릴 적 기억 중 유일한 좋은 기억이라고 했다. 강 씨 쪽방에 가보면 언제나 작은 꽃 화분 몇 개쯤은 놓여 있었다. 쪽방과는 어울리지 않는 풍경이었지만 나와는 금방 친해질 수 있는 매개가 되었다.

그러던 어느 날 갑자기 강 씨로부터 급하게 쪽방으로 좀 와달라는 연락이 왔다. 자기 동생 때문이라고 했다. 강 씨에게는 유일한 혈육인 남동생이 하나 있었다. 동생과는 계속 떨어져 살다가 나이가 들어 몇 년 전부터 가까운 쪽방에서 같이 생활하고 있었다. 동생은 강 씨와는 성격이나 행동이 전혀 달랐다. 진료소에 온 적도 거의 없었고 술을 좋아하는데 술만 먹으면 갑자기 난폭해져서 가까이하는 사람이 별로 없었다. 그는 주로 저녁에 포장마차를 이동해주는 일을 하며 생활하고 있었다. 장사를 시작하기 전 초저녁에 옮겨주고 장사가 끝나는 새벽에 다시 리어카보관소까지 이동해주는 일이었다. 리어카 하나를 한 달 동안 이동해주고 칠만 원을 받고 있었다. 그 일도 아무나 할 수 있는 것이 아니었다. 어릴 적부터 조폭 생활을 하다가 나이 들어 그곳 사람들의 배려로 가능한 일이었다. 방세로 십오만 원을 내고 나머지로 의식주를 해결하고 있었다. 술만 먹으면 주위 사람들과 싸움을 하고 괴롭혀 형님하고도 그 일로 여러 번 언성을 높이기도 했다. 거의 밥을 먹지 않고 술로 지내는 날이 태반이었다.

그런 동생이 이상하다는 연락이었다. 얼마 전부터 일도 하지 않고 계속 술만 먹고 방에 쓰러져 있다는 것이었다. 동생이 사는 쪽방으로 형님과 같이 갔다.

"안녕하세요. 쪽방상담소에서 왔습니다."

방문을 열고 인사하자 심한 냄새가 코끝을 자극했다. 눅눅한 곰팡이 냄새였다. 습한 방 안 공기 때문인 것 같았다. 그는 파리하게 마른 나무처럼 초췌한 눈빛으로 우리를 바라보았다. 쪽방 한구석에 술에 취해 멍하니 웅크리고 앉아 있었다. 두 평 남짓한 방바닥에는 언제부터 깔려 있었는지 얼룩이 심한 이불이 뒹굴고 있었다. 방구석에 놓인 휴대용 가스레인지엔 냄비가 올려져 있었다. 냄비에는 언제 먹었는지 모르는 라면 면발이 말라붙어 있었다. 어디서 구했는지 검은 봉지 안에는 김치 몇 조각이 남아 있었다.

"방에 잠시 들어가도 되겠습니까?"

방바닥에는 한 사람이 앉을 만한 공간도 없을 정도로 물건들이 어지럽게 널려 있었다. 우리는 이불을 한쪽으로 치우며 방 안으로 들어갔다.

"방이 누추해서."

어눌하게 뱉어내는 말투가 방 안을 보여주기 싫은 모양이었다. 마른 모래처럼 뼈만 남은 그의 몸은 한눈에 보기에도 병색이 완연했다.

이미 복수로 배가 불룩하고 눈빛이 노란 것으로 보아 간경화가 많이 진행된 것 같았다. 우리는 가지고 간 5% 포도당 주사액에 비타민을 섞어 놓아주며 간단한 방문카드를 작성했다. 우리는 병원에 가서 입원하는 것이 좋을 것 같다고 했다. 조그마한 관심이었지만 그것 덕분이었는지 냉랭하기만 하던 그의 얼굴빛이 부드러워 보였다. 술이 깨면 쪽방상담소에 나와 병원에 가보기로 약속했다. 천장에 매달린 백열등의 불그스레한 불빛은 꺼질 듯한 한 줄기 희망처럼 흔들거렸다. 가난이 벌벌 풍기는 움막 같은 방에 그를 버려두고 우리는 밖으로 나왔다.

일주일 뒤 그는 부산의료원에 입원했다. 한 달 정도 입원한 후 그의 모습은 처음과 달리 많이 좋아져 보였다. 병원에 입원해 있는 동안 술을 끊을 수 있었다는 것이 가장 큰 성과였다. 우리는 퇴원한 그가 다시 술을 마시지 않기 위해서는 무언가를 해야 한다고 생각했다. 작은 리어카로 과일 장사를 할 수 있도록 약간의 돈을 마련해주었다. 귤 서너

상자를 사다가 하루 종일 팔았다. 한 상자를 다 팔면 사오천 원이 남았다. 우리도 가끔 진료가 끝나면 들러 과일을 사 가곤 했다. 하지만 한 동안 술을 끊었던 그가 다시 술을 마시기 시작했다. 거리마다 자기 자리가 있어, 주위 사람들이 장사를 못 하게 했던 모양이었다. 한번 마시기 시작한 술은 날이 갈수록 심해졌다.

장사를 하지 않아 찾아갔을 때도 그는 방 안에서 술을 마시고 있었다. 술을 마시면 거의 이성을 잃어버릴 정도까지 마시는 것이 쪽방 사람들의 특성이었다. 그때는 아무 말도 하지 않는 것이 상책이었다. 무슨 말을 해도 시빗거리가 되기 때문이었다. 우리는 아무 말도 하지 않고 그대로 나와버렸다. 그 이후에도 그러기를 반복했다. 다시 병원에 입원하는 것도 싫다고 했다.

그러다가 어느 날 갑자기 그의 행방이 묘연해졌다. 그 후 몇 달 동안 그의 행적을 형님도 알 수 없었다. 그가 어떻게 되었는지 아는 사람이 전혀 없었다. 매주 수요일 저녁마다 아직 파악되지 않은 새로운 쪽방을 찾아가 진료하고 상담을 해도, 그곳에서 그와 자주 술을 마시던 사람을 만나도 동생의 소식을 전혀 들을 수 없었다.

그의 소식을 다시 듣게 된 것은 육 개월 정도가 지난 후였다. 그가 얼마 전에 죽었다는 것이었다. 술을 마시다가 새벽에 거리에서 쓰러져 죽었다는 것이었다. 무연고자로 처리되어 화장했다는 이야기였다. 도시의 한구석에 버려진 그의 모습이 눈에 선했다. 깡마른 얼굴에 볼록한 배를 움켜쥐고 거리에 붉은 피를 울컥 쏟아내며 죽어갔을 모습이 떠올랐다. 그는 수취인이 없는 우편물처럼 우리 곁에서 사라져버린 것이었다. 강 씨도 동생이 죽고 한참 후에야 그 사실을 알았다고 했다.

강 씨는 언젠가 자운영꽃이 피어 있는 고향에 꼭 가보고 싶다고 말했다. 창밖에 지천으로 피어 있는 연분홍색 자운영꽃들을 보며 그를 생각한다. 빛보다 그림자로 더 오래 살아온 그의 가난한 삶이 앞으로는 자운영꽃들처럼 평온하기를 바라본다.

제20회 장려상 수상작이다. 글쓴이 채명석은 부산오케이의원 원장으로 수상 소감으로 보내온 시의 일부는 다음과 같다.

녹슨 자물통은 찌그러진 대문을 붙들고
목줄에 묶인 개처럼 주인을 기다리고 있다. (중략)
일정한 가난과 울분 속
수 없는 비문들의 이름을 쓰다듬으며
겨울바람이 골목을 내려가고 있다.

#5

희망이
답하는 순간

지진 속에서
생명이

순간 땅이 출렁였다. 중심을 잃었다. 진동은 파도의 물결처럼 계속 몰아쳤다. 건물이 뿌리째 휘청였다. '이것이 지진이구나!' 설마 했던 일이 벌어진 것이다. 사람들은 반사적으로 밖으로 몸을 날렸다. 그들이 남긴 비명과 땅울림 소리가 고막을 파고들었다. 나는 일순 사고가 멈추었다. 생각지 못한 일이라 현실감이 없었다. 이런 일이 있을지도 모른다는 경고는 들었다. 하지만 현실이 될 거라곤 미처 상상하지 못했다. 막연하게 아무 일 없을 거라고 믿어버렸다. 세상의 불운한 사건은 전부 남들 얘기인 줄 알았다. 그러니 이 위험한 곳에 제 발로 들어올 수 있었던 것이다. 언제 죽을 모르는 땅으로. 멍청한 표정으로 오도카니 서 있는 내 팔을 누군가 잡아끌었다. 퍼뜩 정신이 들었다. 살아야 한다는 본능이 제자리를 찾아들었다. 남들처럼. 나도 뛰기 시작했다.

누가 가르쳐준 건 아니지만 그래야만 살 수 있을 것 같았다.

발밑이 출렁이는 감각이 낯설었다. 땅이란 본디 단단한 것으로만 알았다. 두 다리에 힘을 꽉 주면 넘어지지 않는 줄로만 알았다. 경험이 부족했다. 연두부처럼 물컹하게 땅도 흔들리는 물건이었다. 평생 디뎌 온 대지의 감각과는 전혀 달랐다. 발바닥에 새겨진 익숙한 그 감촉이 아니었다. 흡사 놀이기구처럼 발밑이 들썩였다. 근원적인 공포감이 밀려들었다. 갈라진 틈 사이로, 빠져 죽을 것만 같았다. 네팔에 또다시 찾아온 두 번째 지진. 우리는 운동장에 모여 서로를 부둥켜안았다.

"건물에 금이 가고 있어. 얼른 빠져나와."

나는 흔들리는 건물 안에 다시 들어와 있었고, 내 앞엔 기력을 소진한 여자 하나가 축 늘어져 있었다. 산모였다. 그것도 방금 막 애를 낳은. 아이는 하필 지진이 몰아칠 때 세상에 고개를 내밀었다. 아이를 낳느라 산모는 건물 밖으로 피할 수가 없었다. 다행히 산파가 옆에 함께해주어서, 아이를 무사히 받아주었다. 하지만 지진의 재촉에 산파는 손을 다급하게 놀릴 수밖에 없었고, 결국 사고가 벌어지고 말았다. 애가 빠져나온 자궁에서 새빨간 피가 넘쳐흐르기 시작한 것이다. 당황한 산파는 비명을 질렀다. "블리딩(출혈), 블리딩." 그 소리에 어금니를 꽉 깨물었다. 나는 건물 안으로 돌아갈 수밖에 없었다. 전기가 끊어져 컴컴한 내부, 건물이 흔들릴 때마다 떨어져내리는 뿌연 흙먼지, 그리고 바닥을 적시고 흐르는 새빨간 피. 건물 안은 지옥이 따로 없었다. 응급실 의사로 수만 가지의 경험을 했지만, 이건 차원이 달랐다. 내 머리는 또 한 번 정전을 일으켰다. 어떻게 해야 하는지 생각할 정신이 없었다.

다행히 몸에 새겨진 경험이 무의식중에 손을 이끌었다. 피 나는 곳을 두 손으로 힘껏 눌렀다.

차분히 출혈을 잡을 여유는 없었다. 건물에 금이 가고 있다고 했다. 밖에선 빨리 빠져나오라며 연신 내 이름을 불렀다. 나는 점점 초조해졌다. 당장에라도 나가야 했다. 하지만 누르고 있던 손을 살짝 떼었더니 새빨간 피가 솟구쳐 올랐다. 화들짝 놀라 피 나는 곳을 다시 틀어막았다. 땅이 흔들리고 피가 쏟아졌다. 하늘은 하나로 부족해, 두 개의 시련을 한꺼번에 내렸다. 감당할 수가 없었다. 쩍쩍 벌어진 천장 틈에선 시멘트 가루가 떨어져내렸다. 두 쪽짜리 조그만 창문을 보며 침을 삼켰다. 건물이 무너져내리면, 망설임 없이 창을 뛰어넘어야 했다. '건물에 깔리기 전에 뛰어넘을 수 있을까?' 얼추 주판을 튕겨보았지만, 견적이 나지 않았다. 아무래도 창문을 넘기 전에 깔릴 것 같았다. 그렇지만 다른 방법이 없었다. 통로는 너무 멀리 있었다. 창문을 보며 기도했다. "멈춰라. 제발."

출혈은 줄어들 기미가 안 보였다. 나는 새파랗게 질려가고 있었다. 건물이 언제 무너질지 모른다는 불안이 나를 짓눌렀으니까. 심적으로 너무 힘들었다. 더는 견딜 수 없었다. 극도의 스트레스에 진이 빠졌다. 내가 먼저 쓰러질 것 같았다. '이대로 있다간 둘 다 죽는다.' 이역만리 타지에서 눈 감을 생각은 추호도 없었다. 살리고자 의사가 되었지, 죽고자 의사가 된 게 아니니까. 일단 여기서 빠져나가고 봐야 했다. 그렇다고 혼자 나갈 수는 없었다. 의사의 숭고한 직업의식 같은 거창한 이유는 아니었다. 다만 한 명의 인간으로서, 눈앞에 쓰러진 사람을 두고 혼자만 내빼는 건 양심이 허락하지 않았을 뿐. 큰 소리로 밖에 도움을 청했다. 몇몇이 쭈뼛거리며 안을 내다봤다. 겁먹은 기색이 역력했다. 쉬이 들어올 생각을 하지 못했다. 나는 발을 굴렀다.

"산모 출혈이 심해요. 혼자 걷지 못해요."

그들은 그제야 상황을 눈치챘다. 내 발밑에 흐르는 빨간 액체가 무엇인지. 방 안 가득 넘쳐난 비릿한 냄새가 무엇인지. 왜 우리가 나가지 못하고 있는지. 축 늘어진 산모의 모습을 보더니 더 망설이지 않았다. 용감하게 건물 안으로 뛰어 들어왔다. '그래. 살더라도 같이 살자.' 우리는 힘을 합해 산모를 함께 떠안았다. 한 걸음 한 걸음 밖으로 발걸음을 내디뎠다. 모퉁이를 돌 때까지만 기둥이 버텨주기를. 물먹은 바지처럼 다리가 무거웠다. 죽음이 양어깨를 짓눌렀다. 영겁의 시간처럼 느껴졌다. 우리는 감히 주위를 둘러볼 엄두도 못 냈다. 그저 앞만 보고 걸음을 옮겼다. 숨을 참고 걸음을 옮겼다. 남은 시간이 아직 있기를. 저 빛이 닿는 곳까지 나갈 수 있기를. 그렇게 겨우 밖으로 나올 수 있었다. 기다리고 있던 사람들이 우리를 에워쌌다. 누가 먼저랄 것도 없이 탄성이 절로 나왔다. 그 모습에 눈물짓는 이들마저 있었다.

널찍한 마당에 텐트를 쳤다. 안쪽에 자리를 펴고 산모를 눕혔다. 지진은 물러갔지만 죽음의 그림자는 아직 떠난 게 아니었다. 의사로서의 싸움은 이제부터가 시작이었다. 환자의 자궁에 주먹을 밀어 넣었다. 꽉 쥔 주먹으로 산모의 배를 안팎에서 압박했다. 그러나 출혈은 좀체 잡히지 않았다. 손에 힘을 살짝만 풀어도 주먹 틈 사이로 피가 흘러내렸다. 시간이 갈수록 마음이 초조해졌다. 이렇게 피를 많이 흘린다면 결국 산모는 목숨을 잃게 될 것이었다. 산모와 눈이 마주쳤다. 내 눈에 초조한 기색이 드러난 모양이었다. 그녀는 큰 소리로 울음을 터트렸다.

"저 이제 죽나요?"

환자를 불안하게 하다니. 의사로서 실격이었다. 나부터 마음을 다 잡아야 했다. 과장해서 크게, 고개를 좌우로 저었다. 태연한 척 웃어 보였다. 피가 멈추고 있다고 거짓말을 했다. 조금 안심이 되었는지 그녀는 잠이 들었다. 피곤했던 모양이다. 사실 여기서 더 붙잡고 있을 상태는 아니었다. 자궁수축제도 써야 했고 수혈도 해야 했다. 출혈이 지속되면 급하게 수술이 필요할 수도 있었다. 산 중턱에 차린 봉사 캠프에 그런 약물이나 장비가 있을 턱이 없었다. 가진 거라곤 링거 수액 정도가 전부였다. 한시바삐 환자를 병원으로 옮겨야 했다. 그러나 방법이 없었다. 지진이 휩쓸면서 병원으로 가는 유일한 산길이 끊어졌기 때문이다. 어쩔 수 없었다. 좋든 싫든 여기서 끝장을 봐야만 했다.

울고 싶었다. 하늘이 원망스러웠다. 의료 봉사에서 환자를 잃는다니. 듣도 보도 못한 소리다. 텐트 밖에는 온 마을 사람들이 모여 있었다. 지진 속에서도 좋은 소식이 전해지기를 간절히 기대하고 있었다. 실망하게 할 수 없었다. 그중엔 이제 막 울음을 터트린 아이도 있었다. 아이에게 엄마를 빼앗아갈 수도 없었다. 그랬다간 아마도 사람들 앞에 고개를 들지 못할 거 같았다. 오기로라도 살려야만 했다. 다시 한번 의지를 다잡았다. 나는 망부석이 되었다. 다리맡에 엎드린 채 몇 시간을 꼼짝하지 않았다. 불편한 자세에 허리가 아팠지만, 살리겠다는 집념으로 버티고 또 버텼다. 그렇게 장장 4시간의 사투를 벌였고, 마침내 나는 지혈에 성공했다. 간절한 기도가 통한 것이다. 조심히 손을 떼고 더는 피가 흐르지 않는 걸 확인했다. 나도 모르게 '됐다'를 외치며 산모를 쳐다보았다. 한국말이지만 그녀는 느낌으로 알아들은 모양이었다. 처음으로 웃음을 지었다. 그녀는 네팔 언어로 인사를 했다. 나에게 고맙다고 했다. 통역 없이도 의미가 정확히 전달되었다.

나는 이제 상처를 꿰맸다. 커다란 바늘이 허공에 큰 원을 그렸다. 마무리까지 끝낸 후, 산모에게 이불을 덮어주고 텐트 밖으로 나왔다. 새빨갛게 물든 흰 장갑을 벗었다.

"살았습니다!"

사람들의 환호가 쏟아졌다. 나는 제일 먼저 아이를 데려다 엄마 품에 안겨주었다. 엄마와 아이는 같이 울음을 터트렸다. 눈시울이 붉어졌다. 그녀와 아이의 끈질긴 생명력은 지진 속에서 더욱 빛났다. 사람들은 죽음의 공포를 떨쳐냈다. 다 무너져내린 건물들 사이, 흙먼지 가득한 땅바닥에 앉아 있으면서도, 그 순간 모두가 함박웃음을 지었다. 이들은 먼 훗날 이 순간을 '지진이 온 생명을 앗아간 날'이 아니라 '지진 속에서도 새 생명을 이어간 날'로 기억할 게 틀림없었다. 나는 아이에게 '강진'이라는 이름을 지어주었다. 이 순간이 영원하길 바라면서.

제18회 우수상 수상작이다. 글쓴이 조용수는 전남대학교병원 응급의학과 교수로 수상 소감에서 "내가 쓰고 싶은 글과 남들이 듣고 싶어 하는 글이 다르다는 생각을 요새 자주 한다. 때문에 글을 쓰면 쓸수록 힘들다는 생각도 자주 든다. 수상 소감을 검색해보니 상을 받은 감상을 얘기하고, 수상을 계기로 더욱 정진하겠다고 써야 한다고 하더라. 이제 진짜 수상 소감으로 들어가겠다. 상을 받아 기쁘다. 내가 쓰고 싶은 글과 남들이 듣고 싶어 하는 글. 그 사이의 균형을 조금 알 것 같은 느낌이다. 앞으로 더욱 정진하여 좋은 글을 많이 남기고 싶다"고 말했다.

한 팔로 안은
아이

25년도 훌쩍 넘은 1993년경 초겨울의 서울은 문민정부의 개혁 바람과 1980년대 경제 급성장의 후광으로 활기에 차 있었다. 이제 그때의 기억이 아련해지기 시작하는 나이지만, 당시 내 또래 정도의 전공의들과 수술실과 병동에서 여전히 씨름하는 대학병원 교수의 하루도 늘 바쁘기만 하다.

아마도 인생에서 가장 정신없이 보냈을 그 시절의 어느 날이었다. 복도에서 요란한 발소리를 내며 지나가던 학교 동기인 성형외과 전공의 친구가 다급히 나를 불러 세웠다.

"야, ○○○ 교수님께 협진 냈으니 환자 한 명 잘 봐주라."

그 당시 자천타천 우리나라에서 가장 잘나간다는 성형외과 교실이었고, 평소에 나름 유난(?)을 떨었던 전공의인 그가 부탁하는 말투여서 조금 의아했다.

"어떤 환자인데?"

"차트에 잘 적어뒀으니 가서 봐."

아니나 다를까, 돌아오는 답은 신통치 않았다. 이미 들은 얘기도 있으니, 교수님 보기 전에 미리 환자를 파악해두려고 성형외과 병동의 다인용 병실로 들어섰다.

"○○○ 환자분!"

"네, 여기요."

구석에서 한 젊은 여성의 목소리가 들렸다. 창 쪽을 바라보고 있던 환자가 조금 힘들게 고개를 돌리며 나를 바라보았다. 짧은 순간의 침묵. 20대 후반의 환자 얼굴에는 심한 화상의 반흔이 있었고 한쪽 목 부위까지 화상 흉터가 이어져 있었다. 경험이 많지 않던 나는 꽤 놀랐고 어색함을 감추려고 멋쩍게 웃었다. 환자도 살며시 웃었는데 그 모습이 해맑게 느껴졌다.

철거덕 소리를 내는 금속 차트에 적힌 그 환자의 입원기록과 협진기록, 간호기록을 살펴보았다. 환자는 어릴 때 심한 화상을 입어 얼굴을 포함한 여러 부위에 화상의 반흔이 생긴 것이었다. 특히 얼굴과 목, 왼쪽 팔꿈치 주변에 화상이 심해 왼쪽 팔꿈치 관절의 굴곡구축^{flexion contracture}(외상 등의 이유로 장애가 생겨 관절을 완전히 펼 수 없는 상태)이 생겨 왼팔을 자유롭게 쓸 수 없는 지경이었다. 목 한쪽의 반흔이 밴드처럼 형성되어 목이 약간 한쪽으로 기울어진 사경^{torticollis}도 있었고 목을 자유롭게 돌리는 데 지장이 있었다.

"팔 한번 펴볼까요?"

정형외과에 협진을 요청한 내용을 확인하려고 조심스럽게 환자의 왼팔 상태를 살펴보았다.

"아프진 않은데 상처에서 진물이 나서요."

영문을 모르겠다는 표정의 환자가 들어 올린 팔꿈치 안쪽 화상 반흔에는 상처가 생겼고 그곳에서 분비물이 묻어나왔다. 아주 오래된 화상 반흔에 생긴 범상치 않은 창상^{wound}.

얼굴과 목, 팔의 반흔을 피부이식이나 피판^{flap} 등의 수술로 고치려고 환자는 여러 곳의 도움으로 어렵게 치료의 기회를 가졌지만, 이미 한쪽 팔에는 오래된 창상에서 생기는 편평세포암$^{Squamous\ cell\ carcinoma}$이 발생한 상태였다. 더군다나 환자는 임신 7개월이 지난 시기였는데, 출산 후 화상 반흔 수술을 계획하고 있다가 최근 생긴 팔의 상처를 의심한 성형외과 교수의 지시로 급히 입원한 것이다.

피부에 발생하는 편평세포암은 오래된 반흔이나 창상에서 세포가 변형되어 발생할 수 있다. 예전에는 만성 골수염과 같은 감염질환이 더 빈번했고, 화상 또한 더 많았기 때문에 이러한 상처에 암 발생 빈도가 더 높았다. 정말 엎친 데 엎친 격의 재앙과 같은 질환 중 하나이다. 그제야 성형외과 전공의 친구의 부탁 아닌 부탁을 이해할 수 있었다. 내용을 파악하고 성형외과 전공의 친구에게 전화해 상황을 공유했다.

"환자가 암에 임신까지 한 상태네. 성형외과에선 어떤 계획이 있니?"

"우리는 지금 더 해줄 수 있는 치료가 없어. 산부인과에도 협진을 냈는데 상의해서 환자 잘 처치해줘."

환자의 사정을 이해하고 있던 주치의의 진심 어린 부탁에 어떻게 든 좋은 방도를 찾아보자고 답하고 전화를 끊었다. 정형외과 담당 교수님과 회진하면서 환자를 살펴보았는데, 교수님도 꽤 난감한 얼굴로 산부인과와 같이 의논하기로 하고 치료 계획을 짜기 시작했다. 지금도 그런 측면이 있지만 1990년대 초반은 정말 암 치료가 쉽지 않은 시절이었다. 암 진단 자체가 사망선고로 인식되던 때로, 암에 대한 인류의 도전이 본격적으로 시작되고 있었다. 그때 기억으로는 편평세포암의 침범 정도에 따라 1년의 생존기간을 보존하기도 쉽지 않은 상황이었다.

산부인과에 협진을 내고 담당 전공의에게 전화로 부탁했는데, 환자 상태에 공감하고 해결책을 찾아보기로 했지만 전공의 수준에서 할수 있는 건 역시 환자를 최대한 성의껏 대하는 것이 우선이었다. 당시 교수님들의 협진 논의 내용을 다 알 수는 없었지만 정형외과와 산부인과, 성형외과의 협진을 통한 치료 계획은 대략 이러했다.

먼저 발견된 암 병변의 제거를 미룰 수 없으므로 당시로서는 최선의 선택이었던 상박부 절단^{above elbow amputation}을 시행하기로 하고, 수술 전에 제왕절개를 통해 조기 분만을 한 후 신생아는 필요에 따라 인큐베이터 처치를 하기로 했다.

대략적인 계획을 짜고 본격적으로 수술 준비가 진행되었고, 나는 정형외과 치료 계획을 설명하고 수술동의서를 받기 위해 보호자를 만나기로 했다.

병실에서 병동으로 걸어오는 보호자인 남편과 환자인 아내.

아내보다 키가 두 뼘 정도나 작아 보이는 남편은 한눈에 보아도 그

특징적 형상을 알 수 있었던 연골무형성증Achondroplasia 환자였다. 때로는 정성을 다해 설명하기도 하고, 때로는 습관적으로 설명하고 받아오던 동의서이지만, 팔을 절단하고 암의 예후를 설명해야 하는 일은 그때나 지금이나 쉽지 않은 일이다. 가볍게라도 웃으며 설명을 시작했고 남편과 아내도 가볍게 웃는데 그 모습이 참 해맑았다. 그렇지만 그 웃음 뒤에 감춰진 많은 고난의 세월을 비록 나도 비교적 젊은 때였지만 어찌 모를 수 있으랴.

지금은 많이 나아졌지만 우리나라는 유독 장애에 대한 편견이 심하고 예전에는 더했다. 흔히 난쟁이라고 불렸던 연골무형성증 환자들과 같은 선천적 장애도 있지만 외상 등의 사고와 질병으로 생기는 후천적인 장애도 많은데, 우리나라가 이러한 장애에 얼마나 많은 편견을 가지고 있었는지를 정형외과 의사 생활을 하면서 더 절실히 느낄 수 있었다.

개인적으로 연골무형성증 환자는 그때도 낯설지 않았다. 당시 '사지연장교정술'이라는 정형외과 영역의 획기적 치료 기술 하나가 개발되었는데, 일리자로프Ilizarov라는 외고정 장치를 이용하여 연골무형성증 환자 여럿을 치료하는 데 전공의로 참여한 경험이 있었기 때문이다. 그때 키가 늘어난 것에 무척이나 좋아하던 환자들을 보면서 장애우들의 애환을 처음 느끼고 공감했던 것이다.

서로의 장애를 보듬으며 결혼한 이들은 밝게 웃는 모습으로 보아 행복해 보였다. 어쩌면 불편한 몸이 이 부부를 더 끈끈하게 연결하고 지탱해준 축이었을 것이다. 운명의 장난과도 같은 그 상황을 잘 견뎌낼 수 있기를 바라면서 최대한 희망적인 얘기를 전하려고 했다.

예정대로 치료가 진행되었다. 환자는 산부인과로 전과되어 제왕절개로 무사히 분만했고 아이도 건강하다고 들었다. 그다음 치료는 상지 절단 수술. 아는 사람들은 알겠지만 선천적 장애보다 후천적 장애가 훨씬 많고, 그중 하나가 예전에는 절단 수술로 인한 장애였다. 여러 이유로 절단이 필요한 경우가 많았고, 이 환자도 다행히 다른 부위로 전이되지는 않아 그 시절에는 절단이 최선의 선택이었을 것이다. 정형외과에서 절단 수술은 그리 어려운 수술이 아니어서 수술은 잘 마무리되었고 곧 회복했다.

굳이 다른 수식어를 붙이지 않더라도 전공의 시기를 포함한 30여 년간의 정형외과 의사 생활은 많은 애환을 가진 환자들과의 동행이었다. 햇빛보다 더 많이 쪼였던(?) 수술실의 밝은 조명은 그 위에 누울 수밖에 없던 환자들과 그 옆에 서는 길을 택했던 나를 비추는 누군가에 의해 이미 결정된 숙명 같다.

지금은 척추를 치료하는 의사로서 질병으로 신체가 마비되어 평생 휠체어를 타고 지내야 하는 환자들을 마주하며 때로는 기쁨과 감사를, 때로는 한탄과 원망 어린 시선에 무기력함을 느끼기도 한다. 정말 최선일 것이라고 생각했는데 예기치 않은 장애를 마주할 때는, 아무리 노력해도 되지 않을 때 느낄 수밖에 없는 절망으로 몸서리가 쳐지기도 한다. 그럼에도 불구하고 "치료해주셔서 감사합니다", "잘 회복해주셔서 감사합니다"라는 말을 나눌 수 있는 일이 더 많기에 이 숙명의 길에 아직 서 있는 게 아닐까.

계획대로 치료가 마무리되고 몇 주 후 환자가 퇴원하던 날, 부부와 함께 퇴원하는 신생아를 볼 수 있었다. 아기는 건강해 보였고, 연골무형성증이 꼭 유전되는 것은 아니므로 아이가 장애 없이 자랄 수 있기를, 아니 꼭 그렇게 되기를 잠시나마 부모의 마음으로 축복해주었다. 한 팔로 아이를 안고, 겨울이지만 따스한 햇빛이 스며든 병원 정문을 나서는 부부의 행복한 얼굴이 지금도 기억난다.

제19회 장려상 수상작으로 글쓴이 김진환은 인제대학교 일산백병원 정형외과 교수로 근무하고 있다.

직업여성

"아악! 아악! 원장님 어떡해요! 걔가 뛰었어요!"

"잡아! 놓치면 안 돼!"

"안 보여요, 원장님!"

문밖이 소란스러워서 나와봤더니, 옆방에서 나는 소리다. 오랜만에 옆방에 사면발니 환자가 온 모양이다. 안 들어가 봐도 초집중해서 사면발니를 한 마리씩 잡고 있을 김 원장님과, 경악을 금치 못한 표정으로 어디론가 뛴 사면발니를 찾아 바닥을 훑고 있을 나영 간호사가 눈에 선하다. 김 원장님은 눈에 보이는 사면발니를 다 잡아야 하는 성격이다. 생각만 해도 온몸이 간지러워 목덜미가 움츠러든다. 어차피 다 잡아도 약을 써야 하므로, 나는 증상과 특이한 소견을 물어봐서 사면발니로 진단되면 바로 약을 처방해준다. 그리고, 사면발니 하면 내겐 항상 같이 떠오르는 환자가 한 명 있다.

전문의가 된 지 얼마 안 되었을 때다. 나의 첫 직장은 분당에 있었다. 어느 날 늘씬한 키에 동양적인 예쁜 얼굴을 가진 환자가 접수했다. 김소원(가명) 씨였다. 소원 씨는 상담할 게 있다더니, 가방에서 곱게 싸인 손수건을 한 장 꺼냈다.

"이런 게 몸에서 나와요. 이게 무슨 벌레죠?"

그녀가 조심스럽게 푼 손수건 속에선 뭔가 아주 작은 것들이 움직이고 있었다. 나는 그 징그러운 작은 녀석들을 자세히 바라보다가, 옆방 선생님에게 그 손수건을 들고 갔다. 그리고 그것이 사면발니이며, 서로의 몸에 접촉해서 높은 감염률을 보이고, 음모 아래에서 피를 빨아먹고 살며, 엄청나게 가려운 증상을 유발한다는 사실을 알게 되었다. 그것이 사면발니 및 소원 씨와 나의 첫 대면이었다.

소원 씨는 이른바 '직업여성'이었다. 당시엔 암암리에 성매매하는 여성들이 있었고, 그녀들은 스스로를 직업여성이라고 했다. 나는 차트에 그녀들을 표시할 때 '직업'이라고 썼다. 처음에 '직업여성'이라고 썼는데, 당시는 종이 차트라 누구나 내 메모를 볼 수 있어 '직업'이라고만 썼다. 나중엔 그것도 혹 환자들이 알아볼까 봐 'J'로 바꾸었다. 그들은 밖에서 벌써 티가 난다고 했다. 주로 두세 명씩 몰려와 로비에서 다리를 꼬고 껌을 씹으며 지나가는 산모들을 못마땅한 눈으로 노려보곤 한다고 내 방 간호사가 얘기해주었다. 또, 이유는 모르지만 그녀들은 대개 여의사를 기피한다고 들었다. 나도 처음엔 병원 분위기를 망치는 그들이 싫었다. 대다수의 그들은 눈도 안 마주치고, 말도 잘 안 하고 한 마디로 까칠했다. 뭔가 불만이 있으면 의자에 뒤로 기대면서 팔짱을 끼고 아슬아슬한 치마 속 다리를 꼬며 "언니, 그건 아니지" 했다. 처음엔 적응이 안 되어 어떻게 대해야 할지 난감했다. 일하러 가야 되기 때문에 치료 후엔 질정을 넣지 말라고 하고 나중에 넣겠다며 잔뜩 처방받아 갔다. 단지 소독만 받기 위해서도 병원엘 많이 오며─뭘 그렇게 씻으면서도 계속 소독하고 싶어 한다─피곤하다고 영양제 맞으러 오기도 했다.

소원 씨도 그들 중 한 명이었는데, 그러나, 그들과 조금 달랐다. 다른 아가씨들과 몰려다니지 않고 책을 항상 들고 다녀, 그녀를 그냥 봐서는 직업여성인 줄 알 수가 없었다. 그러나 내진을 해보면, 그녀에게도 다른 직업여성의 특징─특유의 메마름─이 있었다. 요구하는 것도 똑같았다. 소독, 소독, 소독, 항생제 주사, 항생제 주사, 항생제 주사, 그리고 질정들. 그녀도 내가 자신의 직업을 알고 있음을 아는 눈치였지만, 한 번도 다른 아가씨들처럼 드러내놓고 얘기하지는 않았다. 그런데, 어느 날 치료 후에도 뭔가 할 말이 있는지 자리를 뜨질 않았다.

"혹시…."

"네, 궁금한 거 있으면 물어보세요."

그녀는 머뭇머뭇하다가 그냥 일어나서 문 쪽으로 간다. 그러더니 휙 돌아서서는, "제가 이런 일 한다는 걸 남자들은 알 수 있나요? 표시가 나나요?" 하고 물어본다. 나는 아주 잠시 고민했다.

"아뇨, 소원 씨. 본인이 말하지 않으면 알 수 없어요."

소원 씨는 내가 그녀를 본 후 처음으로 활짝 웃더니 진료실을 나갔다. 그러더니, 다음 방문 때는 시커먼 비닐봉지를 하나 가져왔다. 안에는 먹음직스러운 싱싱한 체리가 들어 있었다. 별로 해준 것도 없는데 이런 비싼 과일을….

"지난번에 고마워서요."

이후에 그녀는 직접 만들었다며 쿠키 몇 개를 들고 오거나, 캔커피를 사 오거나, 빵을 사 오거나, 뭐든 하나씩 들고 오기 시작했다. 그러면서 자신의 얘기도 시작했다. 책을 좋아하고, 여행을 좋아한다고 했다. 그리고, 사랑하는 남자도 있다고 했다. 그는 그녀가 자주 가는 아주 작은 동네 책방의 젊은 사장님이었는데, 책을 사러 다니다가 사귀게 되었다 한다. 둘 다 책을 좋아하고, 얘기도 잘 통해 처음엔 마냥 좋았단다. 그러나, 만남이 깊어질수록 그녀의 고민도 깊어졌다. 그는 자신을 처녀로 알고 있는데, 자신의 이런 본모습을 알게 되면 떠나버릴까 봐 두렵다 했다.

내가 보는 소원 씨는 얘기를 나눌수록, 깊이 알수록 그 누구보다 본모습이 아름다운 여성이었다. 하지만 그때가 어떤 때인가. 2000년대 초반. 여성에게 처녀막이 생명처럼 여겨지던 때였다. 강제로 키스하려 했던 남자의 혀를 깨물어서 잘랐다고 여자가 벌을 받거나, 성적인 요구를 당했다고 고발한 여자 조교수가 대학에서 쫓겨나던 시대는 서서히 사라지고 있었다. 하지만 첫날밤 처녀막이 없다고 해서 폭행을 당하거나, 성폭행을 당한 여성이 자살을 택했다는 기사는 간혹 났다. 가족들은 가해자를 고발하기는커녕 차라리 쉬쉬했다. 남자들은 당연히 자신의 아내 될 처녀가 성 경험이 없으리라 생각해서, 결혼을 앞둔 여성들 사이에서 처녀막 재생 수술이 성행하던 때였다. 소원 씨가 숫처녀가 아닐 뿐만 아니라, 이른바 직업여성이라는 걸 그가 알게 되어도 그녀를 받아들여줄 것이라고 생각하기는 힘들었다. 최근 들어 소원 씨의 고민이 깊어진 이유는 그에게서 프러포즈를 받았기 때문이라고 했다. 책방 총각이 자신을 진심으로 사랑한다는 사실을 알수록, 소원 씨는 불현듯 자신의 처지가 생각나서 우울해지고, 불안하고, 두렵고, 계속 눈물만 난다 했다. 그래서 어느 날 내가 제안을 했다.

"소원 씨… 처녀막 재생 수술을 받으면 어떨까요?"

그녀는 이미 생각을 해봤다는 표정으로 나를 한참 바라보다 힘겹게 입을 뗐다.

"하지만, 그분을 속이긴 싫어요."

나는 속이 터졌다. 이 답답한 사람이 무슨 소리를 하는 걸까. 솔직히 말한다고 해서 무슨 이득이 있단 말인가. 보드 1년 차였으나, 나는 그때 이미 수회의 처녀막 재생술 경험이 있었다. 보통은 가장 가는 실로 처녀막을 재생해준다. 그런데 이건 실이 이부자리에 남기 때문에, 찾으려고 하면 증거가 남는다. 그러나 머리카락으로 첫날밤이 되기 며칠 전에 수술하면 첫날밤에 혈흔도 볼 수 있고, 실도 보이지 않는다. 그녀의 긴 머리칼을 이용해서 수술하면 이보다 완전범죄는 없을 것이라고 나는 그녀를 설득했다. 혼담이 진행되는 중에도 그녀는 소독을 받기 위해 강박적으로 병원에 자주 왔는데, 원래의 밝은 성격은 어디로 가고 항상 우울해 보였다. 그래도 결혼 날짜를 받자, 그녀는 수술을 받겠다고 했다.

그런데, 막상 수술 날 그녀는 나타나지 않았다. 오겠거니 하고 늦게까지 기다렸으나 결국 오지 않았다. 그다음 날도, 그다음 날도, 결혼식 전날에도 나타나지 않았다. 뭔가 일이 잘못되었나 너무나 불안했다.

그녀에게 무슨 일이 생긴 건 아닐까. 온갖 나쁜 생각들이 다 들었다. 같이 일했다는 아가씨들에게 물어보아도 연락이 되지 않는다고만 했다.

그리고 시간이 흘렀다. 나는 많은 신혼부부들에게 행복한 임신 소식을 전해주었다. 때론 출혈 산모와 응급차를 타고 도로를 질주했다. 나 자신도 딸아이를 임신한 만삭의 배로, 힘주세요, 끙! 하며 출산을 도왔다. (어쩔 땐 나도 모르게 너무 힘을 주어, 출산을 돕다가 내 아이도 같이 나오나 했다.) 병원 단골이 된 직업여성들과도 진짜 언니, 동생처럼 많이 친해졌다. 그들은 사실 그렇게 까다롭지도, 도덕적으로 문란하지도 않았다. 되려, 착한 사람이 많았다.

그 어느 해. 여름 장마가 지루한가 싶더니, 단풍잎 날리던 내 진료실 조그만 창밖으로 함박눈이 내리는 겨울이 왔다. 길거리에 나서면 캐럴이 심심치 않게 들리던 추운 어느 날, 소원 씨가 나타났다. 몇 년의 세월이 무색하게도 이전과 똑같은 모습으로 나타났다. 길고 곱슬곱슬한 머리카락도, 수수한 옷차림도 그대로였다.

"선생님, 안녕하세요. 너무 오랜만이죠. 그동안 잘 지내셨어요?"

놀랍고 반가워 할 말을 잃은 나에게 그간의 일을 얘기해주었다. 소원 씨는 당시 고민 끝에, 자신이 처녀가 아니라는 사실을 그에게 말했단다. 그리고, 결혼할 수 없다고 죄송하다고 한 뒤, 파혼하고 분당을 떠났다 했다. 여행을 좋아했기에 꿈이었던 스튜어디스가 되었다고 한다. 물론 쉽지는 않았으나 몇 번의 시도 끝에 합격했단다. 합격하고선 그가 너무나도 보고 싶어 딱 한 번만 보려고 책방을 찾았단다. 모자를 푹 쓰고 갔는데도 그는 그녀를 바로 알아보고 손을 덥석 잡았단다. 그도 그녀를 잊지 못하고 있었던 것이다.

"그래서요?"

"네?"

"아, 그래서 어떻게 된 거예요? 다시 시작하는 거죠?"

그녀는 웃으며 고개를 끄덕였다. 눈 밑이 뜨거워지고 가슴이 따뜻해졌다. "아, 참!" 하며 그녀가 가방에서 주섬주섬 손수건에 싸인 네모난 걸 꺼냈다. 깜짝 놀라는 나를 재밌어하며 면세점에서 산 크림이라고 선물로 사 온 거라 했다. 우린 오랜만에 사면발니 얘기를 하며 웃었다.

그녀가 가고 나서 한참을 차트를 바라보았다. 크고 편한 길을 두고 길고 작은 오솔길을 굽이굽이 돌아왔지만, 두 사람은 결국 다시 만났고, 아마 앞으로도 잘될 것이다. 소원 씨도 한결 마음 편하게 사랑할 수 있게 되었으니 얼마나 좋은가. 나는 소원 씨 차트의 '직업' 뒤의 빈 곳에 스튜어디스라고 적었다. 이제 조만간 그녀의 차트엔 첫아이를 임신한 기쁨과, 태명과, 출산의 기록과, 또 다음 아이의 임신에 대한 이야기로 노트가 채워질 것이었다.

제20회 장려상 수상작이다. 글쓴이 박천숙은 미래아이여성병원 산부인과 전문의로 수상 소감에서 "누구나 자신만의 십자가와 콤플렉스, 또 한계를 가지고 살아간다. 그리고 모두 죽는다. 그런 면에선 모든 인간은 평등하다. 그것들을 어떻게 받아들이고는, 그러나 개개인의 자유의지에 달려 있다. 생각에 따라 똑같은 상황에서 행복할 수도, 불행할 수도 있다. 그걸 알면서도 인간이 항상 행복해질 수는 없는 것, 그것이 부조리일 것이다. 그러나 사람 사이의 진실한 사랑(그것이 의리이든 남녀 간의 사랑이든)은 항상 우리에게 감동을 주고 살아갈 이유가 된다"고 말했다.

슈베르트 탄생
222주년 기념 독창회

7개월 전 지방 음악대학에서 근무하는 S 교수에게서 편지를 받았다. 그는 테너 성악가로서 비엔나 음대에 유학을 하고 독일 정부 연구비를 수혜하여 독일 가곡 연구활동을 수행한 바 있고, 한국슈베르트협회장을 맡고 있는 저명한 음악인이다. 나는 혹시나 하는 마음으로 편지를 열어보았다. 그 속에는 슈베르트 탄생 222주년 기념 S 교수 독창회 초청장이 들어 있었다.

'아, 드디어 독창회를 가질 수 있을 만큼 성대가 회복되었구나.'

나는 놀라움과 기쁨에 차서 초청장을 재차 보면서 가슴 졸였던 10년 전을 떠올렸다.

진료실에서 처음 만난 S 교수는 쉰 목소리로 자신을 소개했다. 연구년을 맞아 비엔나 음대에서 성악 활동을 하던 중, 목이 쉬어 대학병원을 방문해보니 성대 한쪽에 혹이 생겼다는 것을 알았다. 단순 성대 결절이겠거니 생각했는데 조직검사를 해보니 암이었다. 다행히 방사선치료를 받으면 완치되겠지만 성악가로서의 삶은 끝일 수 있다는 이야기를 듣고 그는 자신의 생애에 이렇게 큰 충격을 받아본 적이 없다고 했다.

사실 이런 후두암 1기인 경우 수술 없이 방사선치료만으로도 완치율이 90% 이상이라 의사로서 환자가 크게 걱정하지 않도록 안심시키는데, 환자가 성악가 혹은 가수라면 이야기가 달라진다. 성대에 생긴 암은 완치되지만 후두 전체를 방사선치료하게 되어, 고음을 내면 방사선을 받아 약해진 조직에 성대부종이 발생할 수가 있다. 따라서 대부분의 일상 대화에는 문제가 없지만 노래방에서 고음을 내면 바로 목이 쉬어버리는데 목소리가 생명인 성악가, 가수의 경우는 치명적인 것이 된다.

방사선치료를 권유받고 나를 찾아온 S 교수는 성악가로서의 목소리는 꼭 유지하고 싶어 했다. 나는 고민에 빠졌다. 더 이상 성악가로서의 삶은 어려울 것이며 그래도 방사선치료의 완치율은 90% 이상이니 일상적인 목소리를 내는 것만으로도 얼마나 감사하냐며 설득하지 않을 수 없었다.

"저는 반드시 목소리를 되찾아 성악을 꼭 다시 할 것입니다."

그의 결의에 찬 말에 나는 며칠간 시간을 갖고 혹 다른 좋은 치료법이 있는지 의학도서관 문헌을 찾아보고 최종 결정을 내리고 싶었다. 그러나 문헌에도 특별한 새로운 치료법이 없었고 특히 방사선치료 후

고음역대 음성을 보존 혹은 재활했다는 보고는 전무했다.

나는 방사선치료 범위를 후두 전체가 아닌 암이 발생한 한쪽 성대에만 국한하여, 아주 작은 치료 범위로도 치료하는 것이 가능할지 처음으로 시도해보고 싶었다. 반대편 성대와 성대 뒤쪽 부위인 모뿔연골 arytenoid cartilage 부위를 방사선치료 부위에서 빼준다면 성대부종의 정도가 매우 경미할 것이라는 판단이 들었다. 이런 치료법은 당시 병원에 도입된 첨단 방사선치료 장비가 있어 가능하다고 생각되었는데, 두 가지 문제점이 있었다. 한 가지는 암이 있는 쪽 성대를 치료하면 고선량의 방사선을 받게 되어 이 부위는 성대부종을 피할 수 없는데 나머지를 충분히 제외해도 과연 성악가로서 활동할 수 있을지 의문이 들었고, 다른 한 가지는 이렇게 작은 범위로 치료하여 혹 재발이 되면 더 큰 문제가 발생하지 않을까 하는 점이었다.

성악가로서 재기가 쉽지 않을 것으로 판단되지만 부작용을 최소한으로 줄이기 위해 나는 한쪽 성대에만 국한하여 정밀 방사선치료를 국내에서 처음 시도하기로 했다. 당시 비급여치료여서 상당한 치료비가 들었지만, 목소리를 살린다는 절박함에 S 교수는 치료를 받아들였다.

약 6주간, 주 5일 동안 매일 치료하면서 쉰 목소리는 점차 호전되었고 치료에 따른 일반적인 부작용은 전혀 보이지 않았다. 방사선치료 후 한 달째 됐을 때 후두내시경 상에 암은 완전히 사라져 있었고 후두 안에는 방사선치료로 인한 염증이 거의 보이지 않았다. S 교수는 너무나 만족스러워했고 빠른 시간 내 음성재활에 돌입하겠노라고 했다. 치료 후 6개월마다 경과 관찰을 했고, S 교수의 목소리는 고음대가 점차 호전은 되었지만 전문 성악을 할 만큼 지속되지는 못했다. 그는 다소 실망했지만 희망을 잃지 않았고, 성악 지도와 합창 지휘를 주로 하면서 성대재활을 계속했다.

한번은 기회가 되어 S 교수가 비엔나대학병원을 방문하여 진료를 받았는데, 그 의사가 방사선치료한 것이 맞느냐며 후두 내부에 치료 흔적이 없이 너무 깨끗해서 어떻게 치료한 것인지 물었다고 하는 것이다. 나는 내심 뿌듯함을 느끼면서도 작은 범위로 치료한 것 때문에 혹 재발이 나타날까 걱정되었다.

드디어 치료 후 5년째 암 재발이 나타나지 않았고 그는 완치 판정을 받았다. 그로부터 6개월 후, S 교수는 나에게 본인이 녹음한 슈베르트 곡 한 곡을 MP3 파일로 보냈다. 성악에 무지한 나였지만 들어보니 너무 훌륭하게 곡을 소화해내서 감동을 받았고 내가 선택한 치료법이 어느 정도 그 효과를 발휘했다는 자부심에 내심 뿌듯했다. 나는 S 교수에게 전화를 걸어 보내준 곡, 잘 들었다고 감사의 뜻을 전하면서 물어보았다.

"이제 독창회까지 할 정도로 회복되신 건가요?"

"아닙니다. 전문가로서 테너 독창회까지 할 정도는 아니지요. 해마다 조금씩은 나아지고 있습니다. 더 음성재활에 매진해서 독창회를 하게 되는 날 선생님께 초대장을 보내겠습니다."

그때 이후 4년 반이 흘러 S 교수 일을 거의 잊고 지내던 2019년 4월 초, 드디어 S 교수의 독창회 초청장이 날아온 것이다.

'라디오에서 흘러나오는 성악가의 노랫소리에 발길을 멈추고 귀 기울이던 어린 소년은 성악가로 성장했습니다. 전문 독일 가곡 성악가로

명성을 쌓던 중 성대암 판정을 받았습니다. 10여 년의 오랜 투병 생활은 좌절의 시간이었습니다. 치료가 되더라도 더 이상 성악가로서 무대에 서는 건 불가능할 것이라는 의사의 설명을 들었지만, 노래에 대한 열정으로 끊임없는 재활훈련을 통해 오늘 다시 무대에 오릅니다.'

그가 보낸 초대의 글을 읽으면서 나는 가슴이 뜨거워지고 뭉클해졌다.

'드디어 그가 해냈구나!'

인간 승리. 그는 성악가로서 치명적인 후두암을 극복하고 10년간의 음성재활훈련을 통해 드디어 재기의 독창회를 갖게 된 것이었다.

평일 저녁 지방에서 하는 공연이었지만 나는 진료를 서둘러 마치고 기차 편으로 독창회에 참석했다. S 교수가 마련해준 특별석에 앉아 1부 공연을 관람했는데, 관객들도 10년 만의 독창회를 갖는 S 교수에게 뜨거운 응원의 박수를 보내었다. 첫 곡은 약간 거친 느낌이 들었지만 그다음 곡부터는 아주 훌륭하게 잘 소화해냈다. 2부 공연이 시작되기 전 쉬는 시간에 나는 무대 뒤로 가서 S 교수를 만나 반갑게 축하의 포옹과 악수를 나누었다.

"이 교수님을 만나지 못했다면 제가 오늘날 이렇게 독창회를 하지는 못했을 겁니다. 정말 감사합니다. 2부 공연 시작 전에 관객들에게 인사 말씀드릴 때 꼭 언급하겠습니다."

"아닙니다. 제가 치료는 했지만 S 교수님과 가족들, 주변 지인들이 얼마나 많이 기도하셨을까요? 그리고 지난 10년간 오직 오늘을 위해 음성재활에 매진해오신 그 결과 아니겠습니까? 정말 수고하셨고 제가 정말 감사드립니다."

함께 다정한 사진을 찍고 나는 다시 객석으로 돌아왔다. 2부 무대가 열리고 S 교수는 감격에 겨워 인사말을 했고 이 독창회에 참석해준 중요 귀빈들을 일일이 호명하면서 감사의 박수를 유도했다. 나도 마음의 준비를 하면서 나를 호명하면 인사할 준비를 하고 있었는데 아뿔싸, S 교수는 마지막에 그만 주치의에 대한 소개를 깜박하고 말았고 2부 공연이 시작되었다. 나는 순간 당황스러웠지만 잠시 후, 10년을 기다렸던 무대에 선다는 떨림 그리고 과연 후두암을 이기고 성악가로서 재평가받는다는 두려움에 충분히 그럴 수 있으리라고 생각했다. 상황이 영화처럼 되진 않았지만, 이런 점에서 10년 만의 독창회는 더 인간적인 드라마였다.

슈베르트 전문 테너가 부르는 〈아름다운 물방앗간 아가씨〉, 〈겨울 나그네〉, 〈백조의 노래〉를 들으며 나는 의사로서 최고의 행복감을 맛보았다. 귀경 시간이 임박하여 나는 마지막 곡을 못 듣고 서둘러 역으로 나서야 했고 문자로 감사의 인사를 보냈다. 그다음 날 S 교수는 전화를 걸어 큰 실수를 했다며 미안해했다. 나는 충분히 이해하고 다음 기회가 되면 그때 인사하면 될 것이라고, 정말 감동적인 독창회에 초대해주어 감사했다고 전했다.

내가 방사선종양학과를 선택한 이유 중 하나는 암을 수술 없이 치료하고 장기를 보존하여 기능을 살리는 의술이 될 수 있다는 점이었는데, 이렇게 한 성악가의 암을 완치시키고 그가 다시 성악을 할 수 있게 도운 것에 큰 보람을 느꼈다.

2019년은 슈베르트 탄생 222주년으로 뜻깊은 해이자 S 교수가 성악가로 다시 태어난 해이다. 또한 라디오에서 나오는 슈베르트의 가곡을 듣고 성악가가 된 S 교수처럼, 치료 후 그가 부르는 가곡에 매료되어 나도 슈베르트 마니아가 된 해이기도 하다.

제19회 우수상 수상작이다. 글쓴이 이창걸은 연세암병원 방사선종양학과 교수로 수상 소감에서 "성악이 전부인 그에게 그 일을 포기시키는 것은 너무 잔인했고, 이를 계기로 암이 있는 한쪽 성대에만 아주 작게 방사선치료를 시도한 것인데 재발 없이 목소리의 질이 훨씬 좋게 나타났다. 새로운 치료법의 탄생은 암과 관련된 유전자를 찾아내고 새로운 신약을 수년간 임상연구하여 이루어지지만, 그 이전에 환자의 어려움을 이해하고 그것을 풀어주려는 의사의 따뜻한 사랑의 마음과 환자의 투병 의지가 함께 결합되어 만들어지는 것임을 깨닫게 된다"고 말했다.

예기치 못한
선물

    절망은 그렇게 예기치 않게 찾아왔다. 어제 같은 오늘이, 내일도 별 다를 것 같지 않은 하루가 지날 때, 누군가의 가슴을 내려앉게 하려던 말을 멈추게 하고 찾아왔다. 그날을 기억하는 이유는 그녀가 홀로 병원을 찾은 날이 특별했기 때문이다. 분명 누군가의 어머니였을 그녀는 그날 저녁 자식들과의 저녁 약속이 있었을 것이고, 어린 손주는 할머니의 가슴에 카네이션을 달아드렸을 것이다. 나 또한 그날 저녁에 있을 가족 모임을 머리 한편에 놓아두고 있었다. 그날 그녀는 속이 아프다며 홀로 내원해 위내시경검사를 받았다. 동굴 같은 식도를 지나 위와 십이지장을 관찰하고 위에서 잘 안 보이는 부위를 관찰하려 내시경을 반전시켰을 때, 흉물스럽게 자리를 펴고 주저앉아 있는 종양을 발견했다. 물론 조직검사 결과가 나와봐야겠지만 좋지 않은 결과일 거라고 직감할 수 있었다.

'아, 오늘은 어버이날인데….'

환자에게는 궤양이 심하다며 약을 주고 돌려보냈다. 어버이날 혼자 병원에 와 내시경을 받고 돌아가는 누군가의 어머니인 환자의 뒷모습이 안타깝기만 했다. 하루 종일 축하와 감사의 말만 들어도 모자란 날 그렇게 절망이 찾아왔다.

일주일 뒤 결과를 들으러 온 딸은 서럽게 울었다. 어머니가 어버이날 혼자 병원에 와 내시경검사를 받았다는 사실이 딸을 더 울게 만들었다. 식도 바로 아래 암이 있었기에 환자의 위를 전부 드러내야 했다. 대학병원에서 수술은 잘 마쳤지만 수술 후 이어진 항암치료가 고역이었다. 항암치료가 시작되면 아무것도 먹지 못했고 물마저도 정신을 차릴 수 없이 토하고 난 뒤 눈이 뒤집힐 정도로 까부라지면 가족들의 등에 업혀 우리 의원에 실려 왔다. 진찰대에 환자를 눕히고 배를 살짝 촉진하였을 뿐인데 환자의 입에서 시퍼런 담즙이 뿜어져 나왔다. 구토 때문에 앉지도 눕지도 못하는 환자의 눈은 풀려 있었다.

"힘내서야 합니다. 견디셔야 합니다." 연신 말씀드렸지만 내 말이 들리지 않는 듯했다. 그렇게 항암치료가 시작됐고 못 먹고 토하고 기진맥진해질 때마다 환자는 가족들의 등에 업혀 실려 와 수액을 맞았다. 수액을 맞고 구토가 좀 잦아들면 환자는 신음하듯 말했다. "못 하겠어요…. 못 하겠어요…."

나의 아버지는 내가 의과대학 본과 2학년 때 돌아가셨다. 암으로 1년 8개월을 투병하시다 어느 새벽 조용히 눈을 감으셨다. 아버지를 떠나보낸 뒤 나는 한동안 무기력 속에 살았다. 암이란 것이 지칠 줄 모르고 여기저기 몸 안에서 전선을 넓힐 때마다 이번엔 이곳 다음엔 저곳, 여기저기 뚫린 둑을 손바닥으로 막는 심정으로 투병 기간을 보내고 나면 환자와 보호자에게 남는 것은 무기력밖에 없었다. 시간이 지나면 극복되겠지 생각했지만 그 무기력은 어느새 몸의 일부가 되어, 의사가 된 후에 혹시라도 내가 실수하거나 때를 놓친 진단으로 환자가 어려움을 겪게 되면 어김없이 나타나 나를 주저앉게 했다. 개원의로 살면서 환자들의 병을 일찍 발견해 큰 보람으로 마음이 고양될 때도 있지만, 교활하게 숨어 있는 병을 제때 발견하지 못하면 땅을 치고 입술을 깨물고 주저앉아 한도 끝도 없이 자책할 때도 있다. 그럴 때는 내 입에서도 신음 소리가 흘러나왔다. "못 하겠어…. 더는 못 하겠어…."

환자의 남편은 귀가 어두웠다. 시간이 날 때마다 나를 찾아와 아내에게 자신이 무엇을 해줘야 하는지 물었다. 아내가 아무것도 먹지 못하는데 어떻게 해야 하냐고 물었다. 귀가 어두워 한 손으로 그나마 들리는 쪽 귓바퀴를 앞으로 접고서는 내 입술만 바라봤다. 나는 무슨 말을 해주었던가. 이제까지 보호자들이 다른 곳에서도 들었을 대답을 또다시 해주었던 것 같고, 그럴 때마다 귀가 어두운 환자의 남편은 시간을 내주어 감사하다고 인사하며 돌아갔다.

거리에 연말 분위기가 나던 어느 추운 겨울이었다. 점심을 먹고 들어오는 길에 휠체어 탄 환자를 만났다. 환자의 남편이 환자를 끌고 어디론가 가고 있었다.

"아니, 이렇게 추운 날씨에 왜 나오셨어요? 감기 걸리면 어쩌시려고요."

"아내가 너무 답답해하기에 어쩔 수 없이 데리고 나왔어요. 여보, 원장님이세요. 원장님."

담요로 온통 싸매고 모자에 마스크에 눈만 열린 환자는 나를 지그시 올려다보았다. 나는 몸을 구부리고 앉아 환자의 손을 잡았다.

"힘내셔야 해요. 아셨죠? 버티셔야 해요."

환자는 내 눈을 맞추고 고개를 끄덕였다.

멀어져가는 부부의 뒷모습을 바라보며 나의 무기력도 저렇게 뜬금없이 추운 겨울날 거리로 나오게 하듯 전혀 연관되지 않는 순간에 불쑥불쑥 튀어나와 나를 당황하게 하는 것이라고 생각했다. 한 해를 마감해야 할 시간, 환자들은 미뤄두었던 건강검진을 받으러 밀려들었고 나도 한 해 중 가장 버거운 시간을 보내고 있었다. 육체적으로도 힘이 들어 헉헉댔지만, 한 해 동안 진료하면서 느꼈던 기쁨과 슬픔, 자책과 무기력의 감정들이 고된 업무와 뒤섞여 마음이 맑지 못했다. 이 감정들을 솎아내고 마음을 성찰하기까지 힘든 시간을 버텨야 했고 어려운 마음을 감내해야 했다. 그 순간 나는 환자에게 해주었던 말을 스스로에게도 해줘야 할 것 같았다. '힘을 내야 해. 버텨야 해.'

유난히 추웠던 겨울이 지나고 다시 봄이 되었다. 한동안은 수액 맞으러 오지 않던 환자가 남편과 함께 내원했다.

"어서 오세요. 어떻게, 추운 겨울은 잘 보내셨어요? 한동안 오시지 않으셨는데 요즘은 잘 드시나요?"

"네, 많이 좋아졌어요. 이제는 토하지 않고 잘 먹어요. 병원에서도 경과가 좋대요. 제가 유별난 건지 항암 맞을 때는 정말 힘들더군요. 정말 못 할 것 같았는데 힘내라는, 버티라는 원장님 말씀 듣고 겨울을 났네요."

곁에 서 있던 귀가 어두운 환자의 남편이 말을 이었다.

"감사합니다, 원장님. 집 근처에 있어 우연히 들린 의원이었는데 너무 많은 도움을 받았습니다."

유명한 의사도 아닌 그저 집 근처 가까운 곳에 있는 의원이어서 찾은 것뿐인데 많은 도움을 받았다는 말은 그동안 잊고 있던 나의 소망을 떠올리게 했다. 명의가 되고 싶은 것은 아니었다. 큰 병원을 만들고 싶은 것도 아니었다. 조그만 동네 의원이지만 찾아오시는 분들에게 예기치 못한 선물을 줄 수 있는 의원, 그런 의원을 만들고 싶었던 꿈이 기억났다.

단테의 《신곡》에 나오는 지옥문엔 이런 글이 쓰여 있다고 한다.

'이곳에 들어오는 자, 모든 희망을 버릴지어다.'

희망이 없는 곳, 절망만이 있는 곳, 무기력이 삶의 원동력인 곳, 거기가 지옥일 테다. 인생엔 희망을 버린 채, 무기력을 안고서 지옥을 통과해야 할 때가 있다. 그러나 어쩔 수 없이 버텨야 하는 절망의 시간에도 예기치 못한 선물이 있을 수 있다. 그 선물은 마치 가뭄에 단비처럼 절망 가운데 있는 우리를 다독이고 부추겨 그 시간을 견디게 한다.

어버이날 암을 진단받은 환자가 이제는 구토도 없이 잘 먹고 있다는 것은 고통스러운 여덟 번의 항암 기간에는 예상도 못 한 것이었다. 암이 오 년을 넘기면 산다는데, 일 년을 넘겼다는 것, 그 일 년 동안 수술과 항암치료를 잘 견디었다는 것, 그리고 경과가 좋다는 것은 환자에게는 선물과도 같은 것들이다. 동네 의원 의사에게 환자의 호전 소식과 더불어 환자에게서 듣는 감사하다는 인사는 예기치 못한 선물처럼 힘을 주곤 한다. 무기력이 찾아올 때마다 의사는 환자로부터 받은 예기치 못한 선물을 수시로 꺼내 볼 것이다. 버겁고 절망스러워 사방이 꽉 막힌 인생에 생각지 못했던 선물이 어느 틈새를 깨고 들어올 수 있다면 버려진 희망도 어느 순간 다시 나타날 수 있다. 예기치 않게 절망이 찾아왔듯이 희망도 예기치 못하게 말이다.

올해 어버이날에는 그나마 가족들과 모여서 웃으며 보내실 수 있겠지, 하고 흐뭇한 생각이 들었다. 환자와 환자의 가족에게 작년 오월은 온통 절망뿐이었겠지만, 올해 오월에는 그래도 웃을 수 있고 희망도 가질 수 있을 것이다. 환자와 환자의 남편이 돌아간 뒤 나는 또 다른 누군가에게 예기치 못한 선물을 줄 수 있을까, 상기된 마음으로 다음 환자를 불렀다.

제19회 장려상 수상작이다. 글쓴이 조석현은 누가광명의원 원장으로 수상 소감에서 "병으로 만났지만 울음으로 웃음으로, 때론 먹먹함으로 이어졌던 환자와의 관계를 글로 써 내려가면 나는 왜 의사가 되었고 내가 바라는 의사의 모습은 무엇이었는지 돌아보게 된다. 그런 면에서 내게 환자는 늘 가르침을 주는 분들이다. 작은 동네 의원이지만 찾아오시는 분들에게 예기치 못한 선물을 주는 의원이고 싶었다. 글을 내고 보니 환자들로부터 예기치 못한 선물을 받은 때가 더 많았던 것 같다"고 말했다.

연수수산

"네가 그랬지?" 오늘부터 기온이 영하로 뚝 떨어질 것이라는 일기예보와 함께 늘 그렇듯 정신없이 시작된 출근 준비시간. 아기는 머플러를 아무리 찾아도 없었다. "양은서! 또 너지?" 요즘 서랍이며 옷장이며 정리된 내용물을 밖에 다 끄집어내는 것을 소꿉놀이로 삼는 두 돌짜리 큰딸이 틀림없이 범인일 것이라 의심했고, 확신했다. 시간에 쫓겨 딸을 혼내지도 머플러를 찾지도 못한 채 매서운 겨울바람을 맞으며 병원으로 향했다.

지난봄이었다. 발열을 주소로 한 산모가 응급실로 내원했다. 확진자가 하루에도 몇백 명씩 쏟아져나오는 요즘이라면 당연히 신종 코로나바이러스 감염부터 의심했겠지만, 코로나 발생 초창기인 당시만 해도 산모에게 흔한 신우신염이나 방광염쯤 되겠거니 하고 대수롭지 않게 진료를 시작했다. 그러나 안일한 예상과 달리 나는 며칠이 지나도 그녀의 병명을 찾지 못했다. 수없이 많은 검사를 하고 수없이 많은 항생제를 쏟아부었지만, 병세의 뾰족한 원인을 찾지 못했다. 이런 환자들에게 내려지는 의학적 진단명은 '불명열'. 원인을 알 수 없는 열이라는 의미로, 입원 9일째, 결국 그녀에게도 나의 무능함이 들통나버린 것만 같은 이 진단명이 붙여졌다.

그녀는 하루에도 몇 차례씩 40도에 가까운 고열을 반복했다. 그녀의 체온이 요동칠 때마다 그의 남편 김연수 씨와 주치의인 나의 가슴도 함께 타들어가고 있었다. 입원 13일째, 감염내과 교수님께서 가능성은 떨어지지만 마지막으로 '신종 코로나바이러스 검사'를 해보는 것이 어떻겠냐는 답변을 주셨다. 그때만 해도 내가 근무하는 전주 지역의 확진자는 다섯 손가락 이내로, 검사 자체가 모두에게 생소해 의아했으나 더 이상 할 수 있는 것도 없었기에 마지막 칼을 뽑기로 했다.

병동 내 집중치료실 끝에 위치한 그녀의 자리로 무거운 발걸음을 뗐다. 그 시각에도 어김없이 그녀는 고열로 이불을 얼굴까지 뒤집어쓰고 몸을 사시나무 떨듯 바들바들 떨고 있었다. 나는 그녀의 남편 연수 씨를 커튼 뒤로 불러내 상황을 설명했다. "연수 씨, 정말 죄송하지만, 당연히 부인되시는 분께서 그럴 일은 없겠지만… 제가 두 분을 의심하는 것은 아니지만…." 횡설수설 중언부언 서두를 마치고 왜 이 검사를 받아야 하는지 나는 긴 시간 동안 그를 설득했다.

그렇게 어려운 임무를 끝내고 결과를 기다리던 중 간호사들이 나를 찾았다. "선생님, 좀 나와보세요. 집중치료실에서 큰소리가 나고 있어서요." 아니나 다를까. 연수 씨와 또 다른 장기입원 산모 보호자 간의 욕설로 범벅이 된 고함 소리가 온 병동에 쩌렁쩌렁 울려 퍼지고 있었다.

"당신 때문에 우리 마누라 코로나 걸리면 책임질 거야? 어디서 이상한 병 가지고 와서 남의 집 인생 망치려고 해?"

"그럼 우리 마누라 코로나 아니면 당신이 책임질 거야? 당신 마누라랑 당신 새끼만 귀한 줄 알아? 당신 마누라도 한 번씩 기침하던데 당신 마누라야말로 코로나 아니냐고!"

상황을 들여다보니, 어젯밤 나와 연수 씨 사이의 면담 내용을 같은 병실의 다른 보호자가 엿듣게 되었고, 이에 같은 병실을 쓰는 나머지 네 명의 산모들과 그들의 보호자들이 '신종 코로나바이러스'라는 미지의 병마가 자신들에게까지 뻗칠지 모른다는 두려움에 결국 연수 씨의 멱살을 잡은 것이었다.

"주치의 선생님, 무슨 조치를 해주셔야 할 것 아닙니까?"

"저 여자가 코로나로 확진되면 우리 마누라는, 배 속의 우리 아기는 어떻게 되는 겁니까?"

"우리 아기한테 나중에 조금이라도 이상이 생기면 선생님이 책임질 겁니까? 우리가 이 아이 가지려고 시험관 하느라 돈을 얼마나 쓴지 알기나 하세요?"

"저 여자 코로나였어요? 어쩐지 처음부터 뭔가 이상했어. 당장 저 여자 병원에서 쫓아내야 하는 거 아닙니까?"

여기저기서 그녀를 향한 모진 말들이 쏟아져내렸다.

고열로 하루하루 생사를 왔다 갔다 하는 산모를 범죄자 취급하는 그들이 이기적이라는 생각이 들기도 했지만, 다른 한편으로 그들의 주치의기도 했기에 그들의 막연한 두려움과 조바심을 이해하지 못하는 것도 아니었다. 결국 담당 교수님과 나는 연수 씨에게 1인실로 이동해 달라는, 격리라는 또 한 번의 미안한 부탁을 하게 되었다. 그날 밤 연수 씨 부부의 병실 근처에는 파리 새끼 한 마리 날아다니지 않았고 애꿎은 신규 간호사만이 중무장을 한 채 최소한의 진료를 하고 있었다. 그렇게 신종 코로나바이러스발^發 의심병이 온 병동을 집어삼킨 어두운 밤이 지났다.

다음 날 그녀의 검사 결과를 클릭하는데 나도 모르게 어제 아침 옷장 서랍을 뒤지던 딸아이 얼굴이 떠올랐다. '만에 하나라도 연수 씨네가 진짜 코로나로 확진되면 주치의인 내가 제일 먼저 감염되었겠지? 그렇다면 우리 딸 은서는 어쩌지?' 망상에 가까운 생각들이 꼬리에 꼬리를 물었다. 다행히, 아니 당연히 연수 씨 부인의 바이러스 검사 결과는 '음성'이었고, 연수 씨네는 며칠 뒤 중환자의학을 전공하신 교수님께 전과되어 비특이성 폐렴 등의 치료를 받고 병세가 점차 호전되었다. 나는 의사로서 그녀에게 아무것도 해주지 못한 것 같은데, 퇴원하는 날 그녀와 연수 씨는 고맙게도 웃는 얼굴로 나를 찾아왔다. 죄지은 듯 몸둘 바를 몰라 하는 내게 두 부부는 반가운 인사와 함께 한 장의 명함을 건넸다. '연수수산'. 남편 김연수 씨의 이름을 딴 횟집 명함이었다.

지금 이 순간 신종 코로나바이러스의 빠른 전파율, 높은 치사율보다 무서운 것은 이 작은 바이러스로 환자와 환자 간, 의사와 환자 간 신뢰가 무너지고 있다는 점이다. 신종 코로나바이러스 출현 이전의 삶은 상상할 수도 없을 정도로 이 바이러스는 우리 삶의 많은 것들을 바꿔놓았다. 가족을, 친구를, 동료를, 만나는 모든 사람을 의심한다. '전장'이나 다름없는 병원 중에서도 '최전선'이나 다름없는 분만실과 신생아실에서 근무하는 나는 더 당연히 혹독한 의심병을 앓아야 한다. 그러나 무능한 나를 다시 찾아와준 연수 씨네처럼 서로를 조금씩 이해하고 믿어준다면 반드시 이 병마로부터 자유로워질 날이 올 것이라 믿는다.

"홍 선생님, 부안에 회 한 접시 잡수러 오시게요."

'연수수산'. 그렇게 나는 오늘 책상 한편의 횟집 명함을 용기 삼는다.

"여보, 오늘 아침 당신이 찾던 그 머플러 내 차에 있던데?"

퇴근길 남편의 손에 하루 종일 찾던 그 머플러가 들려 있었다. 오늘 저녁에도 어김없이 숨바꼭질 놀이하자며 가슴팍에 달려드는 딸아이에게 미안한 마음에 머플러를 두르며 입맞춤을 했다. 연수 씨도 연수 씨 부인도, 부안 어딘가에서 나처럼 딸아이에게 입맞춤하고 있겠지.

제20회 장려상 수상작이다. 글쓴이 홍유미는 전북대학교병원 산부인과 전임의로 수상 소감에서 "이 글을 퇴고하는데 아직까지도 신종 코로나바이러스로 몸살을 앓는 하루의 고된 일과가 떠오르며 지난밤 기차에서 느꼈던 그 씁쓸한 기분이 다시 한번 마음을 훑었다. 미제이자 숙제로 남아 있는 이 병마와의 싸움에서 늘 지고 오면서 이를 주제로 글을 써 상을 받는다는 게 역설적인 것 같아 부끄럽지만, 이를 거름으로 더 열심히 싸워 결국 이 병마를 이기라는 깊은 뜻이 있으라 생각한다"고 말했다.

로맨틱 파리의 응급실
그리고 시트러스

의사 아닌 환자가 된 기분은 낯설고 또 힘겨웠다. 세 시간이나 기다려 내 담당의를 만났건만 그다지 호감 가는 인상은 아니었다. 목이 다 늘어난 티셔츠에 다리지 않은 흰 가운을 대충 걸치고 있었다. 조금 그렇지만, 이 사람 귤 냄새를 엄청나게 풍겨댔다. 나를 만나러 오기 방금 전까지도 먹은 게 분명했다.

내게 귤 냄새는 거의 악취에 가깝다. 귤이 왜 싫은지 어떤 정신적 트라우마도 기억에 없어 그 이유가 아직도 미스터리인데, 귤 아니더라도 형제 정도 되는 오렌지, 레몬, 자몽, 낑깡 그리고 제아무리 고가라는 한라봉 할아버지까지 냄새조차 소스라치게 싫다. 이 귤놈들의 신맛은 인상을 찌푸려트리고, 실수로라도 입에 넣게 되면 바로 뱉어야 한다. 가끔 어린 아들을 위해 귤 냄새를 참아가며 껍질을 까주기도 하는데, 내게는 피붙이를 사랑하는 마음 때문에 간신히 해낼 수 있는 일에 가깝다. 어쨌든 병실에서 마주한 내 담당의라는 자의 첫인상은 이런 이유에서, 시각적 근거뿐 아니라 후각적으로도 소위 비호감 그 자체였다.

모든 응급환자가 그렇겠지만 나도 응급실 입원은 미처 생각하지 못했다. 일주일 전만 해도 레지던트 하면서 모처럼의 휴가, 그것도 아내와 프랑스 파리에서 로맨틱한 한 주를 보낼 수 있다는 생각에 들떠 있었다. 대학에 있는 아내는 파리에서 열리는 학회를 등록해 나와 휴가 기간을 맞췄다. 에펠탑, 몽마르트르 언덕, 퐁네프와 센강…. 연인들의 필수 코스라는 파리의 구석구석을 밟으며 신혼 때로 돌아간 기분에 행복하기만 했다. 여행 중 스트레스를 굳이 고르자면, 안전을 책임질 보호자의 역할을 맡았다는 것이다. 내 나라가 아닌 곳에서 예측 못 할 위험은 어디에나 도사리고 있다. 나는 조심성이 많은 사람이다. 집착적으로 안전에 신경 썼고 노을을 보며 예쁘다고 좋아하는 아내에게 빠른 귀가를 종용했다.

그런 내가 머리를 다쳤다. 위험이라고는 전혀 없어 보이는 호텔 방 안에서 말이다. 아내는 여행 마지막 날 귀국 짐을 싸다가 금고에 넣어둔 귀중품을 잊고 갈까 봐 불안해 금고 문을 열어두었다. 공중에 떠 있는 이 묵직한 쇳덩이를 나는 미처 보지 못했다. 샤워하고 안경을 벗어 잘 안 보이는 상태에서 머리 위의 흉기에 두정부를 세게 부딪쳤다. 소리가 어찌나 컸던지 짐 싸던 아내가 놀라 달려왔다.

정신을 0.01초 정도 잃었을 수도 있다. 너무 아파서 그렇게 느꼈을

지도 모른다. 감았던 눈을 떠보니 아내가 걱정스러운 눈으로 날 보고 있었다. 떨리는 손으로 상처를 만져보았다. 움푹 패여 있었고 붉은 피가 배어 나왔다. 휴지로 한동안 압박해보았지만 멈추지 않았다. 지속되는 출혈을 보니 덜컥 겁이 났다. 가장 무서웠던 것은 세게 눌렀을 때 안으로 푹푹 들어가는 양태였다. 뼈가 손상된 건 아닐까? 혹 두개골 안쪽으로 출혈이 있지는 않을까? 내 두려움은 사실 근거 있는 것이었다. 내과 레지던트를 하기 전, 인턴 때 응급실 파트를 꽤 오래 맡아서 했다. 장장 4개월이나 되는 긴 기간이었다. 근무 시간이 길고 업무 강도도 높은 응급실 인턴이 유독 길었던 이유는 동기애 때문이었다.

인턴들은 1년의 수련을 마치고 내과, 외과, 피부과 등 각 의학 분과로 신규 입사한다. 그래서 수련이 끝날 즈음해선 대부분의 인턴들 거취가 분과에서 내정되는데, 이를 픽스턴이라 한다. 이들은 원내에 계속 있거나, 외부 병원으로 가기도 한다. 원내 픽스턴은 어차피 시작할 분과 수련을 인턴 말부터 좀 빨리 시작하기도 한다. 물론 그러려면 해당 분과에서 근무할 예정인 인턴과 자기 스케줄을 바꿔야 한다. 나는 외부 병원 픽스턴이었고, 어차피 근무는 해야 하니 남은 스케줄을 원내 픽스턴 동기들과 바꿔주었다. 그런데 하필 그 스케줄 모두가 응급실이었던 거다. 하지만 불만은 없었다. 응급실 인턴이 힘들기는 했지만 달이 지날수록 숙련도가 올라 편하게 느껴지기도 했다.

그때 뇌출혈이 생각보다 흔하다는 사실을 알게 되었다. 자연적으로 터지는 경우도 많고, 외상성이 그렇게까지 많은지도 몰랐다. 술 먹고 자빠지거나 교통사고, 패싸움 등 이유도 가지각색이었다. 한번은 한 만취자가 바닥에 머리를 부딪쳐 왔는데 검사를 완강히 거부하고 집에 갔다. 그리고 다음 날 사망했다고 들었다. 그때 내가 초진을 봤는데 바깥에서 보기엔 살짝 긁힌 것 말고는 별다른 외상이 없어 보였다. 그런데 죽음에 이르렀다니 놀랍고도 무서운 일이었다.

두부외상. 남의 일이 아니라 내 일이었다. 상처가 작다 해도 응급실에서 본 게 있으니 덜컥 겁이 났다. 상처를 직접 보고 "괜찮으실 거예요"라고 안심시켜줄 의사도 없었다. 몇 센티미터인지 깊이는 얼마나 되는지 설명해줄 의료인이 필요했다. 구역감이나 두통이 없어 괜찮을 것 같았지만 내 일이 되고 나니 자신 없었다. 피가 안 멈추니 겁났고, 상처를 직접 볼 수 없어 겁났고, 아내가 울먹이는데 나도 잘 모르겠으니 달래줄 수 없어 겁났고, 무엇보다 이곳은 아름다운 파리. 이 아름다움의 이국적 성격이 아이러니하게도 나를 날카롭게 이방인으로 분리할 것이기에 두려웠다. 한국에서 같은 상황이었으면 내가 근무하는 병원의 전문가에게 달려가 VIP 대접을 받으며 고급 조언을 구했을 터였다. 하지만 이곳에서는 말도 잘 안 통하는 외국인 환자일 뿐이었다.

부부는 일심동체라 했던가. 나와 같은 생각을 했는지 아내는 내 병원 응급실에 국제전화를 걸어보라 했다. 옳은 판단이었다. 전화비 백만 원이 나오든 그게 대수겠는가. 당황한 내가 스스로 내리는 허술한 의학적 판단보다는 나아 보였다.

"네, 응급실입니다."

"저 내과 레지던트 아무개인데요."

"아, 네. 선생님. 내과 환자 없는데 무슨 일이세요?"

"실은 저 오프고 지금 국제전화인데요, 프랑스인데 머리를 다쳐서요. 오늘 응급실 과장님 좀 연결해주실 수 있으세요?"

한국은 새벽 시간이었다. 전화를 받은 간호사는 곤란해하며 과장님이 조금 전 쉬러 방으로 들어가셨다고 했다. 그리고는 응급의학과 레지던트를 연결해주겠단다. 그 레지던트가 누구냐 물었더니 1년 차인 학교 후배였다. 1년 차 후배가 못 미더운 건 아니었지만 끝내 과장님 연결을 안 해주는 간호사가 야속했다. 응급실 총책임자인 상급자를 깨우기 부담되는 그녀의 입장도 이해는 갔다. 하지만 어차피 상처도 못 보여주는데, 경험 많은 과장님의 한마디가 더 듣고 싶었다. 지금 혼자 있어 정신 변화라도 생기면 어쩌냐고 약간 거짓도 섞어 호소했지만 끝내 먹히지 않았다.

'내가 남인가? 저년차 때 낮이고 밤이고 내과 환자만 있으면 응급실 가서 몸 바쳐 일했는데, 먼 타국에서 타는 내 속도 모르고….'

그래도 다른 방법이 있겠는가. 후배와 통화하는 수밖에 없었다. 후배는 병력을 듣더니 괜찮을 것 같다고 했다. 수화기 너머로 들리는 말이 내 판단과 일치했다. 내가 환자를 봤다면 나라도 그처럼 말했을 것이다. 하지만 '괜찮을 것 같다'와 '괜찮다'의 간극은 생각보다 컸다. 환자가 되어보기 전까지는 알 수 없을 만한 것이었다. 아내는 이 정도로는 불안감을 풀지 못했다. 우리는 사이좋은 부부여서 내게 0.1%라도 불확신이 남아 있다면 그녀는 반드시 알아챈다.

통화를 마칠 즈음 후배는 안심보다 더 듣기 좋은 정보를 건넸다. 과장님이 지금 깨어 계신다는 거다. 나는 고맙다 인사하고 과장님께 직접 통화를 시도했다. "별일 없을 거야. 불안해하지 말고, 슈처^{suture}(봉합) 정도 해볼 수 있지 않을까?" 근처 응급실에 가보란 말이었다. 너무 당연한 권고였다. 생각해보니 어이없는 행동을 하고 있었다. 환자로서의 나는 의사인 나와 전혀 다른 인격이었다. 내 임상경험도 못 믿고, 환부도 못 보여줄 지인 의사에게 새벽에 전화해 응급실 갈지 말지를 물어보는, 그런 진상 환자가 되어버렸다. 하지만 나름의 사정으로 흥분해 있으니 남들이 그 점을 어떻게든 이해해주길 바라는 그런, 의사의 인격이었다면 혐오했을지도 모르는 사람 말이다.

다행히 부근에서 가장 큰 병원이 도보로 10분 정도 거리였다. 나와 아내는 추운 밤길을 걸었다. 낮 동안 로맨스로 쓸었던 그 길을 피 흘리며 걸어가자니 처량해 미칠 지경이었다. 거리에는 불량한 치들이 드문드문 걸었다. 이들과 마주치지 않으려고 노을만 코빼기를 비춰도 잽싸게 숙소로 들어갔었는데, 숙소가 안전하지 않아 다시 거리로 나와야 하는 신세에 헛웃음이 나왔다.

파리 응급실 입구는 우리네 그것과 별반 다르지 않았다. 앰뷸런스가 거센 라이트를 빙글빙글 돌려대고 있고, 구급대원들이 응급실 이송을 끝마치고 안도하며 쉬고 있었다. 하지만 응급실 내부는 많이 달랐다. 대기환자가 적지 않았다. 반면 그 많은 환자들이 만들어내는 소리는 그야말로 제로였다. 적막 그 자체. 시끌시끌한 한국 응급실과 대조적이었다. 가장 충격적인 모습은 상체 전반에 붕대를 칭칭 감은 한 중환이 처치실로 이송되는데, 신음 소리 내는 걸 참으며 낑낑거리는 것이었다.

'이곳에선 아파도 소리 내면 안 되는가.'

말하자면 성지에 가까웠다. 내가 아는 병원의 모습과 많이 달랐다. 현지인들조차 그 권위에 순순히 응하는 모습에 의기소침해졌다. 이방인으로서 당연한 감정이었다.

그때부터 겪는 모든 낯선 사건들이 나를 주눅 들게 했다. 아무리 사소하더라도 그랬다. 이들은 나를 '닥터 양'이 아닌 '미스터 양'으로 부르니 말이다. 같은 파리라도, 응급실에서는 미술관에서처럼 행동해선 안 될 것 같았다. 미술관에서 르누아르의 몰랐던 그림을 발견해 놀라움에 소리 지르고 싶어지면 맘대로 해라. 하지만 여기에서는 큐레이터가 쫓아낼 수도 있었다.

그렇게 낯선 것들을 얌전히 지켜보며 세 시간을 보냈다. 유니폼 위로 명품 스카프를 두른 간호사부터, 혈압·맥박 하나도 안 재고 산소포화도만 보는 이해 못 할 바이털^{vital}(생체신호) 측정을 하는 간호사, 그러면서 왜인지 정맥 채혈은 하겠다는 간호사, 어느 할리우드 액션영화의 대머리 주인공을 닮은 위압적인 남자 간호사를 거쳤다. 그래도 잘 참았다. 세 시간의 인내는 나를 복도 끝 진료실로 인도했다. 진료실 안 베드 위에는 나를 위한 환복이 놓여 있었다. 나는 옷을 갈아입었다. 환복까지 입혀놓으니 진짜 환자 같았다. 때마침 피가 볼을 타고 주룩 흐르니 더욱 그랬다. 그 모습을 본 아내는 눈물을 글썽였다. 우리는 손을 잡고 서로 자기의 부주의였다며 미안함을 고백했다. 또 한동안 시간이 흘렀다. 고요한 방에 둘이 앉아 마냥 기다리자니 간신히 쉴 곳을 찾은 피식자가 된 기분이었다. 우리는 무슨 소리만 들리면 귀를 쫑긋 세웠다가 아무것도 아님을 알고 긴장을 푸는 과정을 반복했다.

그러던 중 이 귤 냄새 풍기는 흑인 의사가 방 안으로 들어온 것이다. 앞에서도 말했지만 세 시간 기다림의 결과치고는 약간 실망스러웠던 게 사실이다. 한편 마침내 의사를 만났으니 당연히 기쁘기도 했다.

그에게 이렇게 말하고 싶었다.

'여보시오. 나도 의사요. 비록 레지던트지만 나름 산전수전 겪은 내과 3년 차란 말이오. 환부 좀 봐주고 의사 대 의사로 속 시원히 설명 좀 해주시오.'

나는 미리 준비해놓은 프랑스어 문서를 꺼냈다. 간단한 내 소개와 병력, 궁금한 점을 영작하고 구글 번역기로 번역한 글이었다. 당연하지만 퇴고까지 거친 작정하고 쓴 글이었는데, 내 신분과 더불어 의학적으로 잘 정리된, 그리고 예의 바른 글을 읽은 그가 약간이라도 감동하길 바라는 목적이 있었다. 다른 말로 하면 이 낯선 곳에서 의사이기에 공감대를 형성하고 좀 더 잘 대해주길 바라는 바람이었다. 한국에서와 달리 병원이란 곳에 내가 의지할 '아는 사람'이 없어 심적으로 불안했다. 나는 이 의사를 내 '아는 사람'의 범주에 넣고 싶었다.

하지만 의사는 얼핏 훑더니 별다른 말도 없이 신체 진찰을 시작했다. 내가 가져온 문서에서 알고 싶은 모든 내용을 다 파악했는지 아무 질문도 없었다. 마침내 상처를 씻고, 보고, 말했다.

"꿰매야 합니다."

나는 고개를 끄덕였다. 꿰매면 아플 것 같았다. 그래서 오래전 내가 직접 두피를 꿰맨 어떤 환자를 떠올렸다. 그때 그는 별로 안 아프다고 했다. 나도 그랬으면 했다.

파리 온다고 미용실에서 신경 써 조각한 헤어가 가장 먼저 뎅겅 잘려나갔다. 국소 마취제를 뿌리니 혈액이 떨어져 환복에 혈흔을 만들었다. 진짜로 모든 준비가 끝났다. 곧 바느질이 시작된다. 첫 땀을 뜰 때 나는 눈을 질끈 감았다.

"아파요?"

"아뇨."

아까 그의 첫인상이 나쁘다 했던가? 그 말 수정한다. 그냥 낯선 인상이라고만 해두자. 그는 나쁘지 않은 의사였다. 아니, 실은 꽤 괜찮아 보이기도 했다. 앳된 얼굴에 숙련된 기술을 기대하기는 어려웠지만 어쨌든 최선을 다한다는 느낌을 받았다. 느린 손과 신중한 눈빛이 그 증거였다. 그는 그간 연마한 손놀림으로 내 두피 안에 실을 밀어 넣고 당겨 빼 휘감고 잘랐다. 통증 여부를 면밀히 관찰했고, 몇 땀 뜨면서 열 맞추기에 고심했다. 모든 과정은 편안하게 진행되었다. 잠시나마 긴장한 내가 민망할 정도였다.

봉합이 끝나고 그는 내가 듣고 싶은 모든 말을 해줬다. '괜찮을 거다. 비행기 타서도 된다.' 사적인 대화도 나눴다. '한국이란 나라에 대해 안다. 액티브한 에너지가 매력적인 나라다. 한 번은 꼭 가보고 싶다.'

응급실을 나오며 내가 갖고 있던 모든 우려가 다 쓸데없는 것임을 깨달았다. 의사의 외모와 냄새가 그의 나쁜 인상을 결정했다. 하지만 내가 신뢰하지 않은 그 의사는 알고 보니 믿을 만한 자였고, 외국인이라고 대충 하지 않고 최선을 다했다. 간호사들도 각자의 자리에서 위중을 판단하고 자기 할 일을 했을 것이다. 낫고 안심하고 나니 불신의 마음이 부끄러워졌다.

이 마음은 어디에서 왔을까. 낯선 곳에서의 방어기제가 아니었을까. 아무리 내게 변명거리를 주려 해도 부끄러워진다. 환자가 되면 약해지고, 낯선 곳에 오면 당황스럽고, 말도 안 통하면 두려워진다. 약자가 되어보니 오히려 치료자를 믿기 어렵더라. 치료자가 보듬으니 감동하더라. 이 정도가 짧았던 파리 응급실 여행에서 얻어가는 교훈이랄까.

내 진료의 현장에도 나 같은 환자가 있지 않을까. 어쩌면 많을 수도 있다. 병원의 수많은 노인 환자들. 귀가 어둡고 말귀 못 알아들어 늙은 자신을 자책할 수 있다. 증상을 호소하는데 다들 잘 못 알아들으니 스스로를 이방인처럼 여길 수도 있다. 젊다 못해 어린 치료자의 억압적 태도에 좌절할지도 모른다. 의료는 발전해서 복잡하고, 극도로 세분화되어 겉도는 여행자가 된 기분일 수도 있다.

응급실을 나와 귀가하는 밤길은 오렌지빛 안도감으로 가득했다. 내일이 귀국이지만 벌써 한국에 돌아온 기분이었다. 귤 좋아하는 그분이 만들어준 길이었다. 좋은 치료자를 만나 아내와 나는 좋은 귀갓길을 걸었다.

메르시, 닥터 암마르! 좋은 여행이었어요.

제18회 장려상 수상작이다. 글쓴이 양성우는 코스모내과 원장으로 수상 소감에서 "갑자기 떠오른 이야기를 받아 적는 느낌으로 가볍게 썼고 글을 읽은 아내가 좋아하기에 '에이, 모르겠다' 식으로 내버린 글이었다. 제출하고 나니 후회가 들기도 했다. 응모 조건이 '의사가 자신이 진료했던 환자를 소재로 쓴 수필'인데 '의사 자신이 환자로 진료받은 소재'로 슬쩍 바꿔 썼으니 든 가책이랄까. 그럼에도 좋게 읽어주셔서 감사하다. 부족한 글을 신문에서 보니 부끄럽기도 하다. 본 수상을 계기로 진료와 관련한 글을 써보고 싶어졌다"고 말했다.

또 하나의
기적

나는 말린 꽃을 좋아하지 않는다. 매달아 놓으면 하루하루 수분이 빠지면서 빠르게 말라버리는 드라이플라워, 말린 꽃이 고운 색종이같이 예쁘다고 하지만 나는 바스락 부서질 것 같은 아슬아슬한 느낌이 싫다. 그래서 가끔 들어오는 꽃다발은 말리지 않고 화병에 꽂아 매일 물을 갈아주고 틈틈이 햇볕도 쬐어주면서 시들어짐을 늦추기 위해 애쓴다. 그러면 뿌리 없이 꺾인 꽃인데도 한 달여 남짓을 버텨주는 기특한 꽃줄기들도 있다.

오늘도 화병의 물을 갈아주다가 아직도 생기 있게 싱그러운 꽃잎을 보면서 문득 '참 오래도 가네'란 생각이 들었다. 그리고 4주 넘게 인큐베이터에서 생사를 넘나드는 꼬맹이가 떠올랐다.

꼬맹이가 태어나다

우리 꼬맹이는 23+4주, 650g. 더 설명할 것도 없이 꼬맹이다. 태반이 박리되면서 초응급으로 세상 밖으로 나와버린 아기는 죽을 고비를 몇 번이나 넘겼을까? 세어보질 않았으나 겨우 4주 동안인데도 지겨워질 만큼이었다. 상태가 심각한 아기의 심폐소생술을 이십여 분 이상 하다 보면 '얼마나 더 해야 할까? 그만해야 하는 이유를 보호자에게 어떻게 설명을 해야 하지? 얼마나 더 버티려나…' 같은 몹쓸 생각들이 떠오르기 시작한다. 그러나 몹쓸 생각과는 다르게 몸은 더 열심히 흉부압박을 하고, 심장을 뛰게 하는 약의 용량을 올리고, 힘이 빠진 소생술 인력의 교체를 지시한다. 어린 생명을 놓쳐본 적 있는 의료진들은 잠시 잠깐 떠오르는 사특한 생각이 지배할 수 없는 본능으로, 아기가 포기할 때까지 절대로 아기의 손을 놓을 수가 없다. 그렇게 소생술을 받던 아기의 심장은 다시 혼자서 뛰기 시작했고 그 이후로도 서너 번은 더 생사의 문턱을 널뛰기하듯 넘나들었던 꼬맹이였다. 기적적인 소생이었지만, 손가락 열 개가 다 접히는 수만큼 많은 약이 들어가면서 나는 살아 있노라고 꼼지락거리는 아기가, 화병의 꽃을 보다 생각이 났다.

늘 충혈된 눈으로 얼굴이 붉게 그을려 있는 아빠는 딱 봐도 쉽지 않은 삶을 사는 이고, 벌써 산후 부기가 다 빠져버린 엄마는 젊디젊다. 아기의 힘든 삶을 지켜보면서 아무것도 해줄 수 없는 부모들에게는 하루하루가 형벌일진데, 그 앞에서 '반드시 살려내겠습니다'란 치기 어린 호언장담을 할 수 없는 나도 벌을 받고 있기는 마찬가지이다. 내가 할 수 있는 일이라곤 꼬맹이의 여리고 가는 숨줄을 현대 의학의 힘으로 간신히 연명시키면서 스스로 뿌리내려주기를 기다리는 것뿐이다. 절망에 빠진 부모를 위해서 위로도 뭣도 아닌 허상한 말을 던지는 것 대신에, 그들의 아기로 얼마만큼을 살아줄지 모르는 꼬맹이를 만질 수 있게 해드리기로 했다. 엄마는 정성껏 닦은 깨끗한 손으로 아기를 보듬으며 가끔 미소를 지었다. 행복한 미소였다. 감염 위험이 있어 걱정스럽기도 하지만, 마음 한편으로는 의학적으로 설명할 수 없는 엄마와 아기의 교감이 아기의 생명줄을 늘려주기를 바랐는지도 모른다. 그렇게 꼬맹이는 벌써 4주째 버텨내고 있었다.

수술

꼬맹이는 이른둥이들이 거의 다 앓고 지나가는 동맥관 개존증을 약물 투여만으로 수월하게 넘기는 듯싶었다. 그러나 아니나 다를까, 약으로 닫혔던 동맥관이 다시 열렸고 심장은 무리를 받아 조금씩 커져오기 시작했다. 약을 다시 썼지만 처음처럼 막히지 않았고 점점 더 부하를 받은 심장은 폐에도 영향을 끼치기 시작했다. 결국 수술하기로 결정했고 여느 때처럼 신생아중환자실에서 동맥관결찰술을 준비했다. 수술할 아기가 있으면 시간을 지체하지 않으시는 흉부외과 교수님은 당일 오후에 바로 수술해주시기로 하였고, 우리는 익숙하게 수술을 준비했다. 부모님들에게 수술을 설명하며 '나는 당신들의 아기를 정말 살리고 싶습니다'라고 말하고 싶었지만 책임질 수 없는 감성은 도움이 되지 않기에 말을 아꼈다.

수술이 시작되었다. 동맥관결찰술은 필요 없는 혈관인 동맥관을 묶어버리는 그리 어렵지 않은 수술이라고는 하지만, 그래도 아기를 전신마취시키고 폐를 눌러대며 하는 수술이라 수술 중에 산소포화도와 심장박동수를 잘 관찰해야 한다. 수술이 시작된 지 십여 분이 지났을까. 동맥관을 결찰하기 위해 폐를 누르자 아기의 산소포화도와 심장박동수가 떨어지기 시작했다. 인공호흡기의 산소 투여를 최대로 올렸으나 호전되지 않았다. 수술을 위해 덮은 포 밑으로 들어가서 인공호흡기를 떼고 기관튜브로 직접 앰부를 짜서 산소를 넣어주기로 했다. 급속도로 떨어지는 산소포화도와 심장박동수에 수술하는 의료진들의 손놀림은 바빠졌고, 나는 수술대 밑으로 기어들어가 포에 덮인 아기의 기관튜브를 간신히 찾아내어 앰부를 짜기 시작했다.

담당 간호사가 산소포화도와 심장박동수의 변동을 모두가 들을 수 있도록 실시간 외쳐댔고, 나는 무섭고 불안한 마음을 가라앉히면서 아기에게 산소를 넣어주기 위해 앰부를 짰다. 너무 세게 짜면 아기의 약한 폐가 찢어질 것이고, 기관튜브를 너무 당기면 삽입된 가는 관이 빠지면서 아기의 숨길을 다시 잡아야 하는 불상사가 생길 것이다. 머릿속은 침착을 외쳐대지만 도무지 오르지 않는 산소포화도와 심장박동수에 등줄기에는 식은땀이 흘렀다. 그러나 그럴수록 손가락의 힘은 더 정교하게 적당한 압력을 유지해서 앰부를 눌러댔고, 기관튜브를 잡은 반대편 손은 흔들림 없이 고정됐다. 이것 역시 이제는 본능이 되어버린, 생각과 상관없이 몸이 하는 일이었다. 길기도 긴 3분여가 지나 아기의 산소포화도와 심장박동수는 수술에 지장 없을 만큼 회복하였고 수술은 중단 없이 마칠 수 있었다. 다시 인공호흡기를 연결하고 수술

포 밖으로 나와 앰부를 내려놓자 그제야 긴장이 풀린 손이 정신없이 떨리기 시작했다.

꼬맹이는 수술이 끝나고 서너 시간이 지난 후 안정을 찾기 시작했다. 이번에 넘은 산은 도대체 몇 번째 산이었으며 앞으로 얼마나 더 많은 산을 넘어야 하는지…. 인형보다 작은 아기는 눈, 코, 입이 오밀조밀 가지런하고 수려하다. 내가 보기에도 이렇게 예쁜데 부모가 보기엔 오죽할까. 끝이 없는 여정을 예측할 수 없기에 그냥 하루하루 정성껏 물을 갈아주고 햇볕을 쬐어주다 보면 어느 날 문득 튼튼한 뿌리에 물을 주고 있는 나를 보고 깜짝 놀라는 일이 벌어질 수 있을까, 하는 기적을 기대해본다.

또 심폐소생술

수술 후 그다음 날부터 꼬맹이는 힘들다고 온갖 사인을 다 보내기 시작했고 급기야 수술 나흘째 되는 날, 또 심폐소생술 상황이 벌어졌다. 토요일 오전 내내 긴 회진을 끝내고 집으로 돌아와 아들아이 점심을 챙겨주려고 하는데, 꼬맹이가 심폐소생술 중이라는 전화가 왔다. 멀쩡히 회진을 끝낸 지 겨우 삼십여 분 지난 시간이었다. 이런 상황이 익숙한 아들은 얼른 가보라고 등을 떠밀었고, 나는 정신없이 차를 몰고 달렸다. '병원까지 족히 십여 분은 걸리는데 버텨주려나? 숱한 생사의 기로를 넘기던 아기가 이제는 쉬고 싶어서 잡은 날이 오늘일지도 모른다'는 생각을 애써 떨쳐버리며 병원에 도착한 나는 검은 나무토막처럼 변한 아기를 보자 내 불길한 예감이 적중할까 봐 겁이 났다. 방금 전 기관튜브를 빼고 재삽관까지 했는데도 산소포화도가 전혀 오르지 않는다는, 꽤 일 잘하는 고년차 레지던트의 절망 섞인 노티(환자 상태를 보고함)를 받았다. 부랴부랴 손을 닦고 장갑을 끼고 앰부를 짜기 시작 했다. 앰부를 짜면 들어가는 공기로 가슴이 올라와 줘야 하는데 아기 의 가슴은 반응이 없었다. 방금 전에도 같은 상황이라 재삽관을 했을 테지만 그래도 다시 삽관을 해봐야만 했다. 분초를 다투는 상황이라 "인투베이션(삽관) 준비해주세요" 소리침과 동시에 재삽관을 했다. 새 관을 넣기 위해서 빼낸 관은 피와 살점이 섞인 분비물로 꽉 막혀 있었 다. 재삽관한 지 오 분도 안 되었다며 레지던트 선생들과 간호사들은 기가 막혀 했다. 다시 넣은 관으로 앰부를 짜자 아기의 폐는 오르락내 리락 반응했고, 피부는 차츰 발갛게 홍조를 띠기 시작했다. 아기는 그 렇게 또 한고비를 넘겼다.

친정 언니들과의 여행을 다음 주로 미뤘기 망정이지 내가 주말에 예정되었던 여행을 그냥 갔더라면 어쩔 뻔했을까. 나는 다음 주로 연 기한 여행을 아예 취소해버렸다.

먹기 시작하다

꼬맹이가 먹기 시작했다. 대부분 사람들은 아기가 먹는다고 하면 양 볼이 옴푹옴푹 들어가면서 힘차게 엄마 젖이나 분유병을 빨아대는 모습을 상상하겠지만, 이른둥이를 키우는 우리는 코에서 또는 입술에서 위로 연결된 긴 관을 통해 천천히 우유를 밀어 넣어주는 경관 수유를 먼저 떠올린다. 꼬맹이도 경관 수유를 시작했고 삼사일 먹다가 배가 불러오면서 먹는 것을 중단하게 되었다. 그러다가 다시 시작한 수유. 조심조심 먹였지만 어느 날은 산소포화도가 후욱 떨어져 찍어본 엑스레이에서 폐로 넘어간 우유 때문에 오른쪽 위의 폐가 하얗게 접혀 있었고, 또 어느 날은 먹은 양만큼 우유가 그대로 나와서 금식, 또 금식을 반복하기도 했다. 그런 우여곡절을 여러 번 겪으며 지금은 한 번에 8cc씩 여덟 번을 먹으니 하루에 64cc를 먹는다. 이제 체중이 1kg을 조금 넘었으니, 하루에 필요한 칼로리의 반을 아기가 소화시키고 있는 것이다. 하루하루가 기적이다.

이 기적들 속에서 나는 무덤덤하게 기뻐하지도 못하고 있다. 또 다른 내 환자인 25주에 태어난 삼 일된 아기가 심각한 뇌출혈로 위험한 상황에 빠졌다. 아기의 부모는 아무 치료도 하지 않겠다며 내 눈을 쳐다보지도 않았고, 아무것도 해주지 못하면서 아기를 지켜봐야 하는 나는 다시 극도로 불안하고 예민해졌다. 아픈 아기의 부모들이 영문도 모르고 벌을 받고 있는 것처럼 나도 벌을 받고 있었다. 그래서 꼬맹이의 기적은 그냥 평범한 일상이 되어버렸고, 뇌출혈이 생긴 아기는 또다른 내 업보가 되었다. 하루하루가 고해성사인 이 일을 언제까지 계속할 수 있을까? 이제는 말똥거리며 나를 쳐다보는 우리 꼬맹이가 내 옷자락을 꼭 잡고 있는 것 같다. '내가 언젠가는 아장아장 걸어서 선생님한테 갈 거예요. 그때까지 기다려주세요'라면서….

조금 있으면 백일

꼬맹이는 그 많던 주사약도 다 끊었고, 입으로 잘 먹으니 정맥영양 수액도 다 끊었다. 아직은 코에 양압으로 공기를 밀어 넣어주며 숨 쉬는 걸 도와주고 있지만, 기관삽관을 뺀 지는 꽤 오래되어 이대로라면 좋아질 일만 남았다. 시간이 다 해결해줄 것이다. 그리고 그 시간이 얼마나 길지는 모르지만, 이 녀석이 버텨온 첩첩산중에 비하면 평탄한 평지 길일 것이다. 아기는 시간이 흐르면서 서서히 시들어가는 화병의 꽃이 아니었다. 뿌리를 내리지 못할까 봐 걱정했던 나는 고맙고 또 고맙다.

백일 넘게 병원에서 지내는 아기들은 신생아중환자실 모두의 아기가 된다. 출근하면 눈도장 먼저 찍고 '이쁘다' 한 번 말해주고, 퇴근할 때도 눈도장 한 번 찍고 또 '이쁘다' 말해준다. 매일 생과 사의 기로에서 사투를 벌이는 아기들 사이에서 진이 빠져버린 의료진들에게 그 사투를 이겨낸 아기들은 힘이 되어준다. 우리는 이 조그마한 꼬맹이들에게 중독되어, 살벌한 신생아중환자실을 벗어나지 못하고 있다.

에필로그

백일 이후로도 꼬맹이는 망막증 레이저 시술을 몇 번이나 받았고 폐동맥 고혈압으로 약을 복용하기는 했지만, 우리가 지켜주고 싶었던 눈과 머리는 큰 문제 없이 무사히 퇴원했다. 불사신, 꼬맹이 덕에 우리

신생아중환자실 의료진들에게는 전설 같은 이야기가 하나 더 생겼다. 이 이야기는 아기를 살리기 위해서 안간힘을 썼던 우리의 인생에서 회자되면서, 부족한 우리에게 일어난 가슴 벅찬 또 하나의 기적으로 기억될 것이다.

제18회 장려상 수상작이다. 글쓴이 김승연은 의정부을지대학교병원 소아청소년과 교수로 수상 소감에서 "어린 생명을 살리기 위해 모두가 고군분투하던 이야기를 글로 담아내면서 '언제라도 떠날 수 있다'는 마음을 키우고 있는 자신이 아이러니하게 느껴졌다. 그러나 이런 양가감정은 우리나라에서 중환자를 보는 모든 의료진이 공감하는 현실일 것이다. 좋아서 하는 일을, 남보다 조금은 잘하는 일을 '그만둬야 하나' 하는 갈등 없이 묵묵히 할 수 있는 사회적 제도가 만들어지고 단단하게 자리를 잡아서, 의료계에 씌워진 불신의 멍에를 벗어낼 날이 오기를 간절히 기다려본다"라고 말했다.

한미수필문학상
심사평 & 소개

제18회 한미수필문학상 심사평

제18회 한미수필문학상 응모 작품들을 대하면서 심사위원들은 먼저 그 수준이 일정 궤도에 올라섰다는 공감대를 확인했다. 소재를 어떻게 다루어야 하는지 염두에 두고 글의 구성을 마련해나가는가 하면, 긴장된 분위기를 팽팽하게 이끌어가는 솜씨, 촘촘한 문장의 밀도 및 공감을 불러일으키는 상황 묘사 등이 두드러졌기 때문이다. 수필집 출간으로 나아가는 과정에서 한미수필문학상이 징검다리 역할로 활용되고 있는 것은 아닌지, 객담이 나온 것도 바로 그러한 이유에서였다. 몇 년 동안 심사를 이어오는 입장에서 퍽 뿌듯하게 느껴졌다.

높은 수준에도 불구하고 본심에 오르지 못한 응모작들은 대체로 다음과 같은 부분에서 아쉬움이 느껴졌다. 첫째, 한미수필문학상은 환자와 의사의 관계 회복을 희망한다는 취지에서 제정됐다. 따라서 환자—의사 관계의 성찰로까지 이르지 못한 채 개인사 범주에 머물러버린 경우는 적극적으로 평가할 수 없었다. 기실 이런 사례는 매년 접하게 된다. 둘째, 환자에 대한 관찰자로서의 시선이 다른 어떤 요소보다 우위에 놓일 때, 사건을 매개로 하지 못한 채 내용을 설명하려 드는 경우도 긍정적으로 평가하기 어려웠다. 수필이란 장르에서 기대할 수 있는 공감·공명에 입각한 울림이 아무래도 떨어졌기 때문이다.

본심에 오른 스물세 편의 응모작 가운데 〈당신 탓이 아닙니다〉를 대상작으로 선정했다. 구성 면에서 보건대, 환자 개인사와 대한민국 경제·노동 현장 현실을 중첩시켜 앞부분에 제시해놓았고, 이후 환자 개인이 겪고 있는 외상 후 스트레스 장애를 파악하고 포용하는 한편, 한 걸음 더 나아가 우리 사회에 대한 성찰로 나아가는 흐름이 매끄럽다. 또한 그렇게 이어지는 내용의 초점을 하나의 문장으로 압축하여 간단명료하게 제시하는 감각도 두드러진다. 예컨대 개인사와 사회 현실의 중첩은 "그때는 다들 그랬어요", "그때는 다들 그랬으니까요"라는 문장으로 수렴되며, 환자가 겪는 외상 후 스트레스 장애의 고통은 "내게 왜 자꾸 이런 일이 생기는 것일까요?"라는 자문으로 부각된다. 그리고 우리 사회에 대한 성찰 내용은 "당신 탓이 아닙니다. 이젠 놓아주세요"로 정리되며, 이 문장은 글의 마지막을 차지한다. 심사위원들은 지식인으로서 의사의 품위가 드러나는 글이라고 판단했다.

〈지진 속에서 새 생명이〉는 대상작과 경합을 벌이다가 결국 우수상을 차지했다. 이 작품의 장점은 분명하다. 글의 첫 문장을 이처럼 열어젖히려면 오랜 숙련을 거쳐야 한다. 또한 급박한 상황의 긴장감을 시종 단문으로 몰아쳐 전개해나가는 면모로 보자면, 글쓴이는 글맛을 알고 있을 뿐만이 아니라, 살려낼 수 있는 능력의 소유자임에 틀림없다.

의사로서의 사명의식을 둘러싼 주제가 자칫 딱딱하고 건조해질 수 있음에도 불구하고, 생동감 있게 펼쳐지게 된 데에는 그러한 요소가 크게 기여하고 있다. 이 작품이 우수상을 받게 된 것은 작품 질의 문제가 아니라 심사위원들의 선호도 차이에서 기인한 바가 크다.

다른 두 편의 우수상 수상작은 〈커피〉와 〈괜찮아, 안 죽어〉이다.

〈커피〉의 경우는 의사의 위치가 독특하다. 폐암 판정받은 노모의 보호자이기 때문이다. 조금의 배려도 없이 마치 비수를 꽂듯 수술 결과를 알려주는 의사가 그의 눈에 의해 드러나고, 존엄하게 스스로의 생을 마감할 수 없도록 하는 법을 위한 법 때문에 분노를 느끼기도 하며, "검사를 받지 않았더라면, 수술을 받지 않았더라면" 상황이 더 낫지 않았을까 묻는 엄마에게서 그는 상처를 받는다. 그리고 이는 의사로서의 그 자신에게 회귀하는 양상이다. 자신은 어떠했는지 반성의 계기를 마련하고, 80세 할머니 환자의 개인 사정을 헤아려보게 되며, 환자 육체의 편안함뿐 아니라 정신적 편안함까지도 배려하는 의사로 거듭나고 있는 것이다. 의사로서의 정체성이 흔들거릴 정도로 자신에게 물음의 방향을 맞춰 추궁해나가는 태도가 인상적이다.

또 다른 우수상 수상작인 〈괜찮아, 안 죽어〉는 글쓴이의 재치가 돋보인다. 손가락에 가시 하나 박혔어도 당사자의 입장에서 고통스러운 것은 당연하다. 아픈 곳이 바로 몸의 중심 아니던가. 반면 극한 상황과 수시로 맞대면하는 의사의 입장에는 이와 같은 상황이 달리 다가설 수 있다. 글쓴이는 "괜찮아, 안 죽어"라는 문장을 반복하면서 튼튼한 벽을 만들어나간다. 그런데 웬걸, 고단한 노동 속에 내버려진 할매가 툭 던진 한마디가 그 벽에 균열을 내고 만다. "다 죽어, 사람은." 차츰차츰

견고함을 더해나가던 흐름이 일거에 반전을 일으키는 지점이 인상적이다. 죽음에 대한 인식의 차이를 분 단위로 만들어진 '패스트푸드'와 오래 고아낸 '순댓국'으로 비유해내는 데에서도 감각이 느껴지며, "허리 꼬부라진 노인네한테 왼종일 밭일을 시킨 빌어먹을 열무 모종에게 화가 났는지도 모르겠다"와 같은 표현에서도 유머가 살아 있다.

제19회 한미수필문학상 심사평

제19회 한미수필문학상 대상의 영예는 〈엄마의 목소리〉가 차지했다. 자식에 대한 지극한 모정이 "No Interval Change"라 매번 진단 내릴 수밖에 없는 의료진의 무기력한 처지를 배경으로 섬세하게 부각되고 있다. 마지막까지 포기하지 않고 의식불명의 아들에게 격려와 위로를 들려주는 '엄마의 목소리'는 어쩌면 돌이킬 수 없는 자책 속에서 더욱 깊은 울림을 자아내는 것은 아닐까. 유치원생 아들이 엄마의 목소리를 듣고 달려오다가 불의의 교통사고를 당하여 그러한 상태에 처한 까닭이다. 그러한 엄마 목소리의 이중성으로 인해 아무리 시간이 흘러도 엄마의 상실감은 잦아들지 못할 터, 이러한 상황이 액자 형식을 통하여 부각되고 있기도 하다. 차분한 문장은 성찰의 요소를 부각시키고 있으며, 최근 논란이 되었던 '민식이법' 제정의 상황 맥락을 환기하는 바도 있다.

우수상은 〈슈베르트 탄생 222주년 기념독창회〉, 〈아직 바쁜 오빠〉, 〈임신해서 미안해요〉에 돌아갔다.

　〈슈베르트 탄생 222주년 기념독창회〉에 등장하는 환자는 완치되어야 한다는 의지가 대단하다. 성악을 하는 것이야말로 자신의 존재 증명이라 여기고 있기 때문이다. 새로운 치료법이 없어서 묘책을 강구해나가는 의사의 태도는 이에 대한 자기 나름의 답변이겠다. 의사와 환자가 이렇게 함께 빚어내는 흐뭇한 에피소드는 선명하게 부각되기 마련이다. 성악가가 무대인사에서 의사를 빼먹은 장면은 재미있게 다가온다. 무대인사에서 의사가 호명되었다면 감동으로 나아가기 위한 꽉 짜인 구성이 되어 다소 갑갑함을 야기할 수도 있을 터이나, 바로 그 당황스러운 장면으로 인하여 '더 인간적인 드라마'의 요소가 창출되고 있기 때문이다.

　〈아직 바쁜 오빠〉의 장점은 두 가지 꼽을 수 있다. 첫째, 작품 전반부 표현은 시종 유머러스하다. 환자에 대한 소개가 본격적으로 펼쳐지기 이전까지다. 그런데 휴일 오프가 끝나고 병원으로 돌아온 다음부터 문체는 어느새 차분하게 가라앉아 있다. 아픔을 아픔으로 시종일관하지 않고 상황에 맞게 표현하며, 문체를 매끄럽게 전환함으로써 글맛이 생겨났다는 것이다. "산후 조리하러 친정에 온 딸인 마냥"과 같은 재미있는 세부 표현도 이에 해당한다. 둘째, 환자의 캐릭터도 능란하게 빚어졌다. 여섯 살인 환자는 얼굴을 가린 채 겨우 눈만 드러내놓고 있다. 이러한 묘사는 환자의 상태와 성격을 집약하고 있는 듯하다. 흰 종이 위에 그림을 그리거나 올망졸망 글씨 연습을 하면서 무료함을 달랬을 부끄럼 많은 환자. 유머러스한 의사에게 그가 느낀 친밀감이 오빠라는 호칭으로 드러났고, 그 관계가 의사에게는 "웃고 있다고 믿은 그 눈"으로 자리 잡았을 터이다.

〈임신해서 미안해요〉는 시각이 퍽 독특하다. 의사가 비슷한 또래 혹은 상황의 환자와 대면하면서 심리의 요동을 겪는 사례는 한미수필문학상 응모작의 한 가지 패턴이라 할 수 있다. 동일시의 맥락에서 환자는 한낱 대상으로 전락할 위험을 벗어날 수 있으므로 성공 확률도 비교적 높다. 반면, 이 작품의 경우 의사의 심리는 역전되어 있다. 반대 상황의 환자를 질투하거나 안타까워하고 있기 때문이다. 그런데도 믿기지 않다. 의사의 마음이 이동하는 지점에서 우리의 마음도 함께 이동하는 까닭인데, 이 지점에서 의사도 우리와 똑같은 인간이라는 사실이 새삼 다가선다. "산부인과 의사는 임신을 해봐야 진짜 산부인과 의사가 되는 것이다." 산부인과 의사들 사이의 명제가 재미있게 증명된 작품이다.

장려상으로 모두 10편을 뽑았다.

장려상을 받게 된 〈1년 만의 답장〉은 풍부한 감수성을 차분한 문장으로 풀어내는 솜씨가 돋보이는 작품이다. 애타는 심정으로 환자를 바라보는 보호자와의 공감, 이를 스스로에 대한 성찰로 이끄는 과정 또한 잔잔한 울림을 자아낸다. 다만 무게중심이 공감보다는 사변思辨 쪽으로 기울어 있는 것은 아닌지 논의가 있었다.

〈운수 좋은 날〉은 글쓰기의 묘미가 드러난 작품이다. 일상의 사소할 수 있는 상황을 수다스러운 듯 펼쳐나가다가 일순 반전으로 휘몰아가는 능력이 두드러진다는 것이다. 그런데 그러한 글쓰기 전략이 이미 제목에 노출되어 있어서 효과가 반감되고 말았다.

〈모든 이의 종착역〉에는 삶에 대한 통찰이 드러난다. 의사 역시 생로병사의 과정에서 벗어날 수 없는 인간일 수밖에 없는바, 이에 대한 공감과 성찰이 설득력 있게 표출됐기 때문이다. 그런데 요양원 왕진의사로서 친구 아버지를 만나는 일은 흔히 일어나지 않는 사건이다. 공감의 계기가 보편성에 도달하기에는 제약이 있어 보인다.

〈Replace〉에서 출산한 아기를 보여주는 장면은 퍽 인상적이다. 그런데 표현이 반복되는 경향이 있어 글의 전개가 무겁다. 표현을 덜어내어 깔끔하게 다듬어낼 필요가 있다.

〈나여, 박춘엽이〉는 인물 캐릭터를 생동감 있게 포착하고 있다. 그런데 생동감 있는 인물의 포착 이외의 또 다른 무엇이 없다. 한 가지 장점이 다른 가능성의 발아를 가로막는 형국인 셈이다.

〈허니문의 환상과 그 후〉에는 의사와 환자 사이의 긴장, 의사의 역할 범위에 대한 고민 등이 진솔하게 드러나 있다. 하지만 진료 과정에 관한 구체적인 전개는 상당 부분 생략되어 있는 듯하다.

〈한 팔로 안은 아이〉의 소재는 서로의 장애를 서로 보듬으며 살아가는 환자 부부다. 내용이 퍽 훈훈한데, 작품 전체를 관통하는 훈훈함의 발원지는 이들 부부이며, 의사는 다만 이를 전달하는 데 머무르고 있다.

〈예기치 못한 선물〉에는 '조그만 동네 의원이지만 찾아오시는 분들에게 예기치 못한 선물을 줄 수 있는 의원'을 만들어나가는 분위기가 형성되어 있다. 지옥문에 새겨져 있는 문구 '이곳에 들어오는 자, 모든 희망을 버릴지어다'를 인용하고 있는데, 의술이 이에 맞서 어떻게 희망의 근거가 될 수 있는가를 새삼 환기해준다.

〈여기가 여관인 줄 아세요?〉와 〈아파서 웃을 때〉는 한 편의 수필로
서 완성도가 높은 작품이다. 그런데 의사로서 진료 과정에 있었던 일
을 소재로 삼아야 한다는 한미수필문학상 규정을 충족하지 못해 심각
한 감점이 따를 수밖에 없었다. 이를 적용하다 보니 두 작품은 장려상
에 머물렀다.

제20회 한미수필문학상 심사평

제20회 한미수필문학상에 응모된 작품은 모두 128편이었다. 예심을 거쳐 본선으로 오른 작품은 23편이었으며, 이 작품들은 모두 수상권에서 내려놓기에 아까운 수준이었다. 20년 연륜이 축적되는 동안 탄탄한 응모작들의 양 또한 그만큼 두터워졌다는 사실을 확인할 수 있었다. 반가운 현상이다.

본선 진출 작품들을 보면, 올해에도 정신건강의학과 분야의 작품 비중이 크며, 코로나19로 발생한 상황을 소재로 삼은 경우도 몇 작품 눈에 띈다. 대상작으로 〈아이가 다쳤다〉를 선정하였고, 우수상으로는 〈서로의 삶을 이어내는 생명의 끈〉, 〈두 얼굴의 자장면〉, 〈침묵조차 슬픈 당신에게〉를 뽑았다.

대상작 〈아이가 다쳤다〉를 일독하면 우선 부모의 애절한 아픔에 다가서 있는 의사의 자리가 뭉클하게 와 닿는다. 읽는 이들로부터 공감을 이끌어내기에 모자람이 없다. 이는 세부 상황을 섬세하게 포착했을 뿐만 아니라, 심리를 헤아리고 묘사하는 능력이 탁월했기에 가능해진 결과이다. 여기에 대하여 기성 문인 수준에 이르러 있다는 평가도 있었다. 인문학적 안목을 바탕으로 내용을 안정감 있게 정리해내는 능력 또한 고평을 이끌어낸 근거로 작동하였다.

〈서로의 삶을 이어내는 생명의 끈〉은 거식증을 앓는 환자와 항문막힘증을 앓는 두 환자의 구도가 인상적이다. 이러한 정반대 상황을 매개하고 있는 의사의 논리와 역할이 흥미롭다. 하나의 관계로 비끄러매어 해결해낸 것인데, 이후 진료 후 기부가 이어짐으로써 환자와 환자 사이의 긍정적인 관계 맺기는 반복하여 확산되는 양상이다. 이러한 구도 설정과 관계 맺기의 변형·발전하는 흐름이 퍽 성공적이다. 군더더기 없는 깔끔한 전개 또한 긍정적인 요인이었다.

법률적 이상과 현실은 어느 지점에서 괴리될 수밖에 없다. 법 조항은 현실의 모든 구체적 사례를 빠짐없이 끌어안을 수 없기 때문이다. 〈두 얼굴의 자장면〉에는 그러한 지점에 처한 의사의 고민과 책임이 드러나 있다. 환자의 처지에 공감하는 한편, 이에 입각하여 판단하는 소재가 참신하다. 그리고 자장면에 대한 유년의 기억을 서두에 배치하고, 수술실에서 자장면을 환기시켰으며, 마지막에 다시 자장면으로 마무리 짓는 방식은 통일된 흐름을 부여하면서 동시에 깊이를 부여하고 있어서 긍정적이었다.

〈침묵조차 슬픈 당신에게〉는 역전이에 말려든 치료자의 이야기다. 좀처럼 개선되지 않는 환자 치료를 위하여 의사가 새로운 치료법을 배워서 도입하는 것으로 나타난다. 이러한 노력 자체가 바람직한 의사로서의 덕성에 해당하는데, 그 과정에서 치료자는 자신을 얽어매고 있는 상처와 맞대면하게 된다. 치료자로서의 든든한 토대에 균열이 일어나면서 환자의 지점으로 내려앉는 대목이다. 인간으로서의 면모가 확인되는 지점에서부터 환자와 더불어 '덧없는 죽음이 난무하는 전쟁터'를 헤쳐나가려는 성찰이 진솔하게 다가온다.

심사위원 소개

정호승은 시인이다. 1950년 하동 출생으로 경희대 국문과와 대학원을 졸업했다. 1972년 〈한국일보〉 신춘문예 동시 '석굴암을 오르는 영희', 1973년 〈대한일보〉 신춘문예 시 '첨성대', 1982년 〈조선일보〉 신춘문예 단편소설 '위령제'가 당선됐다. 《슬픔이 기쁨에게》, 《별들은 따뜻하다》, 《외로우니까 사람이다》, 《포옹》 등 다수의 시집을 냈다. 소월시문학상, 동서문학상, 정지용문학상, 상화시인상, 공초문학상 등을 수상했다.

한창훈은 소설가다. 1963년 여수시 삼산면 거문도에서 출생했다. 음악실 디제이, 트럭 운전사, 커피숍 주방장, 건설 현장 막노동꾼 등의 이력을 얻은 후 전업작가의 길로 들어섰다. 1992년 〈대전일보〉 신춘문예에 단편소설 '닻'으로 당선된 후, 《바다가 아름다운 이유》, 《세상의 끝으로 간 사람》, 《홍합》, 《꽃의 나라》 등 다수의 소설집을 냈다. 1998년 한겨레문학상, 2008년 제비꽃서민소설상 등을 수상했다.

홍기돈은 문학비평가다. 1970년 제주에서 출생했다. 1999년 '작가세계' 신인상을 수상하면서 문학비평가로 등단했다. 《페르세우스의 방패》, 《인공낙원의 뒷골목》, 《문학권력 논쟁, 이후》 등 다수의 평론집을 냈다. '김동리연구', '작가세계' 등의 편집위원을 역임했다. 현재 가톨릭대 국어국문학과 교수로 재직 중이다.

한미수필문학상 제정 취지 및 선정 방법

한미수필문학상은 날로 멀어져가는 환자-의사 관계의 신뢰 회복을 희망하는 취지에서 제정되었다. 신문 〈청년의사〉가 주최하고, 한미약품㈜이 후원하는 본 상은 수필 공모전으로서 지난 2001년부터 매년 하반기에 작품을 공모해왔다.

대한민국 의사 면허 소지자라면 누구나 응모할 수 있으며, 자신이 진료한 환자를 소재로 하여 원고지 20매 내외로 작성된 수필이 공모 대상이다. 심사는 시인 정호승이 심사위원장을, 소설가 한창훈과 문학평론가 홍기돈이 심사위원을 맡아 진행한다. 시상식은 다음 해 1월 말경에 있다. 대상 1인에게는 상금 600만 원과 상패, 우수상 3인에게는 상금 각 300만 원과 상패, 장려상 10인에게는 상금 각 200만 원과 상패가 수여된다.

의사가 자신이 진료했던 환자를 소재로 쓴 수필을 대상으로 하는 본 상은, 환자와 의사 사이의 이해관계를 돕고 올바른 환자-의사 관계 재정립에 기여하고 있다.

수상작

제18회 수상작

대 상 류현철 〈당신 탓이 아닙니다〉

우수상 김시영 〈괜찮아, 안 죽어〉
김지선 〈커피〉
조용수 〈지진 속에서 생명이〉

장려상 김승연 〈또 하나의 기적〉
김창우 〈미스터리 토끼다〉
박천숙 〈골룸의 탈을 쓴 선생님〉
심병길 〈어떤 용서〉
양성우 〈로맨틱 파리의 응급실 그리고 시트러스〉
이수영 〈희망〉
이수호 〈45일〉
이용찬 〈아픈 추억〉
장석창 〈마지막 편지〉
조희인 〈유서〉

제19회 수상작

대 상 장석창 〈엄마의 목소리〉

우수상 김시영 〈아직 바쁜 오빠〉
이창걸 〈슈베르트 탄생 222주년 기념 독창회〉
홍유미 〈임신해서 미안해요〉

장려상 김예은 〈1년 만의 담장〉
김진환 〈한 팔로 안은 아이〉
박정이 〈나여, 박춘엽이〉
박천숙 〈운수 좋은 날〉

성혜윤 〈허니문의 환상과 그 후〉
유인철 〈여기가 여관인 줄 아세요?〉
이동준 〈아파서 웃을 때〉
조석현 〈예기치 못한 선물〉
조재형 〈Replace〉
최영훈 〈모든 이의 종착역〉

제20회 수상작

대　상 김대현 〈아이가 다쳤다〉

우수상 김신곤 〈서로의 삶을 이어내는 생명의 끈〉
　　　　이영준 〈두 얼굴의 자장면〉
　　　　이한준 〈침묵조차 슬픈 당신에게〉

장려상 김한성 〈저와 스파링을 하시겠어요?〉
　　　　문윤수 〈할아버지〉
　　　　박천숙 〈직업여성〉
　　　　우샛별 〈손수건〉
　　　　이도홍 〈다녀올게〉
　　　　이수영 〈계절근로자 Q의 이야기〉
　　　　이재명 〈마땅히 그랬을 거야〉
　　　　조석현 〈그의 체취〉
　　　　채명석 〈자운영꽃들처럼〉
　　　　홍유미 〈연수수산〉

아픔은 당신 탓이 아닙니다

지 은 이 김대현·류현철·장석창 외

펴 낸 날 1판 1쇄 2021년 5월 20일

펴 낸 이 양경철
편집주간 박재영
발 행 처 ㈜청년의사
발 행 인 이왕준
출판신고 제313-2003-305호(1999년 9월 13일)
주   소 (04074) 서울시 마포구 독막로 76-1(상수동, 한주빌딩 4층)
전   화 02-3141-9326
팩   스 02-703-3916
전자우편 books@docdocdoc.co.kr
홈페이지 www.docbooks.co.kr

ISBN 978-89-91232-92-1 (03810)

책값은 뒤표지에 있습니다.
잘못 만들어진 책은 서점에서 바꿔드립니다.